国家社科基金
GUOJIA SHEKE JIJIN HOUQI ZIZHU XIANGMU
后期资助项目

惊隐诗社研究

The Study of Jing-yin Poets Society

周于飞　著

中国人民大学出版社
·北京·

国家社科基金后期资助项目
出版说明

后期资助项目是国家社科基金设立的一类重要项目，旨在鼓励广大社科研究者潜心治学，支持基础研究多出优秀成果。它是经过严格评审，从接近完成的科研成果中遴选立项的。为扩大后期资助项目的影响，更好地推动学术发展，促进成果转化，全国哲学社会科学工作办公室按照“统一设计、统一标识、统一版式、形成系列”的总体要求，组织出版国家社科基金后期资助项目成果。

全国哲学社会科学工作办公室

序

朱则杰

周于飞同学原来是本专业廖可斌老师的博士研究生。恰巧她入学的2009年秋季，廖老师调往北京大学，而我那一届自己的考生没有分数上线的，于是廖老师就把她改换到我的名下，成为“朱门”顺序编号的“博四”。

我与研究生的初次交流，一般都是结合我晚饭后散步的习惯，直接把自己对学位论文的设想告诉他们，当次就定下题目。于飞那里，本来我希望她做清代诗社的综合研究，写成通论的形式。但从玉泉校区附近一路走到西湖白堤，接近断桥的时候，她提出来这个题目太大，担心做不动。这样，我们就在少年宫的广场边上坐了一下，商量着做一个诗社的个案，也就是眼前的“惊隐诗社”研究。

其实，做个案研究，其他负面因素不说，就是难度也不一定比写通论小。对于个案，虽然涉猎的范围不需要很广，但本身却必须尽可能穷尽，可谓“小有小的难处”。换句话来说，既然是做个案，那就更应当努力争取全面和深入。好在这方面的困难，于飞最终都给克服了；其所达到的水平，自然也是有目共睹的。

这篇学位论文一直得到诸多老师和评审专家的认可与好评。其标志之一，就是毕业数年之后以之申报国家社科基金后期资助项目，顺利获得立项。这在“朱门”走这条道路的博士研究生中，时间是最早的。现在能够正式出版，更加可喜可贺。接下去，就期待着早日读到于飞的签赠本。

2020年8月12日写于杭州玉泉

目　录

绪 论

中国古代文人结社，始于中唐，兴于宋元，至明清而极盛。明清交替之际，是文人结社活动最为活跃的一个时期，曾经涌现过许许多多的社团。其中影响最大的，自然是复社。而清朝初年以江苏吴江为中心，由苏南浙北一批遗民组成了“惊隐诗社”，世人对它的重视程度，可以说仅次于复社。然而关于该诗社，学术界的研究总体上还比较薄弱。现在拟对有关研究情况做一个大致的梳理，并在此基础上提出本书的设想。

一、“惊隐诗社”研究的历史回顾

明清两代，有关文人结社的文献资料，主要保存在人物传记、杂史笔记，以及诗文集和地方志中。关于“惊隐诗社”的研究，至少在它消亡之际就已经开始，并且呈现一个持续发展、不断深入的过程。为叙述方便起见，以下分为两个时段予以总结。

（一）清代及民国时期的相关文献

“惊隐诗社”大致消亡于康熙三年甲辰（1664）。从那个时候开始，关于诗社就陆续出现过不少记载。但一直到民国时期，这些记载基本上都以零散的形式存在，分布在各种文献之中。概括起来，约有以下六类。

1. 传记

此类资料，指的是“惊隐诗社”成员的个人传记。这些传记，以潘柽章等所撰《松陵文献》一书，出现时间较早，并且比较集中。潘柽章本人即为“惊隐诗社”成员，因此该书具有较高的参考价值，后世屡见征引。此外，盛枫《嘉禾征献录》、钱林《文献征存录》、徐鼒《小腆纪传》、孙静庵《明遗民录》等书，也收有部分诗社成员的传记资料。

2. 杂史、笔记

此类资料，最突出的当推钮琇《觚剩》一书。钮琇与“惊隐诗社”中的多名成员有直接交往，《觚剩》中记载了不少诗社成员的遗闻逸事，并且保留了一部分诗歌作品，为其他诸多同类著作所不及。此外，计六奇《明季南略》《明季北略》，王晫《今世说》，李元度《国朝先正事略》，陈去病《五石脂》等书，也有不同程度的相关记载。

3. 诗文别集

这里所说的诗文别集，总体上可以分为两种。一种是“惊隐诗社”成员本身的别集。这些别集一部分已经散佚，也有一部分一直流传至今。前者姑置不论，后者主要有顾炎武《顾亭林诗文集》、归庄《归庄集》、朱鹤龄《愚庵小集》、吴炎《吴赤溟先生文集》、周灿《泽畔吟》等。另一种则是与“惊隐诗社”成员有交游的文人的别集，例如魏耕《雪翁诗集》、陆世仪《桴亭先生诗集》、潘耒《遂初堂集》、徐釚《南州草堂集》、钮琇《临野堂诗文集》等。至于后世学者所撰的别集，另参下文“研究论著”类。

4. 诗文总集

有关诗文总集，从编者角度来看，情况与别集相似。但总体上数量更多，涉及“惊隐诗社”成员的生平事迹和文学创作等范围也更加广泛，具体有陈济生辑《天启崇祯两朝遗诗》（又名《启祯遗诗》）、沈季友辑《槜李诗系》、朱彝尊辑《明诗综》、卓尔堪辑《明遗民诗》、袁景辂辑《国朝松陵诗征》、殷增辑《国朝松陵诗征前编》、凌淦《松陵文录》，以及阮元辑《两浙輶轩录》、徐世昌《晚晴簃诗汇》等。不过，此类资料往往存在陈陈相因或互相抵牾的情况，需要仔细甄别。

5. 方志

“惊隐诗社”的成员籍贯和活动范围，主要在江苏、浙江两省。因此，方志中的史料也以这两省为主。具体来说，又以乾隆《震泽县志》和乾隆《吴江县志》记载为最多。后来的同治《苏州府志》、光绪《周庄镇志》、民国《杭州府志》等，也有若干相关的记载。这些方志不仅著录了有关成员的小传及重要著作，还附录有若干诗文作品，但有时候也存在某些疏误。

6. 其他文献

这方面的文献，主要可以分为两种。一种是同时涉及诗社多个成员者，例如陈田《明诗纪事》、张维屏《国朝诗人征略》两书，以及杨凤苞《秋室集》中的某些篇章。另一种则专门研究单个成员，主要有个人年谱和诗集笺注两种形式，而又集中于顾炎武和归庄二人，例如张穆《顾亭林先生年谱》、徐嘉《顾亭林先生诗笺注》、赵经达《归玄恭先生年谱》。

以上六类资料，对“惊隐诗社”的历程，诗社成员的生平事迹、个人著作等做了初步的交代。从时间上看，这种交代存在一个持续发展的过程。但有关记载，总体上缺乏系统性。具体到单个诗社成员时，又因各人名气大小而多寡不一。这为后人研究“惊隐诗社”留下了很大的空间。

（二）民国以来的相关研究

20世纪上半期，明清之际文人结社一度成为研究热点。对“惊隐诗社”的研究，严格说来，始于民国时期。其中，从整体上对“惊隐诗社”进行的研究较少，而在单个成员的研究上则开拓较大，某些成员甚至已经形成了热点。

从整体上研究“惊隐诗社”者，最早当推成书于民国二十年（1931）的谢国桢先生《明清之际党社运动考》。该书第十章“大江南北诸社”第二节“惊隐诗社”，将“惊隐诗社”放在明清之际党社运动的大背景下予以认识，大致勾勒了它的发展过程。[①] 此后，谢国桢先生又专门撰写了《顾炎武与惊隐诗社》一文，刊登于1978年《中华文史论丛》第八辑。该文从史学的角度，对“惊隐诗社”大部分成员的生平事迹进行了初步的考察。[②] 何宗美《乐志林泉 跌荡文酒——惊隐诗社及其文学创作浅析》一文，则对“惊隐诗社”的社团性质、文学活动、编撰著述、创作风格等均有论述。[③] 又其《明末清初文人结社研究》第五章“清初明遗民及遗民结社”第三节“明遗民诗社的文学活动与文学创作”，也论及“惊隐诗社”。[④] 此外，李炳华《龙沙嘉会结寒盟——记清初江南惊隐诗社》一文，从乡邦文化研究的角度出发，考察了“惊隐诗社”成立的时间、成员，并论及顾炎武与“惊隐诗社”的关系。[⑤] 周雪根《清初吴地“惊隐诗社”新考》一文，考察了“惊隐诗社”成员的集会、成员名单认定，纠正了部分成员姓名字号的错误，并对诗社发起的时间提出了自己的见解。[⑥] 又其博士学位论文《清代吴江诗歌研究》，第三、四、五章分论“惊隐诗社”成员朱鹤龄、顾有孝、王锡阐，第五章“王锡阐与惊隐诗社”第二节“惊隐诗社新考”还

---

① 谢国桢．明清之际党社运动考．上海：上海书店出版社，2004：142－145.

② 谢国桢．明末清初的学风．上海：上海书店出版社，2006：187－205.

③ 何宗美．乐志林泉 跌荡文酒——惊隐诗社及其文学创作浅析．南开学报，2003（4）：111－117.

④ 何宗美．明末清初文人结社研究．天津：南开大学出版社，2003：325－335.

⑤ 李炳华．龙沙嘉会结寒盟——记清初江南惊隐诗社．江苏地方志，2009（1）：56－57.

⑥ 周雪根．清初吴地“惊隐诗社”新考．文艺评论，2011（2）：144－148.

论及潘柽章、吴炎、吴宗潜、吴宗汉、吴宗沛、戴笠（耘野）等成员。[①]

关于“惊隐诗社”单个成员的研究，主要集中于顾炎武、归庄、陈忱、朱鹤龄、王锡阐、戴笠（曼公）、戴笠（耘野）、潘柽章、顾有孝、陈济生等人。

1. 顾炎武

顾炎武是“惊隐诗社”研究中最受关注的一位成员，仅其诗文集点校注释本就有《顾亭林诗文集》[②]《顾亭林诗集汇注》[③]《顾亭林诗笺释》[④]《顾炎武文选》[⑤] 等数种，为该社其他成员所不及。

顾炎武主要以思想家、学者而著称于世，后人对他的研究更多地也在学术方面，此处姑且从略。而就文学方面来说，有关论文以诗歌研究为主，包括总体创作成就、理论主张、取径杜甫，以及单篇作品的鉴赏等。但除了前述谢国桢等先生，其他学者的论文对顾炎武与“惊隐诗社”的关系涉及甚少；目前笔者寓目的，仅有李瑞豪《遗民世界的黄昏——论顾炎武的悼友诗》[⑥] 一篇，论及“惊隐诗社”中的吴炎、潘柽章、归庄等人。

现有的几部清代诗歌史著作，对顾炎武都设有相关的章节，具体为本师朱则杰先生《清诗史》第五章“遗民诗界的双子星座”[⑦]，严迪昌先生《清诗史》第一编“风云激荡中的心灵历程（上）遗民诗界”第四章“顾炎武与吴中、秦晋遗民诗人网络——兼说遗民诗僧”[⑧]，刘世南先生《清诗流派史》第三章“顾炎武”[⑨]。其中，严迪昌《清诗史》该章第一节“吴中遗民诗人网络”，还介绍到“惊隐诗社”以及其他成员叶继武、吴宗潜、吴宗汉、吴炎、王锡阐、顾有孝、戴笠（耘野）、戴笠（曼公）等。[⑩]

---

① 周雪根．清代吴江诗歌研究．北京：人民出版社，2012.

② 顾炎武．顾亭林诗文集．北京：中华书局，1983.

③ 王蘧常．顾亭林诗集汇注．上海：上海古籍出版社，1983.

④ 王冀民．顾亭林诗笺释．北京：中华书局，1998.

⑤ 张兵．顾炎武文选．苏州：苏州大学出版社，2001.

⑥ 李瑞豪．遗民世界的黄昏——论顾炎武的悼友诗．北京化工大学学报，2008（2）：49.

⑦ 此处“双子星座”指顾炎武和吴嘉纪。（朱则杰．清诗史．南京：江苏古籍出版社，2000：82－103.）

⑧ 严迪昌．清诗史．杭州：浙江古籍出版社，2002：292－304.

⑨ 刘世南．清诗流派史．北京：人民文学出版社，2004：44－59.

⑩ 严迪昌．清诗史．南京：江苏古籍出版社，2000：261－269.（为研究所需，有时对同一本书，会采用不同版本。以下不再一一说明。）

此外，时志明《山魂水魄——明末清初节烈诗人山水诗论》第三章“寒蝉零雁声断长空——顾炎武及吴中遗民的山水诗”，第一节就是“陵阙生哀河山垂泪——顾炎武的山水诗”。[①]

2. 归庄

归庄与顾炎武并称为“归奇顾怪”。对归庄的研究，大致体现在两个方面。

一是交游情况，主要为遗民。此类论文多着眼于史学的角度，将归庄本人作为一个遗民的典型，从宗教、政治、文化立场等方面进行考察。其中刘孝娟《从归庄的交游看明季士人遗民的生存选择》一文，将归庄交游人物分为六类，即以第五类隐居的朋友为最多，“惊隐诗社”中的陈济生、戴笠、潘柽章、钱肃润均在其内。[②] 刘红娟《归庄交游考述——兼谈清初士人思想》一文，将归庄交游的朋友分为五类，而于遗民类中则着重论述与顾炎武的交游。[③]

二是文学成就，主要为诗歌。其中黄语《论归庄之“逃”与诗》一文，论述了归庄的逃遁意识对其诗歌创作的影响。同时该文还认为，在清初的遗民中，逃遁是一种比较流行、普遍的自觉意识，并特地举了“惊隐诗社”（又称“逃之盟”“逃社”）为例。[④] 此外，李海英《论明遗民归庄的散文创作》一文，认为归庄作为明遗民和“惊隐诗社”的代表，其散文创作成就颇高，具有较高的学术价值和历史意义。[⑤]

3. 陈忱

陈忱是“惊隐诗社”中重要的小说家，学术界对他研究很多。其中全方位研究的，就有陈会明和杨志平的同名《陈忱研究》，前者为专著，后者为硕士学位论文。其他专题论文，更是时或可见。这些论著，从生平事迹到文学创作、文献资料，广泛涉及陈忱的方方面面。当然，在文学方面，主要是论述其小说《水浒后传》，而对诗文则相对较少关注。尤其值得注意的是，杨志平《陈忱研究》上编“陈忱考辨”第二部分“交游考”，

---

① 时志明．山魂水魄——明末清初节烈诗人山水诗论．南京：凤凰出版社，2006：106-116.

② 刘孝娟．从归庄的交游看明季士人遗民的生存选择．湖北广播电视大学学报，2007（2）：109-110.

③ 刘红娟．归庄交游考述——兼谈清初士人思想．红河学院学报，2008（1）：56-57.

④ 黄语．论归庄之“逃”与诗．厦门教育学院学报，2008（2）：11.

⑤ 李海英．论明遗民归庄的散文创作．齐齐哈尔高等师范专科学校学报，2016（6）：32-34.

还对陈忱与“惊隐诗社”成员吴宗潜、顾有孝、沈祖孝等人的交游进行了考察。[①] 陈会明《陈忱研究》第三章“陈忱的交游”第一节“陈忱与‘惊隐诗社’成员的交往”，也注意到了陈忱与“惊隐诗社”成员的交往。[②] 该书第六章“陈忱诗歌略论”及第七章“陈忱诗歌注解”，还就陈忱现存的诗歌进行了梳理及解说。[③]

袁秋实的硕士学位论文《陈忱遗民思想研究》第二章“从遗诗看陈忱的遗民思想”第三部分“故国与新朝之间”，认为陈忱的诗歌创作受到过“惊隐诗社”的影响。[④] 任婷婷硕士学位论文《〈水浒后传〉研究》第一章“陈忱生平论略”，从陈忱参与“惊隐诗社”的角度介绍其生平经历。[⑤] 张妍婷硕士学位论文《陈忱文学创作研究》第一章“陈忱生平及其文学观”第一节“陈忱生平概述”，简介陈忱参与“惊隐诗社”的文学活动。[⑥] 论文第三章“陈忱的诗歌创作”第一节“陈忱诗歌与惊隐诗社、东池诗社”，从总结惊隐诗社和东池诗社的诗人创作特色入手，分析陈忱诗歌中的遗民情怀。[⑦]

4. 朱鹤龄

朱鹤龄是“惊隐诗社”中除了顾炎武之外名气较大的学者。目前对朱鹤龄研究最多的，是淮阴师范学院的周金标，除了博士学位论文《朱鹤龄及其〈杜诗辑注〉研究》[⑧]，还先后发表过一系列的文章。例如《朱鹤龄〈愚庵小集〉考述》[⑨]，指出《愚庵小集》记录了朱鹤龄参加遗民社团的活动和创作及其与遗民学者切磋学术的经过，具有一定的史料价值。又《从〈愚庵小集〉看〈四库全书〉对清初别集的著录标准》[⑩]，分析了《愚庵小集》作为《四库全书》收录的清初唯一一部遗民别集，除了文学标准，还受到政治因素和学术底蕴的双重影响。而《顾炎武与朱鹤龄交往考

---

① 杨志平．陈忱研究．上海：华东师范大学，2005.

② 陈会明．陈忱研究．福州：福建人民出版社，2006：32－36.

③ 同②185－261.

④ 袁秋实．陈忱遗民思想研究．北京：首都师范大学，2008.

⑤ 任婷婷．《水浒后传》研究．新乡：河南师范大学，2012：8－9.

⑥ 张妍婷．陈忱文学创作研究．哈尔滨：黑龙江大学，2014.

⑦ 同⑥.

⑧ 周金标．朱鹤龄及其《杜诗辑注》研究．保定：河北大学，2008.

⑨ 周金标．朱鹤龄《愚庵小集》考述．淮阴师范学院学报，2009（4）：523－527.

⑩ 周金标．从《愚庵小集》看《四库全书》对清初别集的著录标准．图书馆工作与研究，2009（10）：44－47.

论》[①] 和《钱谦益与朱鹤龄交往考论》[②]，分别就朱鹤龄与顾炎武、钱谦益的交游进行考证，并分析顾炎武、钱谦益二人在学术上对朱鹤龄的影响。其他学者涉及朱鹤龄的论文不多，而且主要在于考察他的学术著作《杜工部诗集辑注》。详见任豆豆《朱鹤龄〈杜工部诗集辑注〉研究综述》一文。[③]

近年来《愚庵小集》和《诗经通义》也开始受到学者的关注。王建涛的硕士学位论文《朱鹤龄诗歌研究》以《愚庵小集》中的诗歌为主要考察对象，对朱鹤龄的诗歌进行了较为系统和全面的研究。论文附录"朱鹤龄年谱简编"中涉及朱鹤龄与"惊隐诗社"成员的交往。[④] 高洪韬的硕士学位论文《朱鹤龄〈愚庵小集〉存诗校注》以上海古籍出版社 1979 年影印本《愚庵小集》为底本，以文渊阁《四库全书》本及华东师范大学出版社 2010 年卢思徵点校本为参校本，对《愚庵小集》所存朱鹤龄诗歌进行校注与研究。[⑤] 沈玉云的硕士学位论文《朱鹤龄〈愚庵小集〉校勘记》以上海古籍出版社影印本《愚庵小集》为底本，与文渊阁《四库全书》本、文津阁《四库全书》本进行对校，着重考察文渊阁本和文津阁本两版《愚庵小集》的删改情况，以此考察四库馆臣对《四库全书》收录之书的删改标准和原因。[⑥] 施马琪的硕士学位论文《朱鹤龄〈诗经通义〉文献学研究》从文献学角度对《诗经通义》一书进行专门研究。论文对朱鹤龄的生年进行考证，认为朱鹤龄生于明神宗万历三十六年（1608）。[⑦] 于佳的硕士学位论文《朱鹤龄〈诗经通义〉研究》通过重点分析《诗经通义》一书在经学和文学两方面的成就，来探索朱鹤龄的诗经学思想与渊源。[⑧] 秦辉的硕士学位论文《朱鹤龄及〈李义山诗集注〉研究》，则对其另一部学术著作《李义山诗集注》有较为详细的论述。[⑨]

5. 王锡阐

王锡阐是清初著名的天文学家，后人对他的研究也多着眼于自然科学

---

① 周金标. 顾炎武与朱鹤龄交往考论. 江南大学学报，2009（4）：81-84.

② 周金标. 钱谦益与朱鹤龄交往考论. 江南大学学报，2010（1）：67-70.

③ 任豆豆. 朱鹤龄《杜工部诗集辑注》研究综述. 宁夏师范学院学报，2015（4）：72-76.

④ 王建涛. 朱鹤龄诗歌研究. 桂林：广西师范大学，2012.

⑤ 高洪韬. 朱鹤龄《愚庵小集》存诗校注. 南宁：广西大学，2011.

⑥ 沈玉云. 朱鹤龄《愚庵小集》校勘记. 南京：南京师范大学，2015.

⑦ 施马琪. 朱鹤龄《诗经通义》文献学研究. 南宁：广西大学，2012.

⑧ 于佳. 朱鹤龄《诗经通义》研究. 长春：吉林大学，2018.

⑨ 秦辉. 朱鹤龄及《李义山诗集注》研究. 重庆：西南大学，2010.

方面的成就。不过，中国科学院宁晓玉《王锡阐与惊隐诗社》一文，特别肯定了王锡阐的遗民气节，对王锡阐的诗文创作成就也有所论及，并且对“惊隐诗社”的活动和性质做了较多的交代。①

1998年，吴江市（今苏州市吴江区）曾召开“纪念天文学家王锡阐诞辰370周年”学术研讨会，并出版会议论文集《王锡阐研究文集》。据宁晓玉报道，与会作者主要集中在探讨王锡阐的生平事迹、学术思想、科学论著等方面。② 其中，江晓原从王锡阐与明代遗民顾炎武、吕留良等人的交游出发，评价了王锡阐拒不仕清的行为；陈其弟认为对王锡阐《晓庵先生文集》进行研究，有利于更加深入地理解王锡阐的天文历算和生平业绩。

严敦杰先生的遗著《王锡阐年谱》一文，以国家图书馆所藏清乾隆抄本《晓庵遗书》为参考来源之一，对王锡阐生平事迹进行了考证。附录“惊隐社姓氏录”指出吴炎文集中有“惊隐诗社”社启一文。③

王延鹏的硕士学位论文《儒学与科学的关系——以王锡阐为中心》通过分析王锡阐对中西历法的继承、批评与发展，发现儒学和科学对王锡阐产生了复杂的相互影响。以王锡阐为例，他认为儒学包含有利于科学研究的思想因素。④

蒋兵的硕士学位论文《王锡阐诗文研究》则是第一部较为系统和全面分析王锡阐诗文创作成就的研究专著。对王锡阐诗文作品的分析注重结合王锡阐的理学思想和遗民身份，重点研究王锡阐早年参加“惊隐诗社”活动、中年客居桐乡、晚年返乡隐居三个时间段的创作情况。论文附录《王锡阐诗歌系年》与《王锡阐文章系年》对王锡阐的文学创作活动进行了细致的考察。⑤

6. 戴笠（曼公）

“惊隐诗社”中有两位“戴笠”：一位是杭州人，字曼公；另一位是吴江人，字耘野。两人在乾隆《震泽县志》以及杨凤苞《秋室集》等书中都

---

① 宁晓玉．王锡阐与惊隐诗社．科学文化评论，2008（4）：97－108.

② 宁晓玉．纪念天文学家王锡阐诞辰370周年学术研讨会在吴江市举行．自然科学史研究，1999（2）：191.

③ 严敦杰．王锡阐年谱．自然科学史研究，2018（4）：529.《吴赤溟先生文集》中确有《社启》一文，但篇名及社启内容并未明言为“惊隐诗社”社启。[吴炎．吴赤溟先生文集//国粹丛书：第二集．上海：国学保存会，1906（清光绪三十二年）：40a-b.]

④ 王延鹏．儒学与科学的关系——以王锡阐为中心．济南：山东大学，2016.

⑤ 蒋兵．王锡阐诗文研究．南京：南京师范大学，2018.

有明确记载。但后人往往将两人误认为同一人。对此，梁容若《明季两戴笠事迹考》一文，专门进行了详细的辨析。① 又衷尔钜《戴笠、陈明德事迹考》②，以及南炳文《明末流亡日本二遗民朱舜水、戴笠生平考二则》③，则对杭州戴笠东渡日本的有关情况做了较多的考察。

7. 戴笠（耘野）

戴笠（耘野）以史学见长。黄振兴的硕士学位论文《明末清初戴笠及其史学研究》对戴笠（耘野）存世的两史学著作《怀陵流寇始终录》与《行在阳秋》进行了较为细致的梳理和考察。论文绪论第二部分“国内外研究综述”，对“惊隐诗社”的研究进行了小结。④

8. 潘柽章

潘柽章以史学见长，目前对他的研究主要集中在史学和文学两个方面。马静的硕士学位论文《潘柽章及其〈国史考异〉研究》，以《国史考异》一书为对象，阐述潘柽章的史学贡献。其中第一章“潘柽章的生平及学术活动”第二节“清初惊隐人”，简要交代了潘柽章与“惊隐诗社”的关系。⑤ 杨绪敏《论吴炎、潘柽章与〈明史记〉的纂修》一文，分析了吴炎、潘柽章修史的动机、资料的收集、分工及作史的方法等。⑥ 宁晓玉《未曾问世的〈明史记〉》一文，涉及“惊隐诗社”成员吴炎、潘柽章、王锡阐、顾炎武等人。⑦ 孙微、王新芳《潘柽章〈杜诗博议〉辑考》一文，通过朱鹤龄的著作《杜工部诗集辑注》，对潘柽章佚作《杜诗博议》进行辑考，同时分析了该书的注释特色及对杜诗学发展作出的贡献。⑧ 张煜《吴炎、潘柽章新乐府研究》一文，主要从史料价值和文学成就两个方面，对潘柽章与吴炎合撰的诗集《今乐府》进行了考察。⑨

9. 顾有孝

顾有孝是“惊隐诗社”著名的选家，编有诗文选本多种。对他的研究

① 梁容若．明季两戴笠事迹考//中日文化交流史论．北京：商务印书馆，1985：255－265.
② 衷尔钜．戴笠、陈明德事迹考．东方论坛，2004（2）：96.
③ 南炳文．明末流亡日本二遗民朱舜水、戴笠生平考二则．东北师范大学学报，2008（2）：9.
④ 黄振兴．明末清初戴笠及其史学研究．宁波：宁波大学，2018.
⑤ 马静．潘柽章及其《国史考异》研究．沈阳：辽宁大学，2011.
⑥ 杨绪敏．论吴炎、潘柽章与《明史记》的纂修．史学史研究，2012（2）：38－45.
⑦ 宁晓玉．未曾问世的《明史记》．科学文化评论，2014（3）：65－81.
⑧ 孙微，王新芳．潘柽章《杜诗博议》辑考．图书馆杂志，2008（9）：66－74.
⑨ 张煜．吴炎、潘柽章新乐府研究//乐府学：第六辑．北京：学苑出版社，2010：292－311.

主要集中在诗歌选本方面。王慧的硕士学位论文《顾有孝〈唐诗英华〉研究》认为，在顾有孝编辑的众多选本中，《唐诗英华》最为著名，影响力最大。《唐诗英华》的刊刻和流传改变了清初盛行于江南地区的“竟陵师风”。论文附录“顾有孝年谱简编”及“顾有孝编选、鉴定书目表”，为考察顾有孝生平和著述提供了参考。① 杨琳琳的硕士学位论文《〈江左三大家诗钞〉研究》则对顾有孝与赵沄合辑的《江左三大家诗钞》一书进行了较为全面和细致的梳理及分析。论文第二章“《江左三大家诗钞》的编撰背景”第三节“清初文人结社”，论及“惊隐诗社”与顾有孝的关系和相互影响。② 王辉斌《顾有孝与乐府诗笺评》一文，肯定了顾有孝《乐府英华》首创乐府诗“笺释类批评”的成就，认为顾有孝此举对清代中后期的乐府诗批评产生了明显的影响。③

10. 陈济生

陈济生是“惊隐诗社”的另一位选诗大家，所辑《启祯两朝遗诗》就是一部较为著名的诗歌选本。王云云的硕士学位论文《陈济生与〈启祯两朝遗诗〉研究》第一章“陈济生生卒、著述及交游等史实考辨”第三节“交游考”，涉及陈济生与“惊隐诗社”成员顾炎武、归庄、施諲、潘柽章、吴炎等人的交往。论文附录“陈济生简谱”与“陈济生的诗文辑佚”，为考察陈济生的生平事迹和诗文创作提供了参考。④ 陆林《金圣叹交游考：徐崧与陈济生》一文，考证了金圣叹和陈济生的交游。⑤

此外，钱仲联先生主编《清诗纪事》“明遗民卷”，收录有不少“惊隐诗社”成员的诗作及相关评论。本师朱则杰先生《清诗考证》一书，对“惊隐诗社”部分成员编纂的诗歌总集有所考证；《清诗考证续编》一书，对“惊隐诗社”部分成员的生卒年和生平事迹有所考证。

综上所述，目前对于“惊隐诗社”的整体研究还停留在单篇论文或专著中的某一章节上，限于篇幅而不可能作更深入的研究。对于单个成员的研究，也主要集中在几个名气较大的人物上，而其他大多数仍然处于无人问津的空白阶段。无论在文学还是史学领域，“惊隐诗社”的研究都有很大的开拓空间，是一个有待发掘的课题。

---

① 王慧．顾有孝《唐诗英华》研究．上海：上海师范大学，2012.
② 杨琳琳．《江左三大家诗钞》研究．新乡：河南师范大学，2017.
③ 王辉斌．顾有孝与乐府诗笺评．重庆师范大学学报，2014（4）：43－48.
④ 王云云．陈济生与《启祯两朝遗诗》研究．南京：南京师范大学，2015.
⑤ 陆林．金圣叹交游考：徐崧与陈济生．南京师范大学文学院学报，2014（4）：94－101.

二、研究思路、结构及意义

鉴于“惊隐诗社”研究的现状，本书拟提出自己的基本思路，并对可能获得的研究意义做出大致的估测。

（一）基本思路

本书研究“惊隐诗社”，主要考虑以下两个方面。

一是全面而系统。前人对“惊隐诗社”的研究，限于篇幅，往往只能涉及某一方面，并且总体上比较零散。本书拟从诗社的历程、成员、文学创作、历史地位及影响等方面，对该社进行全方位的系统研究。即以成员研究为例，除了几个已经形成热点的人物，其余大多数人物的研究都还非常薄弱。因此，有必要对该社成员做详细而全面的考察，包括个人生平事迹、相互之间的关系等。同时，以往对于“惊隐诗社”的考察，仅限于其存在的十七年间。但有关成员活动的时间，实际上却远远不止这十七年。因此，我们不能孤立地只考察这十七年间的成员活动，而应将诗社成立之前和消亡之后有关成员的活动和文学创作，也一起纳入考察的范围，并视其与相关章节的关系予以相应的论述。

二是准确而深入。前人对“惊隐诗社”的研究，例如对待诗社成员，上起整体名单认定，下至个人生卒年考证，都存在或多或少的模糊乃至讹误之处。这就需要对有关材料进行具体的分析，从而做出正确可靠的论断。同时，从诗社性质上看，“惊隐诗社”并非一个纯粹的文学社团，而是一个兼有政治、学术等多种性质的社团。鉴于社中不少成员在文学之外的其他领域也有突出造诣，且都是坚守气节的遗民，本书将采取文史结合的研究方法，从文学、文化、学术、政治等多个领域，对“惊隐诗社”进行深入的考察。

全书大致分为三个部分。第一部分包括第一、二两章，主要对“惊隐诗社”进行史实钩沉，包括诗社本身的发展历程和成员生平事迹的考证。第二部分包括第三、四两章，主要考察“惊隐诗社”的文学创作和成就。第三部分即第五章，从文人结社和文学史的角度，评价“惊隐诗社”的地位和影响。

除了以上正文部分，笔者以“惊隐诗社”成员的籍贯为线索，撰写成“‘惊隐诗社’成员简表”；以“惊隐诗社”成员生卒年先后为限，简要交代诗社成员的主要生平活动，撰写成“‘惊隐诗社’活动年表”；又就已收集的资料，对“惊隐诗社”成员的单篇作品进行初步辑考，撰写成“‘惊隐诗社’成员作品辑考”。希望这三种附录，能补充说明正文中未及的一些问题，并对以后“惊隐诗社”的研究有所裨益。

（二）研究意义

“惊隐诗社”是明清之际江南地区较为典型的遗民诗社，从明清史研究和明清文学研究的角度来说，具有重要的价值和意义，至少可以归纳为以下三点。

第一，为明清文人结社史研究提供一个重要的个案。学术界对明清文人结社，目前基本上还处在综合研究的层面。具体到单个社团的研究，有过专著或者达到博士学位论文这个规模的，还只有明末清初的复社和清末民初的南社这两个大社，其他社团则至多仅写到硕士学位论文这个层次。而对复社和南社的研究，重点在于历史与政治影响方面。“惊隐诗社”作为明清时期重要程度仅次于复社以及南社，并且在这两个大社之间具有某种承接作用的一个社团，对它进行专门、深入的探讨，无疑有助于促进整个明清文人结社的研究。

第二，为清代诗歌研究加强一个侧面的角度。从目前的清诗研究来看，涉及专史、作家、作品、流派、资料编纂、典籍整理等方面的成果较多，而对诗社则关注较少。前及谢国桢等先生，在研究诗社时，又往往从史学的角度考察，注重考证成员的个人生平事迹，对于文学创作，甚少提及。然而事实上，诗社恰恰是诗歌史中的一个重要环节。研究诗社，更能够完善整个诗歌史的研究。而本书探讨“惊隐诗社”，对于深入研究清代诗歌，自然也具有重要的意义。

第三，为环太湖区域的文学研究添砖加瓦。从地域的角度来看，环太湖区域是明清时期文学最发达的一个地区，文人结社尤其兴盛，正在越来越引起学术界的特别关注。“惊隐诗社”的成员主要来自苏南、浙北，而以诗社发起地苏州府吴江县为最多，并且还涉及多个文化望族。因此，对“惊隐诗社”进行研究，理所当然地也将成为环太湖区域文学研究的一个重要组成部分。

第一章 “惊隐诗社”的历程

中国文人结社，在清代之前以明末为最盛。入清伊始，风气依旧不衰。后因朝廷禁止及各种打击，自康熙初年以后相对比较沉寂。“惊隐诗社”于顺治五年戊子（1648）成立，至康熙三年甲辰（1664）解散，前后持续时间长达十七年之久。在此期间，诗社经历了一个从形成逐渐走向消亡的历史过程。它的形成至消亡，体现了清初文人结社从活跃渐趋消沉的发展历程。

第一节 “惊隐诗社”的形成

“惊隐诗社”的形成，从文人结社的历史来说，是直接延续明末繁盛之风而来；从清初的政治环境来看，又与遗民的抗清斗争有关。中国文人结社发展到明末，已经达到了高峰阶段，当时文坛上的知名文人和重大文学活动，几乎都与结社相关。清朝初年，遗民结社依然盛行，其中一部分遗民社团就是明末文人结社的延续，而另一部分遗民为了秘密从事抗清斗争，也往往以结社作为联络同道志士的方式。加上全国尚未统一，清朝统治者忙于征战，对遗民结社也未严令禁止，客观上为遗民结社创造了有利的条件。

一、“惊隐诗社”形成的背景

中国古代文人结社，最初盛于明代。谢国桢先生说：“结社这一件事在明末已成风气，文有文社，诗有诗社，普遍了江、浙、福建、广东、江西、山东、河北各省，风行了百数十年，大江南北，结社的风气犹如春潮怒上，应运勃兴。”[①] 结社活跃的表现之一是社团数量众多，据何宗美统

---

① 谢国桢．明清之际党社运动考．上海：上海书店出版社，2004：7.

计，至明末天启、崇祯年间，文人结社达到最高峰，有将近一百三十家社团。① 清初结社盛行，可视为明末风气的延续。从地域上看，又以江浙地区尤为活跃。这一方面与当时的政治环境有关，另一方面有赖于江南地区发达的经济和文化。

先说政治环境。清朝统治者虽于顺治元年甲申（1644）定鼎北京，取代明朝统治天下，然而全国各地的抗清斗争却此起彼伏。明朝宗室在南方先后建立弘光、隆武、永历等南明政权，直到康熙三年甲辰（1664），永历政权已经灭亡，郑成功及张煌言相继逝世，东南沿海的反清军事力量几乎全线覆灭，大规模的抗清斗争才告一段落。在此期间，清朝统治者的主要精力放在军事征服上，文化统治处于次要地位，客观上为文人结社提供了一个相对宽松的政治环境。

再说地域因素。“惊隐诗社”发起地江苏苏州府吴江县（今苏州市吴江区），位于太湖之滨，素有“鱼米之乡”之称。杨凤苞《秋室集》卷一《书南山草堂遗集后》说：

> 明社既屋，士之憔悴失职、高蹈而能文者，相率结为诗社，以抒写其旧国旧君之感。大江以南，无地无之。其最盛者，东越则甬上，三吴则松陵。然甬上僻处海滨，多其乡之遗老，间参一二寓公。松陵为东南舟车之都会，四方雄俊君子之走集，故尤盛于越中。而“惊隐诗社”，又为吴社之冠。②

这里提到的“松陵”，为吴江下辖松陵镇，即借指吴江。吴江既是舟车往来的交通枢纽，又有四方君子集合，故而结社活动十分频繁，“尤盛于越中”。除了以上两个条件，吴江本地的世家望族，也在结社活动中发挥了重要作用。陈去病《五石脂》说：“当明代之隆，松陵城中，以周、吴、沈、赵、叶为五世家。”③ 五世家中，周、吴、沈、叶四世家均有“惊隐诗社”的成员；此外，顾、钮、朱等大姓中亦有成员。如周安、周灿、周尔兴、周抚辰，吴珂、吴宗潜、吴宗汉、吴宗泌、吴宗沛、吴宷、吴炎、吴南杓，沈永馨，叶世侗、叶继武、叶敷夏，顾樵、顾有孝，钮棨、

---

① 何宗美．明末清初文人结社研究．天津：南开大学出版社，2003：22.

② 杨凤苞．秋室集：卷一//续修四库全书：第1476册．上海：上海古籍出版社，2002：10.

③ 陈去病．陈去病诗文集：下编．北京：社会科学文献出版社，2009：605.

钮明儒，朱鹤龄、朱明德，等等。[①] 因此，“惊隐诗社”发起于吴江，其成员半数以上为吴江人，并非偶然。

二、“惊隐诗社”形成的概况

吴江在雍正四年丙午（1726）一度析为吴江、震泽两县。关于“惊隐诗社”的形成，乾隆《震泽县志》、乾隆《吴江县志》、杨凤苞《秋室集》等书，均有叙及。其中乾隆《震泽县志》卷三十八《杂录·二（旧事·二）》记载较为详细，兹录于下：

> 太湖叶桓奏，鼎革后隐居唐湖北渚古风庄，有烟水竹木之胜。与严墓吴东篱兄弟并为“惊隐诗社”领袖。[“惊隐诗”三字，叶集作“逃”。]……
>
> 国初，吾邑之高蹈而能文者，相率为“惊隐诗社”，四方同志咸集……于时定乱已四五年，迹其始起盖在顺治庚寅。诸君以故国遗民绝意仕进，相与遁迹林泉，优游文酒；芒鞋箬笠，时往来于五湖三泖之间，而执法之吏不相谁何。国家文网之宽，诸君气谊之笃，两得之矣。[②]

按“惊隐诗社”又名“逃社”，也称“逃之盟”。关于它的成立时间，此处推测为顺治七年庚寅（1650）。后来的记载，也都沿袭此说。但是，诗社成员吴炎《潘子今乐府序》所记却有不同：

> 方己卯[崇祯十二年，1639]、庚辰[十三年，1640]间，余从家叔父南村先生游，舍笠泽王氏……余于是始耳潘子。距三年，而余稍稍挟中书君与时贤从事，而潘子亦来……又三年，而陵谷变。予窜西吴，与潘子不相闻者二年。无何，而余遘闵凶，潘子来唁……明年，而家叔父东篱先生为“逃之盟”于溪畔，而潘子辄来……又五年，……相与……为《今乐府》……巳[癸巳，顺治十年，1653]之冬，成十三。[③]

---

① 凌郁之．苏州文化世家与清代文学．济南：齐鲁书社，2008：58．成员名单偶有出入。

② 乾隆《震泽县志》：卷三十八//中国地方志集成：江苏府县志辑：第23册．南京：江苏古籍出版社，1991：340．

③ 吴炎，潘柽章．今乐府//丛书集成续编：第109册．台北：台湾新文丰出版公司，1988：647－648．

按吴炎与潘柽章曾合撰《今乐府》，两人交互为序。此序中间说到吴宗潜（号东篱）创立“逃之盟”亦即“惊隐诗社”的时间，前后有许多需要推算的年份：前面从明崇祯十二年“己卯”（1639），“距三年”，“又三年，而陵谷变”，指清顺治二年乙酉（1645），清军攻占南京、苏州等地，南明弘光政权灭亡一事。下推“二年”，再“明年”，则为顺治五年戊子（1648）。后面“又五年”到顺治十年癸巳（1653）冬写成十分之三的《今乐府》，在时间上亦与之相吻合。这就是说，“惊隐诗社”实际成立于顺治五年戊子（1648）。周雪根《清初吴地“惊隐诗社”新考》一文，也曾依据此序得出同样的结论，只是考证过程稍微简略一些。[①] 至于俞前《王锡阐和他所处的年代》一文说“惊隐诗社”成立于顺治十年癸巳（1653）[②]，则不知何据。

“惊隐诗社”的领袖是叶继武（字桓奏）与吴宗潜、吴宗汉（号南村）兄弟，其成员皆为“绝意仕进”的遗民。此时文禁尚宽，社员相与“遁迹林泉，优游文酒”，体现了一个遗民诗社的特色。诗社别名所谓“逃”，意即隐居不仕，逃避乱世。由于材料的欠缺，诗社成立的具体情况已难以考察。但从叶继武自称诗社为“寒盟”来看（详后），他是希望各位成员保持名节，不与异族统治者合作。诗社的名字，暗示了它的政治态度和文化立场。叶继武本人，据戴笠（耘野）《高蹈先生传》记载：

> 叶继武……隐唐湖北渚，所居名曰古风庄，有烟水竹木之胜。因与吴兴沈祖孝、范风仁，同邑吴宗潜、潘柽章等举“逃社”，为岁寒交，一时三吴高士莫不指唐湖为武陵、柴桑焉。四方宾至无虚日，继武倾赀结纳，人皆以孟尝君称之。[③]

叶继武既是该社的领袖，也是发起人之一。诗社发起地，在其隐居的吴江唐湖北渚古风庄。他为人轻财好客，被视为“孟尝君”，古风庄也被三吴人士视为武陵、柴桑这样的世外桃源。“惊隐诗社”能够成立，并持续较长的活动时间，与他的努力有很大关系。

---

① 周雪根．清初吴地“惊隐诗社”新考．文艺评论，2011（2）：144－148.

② 陈美东、沈荣法．王锡阐研究文集．石家庄：河北科学技术出版社，2000：229.

③ 凌淦．松陵文录：卷十七．刻本．1874（清同治十三年）：4a.

第二节 “惊隐诗社”的活动

文人结社的活动，大致包含文学活动、学术活动和政治活动三类。“惊隐诗社”的活动，以文学活动和学术活动为主，政治活动相对较少。其中文学活动以集会和编选诗文总集为主；编选诗文总集另有论述，在此只讨论集会情况。需要注意的是，“惊隐诗社”并非纯文学性质的社团，其成员的学术活动及政治活动往往与文学活动交织在一起。

一、“惊隐诗社”的集会

“惊隐诗社”的集会，据乾隆《震泽县志》记载，“岁以五日祀屈原，九日祀陶渊明，除夕祀林君复、郑所南”[①]。这里提到集会的时间，是每年的端午、重阳、除夕；集会的内容之一是祭祀先贤，包括屈原、陶渊明、林逋、郑思肖，凡四人。实际上，诗社集会的时间和祭祀的对象还不止这些。

除了端午、重阳、除夕这三个节日，至少还有上元节和花朝节，也曾是诗社集会的时间。社员周灿诗集《泽畔吟》中，就有《盆梅盛开，预举花朝社集》《正月十五盆梅盛开，诸同人雅集分赋》《花朝社集，分得“村”字》诸题。[②] 而节日之外，其他集会的时间就更多了，例如“上巳后二日”“仲夏望前一日”“重九前一日”等（详后）。至于泛指而无法考证具体日期的时间，诸如孟冬、暑月等，则不在考察范围内。

诗社祭祀的对象，除了屈、陶、林、郑四人，至少还有杜甫和贾谊，分别可见叶继武《九日岁寒斋同“逃社”诸子祀陶元亮、杜子美两先生》[③]，潘柽章《仲夏望前一日，同……敬祭屈大夫、贾太傅两先生……》[④]。

关于诗社集会的地点，提到最多的自然是叶继武的古风庄，所谓“汾

---

① 乾隆《震泽县志》：卷十八//中国地方志集成：江苏府县志辑：第 23 册．南京：江苏古籍出版社，1991：177.

② 周灿．泽畔吟//丛书集成续编：第 123 册．上海：上海书店出版社，1994：468，476，467.

③ 同①301.

④ 潘柽章．观复草庐剩稿：卷五．上海：神州国光社，1913（民国二年）：9a.

湖叶桓奏……家唐湖北渚之古风庄……同社麇至，咸纪以诗”[①]。可见叶继武居所不仅是诗社的发起地，也是诗社聚会的代表性场所。更具体地说，则是其书斋“岁寒斋”。

除了诗社领袖叶继武的岁寒斋，其他社员的居所也往往是聚会的场所。例如潘柽章的韭溪草堂、周灿的南园、沈永馨的通晖楼、周尔兴的蓬莱阁、沈嘉楠的东园、陈济生的远耀堂、王锡阐的困亨斋、钱肃润的十峰草堂、顾有孝的北郭草堂等。

集会的次数，从社员的诗集中，可以发现一些线索。即以潘柽章诗集《观复草庐剩稿》为例，集会年份可知的，如顺治九年（1652）《壬辰五日，赋得“投诗赠汨罗”，时周闇昭、机高、拭山，吴东篱、匡庐，顾樵水，叶桓奏集敝斋作》[②]、十年（1653）“癸巳暑月”《新荷篇》唱和[③]、十一年（1654）《甲午孟冬，同赤溟过皇士斋，适慈溪魏雪窦，云间冯天垂、吴六益，鹿城陆彦修，吴门徐贞起、施又王诸子至菊下饮，分得“六麻”》[④]，每年至少有一次，并且其中恰好有端午。

至于集会年份不可考的，则次数更多，如《集闇翁南园观梅》[⑤]、《寒夜同雪樵、东篱、南村、桓奏、不远、寅旭集机高蓬莱阁，各赋长句为乐》[⑥]、《周安节冒雨垂访，剧谈有感，因寄戴则之》[⑦]、《同梅隐、桓奏探菊，宿平川旧居》[⑧]、《同赤溟、昭冥访南村，舟中分得“家”字》[⑨]、《重九前一日，同匡庐、雪樵、东篱、南村、桓奏、赤溟、公觐、融充、曜庚，集钮晦复斋，得“公”字》[⑩]、《新荷，同梅隐诸公集闇昭侍御斋赋》[⑪]、《梅隐、雪�、东篱、桓奏、勤宣以上巳日见过即别，却订午后修禊桓奏斋中，今以风雨竟不获与》[⑫]、《同介白、茂伦、其凝，集樵水斋

---

① 杨凤苞．秋室集：卷一//续修四库全书：第1476册．上海：上海古籍出版社，2002：10.

② 潘柽章．观复草庐剩稿：卷二．上海：神州国光社，1913（民国二年）：2b.

③ 同②4a.

④ 同②12a.

⑤ 同②6a.

⑥ 同②7a.

⑦ 同②3a.

⑧ 同②7a.

⑨ 同②9a.

⑩ 同②10a.

⑪ 同②11a.

⑫ 同②14a.

头》[①]、《仲夏同东篱、桓奏、樵水诸子集茂伦新居，限用“明”字》[②]、《酬梅隐、机高、开期、其凝过湖滨新居见赠》[③]、《花朝社集，同长孺、南村、闇昭、茂伦、赤溟、昭冥、机高、樵水、其凝，分得“潜”字》[④]、《菊花时，同梅隐、匡庐、宁武、东篱、南村、西山、不远、琴侠、兆敏集雪樵馆，祭元亮、子美两先生，分韵得“屏”字》[⑤]、《望雨，同闇昭、匡庐、东篱、机高、樵水、桓奏、其凝集敝斋作》[⑥]、《咏千日红……秋杪同梅隐、开期、桓奏、其凝过初玉蓬莱阁，得观而赋之》[⑦]、《花朝社集，同梅隐、樵水、白卿、初玉、开期，集周闇昭斋中》[⑧]、《盆梅盛开，预举花朝社集，同匡庐、闇昭、樵水、机高、开期、拭山》[⑨]、《南园累石，同闇昭、开期、樵水、白卿、其凝，集初玉斋赋》[⑩]、《仲夏望前一日，同匡庐、宁武、东篱、北窗、南村、樵水、北山、载阳、其凝、兆敏、公觐、曜庚、开期、桓奏，敬祭屈大夫、贾太傅两先生，即事分韵，得“还”字》[⑪]、《九日同匡庐、宁武、耳韶、宾王、雪筠、东篱、南村、桓奏、载阳、荪如、公觐、融司、曜庚，集钮晦复斋》[⑫]、《仲夏同东篱、桓奏、樵水、松之、庶其、赤溟、曜庚集茂伦新居，限用“明”字》[⑬]。以上凡二十一次，并且其中恰好有花朝和重阳。

此外还有一种特殊的集会形式，即数人分处各地而举行同一活动，如顺治七年（1650）《庚寅除夕戊寅，遥同梅隐、雪樵诸公》[⑭]、八年（1651）《辛卯元旦己卯，遥同梅隐、雪樵、匡庐、东篱、南村、赤溟诸公》[⑮]、九年（1652）《壬辰除夕，遥同社中诸子守岁》[⑯]，一年一次，并且其中除了

---

① 潘柽章．观复草庐剩稿：卷五．上海：神州国光社，1913（民国二年）：4b.
② 同①5b.
③ 同①9a.
④ 同①9a.
⑤ 同①10b.
⑥ 同①11b.
⑦ 同①13a.
⑧ 同①14a.
⑨ 同①15a.
⑩ 同①16b.
⑪ 同①16b.
⑫ 同①18b.
⑬ 同①19b.
⑭ 同①13b.
⑮ 同①13b.
⑯ 同①14b.

除夕还有元旦。

按潘柽章受庄廷鑨“明史案”牵连，于康熙二年癸卯（1663）罹难（详下），其诗集中所涉“惊隐诗社”的聚会时间，下限即为该年。而从“惊隐诗社”成立的顺治五年戊子（1648）算起，这十六年间，他参加的诗社集会应当超过二十次。各次集会的社员，从理论上说是有可能全体到齐的，然而实际上往往只有其中的一部分。当然，这也正是一般诗社集会的通例。至于诗社之外的人参加“惊隐诗社”的集会，这种情况在此不作考虑。

集会的内容，除了祭祀先贤、分韵赋诗，还有填词。前引乾隆《震泽县志》卷三十八《杂录·二（旧事·二）》省略号处曾叙及：

> 时同社之来唐湖，岁率数至，至必宾主联吟为《望海潮》词，先后凡百篇。后稿本散失，其孙士春裒叙存者，自庚寅［顺治七年，1650］初夏至甲午［十一年，1654］仲秋，得十七首，附载《南山堂遗稿》中，此亦唐湖一旧闻也。①

按照这里的记载，“惊隐诗社”成员每年来叶继武居所聚会数次，每次填《望海潮》词，当时已达百篇之多，且编有稿本。后来经其孙叶士春收集，尚存十七首，附录于叶继武《南山草堂遗集》中。可惜《南山草堂遗集》一书现已失传，查《全清词·顺康卷》亦无相关作品，无由得见。

二、“惊隐诗社”的学术活动

“惊隐诗社”的学术活动，不像文学活动那样频繁，相关记载也较少，但该社的学术成果众多，成员在史学、经学及自然科学等方面留下了大量的学术著作。其中部分成员还涉及多个学术领域，如顾炎武、潘柽章、王锡阐等。

第一类为史学论著。“惊隐诗社”成员在史学方面的著作数量比较多，顾炎武、潘柽章、戴笠（耘野）、陈济生、朱明德等人均有所撰。明遗民认为国亡而史不可亡，对修史非常重视，因此纷纷著书存史。从内容上看，大致可以分为三种。一是对时事的记录，如叶继武《乙丙日记》和陈济生《再生纪略》。二是为遗民立传，如戴笠（耘野）《骨香集》《耆旧集》

---

① 乾隆《震泽县志》：卷三十八//中国地方志集成：江苏府县志辑：第23册．南京：江苏古籍出版社，1991：340.

和朱明德《广宋遗民录》。三是整理地方文献，如潘柽章《松陵文献》、顾樵《吴郡名胜志》。

第二类为经学论著。"惊隐诗社"中的经学大家，首推顾炎武，其经学论著有《左传杜解补正》《九经误字》《石经考》《音学五书》《吴才老韵补正》等。他倡导以经证史、经史互训的学术方法，开乾嘉考据学派的先河。其次是朱鹤龄。他本以诗集笺注见称于世，著有《杜工部诗集集注》及《李义山集笺注》；后与顾炎武交往，转而研究经学，撰有《易广义略》《尚书埤传》《禹贡长笺》《毛诗通义》《春秋集说》等。

第三类为自然科学论著。"惊隐诗社"中如潘柽章、吴炎等，均对天文历法有所研究。其中王锡阐在天文学上的贡献尤其突出，著有《大统西历启蒙》《推步交朔》《测日小记》《三辰晷志》《圜解》《日月左右旋问答》《南北两极图浑天歌》《筹算》《五星行度解》《丁未历稿》《晓庵新法》《历说》《汉书日食辨》等。当时他与北方的历算名家薛凤祚齐名，并称"南王北薛"。顾炎武也十分推崇他的天文学造诣，《广师》一文有"学究天人，确乎不拔，吾不如王寅旭"之句。①

"惊隐诗社"成员在学术上取得的成就，除了个人的兴趣与努力，还与成员之间的相互交往密切相关。列名海内"四大布衣"的顾炎武与朱鹤龄，就有长达三十年的学术交流。② 而合撰《明史记》的吴炎、潘柽章等人，也有分工合作："柽章分撰本纪及诸志，炎分撰世家、列传。柽章长于考核，炎长于叙事，互相讨论，撰述数年，书成十之六七。"③ 并且《明史记》还得到了顾炎武的支持，他将所藏史书千余卷借给吴炎、潘柽章，以助编书。④ 从总体上说，社员之间互相传阅学术著作，或以书信往来的方式发表意见，或以资助藏书的方式给予支持，在一定程度上活跃了学术气氛。

三、"惊隐诗社"的政治活动

崇祯十七年甲申（1644）明朝灭亡后，南方先后建立了数个后续政

① 按王锡阐字寅旭。顾炎武．顾亭林诗文集：亭林文集：卷六．北京：中华书局，1983：135.

② 周金标．顾炎武与朱鹤龄交往考论．江南大学学报，2009（4）：81－84.

③ 同治《苏州府志》：卷一百零六//中国地方志集成：江苏府县志辑：第9册．南京：江苏古籍出版社，1991：691.

④ 顾炎武．顾亭林诗文集：亭林文集：卷五．北京：中华书局，1983：116.

权，其中永历政权一直坚持到清顺治十八年辛丑（1661）。在此期间，全国各地的反清复明斗争此起彼伏，遗民结社也往往与之相呼应。“惊隐诗社”虽然没有明显的反清复明活动，但诗社成员通过改名、弃诸生、拜谒孝陵、作品纪年不用清朝年号、不应康熙博学鸿儒科等种种行为，来表明自身心怀故国、不仕清廷的政治立场。

第一种是改名。明朝灭亡以后，有不少遗民纷纷变更姓名，有的人甚至多次改名或者弃用姓名。改名的原因，大约有以下三类：其一是隐姓埋名，躲避清朝的追捕；其二是表达心怀故国，寄托对明朝的追思；其三是不愿留名，以免辱身辱国。“惊隐诗社”成员的改名，大致属于第一类和第二类。

“惊隐诗社”成立之前，社中顾炎武、归庄、吴宗潜、吴宗泌等人就参加过抗清斗争。他们的改名具有双重含义，既是出于保全自身的需要，也寄托了对明朝的追思。例如顾炎武一署蒋山佣，蒋山是南京的一座山，象征南京，而南京是明朝开国的都城；佣，即仆人。蒋山佣要表达的含义是明朝的臣仆。吴宗潜，初名系，字方轮，明朝灭亡后改今名，并改字东里（一作东篱），明显出于对陶潜（渊明）的钦慕，效仿陶渊明隐居不仕之意。而陈去病《吴十子节士赤民先生传》则指出：“吴炎，字赤溟，又字如晦，号愧庵，吴江人。以遭逢鼎革，系心故国，不忍背弃，因更号‘赤民’云。”①

第二种是弃诸生。“惊隐诗社”中除了周灿、颜俊彦、陈济生等少数几人曾在明朝为官，其余大多数成员都是诸生。这里的诸生是指明清时期经考试录取而进入府、州、县各级学校学习的生员，也就是俗称的“秀才”。诸生不是官员，但享受政治上和经济上的相关优待。“弃诸生”也称“弃巾”，就是告退衣巾，放弃生员的身份。这意味着从此与仕途绝缘，并舍弃因诸生身份而享受的种种优待。

以诗社领袖叶继武为例，社友戴笠（耘野）为其作《高蹈先生传》，文末论曰：

> 噫，甲申、乙酉之交，弃诸生者多矣。然原无所短长。若先生者，可以进而能不进，得不谓高蹈乎哉！长君敷夏，少负英敏之资，亦承父志隐居，而惜蚤年以殁，可谓父子高蹈云。②

---

① 陈去病．陈去病诗文集：上编．北京：社会科学文献出版社，2009：285.

② 凌淦．松陵文录：卷十七．刻本．1874（清同治十三年）：4b.

明遗民中“弃诸生”的现象非常普遍，然而其中不少人，原本在仕途上的希望不大，即使“弃巾”亦“无所短长”。实际上早在明亡之前，已经有读书人出于对仕途的失望，纷纷“弃诸生”。而明朝灭亡后“弃诸生”，是保持气节、不仕清廷的行为，亦并非人人都能做到。戴笠（耘野）认为像叶继武这样“可以进而能不进”，父子隐居不仕，可谓“高蹈”，将叶继武的传记命名为《高蹈先生传》（一名《桓奏叶君高蹈传》），就是为了突出“高蹈”之义。

类似叶继武、叶敷夏父子两代均弃诸生不仕者，在“惊隐诗社”中还有吴宗潜兄弟和从侄吴炎，金瓯和侄子金始桓。在“鼎革之际，百卉改柯易叶”，“父兄为高士而子若弟登巍科者，比比也”[①] 的环境下，要遵守家训，以布衣保持气节，并非一件容易的事情。陈梓《删后文集》卷九《金复庵太翁传》论曰：“余少过遁野，观钱尚书遗墨，知公［金始桓］先世与牧斋［钱谦益］有旧，未尝不慨然兴叹：牧斋诗文鸣一时，而晚节若此；如公之才，出而问世，宁不足与时辈颉颃？乃独以布衣，从诸遗老吞声饮泣于荒寒寂寞之乡，没齿无悔。”[②] 在陈梓看来，钱谦益的名气及诗文造诣固然大于金始桓，却晚节不保，出仕清朝；金始桓虽以布衣隐居于乡野，寂寂无名，却没齿无悔。“惊隐诗社”的大部分成员都以布衣终老，并非才不足与时辈颉颃，而是以遗民高蹈自晦，保持气节，令人敬佩。

第三种是拜谒孝陵。孝陵位于南京紫金山，亦即蒋山，明朝开国皇帝朱元璋和皇后马氏合葬于此。在明遗民看来，孝陵象征已经灭亡的明朝。顾炎武曾经五谒孝陵，并多次写诗记之，其《孝陵图》诗小序说：“念山陵一代典故，以革除之事，实录、会典并无纪述。当先朝时，又为禁地，非陵官不得入焉；其官于陵者，非中贵则武弁，又不能通谙国制，以故其传鲜矣。今既不尽知，知亦不能尽图，而其录于图者且不尽有。恐天下之人同此心而不或至者多也，故写而传之。”[③] 拜谒孝陵，不仅仅是缅怀大明，寄托哀思，更体现了顾炎武以诗（图）存史，传之世人的良苦用心。

第四种是作品纪年不用清朝年号。江庆柏《明清时期年号纪年法的规避》一文指出：“由于一个年号代表着一个政权，一个年号的兴替代表着一个政权的兴替，因此在年号的使用上，也往往体现出人们的政治态度。

---

① 外舅金晨村传。（陈梓．删后文集：卷九//四库未收书辑刊：第九辑：第 28 册．北京：北京出版社，2000：333.）

② 同①332.

③ 顾炎武．顾亭林诗文集：亭林诗集：卷二．北京：中华书局，1983：306.

这种情况历朝都有，但以明清时期最为突出。”“那些不肯承认当今王朝，或与当今王朝采取不合作态度的人，常常在年号的使用上费尽心机。他们或者不用当今王朝年号，而用前王朝的年号，或者用其他纪年法如干支纪年法、岁阴岁阳纪年法等来代替。”① 该文还特地举归庄著作采用南明年号为例。在“惊隐诗社”中，不少成员的作品，如潘柽章、周灿等，往往采用干支纪年，而不称年号，这也是一种特殊的反抗方式。此外，顾炎武、王锡阐的作品中采用岁阴岁阳纪年法，也体现了他们不愿与清廷合作的态度。

第五种是不应康熙博学鸿儒科。康熙十七年戊午（1678），为了笼络明遗民，康熙帝下诏曰：“凡有学行兼优、文词卓越之人，不论已仕、未仕，在京三品以上及科、道官，在外督、抚、布、按，各举所知，朕亲试录用。”② 此时遗民守节已到最艰难的时候，不少遗民纷纷响应举荐，形成了“一队夷齐下首阳”的局面。而“惊隐诗社”已经解散多年，社中成员大多已经故去，还在人间的顾炎武、钱肃润、朱鹤龄、顾有孝等皆在被推荐之列。对此，顾炎武等人拒不应荐。“惊隐诗社”虽然已经消亡，但它“逃于诗酒、隐于山林”的精神依然在尚存于世的成员身上继续发扬。

此外，关于归庄、顾炎武等人曾经秘密进行反清复明活动一事，学者多有论述，兹不详叙。③

第三节　“惊隐诗社”的消亡

“惊隐诗社”没有一个明确的解散时间。大约在康熙二年癸卯（1663）之后，即不再有正式的集会活动。但诗社的大部分成员尚存于世，其精神依然在不断延续。因此，我们在这里使用“消亡”一词。

一、“惊隐诗社”消亡的原因

在谈及“惊隐诗社”消亡原因时，乾隆《震泽县志》说：“其后史案

① 江庆柏．明清年号纪年法的规避．文史知识，2003（7）：83.

② 清实录:圣祖仁皇帝实录：卷七十一．北京：中华书局，1986：910.

③ 孔定芳．清初遗民社会——满汉异质文化整合视野下的历史考察．武汉：湖北人民出版社，2009：137－143.

株连，同社有罹法者，社集遂辍。”[①] 这里的“史案”是指发生于康熙二年癸卯（1663）的庄廷鑨“明史案”，“惊隐诗社”成员吴炎和潘柽章因列名参阅，受到牵连，同年在杭州罹难。戴笠（耘野）为潘柽章而撰的《潘力田传》，记载如下：

潘柽章……谓诸史惟马迁书最有条理，后人多失其意，欲仿之作《明史记》，而友人吴炎所见略同，遂与同事。柽章分撰本纪及诸志，炎分撰世家、列传。其年表、历法则属诸王锡阐，流寇志则笠任之。私家最难得者《实录》，柽章鬻产购得之。而昆山顾炎武、江阴李逊之、长洲陈济生皆熟于典故，家多藏书，并出以相佐。柽章长于考核，炎长于叙事，互相讨论……撰述数年，其书既成十之六七，而南浔庄氏史狱起，参阅有柽章及炎名，俱及于难。庄氏书以故阁臣朱国桢《史概》为粉本，自与苕士共足成之。刻成，两人未尝寓目，徒以名重为所摭引，遂罹惨祸。[②]

戴笠（耘野）也是《明史记》的编纂者之一。编纂《明史记》是“惊隐诗社”一项重要的学术活动。庄氏史案发生后，《明史记》的编纂工作被迫停止，已成书的部分也不传于世。此次变故对“惊隐诗社”的打击是相当沉重的，除了吴炎、潘柽章受牵连罹难，诗社领袖吴宗潜也受到了波及（详后）。庄廷鑨还曾邀请吴宗汉和顾炎武参编，因二人拒绝，未列名参阅，而幸免于难。[③] 经此变故后，“惊隐诗社”的社集中断了。

“明史案”的发生，并非偶然。早在顺治末年，清朝统治者就发动了“科场案”（顺治十四年丁酉，1657）、“奏销案”、“哭庙案”、“通海案”（顺治十八年辛丑，1661）等意在打击江南士人势力的系列案件。“明史案”中，“列名于书者十八人皆论死。其刻书鬻书，并知府、推官之不发掘者，亦坐之”，“杀七十余人”[④]。此案开清朝文字狱先河，致使不良小人造谣生事、告讦成风，一时文人士子，人人自危，至康熙六年丁未（1667）后方才缓解。

---

① 乾隆《震泽县志》：卷三十八//中国地方志集成：江苏府县志辑：第23册．南京：江苏古籍出版社，1991：340.

② 凌淦．松陵文录：卷十七．刻本．1874（清同治十三年）：2a-2b.

③ 顾炎武．顾亭林诗文集：亭林文集：卷五．北京：中华书局，1983：116. 另见《觚剩》卷一《吴觚·上》“岁寒集”条。（钮琇．觚剩．上海：上海古籍出版社，1986：3.）

④ 《书吴、潘二子事》．（顾炎武．顾亭林诗文集：亭林文集：卷五．北京：中华书局，1983：115.）

然而“明史案”只是促使诗社解散的一个直接原因，更深层的原因，是清朝统治者对结社“严行禁止”的态度。清初遗民结社，少则有五十余家。[①] 遗民结社活动频繁，引起了清廷的注意。早在顺治九年壬辰(1652)，由礼部题奏，立条约八款颁刻学宫，其第八款即明令“生员不得纠党多人，立盟结社”，“所作文字，不许妄行刊刻”[②]。而顺治十七年庚子(1660)正月，礼科给事中杨雍建上疏：“今之妄立社名纠集盟誓者，所在多有，而江南之苏州、松江，浙江之杭、嘉、湖为尤甚。其始由于好名，因之植党。请饬学臣实禁，不得妄立社名，投刺往来，亦不许用‘同社’‘同盟’字样。”[③] 至此，结社活动最频繁的江浙地区，文人结社活动从极盛渐趋沉寂。“惊隐诗社”的消亡，就是这种趋势的一个具体反映。

二、“惊隐诗社”消亡后成员的去向

“明史案”事发后第二年，“惊隐诗社”就在无形中解散了。此时，诗社的部分成员已经去世，如吴宗汉、叶世侗、吴寀、吴炎、潘柽章、金瓯等。少数成员离开家乡远游，如顾炎武北上，戴笠（曼公）东渡日本。其他成员则继续保持遗民气节，隐居不仕。具体到个人的情况又略有不同。

第一种情况是闭门从事著述，少与外人交游。前文叙及“惊隐诗社”的学术成果很多，一个重要的原因是，有部分成员将主要精力放在著书立说上。除了前述王锡阐、潘柽章、戴笠（耘野）等人，还有吴南杓、金始桓等。吴南杓为吴炎弟，在吴炎罹难后，即“杜门著述，不妄见一人”[④]。金始桓“尚气节，居遁野……博学多著述”[⑤]。类似吴南杓、金始桓这样著述已不可考的成员，还有一些。除了著述外，名气较大的学者还往往教授生徒。例如吴宗潜，社员叶敷夏、金始桓即是其门生。[⑥]

第二种情况是不论世事，以诗文自娱。“惊隐诗社”的成员原本就是

---

① 何宗美．明末清初文人结社研究．天津：南开大学出版社，2003：308.

② 《圣谕天章》。（道光《钦定国子监志》：上册．北京：北京古籍出版社，2000：3.）无名氏．松下杂钞//丛书集成续编：第96册．上海：上海书店出版社，1994：512.

③ 蒋良骐．东华录．济南：齐鲁书社，2005：120.

④ 袁景辂．国朝松陵诗征：卷四．刻本．爱吟斋，1767（清乾隆三十二年）：18a.

⑤ 《内子雅君传》。（陈梓．删后文集：卷十//四库未收书辑刊：第九辑：第28册．北京：北京出版社，2000：345.）

⑥ 戴笠．高蹈先生传//凌淦．松陵文录：卷十七．刻本．1874（清同治十三年）：4a. 另见《金复庵太翁传》。（陈梓．删后文集：卷九//四库未收书辑刊：第九辑：第28册．北京：北京出版社，2000：332.）

“士之能文而高蹈者”，诗社虽然解散了，但是成员私下往往寄情诗酒，表面上看来不谈世事，其实是以出世来消极反抗入世。比如诗社的领袖叶继武，在吴炎、潘柽章罹难后，“每为抚膺流涕，于是杜门谢客，自号为懒道人，栽桃种菊，著书自娱”①。钮棨“筑楼溪滨，绕以修竹，而种菊其下，赋诗饮酒，绝意人世”②。钟嵚立“甘贫守志，绝口不谈世事，以诗文自娱”③。

第三种情况是逃禅出家，遁入空门。例如，戴笠（耘野）曾“入秀峰山为僧，得禅学宗旨”④。另一位戴笠（曼公），则在日本长崎出家为僧。而顾有孝虽然生前没有出家，但临殁“令诸子以头陀敛我，因更号雪滩头陀”⑤，亦可视作托于空门。遗民出家为僧，在当时并不少见。归庄《送筇在禅师至余姚序》说：“二十余年来，天下奇伟磊落之才，节义感慨之士，往往托于空门；亦有居家而髡缁者，岂真乐从异教哉，不得已也!”⑥ 这说明遗民出家，并非真心皈依佛门，而往往是出于“不得已”。归庄本人正是因为抗清斗争失败，为躲避清廷的追捕而薙发为僧。⑦

以上三类情况，只是大致划分。具体到单个成员时，偶有交叉，亦不为奇。比如戴笠（耘野），虽然一度为僧，却又以著述见称：“返初服，教授自资，勤于著述……居同里之朱家港，土屋三间，旁穿上漏，炊烟时绝，略不关怀。惟孜孜编纂……老而不倦。”⑧

---

① 戴笠．高蹈先生传//凌淦．松陵文录：卷十七．刻本．1874（清同治十三年）：4a.

② 见《觚剩》卷一《吴觚·上》“贞白楼”条。（钮琇．觚剩．上海：上海古籍出版社，1986：3.）

③ 盛枫．嘉禾征献录：卷三十五//续修四库全书：第544册．上海：上海古籍出版社，2002：653.

④ 潘柽章，等．松陵文献：卷十//续修四库全书：第541册．上海：上海古籍出版社，2002：486.

⑤ 《雪滩头陀传》。（徐釚．南州草堂集：卷二十五//续修四库全书：第1415册．上海：上海古籍出版社，2002：401.）

⑥ 归庄．归庄集．上海：上海古籍出版社，2010：240.

⑦ 徐鼒．小腆纪传．北京：中华书局，1958：644-645.

⑧ 同④.

第二章 “惊隐诗社”的成员

成员是社团的主体。研究任何一个文人社团，成员都是必须重点探讨的问题。对社团的成员进行考察，首先要确定具体的人数，得出一份较为可信的名单；其次要了解每个成员的生平事迹，梳理清楚众多成员之间的关系；再次要探讨成员的外部交游情况，分析他们对该社团产生的具体影响。“惊隐诗社”的成员共计五十人，半数以上来自江苏吴江。成员内部既有同乡之谊，更兼家族之亲，还有师生之缘，这种多重关系既是维持诗社稳定发展的重要因素，也是导致它后继乏人的一个主要原因。

第一节 “惊隐诗社”成员的认定过程

关于“惊隐诗社”的成员，首先应当了解究竟有哪些人。此前的文献，对“惊隐诗社”的成员曾经做过不少认定工作，并且存在一个不断发展的过程。现在大致按照有关文献出现的时间先后，逐项对它们进行梳理，从而最终确定一份比较可信的“惊隐诗社”成员名单。

一、潘柽章等《松陵文献》

目前所见最早列举“惊隐诗社”成员的文献，是潘柽章等撰《松陵文献》。该书卷十《人物志·十（隐逸）》“吴宗潜”条叙及：

> 吴宗潜……与吴兴沈祖孝、范风仁，嘉禾金瓯、朱临，同邑叶继武、吴珂等结“惊隐诗社”，士之高蹈而能文者胥集焉。①

---

① 潘柽章，等．松陵文献：卷十//续修四库全书：第541册．上海：上海古籍出版社，2002：487.

按《松陵文献》一书，通常均署潘柽章撰，由其弟潘耒刊刻于清康熙三十二年癸酉（1693）。但潘柽章早在康熙二年癸卯（1663）就已经谢世，又书中还曾经把潘柽章也作为历史人物予以记载，因此肯定有他人做过增补，准确的提法应该在潘柽章之后加一个“等”字。无论上引该段文字是否出自潘柽章本人之手，它都明确提到了“惊隐诗社”成员中有吴江（松陵）吴宗潜、叶继武、吴珂三人，湖州（吴兴）沈祖孝、范风仁二人，嘉兴（嘉禾）金瓯、朱临二人，凡七人。

附带关于凌淦辑《松陵文录》，卷十七收有一篇吴江戴笠（耘野）为叶继武而撰的《高蹈先生传》，其中也写道：

> 叶继武……与吴兴沈祖孝、范风仁，同邑吴宗潜、潘柽章等举“逃社”，为岁寒交，一时三吴高士莫不指唐湖为武陵、柴桑焉。①

“逃社”即“惊隐诗社”，戴笠（耘野）也是社中成员。他的文集现今已经失传，此文最早不知见于何处。而《松陵文录》成书于同治年间，时代比《松陵文献》晚很多。以之与《松陵文献》相比，少者毋论，多出者即为潘柽章一人，现在姑且附记于此。

二、乾隆《震泽县志》

乾隆《震泽县志》卷三十八《杂录·二（旧事·二）》，有一份关于“惊隐诗社”成员的详细名单：

> 国初，吾邑之高蹈而能文者，相率为“惊隐诗社”，四方同志咸集。今见于叶桓奏诗稿与其他可考者：苕上范风仁梅隐、沈祖孝雪樵、金某完城、陈忱雁宕；禾中颜俊彦雪臞、朱临载扬、钟俞琴侠；武陵戴笠曼公；玉峰归庄元恭、顾炎武宁人；梁溪钱肃润础日；吴门陈济生皇士、程棅杓石、施諲又王；同邑吴珂匡庐、宗潜东篱、宗汉南村、宗泌西山、炎赤溟，周灿闇昭、尔兴机高、抚辰其凝、安安节，顾有孝茂伦、樵樵水，朱明德不远，戴笠耘野，钮明儒晦复、棨荪如，王锡阐兆敏，潘柽章力田。以上并见《中秋对月寄怀同社》诗。又有吴宷北窗、在瑜曜庚、南杓融司，金瓯宁武，叶世侗开期、敷夏康哉，李受恒北山，王礽云颀，沈永馨建芳、泌彦博、嘉楠石城，钱重钟铭，颜祁子京，金始桓公觐，钟嵚立宾王，金成耳韶，及

① 凌淦．松陵文录：卷十七．刻本．1874（清同治十三年）：4a.

继武桓奏。[①]

按乾隆《震泽县志》卷首陈和志序，署款为“乾隆十一年，岁在丙寅[1746]，十二月既望”[②]，由此可知其成书时间。上引该段文字，末尾出处注“诗粹”二字，指的是《吴江诗粹》。《吴江诗粹》据《中国古籍善本书目》集部著录[③]，现今只有南京图书馆藏有一部清抄本，编者为周廷谔，大约成书于康熙末年。考虑到抄本没有刻本可靠，所以我们在这里也像后世其他有关介绍一样，直接从乾隆《震泽县志》着眼。该处名单主要乃据“叶桓奏诗稿”亦即叶继武（桓奏其字）《南山草堂遗集》整理而成，总共有四十八人之多；其中“金某完城”与“金瓯宁武”系同一人（详后），实际为四十七人。

附带关于乾隆《吴江县志》，其卷首陈莫纕序署款为“乾隆丁卯[十二年，1747]仲冬月长至后一日”[④]，可知成书时间比乾隆《震泽县志》略晚，但同样是倪师孟、沈彤两人合纂。因此，《吴江县志》卷五十八《杂录·三（旧事·三）》，也据《吴江诗粹》录有前面该段记载[⑤]；只是其成员多出金廷璋一人，如此则实际已达四十八人。

另外同治《苏州府志》卷一百四十八《杂记·五》也录有《吴江诗粹》该段记载[⑥]，但末尾出处注“震泽志”，亦即乾隆《震泽县志》。其所列成员名单，与《震泽县志》完全相同，可以不论。

三、杨凤苞《书南山草堂遗集后》

乾隆、嘉庆时期学者杨凤苞《秋室集》卷一《书南山草堂遗集后》一文，也开具有一份“惊隐诗社”成员的名单。[⑦] 据其交代，该名单主要也

---

① 乾隆《震泽县志》：卷三十八//中国地方志集成：江苏府县志辑：第23册．南京：江苏古籍出版社，1991：340.

② 乾隆《震泽县志》：卷首//中国地方志集成：江苏府县志辑：第23册．南京：江苏古籍出版社，1991：2.

③ 《中国古籍善本书目》集部．上海：上海古籍出版社，1998：1783.

④ 乾隆《吴江县志》：卷首//中国地方志集成：江苏府县志辑：第20册．南京：江苏古籍出版社，1991：345.

⑤ 乾隆《吴江县志》卷五十八//中国地方志集成：江苏府县志辑：第20册．南京：江苏古籍出版社，1991：310.

⑥ 同治《苏州府志》：卷一百四十八//中国地方志集成：江苏府县志辑：第10册．南京：江苏古籍出版社，1991：749.

⑦ 杨凤苞．秋室集：卷一//续修四库全书：第1476册．上海：上海古籍出版社，2002：10-11.

是依据叶继武《南山草堂遗集》录出，但较之于乾隆《震泽县志》以及《吴江县志》缺少叶敷夏一人，而又多出吴宗沛、朱鹤龄二人。如此成员总数，实际刚好达到五十人。由于最关键的叶继武《南山草堂遗集》后来遗佚，世人对“惊隐诗社”成员的认定基本上也就停留在这一步。

四、陈去病《惊隐社中人姓氏录》

光绪末年，南社创始人之一吴江陈去病，在为“惊隐诗社”成员吴炎编印《吴赤溟先生文集》时，附录了一份“惊隐社中人姓氏录”，具体如下：

> 沈雪樵（祖孝，苕上人）、金完城（同）、颜雪臞（俊彦，嘉兴人）、朱载阳（临，同）、钟琴侠（俞，同）、戴曼公（笠，武林人）、戴耘野（笠，吴江人）、钱础石（肃润，无锡人）、程杓石（棅，吴江人）、施又王（谭，同）、吴匡庐（珂，同邑人）、周闇昭（灿）、周机高（尔兴）、周其凝（抚辰）、周安节（安）、顾茂伦（有孝）、顾樵水（樵）、朱不远（明德）、钮晦复（明儒）、钮荪如（棨）、王肇敏（锡阐）、潘圣木（柽章）、金耳韶（成）、吴曜庚（在瑜）、吴融司（南杓）、吴宁武（金瓯）、叶开期（世侗）、叶康哉（敷夏）、李北山（受恒）、王云顽（礽）、沈建芳（永馨）、沈彦博（泌）、沈石城（嘉楠）、钱铭颜（重钟）、祁金始（子京）、祁觐钟（垣公）、祁宾王（嵚立）、叶桓奏（去病按：桓奏名继武，隐居唐家湖上）、范梅隐（去病按：梅隐名风仁，苕溪人）、陈雁宕（去病按：雁宕名忱，苕溪人）、归玄恭（去病按：玄恭名庄，国变后更名祚明，别字悬弓，号恒轩，又号普明头陀，昆山人）、顾石户（去病按：石户顾亭林先生初名绛，后名炎武，字宁人，号蒋山佣，昆山人）、陈皇士（去病按：皇士名济生，长洲人。为文庄公仁锡之子，亭林先生妹婿也）、吴东篱（名宗潜，字方轮，卒后门人私谥贞毅先生）、吴南村（名宗汉，字子仪，一字九畹，私谥贞孝先生）、吴西山（名宗泌，字郰仙，私谥贞雍先生）、吴北窗（名宲，字京蕃，私谥醇节先生）、吴仲远（名振奇，私谥贞节先生，九人中最长）、吴日千（名振远，号武夷，谥忠烈先生，第二）、吴选闲（名端震，谥潜介先生，幼）。[①]

---

① 吴炎．吴赤溟先生文集//国粹丛书：第二集．上海：国学保存会，1906（清光绪三十二年）：4a－5a.

这份名单共列五十人，但没有交代资料来源。对照前述《震泽县志》，其中相同者可置不论，而不同者则错误相当明显。例如谢国桢先生《顾炎武与惊隐诗社》一文，就曾经指出，其中"多祁金始子京、祁觐钟垣公、祁宾王嵚立，恐为颜子京祁、钟宾王嵚立所误写，代远年湮，事实无法考知，因之就以讹传讹了"①。此外如吴宗潜之兄吴振远，早在"惊隐诗社"成立之前的顺治三年丙戌（1646）就已经因抗清而牺牲②，显然不可能为该社成员。至于其他各种字号别名之类的错误，以及错别字等，那就更加举不胜举了（部分可以参见下文）。因此，这份所谓"姓氏录"，可以说只会增添混乱，而没有任何正面的意义。

五、谢国桢《顾炎武与惊隐诗社》

上及谢国桢先生《顾炎武与惊隐诗社》一文，在认定"惊隐诗社"成员时，基本上即以前述《震泽县志》以及杨凤苞《秋室集》的记载作为主要依据，而只误多出吴振远一人。③

此外，今人李炳华《龙沙嘉会结寒盟——记清初江南惊隐诗社》一文，所列成员名单全据《震泽县志》④；宁晓玉《王锡阐与惊隐诗社》一文，同时依据《震泽县志》和杨凤苞《秋室集》⑤；何宗美《乐志林泉　跌荡文酒——惊隐诗社及其文学创作浅析》一文，则从杨凤苞《秋室集》着眼，再加上叶敷夏以及陆圻二人⑥；周雪根《清初吴地"惊隐诗社"新考》一文，则排除叶敷夏，补充沈世楙与陆圻二人⑦。这里的陆圻、沈世楙容后再论，其他成员总数都没有新的增加。

六、其他

在前述《震泽县志》和杨凤苞《秋室集》两份名单之外，其他文献中偶尔也还见到"惊隐诗社"的成员。具体有以下二人。

---

① 谢国桢．明末清初的学风．上海：上海书店出版社，2006：189.

② 《吴氏四子纪略》。（杨凤苞．秋室集：卷五//续修四库全书：第1476册．上海：上海古籍出版社，2002：70.）

③ 同①.

④ 李炳华．龙沙嘉会结寒盟——记清初江南惊隐诗社．江苏地方志，2009（1）：56.

⑤ 宁晓玉．王锡阐与惊隐诗社．科学文化评论，2008（4）：101.

⑥ 何宗美．乐志林泉　跌荡文酒——惊隐诗社及其文学创作浅析．南开学报，2003（4）：112.

⑦ 周雪根．清初吴地"惊隐诗社"新考．文艺评论，2011（2）：146.

一个就是陆圻。陈去病笔记《五石脂》，有一则说：

丽京在明季即有文誉，与夏存古交极契。国变后，入惊隐诗社，又周旋于慎交社中，故与赤溟、汉槎皆有投赠之作。①

按陆圻（丽京其字）籍贯浙江钱塘（今杭州），为“西陵十子”领袖，曾结“登楼社”。这里提到的夏完淳（存古其字）、吴炎（赤溟其字）、吴兆骞（汉槎其字），只有吴炎系“惊隐诗社”成员。陈去病《五石脂》，据今人整理的《陈去病诗文集》所附《陈去病年谱简编》记载，自光绪三十二年丙午（1906）开始在《国粹学报》连载②，逝世之后汇印成书。而上文所说陈去病为吴炎编印的《吴赤溟先生文集》，为光绪三十二年丙午（1906）排印本，其所附《惊隐社中人姓氏录》却并无陆圻，可见陈去病本人在这个问题上也缺少定见。由此看来，所谓陆圻“入惊隐诗社”，其可信程度非常低。尽管如此，《五石脂》的这个说法，学术界如前述何宗美先生倒还是已经注意到了的。③

而另一个戴之佐，却还未见有人关注。清末陶煦《周庄镇志》卷四《人物》本传，全文不长，先照录于次：

戴之佐，字在公，号留庵。之儁从弟。长庠生。尝与杨廷枢、朱隗、叶襄、魏风诸名人结文会，极为徐宫詹汧、吴祭酒伟业所推许。甲申［顺治元年，1644］后，弃举子业，潜心经史，托迹市廛，如在山谷间。所居四留草堂，茅茨不葺，恒日晏无炊烟，意澹如也。教授生徒，讲论未尝有倦色。诗古文词，得栗里辋川之致。时其族兄笠结“惊隐诗社”，之佐与焉。工二王法书，求者无虚日。先后居父母丧，哀毁骨立，几至灭性。顺治丁亥［四年，1647］遭家难，诸兄弟所遗老幼，俱妥为位置，力劝族党周恤，使无失所。生平重然诺，尚名节，型仁讲让。晚岁汤文正公斌举为乡约正。卒年八十有二。④

按此处周庄镇，旧名“贞丰里”，现今属江苏昆山。但在清代，归属复杂，频繁变更，而通常以属吴江最为传统。这里所说“结‘惊隐诗社’”的“族兄笠”，就是我们上文提到的吴江戴笠（耘野）。而所谓“之佐与

① 陈去病．陈去病诗文集：下编．北京：社会科学文献出版社，2009：602.

② 同①1076．但同书卷六《杂著》所附编者“说明”，则误称宣统元年己酉（1909）“分段连载”，见下编第569页。

③ 何宗美．明末清初文人结社研究．天津：南开大学出版社，2003：326.

④ 陶煦．周庄镇志：卷四//续修四库全书：第717册．上海：上海古籍出版社，2002：82.

焉”，正常理解就是戴之佐也曾参与该社，属于该社的成员。

关于陶煦《周庄镇志》的成书及编例，其卷首“凡例”第二款曾经叙及：

> 吾镇向有章腾龙《贞丰拟乘》，成于乾隆癸酉；至嘉庆戊辰，始得陈勰增辑付梓。……是编戊辰以前，悉本《拟乘》，复采府县各志。①

据此推测，《周庄镇志》有关清初的内容，“府县各志”毋论，都是依据章腾龙原撰、陈勰增辑付梓的《贞丰拟乘》一书。而《贞丰拟乘》初成的时间乾隆十八年“癸酉”（1753），迟于前述《震泽县志》不过数年；陈勰增辑付梓的时间嘉庆十三年“戊辰”（1808），也与前述杨凤苞《秋室集》该文大抵相同。这也就是说，《周庄镇志》关于戴之佐的记载，其可信程度并不亚于《震泽县志》和《秋室集》。即使是《周庄镇志》自身刻竣的时间光绪八年“壬午”（1882）②，也远远早于前述陈去病《五石脂》最初发表的时间，因此至少比陆圻可信。

奇怪的是，陈去病与吴江戴笠（耘野）、戴之佐一样，也是周庄人，而他却没有注意到镇志中的这条记载，也就无怪乎后来的学者了。

不过，考虑到戴之佐入“惊隐诗社”一事，目前还没有其他的辅助证明，因此我们暂时也还不把他计算在内。

至于周雪根先生补充沈世楙，依据的是乾隆《震泽县志》及袁景辂《国朝松陵诗征》。③ 两处材料，只能说明他与顾有孝、周安等人有交往，并曾结诗社。而所结诗社，未必就是“惊隐诗社”。实际上，“惊隐诗社”的某些成员，同时也是其他诗社的成员。以顾有孝为例，他还与陆圻等人发起了“慎交社”。而考察“慎交社”的成员名单，并无沈世楙此人。目前还不能确定沈世楙就是“惊隐诗社”的成员。

如此按照众多学者比较一致的认识，“惊隐诗社”的成员总计即为五十人。他们在籍贯上的分布，大致如下：

吴江二十八人：戴笠（耘野）、顾樵、顾有孝、李受恒、钮棨、钮明儒、潘柽章、沈嘉楠、沈永馨、王锡阐、吴珂、吴在瑜、吴宗潜、吴宗汉、吴宗泌、吴宗沛、吴宷、吴炎、吴南杓、叶继武、叶敷夏、叶世侗、

---

① 陶煦．周庄镇志：卷首//续修四库全书：第717册．上海：上海古籍出版社，2002：3.

② 陶煦．周庄镇志：书牌//续修四库全书：第717册．上海：上海古籍出版社，2002：1.

③ 周雪根．清初吴地“惊隐诗社”新考．文艺评论，2011（2）：146.

周安、周灿、周尔兴、周抚辰、朱鹤龄、朱明德。

长洲四人：陈济生、程棅、施谞、王礽。

昆山二人：归庄、顾炎武。

无锡一人：钱肃润。

湖州三人：陈忱、范风仁、沈祖孝。

嘉兴七人：金瓯、金始桓、颜祁、颜俊彦、钟俞、钟钦立、朱临。

杭州一人：戴笠（曼公）。

籍贯不明四人：金成、金廷璋、钱重、沈泌。

第二节 “惊隐诗社”成员的生平事迹

关于“惊隐诗社”成员的生平事迹，其中有些如归庄、顾炎武、王锡阐，已经有过比较详细的年谱和专著；有些如戴笠（耘野）、戴笠（曼公）、朱鹤龄、潘柽章，也有过专门的论文；又谢国桢先生《顾炎武与惊隐诗社》一文，就他当时的条件对大部分诗社成员做过初步的考察。现在拟在这个基础上，对前述五十位诗社成员的生平事迹进行一次全面的梳理。人物排序，原则上参照上一节末尾的名单；唯吴江成员中的叶继武父子与吴宗潜兄弟子侄，分别列为一项。

一、叶继武父子二人

（一）叶继武

叶继武，字桓奏，号懒道人，私谥高蹈先生。吴江人。生于明万历四十三年乙卯（1615），卒于清康熙十二年癸丑（1673），享年五十九岁[①]。著有《南山草堂遗集》四卷，《壬子懒余草》《乙丙日记》《带五散人诗集》[②]，均不分卷，今佚。世居汾湖，明朝灭亡后隐居唐湖北渚，与吴宗潜、吴宗汉共同创立“惊隐诗社”。其为人温厚靖深，笃于气谊，“好友过从，文酒留连，旬日不倦”[③]，所居“古风庄”是“惊隐诗社”成员主要的活动场所。社员吴炎《祭叶母吴孺人文》说：“吾党与桓奏交二十年所，

---

① 江庆柏．清代人物生卒年表．北京：人民文学出版社，2005：111.

② 凌淦．松陵文录：卷十七．刻本．1874（清同治十三年）：4a.

③ 潘柽章，等．松陵文献：卷十//续修四库全书：第 541 册．上海：上海古籍出版社，2002：487.

莫不多其制行之高、事母之孝，与昆弟之睦、待姻戚之厚，而交友之敬也。”① 可见叶继武在“惊隐诗社”中享有较高的声望。社员戴笠（耘野）曾为他撰写《高蹈先生传》，又名《叶君桓奏高蹈传》。②

（二）叶敷夏

叶敷夏，叶继武长子。字康哉，号苍霖，又号唐湖渔隐。吴江人。戴笠（耘野）《高蹈先生传》记其享年四十二岁，具体生卒年不详。③ 著有《南阳草庐全集》《雕虫集》《隐居杂录存稿》④，均不分卷，今佚。叶继武凡三子——叶敷夏、叶敷棻、叶敷藻，并有才名，而叶敷夏尤为突出。叶敷夏曾受学于“惊隐诗社”成员吴宗潜、吴宗泌兄弟及钱肃润。并继承其父之志，隐居不仕。《高蹈先生传》称誉叶敷夏与叶继武“父子高蹈”⑤。然而叶敷夏和其父的性格又有所不同。叶敷夏曾作《答慎交诸子》诗，拒入“慎交社”。⑥ 按“慎交社”于顺治六年己丑（1649）成立，其发起人为吴江顾有孝、杭州陆圻等，其中顾有孝还是“惊隐诗社”的成员。相较其父叶继武发起“惊隐诗社”，轻财好客，人称“孟尝君”，叶敷夏在结交上显然更为谨慎。袁景辂《国朝松陵诗征》卷四也有类似记载：“渔隐杜门嗜古，不妄交一人。《答慎交诸子》一篇，其志趣可知。父子间绝不相肖也。”⑦

二、吴宗潜兄弟子侄七人

（一）吴宗潜

吴宗潜，初名系，字东篱（一作东里），又字方轮，私谥贞毅先生。吴江人。生于明万历三十六年戊申（1608），卒于清康熙二十四年乙丑（1685），享年七十八岁。⑧ 著有《东篱野人诗草》，编有《惊隐

---

① 吴炎．吴赤溟先生文集//国粹丛书：第二集．上海：国学保存会，1906（清光绪三十二年）：52b.

② 凌淦．松陵文录：卷十七．刻本．1874（清同治十三年）：4a.

③ 同②4b.

④ 同②4b.

⑤ 同②4b.

⑥ 袁景辂．国朝松陵诗征：卷四．刻本．爱吟斋，1767（清乾隆三十二年）：12a.

⑦ 同⑥.

⑧ 朱则杰《清诗考证续编》第二辑“结社集会类”第二篇“‘惊隐诗社’成员丛考”第一条“吴宗潜生卒年”。（朱则杰．清诗考证续编．杭州：浙江大学出版社，2019：381－382.）

编》[①]，均佚。兄弟七人并负才名，著有《吴氏七子诗选》，据《震泽县志》卷三十一《撰述·一（书目）》依次为吴振奇、吴振远、吴端扆、吴宗潜、吴宗汉、吴宗泌、吴宲。[②] 其中吴宗潜、吴宗汉、吴宗泌、吴宲四人是“惊隐诗社”的成员。兄吴振远举义兵抗清，被俘就义。吴宗潜与吴宗汉、吴宗泌也参加了抗清斗争，兵败后归隐严墓村，以医术著称于世。庄廷鑨“明史案”发，因序闵声、吴楚《岭云集》被牵连下狱，在狱中与诸人以诗唱和，后得释，诗作由闵声编为《圜扉鼓吹编》。[③] 潘柽章等《松陵文献》卷十《人物志·十（隐逸）》吴宗潜本传称其“病亟，犹口占古诗数百言”[④]。钮琇《觚剩·续编》卷一《言觚》“东里奇句”条有交代：“康熙丙寅［二十五年，1686］，年已八十余，其将易箦也，忽起坐曰：‘尚有诗债未了。’亟呼孙口授《挽沈介轩长歌》，令书之，烂熳数十韵，诗成，瞑目而逝。”[⑤] 排除年龄上的错误不论，此处提到的《挽沈介轩长歌》，也就是吴宗潜的绝笔之作。

（二）吴宗汉

吴宗汉，吴宗潜弟。字南村，一字广平；又名振兰，字九畹；私谥贞孝先生。吴江人。生于明万历四十二年甲寅（1614），卒于清顺治十一年甲午（1654），享年四十一岁。[⑥] 著有《南村遗稿》[⑦]，今佚。编有《岁寒诗》，是“惊隐诗社”的诗歌选集，但该书现已失传。本师朱则杰先生《清诗考证》第二辑“总集别集类”第二篇“《清初人选清初诗汇考》‘待访书目’考辨”第七条“岁寒集”，曾对该书与徐崧《岁寒诗纪》、陈济生

---

① 同治《苏州府志》：卷一百三十八//中国地方志集成：江苏府县志辑：第 10 册．南京：江苏古籍出版社，1991：551.

② 乾隆《震泽县志》：卷三十一//中国地方志集成：江苏府县志辑：第 23 册．南京：江苏古籍出版社，1991：281.

③ 《记吴楚》。（杨凤苞．秋室集：卷五//续修四库全书：第 1476 册．上海：上海古籍出版社，2002：63.）按《岭云集》系唐诗选本，孙琴安《唐诗选本提要》一书（上海书店出版社 2005 年 1 月第 1 版）未及。

④ 潘柽章，等．松陵文献：卷十//续修四库全书：第 541 册．上海：上海古籍出版社，2002：487.

⑤ 钮琇．觚剩．上海：上海古籍出版社，1986：191.

⑥ 陈济生．天启崇祯两朝遗诗：下册．上海：中华书局上海编辑所，1958：2023－2024. 潘柽章等撰《松陵文献》卷十《人物志·十（隐逸）》记载年未四十卒，误。（潘柽章，等．松陵文献：卷十//续修四库全书：第 541 册．上海：上海古籍出版社，2002：487.）

⑦ 同治《苏州府志》：卷一百三十八//中国地方志集成：江苏府县志辑：第 10 册．南京：江苏古籍出版社，1991：552.

《天启崇祯两朝遗诗》的关系提出了推测。[①] 但首先可以肯定吴宗汉的《岁寒诗》并非这两种诗集的别名，也就是说，此书与后面二者，并非同一种书。考全祖望《鲒埼亭诗集》卷五《故太仆陈皇士木渎别业》一诗自注说“太仆有《启祯诗选》，又尝赋《岁寒诗》，和者遍海内”[②]。而盛枫《嘉禾征献录》卷四十六《文苑》也提及“宗汉……亦辑名流倡和者曰《岁寒集》”[③]。这里陈济生《岁寒诗》及其和作，很有可能收入吴宗汉所编《岁寒集》中，具体情况因《岁寒诗》与《岁寒集》今皆不得见，而无法考察。因此，同为社员的程棅、施諲在其所编《鼓吹新编·凡例》中以《启祯》与《岁寒》并举，这个“岁寒”，应该是指吴宗汉所编《岁寒集》。至于书名“岁寒”，则杰师认为是取《论语·子罕》“岁寒，然后知松柏之后凋也”之意。从诗社活动的角度出发，笔者以为也有可能是取发起人叶继武书斋“岁寒”之名。即《岁寒集》收录的诗歌，是社员在“岁寒斋”集会时所作。而叶继武书斋亦应取《论语》之义命名。这二者并不矛盾。

（三）吴宗泌

吴宗泌，吴宗汉弟。原名重晖，字晓山，或作郟仙。吴江人。生卒年不详。著有《西山集》[④]，今佚。钮琇《觚剩》卷一《吴觚·上》“西山五七言”条提及其少年诗名甚著，惜早卒。[⑤]

（四）吴宗沛

吴宗沛，吴宗汉兄。原名复起，字芳时，号苍峦。吴江人。生卒年不详。

（五）吴宷

吴宷，吴宗汉从弟。字京蕃，号北窗，私谥醇节先生。吴江人。生年不详，卒年可据吴炎《思旧赋》小序大致推测：

> 余弱冠后，即遭国故。初自放于诗酒，既乃一意编摩，得从四方诸君子游，十六七载于斯矣。巳［癸巳，顺治十年，1653］、午［甲午，十一年，1654］以来，风流云散，零落渐多……家叔父北窗、南

---

① 朱则杰．清诗考证．北京：人民文学出版社，2012：302－305.

② 全祖望．鲒埼亭诗集：卷五//全祖望集汇校集注：下册．上海：上海古籍出版社，2000：2152.

③ 盛枫．嘉禾征献录：卷四十六//续修四库全书：第544册．上海：上海古籍出版社，2002：731.

④ 乾隆《震泽县志》：卷三十一//中国地方志集成：江苏府县志辑：第23册．南京：江苏古籍出版社，1991：281.

⑤ 钮琇．觚剩．上海：上海古籍出版社，1986：4.

村两先生（北窗讳宲，南村讳宗汉），虽狂狷异趣而志尚并远，率以幽忧致疾，折其天年。南善饮而豪，酒酣辄曼声长歌，歌已辄哭……北窗先生，饮量可次谢南，其豪不如，然好友慕善，常恐不及。[①]

按吴炎出生于明天启四年甲子（1624），弱冠正值崇祯十七年甲申（1644）明朝灭亡之际，即所说“遭国故”。此后十六七载，为清顺治十七年庚子（1660）、十八年辛丑（1661），则该赋的写作时间，当在此两年之间。由此推断吴宲的卒年应在顺治十年癸巳（1653）以后，最迟不晚于顺治十七年庚子（1660）或十八年辛丑（1661）。又小序中提及谢南，即谢两周，是“惊隐诗社”成员吴炎、潘柽章的好友。潘柽章曾作《集菊花下，忽忆亡友谢两周、吴北窗凄然有感》[②] 一诗，纪念谢南与吴宲。

（六）吴炎

吴炎，吴宗汉侄。字赤溟，一作赤民，号愧庵。吴江人。生于明天启四年甲子（1624）[③]，卒于清康熙二年癸卯（1663）[④]，享年四十岁。著有《吴赤溟先生文集》（不分卷），又与潘柽章合撰诗集《今乐府》二卷。[⑤]《吴赤溟先生文集》有光绪三十二年丙午（1906）国学保存会排印《国粹丛书》（第二集）本。《今乐府》有《四库禁毁书丛刊》影印清抄本，见集部第 74 册。明朝灭亡后隐居教授，与潘柽章、王锡阐、戴笠（耘野）同纂《明史记》，书未成而庄廷鑨“明史案”发，以名列参阅与潘柽章一同罹难。南社发起人之一陈去病综合前人叙述，撰《吴节士赤民先生传》[⑥]一文。其按语说吴炎父兄九人皆为“惊隐诗社”成员，不知何据，姑且不论。传中明确记载吴炎、潘柽章二人的殉难时间是康熙二年癸卯［1663］五月二十六日。对此，南社另一发起人柳亚子提出了异议：“《平望续志》谓炎、柽章死于癸卯［康熙二年，1663］五月五日，陈去病则云五月二十

① 吴炎．吴赤溟先生文集//国粹丛书：第二集．上海：国学保存会，1906（清光绪三十二年）：58a－58b.

② 潘柽章．观复草庐剩稿：卷四．上海：神州国光社，1913（民国二年）：13b.

③ 吴炎《潘子今乐府序》。（吴炎，潘柽章．今乐府//四库禁毁书丛刊：集部：第 74 册．北京：北京出版社，1997：112.）

④ 见《觚剩》卷一《吴觚·上》“虎林军营唱和”条。（钮琇．觚剩．上海：上海古籍出版社，1986：6－7.）

⑤ 按吴炎其他未传世著作见下文“潘柽章”条转引柳亚子《吴炎、潘柽章合传》。（柳亚子．柳亚子选集：上册．北京：人民出版社，1989：404－407.）

⑥ 陈去病．陈去病诗文集：上编．北京：社会科学文献出版社，2009：285－286．按此传又收入《吴赤溟先生文集》卷首，文字略有出入。［吴炎．吴赤溟先生文集//国粹丛书：第二集．上海：国学保存会，1906（清光绪三十二年）：1a－2b.］

六日，咸未知所本。今据戴笠［耘野］文，作癸卯六月者，以笠固与炎、柽章及王锡阐同撰《明史记》，相从最密，有王、戴、潘、吴四子之称，所言当可征信也。惜其殉难之日，则不可得而考矣。”① 二者相较，似以柳亚子所言更为确切。

（七）吴南杓

吴南杓，吴炎弟。初名焱，字佑中，又字融司，号讷庵。吴江人。生卒年不详。著有《知希》《在涧》《豫章》《辽游》诸草②，均佚。吴炎遇难后，吴南杓亦受到牵连。陈去病《吴节士赤民先生传》文末交代其北徙尚阳堡③，即今辽宁省开原市。杨钟羲《雪桥诗话余集》卷二记载了吴南杓返回家乡的时间：

> 吴赤溟被祸［康熙二年癸卯，1663］，家徙尚阳。康熙癸亥［二十二年，1683］，其兄融司从辽左归，叶学山［即叶舒颖，叶世偁子］与相遇于广陵馆舍。④

此处将吴南杓误作吴炎兄不论，至少康熙二十二年癸亥（1683）他尚在人世。袁景辂《国朝松陵诗征》卷二所说“会兄愧庵罹祸，杜门著述，不妄见一人，其品益醇，其诗亦进”⑤，似不可据。且本卷吴南杓名下有《发宁远》诗：“马疲逾岭怯，家远觉朋亲。堪笑支离叟，居然绝域身。”⑥ 题中“宁远”即今辽宁省兴城市。当然，也不排除吴南杓北徙后有“杜门著述”的可能，但此处不加以说明，很容易让人误解为他是在家乡隐居“杜门著述”。

三、吴江另十九人

（一）戴笠（耘野）

戴笠，字耘野；初名鼎立，字则之；私谥贞白先生。据梁容若先生

---

① 柳亚子《吴炎、潘柽章合传》原载《世界文化》杂志第二卷第二辑（1941 年 4 月出版），后收入《柳亚子选集》，第 405 页。按此文《柳亚子文集》本《磨剑室文录》及所附《补遗》，郭长海、金菊贞合编《柳亚子文集补编》（社会科学文献出版社 2004 年 8 月第 1 版）均未收。又柳亚子之子柳无忌编《柳亚子年谱》（中国社会科学出版社 1983 年 5 月第 1 版）“1940 年（民国二十九年，庚辰）”条叙及四月份撰有此文（第 106 页），但末尾注释［五］称其“未发表”（第 109 页），盖误。

② 同治《苏州府志》：卷一百三十八//中国地方志集成：江苏府县志辑：第 10 册．南京：江苏古籍出版社，1991：555.

③ 陈去病．陈去病诗文集：上编．北京：社会科学文献出版社，2009：286.

④ 杨钟羲．雪桥诗话余集．北京：北京古籍出版社，1989：64.

⑤ 袁景辂．国朝松陵诗征：卷二．刻本．爱吟斋，1767（清乾隆三十二年）：18a.

⑥ 同⑤.

《明季两戴笠事迹考》一文考证，生于明万历四十二年甲寅（1614），卒于清康熙二十一年壬戌（1682），享年六十九岁[①]。明朝灭亡后欲自沉殉国不果，入秀峰山为僧。后隐居同里，四十年间不至城市，孜孜著述，著有《寇事编年》十八卷，《殉国汇编》《骨香集》《耆旧集》《圣安书法》《文思纪略》《鲁春秋》《发潜录》《行在春秋》均不分卷，《永陵传信录》六卷。[②]今存《怀陵流寇始终录》（即《寇事编年》，吴殳润饰并改题）十八卷，江苏古籍出版社 1987 年曾据民国影印本影印出版。

“惊隐诗社”中另有同名杭州戴笠（字曼公，见下），二人生前已有传闻讹为同一人者。朱彝尊《明诗综》《静志居诗话》，卓尔堪《明遗民诗》，陈田《明诗纪事》，光绪《桐乡县志》等书均混为一谈。梁容若先生《明季两戴笠事迹考》一文对二人生平事迹进行了颇为详细的考察及比较[③]，可资参考。

（二）顾樵

顾樵，字樵水，号若耶居士。生于明万历四十二年甲寅（1614）[④]，卒年不详。有诗名，善山水画。著有《茗游草》一卷，编有《十七代诗选》（不分卷）[⑤]，以及《吴郡名胜志》八卷[⑥]，均佚。

（三）顾有孝

顾有孝，字茂伦，号雪滩钓叟，又号雪滩头陀。生于明万历四十七年己未（1619），卒于清康熙二十八年己巳（1689），享年七十一岁。[⑦] 少从陈子龙游学，明亡后隐居著述，交游甚广，被目为“穷孟尝”，诗名传至海外。著有《雪滩钓叟集》[⑧]，今佚。

顾有孝是“惊隐诗社”的选诗大家，编有诗歌选集多种。[⑨] 同治《苏州府志》卷一百三十八《艺文·三》著录有《纪事诗钞》十卷、《五朝名

---

① 梁容若．中日文化交流史论．北京：商务印书馆，1985：256，260.

② 同治《苏州府志》：卷一百三十八//中国地方志集成：江苏府县志辑：第 10 册．南京：江苏古籍出版社，1991：552.

③ 同①255－274.

④ 江庆柏．清代人物生卒年表．北京：人民文学出版社，2005：620.

⑤ 同②.

⑥ 乾隆《吴江县志》：卷四十六//中国地方志集成：江苏府县志辑：第 20 册．南京：江苏古籍出版社，1991：226.

⑦ 徐釚．南州草堂集：卷二十五//续修四库全书：第 1415 册．上海：上海古籍出版社，2002：401－402.

⑧ 同②553.

⑨ 王慧．顾有孝《唐诗英华》研究．上海：上海师范大学，2012.

家诗选》（不分卷）、《全唐近体诗钞》（不分卷）、《唐诗英华》二十二卷、《今诗英华》（不分卷）、《百名家英华》（不分卷）、《乐府新编》（不分卷）、《西樵诗选》一卷、《西樵诗话》一卷、《骊珠集》十二卷、《闲情集》六卷、《丽则集》（不分卷）、《全唐名家诗式》（不分卷）（陆世楷同辑）、《乐府笺题》二十四卷（沈自南同辑）。[①] 谢正光等《清初人选清初诗汇考》一书，附录之二“清初诗选待访书目”，还著录《台阁集》、《丘樊集》、《诗略》（即《吴江诗略》），均不详卷数。[②] 本师朱则杰先生《清诗考证》第二辑“总集别集类”，第二篇“《清初人选清初诗汇考》‘待访书目’考辨”第九条、第十条、第十一条，论及《丽则集》《台阁集》《吴江诗略》[③]，其中《台阁集》今佚，《丽则集》及《吴江诗略》有清刻本传世；又第六篇“清诗总集版本丛考”第四条、第五条，论及《纪事诗钞》与《骊珠集》[④]，其中《骊珠集》还有他人同名异书，《纪事诗钞》则浙江图书馆藏有清抄本。此外，顾有孝与赵沄合辑有《江左三大家诗钞》九卷，今有《四库禁毁书丛刊》影印康熙刻本，见集部第 39 册。

顾有孝的其他著作还有《通鉴博闻》（不分卷）、《经武文函》（不分卷）、《风骚词响》二十卷、《明文英华》十卷[⑤]，以及《松陵文起》（不分卷）、《鲈乡汇咏》（不分卷）（张拱乾同撰）、《吴郡丛谈》（不分卷）[⑥]。

（四）李受恒

李受恒，字北山，生卒年不详。此人在乾隆《震泽县志》、乾隆《吴江县志》、同治《苏州府志》等书中作“李受恒”，而在杨凤苞《秋室集》和陈去病《惊隐社中人姓氏录》中作“李恒受”，其字北山均一致。查乾隆《震泽县志》卷三十一《撰述·一（书目）》有李受恒著《缑岭新声》[⑦]，

---

① 同治《苏州府志》：卷一百三十八//中国地方志集成：江苏府县志辑：第 10 册．南京：江苏古籍出版社，1991：553. 按张慧剑《明清江苏文人年表》康熙二十二年癸亥（1683）条记朱鹤龄与顾有孝合著《乐府笺题》二十四卷，恐误。（张慧剑．明清江苏文人年表．北京：人民文学出版社，2008：835.）

② 谢正光，佘汝丰．清初人选清初诗汇考．南京：南京大学出版社，1998：369－370.

③ 朱则杰．清诗考证．北京：人民文学出版社，2012：308－313.

④ 同③450－461.

⑤ 同治《苏州府志》：卷一百三十八//中国地方志集成：江苏府县志辑：第 10 册．南京：江苏古籍出版社，1991：553.

⑥ 同治《苏州府志》：卷一百三十九//中国地方志集成：江苏府县志辑：第 10 册．南京：江苏古籍出版社，1991：595－596.

⑦ 乾隆《震泽县志》：卷三十一//中国地方志集成：江苏府县志辑：第 23 册．南京：江苏古籍出版社，1991：283.

《全清词·顺康卷补编》第3册李受恒名下亦作此记载。[①] 在没有新的材料发现的情况下，还是以李受恒为准。

（五）钮棨

钮棨，字荪如，一作森如，号易庵，晚号溪干野老。生卒年不详。著有《贞白楼诗》及《独醒编》[②]，今佚。明朝灭亡后，筑贞白楼隐居。王豫《江苏诗征》卷一百一十六转引江藩语，说钮棨年至百岁而终。[③] 查钮琇《临野堂文集·尺牍》卷四《复吴勖初》一札提及“家易庵夫子溘焉捐馆，吾宗典型尽矣”[④]，同卷稍前《与钱再亭》札中提到《觚剩·续编》四卷已成[⑤]。而《觚剩·续编》自序款署“壬午闰六月立秋日”[⑥]，则钮棨的卒年当在康熙四十一年壬午（1702）闰六月之后，至康熙四十三年甲申（1704）九月钮琇卒之前。

（六）钮明儒

钮明儒，字晦复，一字靖斋。生卒年不详。此人在前及乾隆《震泽县志》、乾隆《吴江县志》、陈去病《惊隐社中人姓氏录》等书中均作“钮明儒”，而唯独杨凤苞《书南山草堂遗集后》作“钮明伦”。查袁景辂《国朝松陵诗征》卷二作“钮明儒，字晦复，一字靖斋”[⑦]，王豫《江苏诗征》卷一百一十六记载亦完全相同[⑧]。杨凤苞所记“钮明伦”，“伦”字应为“儒”字之讹。

（七）潘柽章

潘柽章，字圣木；初名章，字更生；号力田。生于明天启六年丙寅（1626），卒于清康熙二年癸卯（1663），享年三十八岁。[⑨] 潘柽章的生平事迹大致与吴炎相似，南社柳亚子曾作《吴炎、潘柽章合传》。该传主体部分与陈去病《吴节士赤溟先生传》大同小异，文末补充吴炎、潘柽章二人

---

① 张宏生．全清词:顺康卷补编：第3册．南京：南京大学出版社，2008：1275.

② 同治《苏州府志》：卷一百三十八//中国地方志集成：江苏府县志辑：第10册．南京：江苏古籍出版社，1991：552.

③ 王豫．江苏诗征：卷一百一十六．刻本．焦山海西庵诗征阁，1821（清道光元年）：4b.

④ 钮琇．临野堂文集：尺牍：卷四//四库全书存目丛书：第245册．济南：齐鲁书社，1997：224.

⑤ 同④221.

⑥ 钮琇．觚剩．上海：上海古籍出版社，1986：167.

⑦ 袁景辂．国朝松陵诗征：卷二．刻本．爱吟斋，1767（清乾隆三十二年）：20a.

⑧ 同③8a.

⑨ 戴笠（耘野）．潘力田传//凌淦．松陵文录：卷十七．刻本．1874（清同治十三年）：2b.

的著作流传情况：

> 炎、柽章所撰《明史记》残稿，分藏王锡阐及崇德吕留良家。锡阐门人姚汝鼐字九铉者，尝欲与王、吕共足成之而未果。及柽章弟耒自北归，求其书，而王、吕继丧，已无获矣。《今乐府》尚有传本，民国初，顺德邓实辑入《古学汇刊》中。柽章别著《国史考异》六卷、《松陵献集》十五卷，弟耒曾刊行之。遗诗《观复草庐剩稿》六卷，不知何人所辑，民国元年，邑人钱祖颐、祖宪昆季始以铅字印行。《杜诗博议》《星名考》《壬林》《韭溪集》《松陵文集》，悉弗传。炎著述有《浩然堂集》、《汉铙歌解》、《明文正气集》、《传》文百六、《庚寅诗谱》、《癸巳文谱》诸目，存佚不可考。仅民国纪元前七年，邑人陈去病印行其骈散文都六十有八篇，为《吴赤溟先生文集》云。①

可见吴炎、潘柽章二人的著作大部分已经遗佚。潘柽章尚存诗集《观复草庐剩稿》六卷，民国二年（1913）上海神州国光社排印本；《观复草庐焚余稿》不分卷，见《清代诗文集汇编》第98册，影印清纫芳宧写本；《国史考异》六卷，见《续修四库全书》第452册，影印清初刻本；《松陵文献》十五卷，见《续修四库全书》第541册，影印康熙三十二年癸酉（1693）潘耒刻本。

（八）沈嘉楠

沈嘉楠，一名栋；字石城，又字晋隐。生卒年不详。著有《浩然堂集》，今佚。此人在乾隆《吴江县志》、同治《苏州府志》、陈去病《惊隐社中人姓氏录》等书中作“沈嘉楠”，而乾隆《震泽县志》及杨凤苞《书南山草堂遗集后》作“吴嘉楠”。不是姓沈便是姓吴，二者必有一误。查新编《震泽镇志续稿》卷九《隐逸》：

> 沈栋，初名嘉楠，字石城，一字晋隐，鄢陵县知县宏毅孙。博览能文，尤工书，与王锡阐游。迨国朝，无意仕进，以山水自娱。亲旧有以时服来访者，辄拒不纳，其峻介如此。著有《浩然堂集》。②

此段文字末尾出处注“本《困亨斋集》”，而《困亨斋集》系王锡阐所著（今佚）。该志卷五《园第》收录吴宗汉《东园咏，和王寅旭，并序》诗，

① 柳亚子．柳亚子选集：上册．北京：人民出版社，1989：406.

② 震泽镇，吴江市档案局．震泽镇志续稿：卷九．扬州：广陵书社，2009：206.

由该诗小序可知王锡阐曾坐馆沈栋居所东园。[①] 该卷还附录王锡阐《东园拈韵，得“诗”字》及《和石城，得“逢”字》二诗[②]，卷十二《集文》又收录其《祭沈晋隐文》[③]。可见王锡阐与沈嘉楠交情匪浅。如此可以肯定，吴嘉楠为讹误。至于王锡阐祭文称沈嘉楠“文丽鲍谢，诗轶温李。而所尤工者，挥毫落纸，传钟王之墨妙，尽颜欧之秘理”[④]，则可知其工诗文，且尤其擅长书法，在“惊隐诗社”中也是一位多才多艺的社员。

（九）沈永馨

沈永馨，字建芳，一字天选，别号篆水。生于明崇祯五年壬申（1632），卒于清康熙十九年庚申（1680），享年四十九岁。[⑤] 著有《通晖楼诗稿》一卷、《采芝堂（一名新结草堂）诗稿》四卷[⑥]，均佚。曾参加以其叔沈自晋为首的重订沈璟《南词全谱》工作。[⑦]

（十）王锡阐

王锡阐，字寅旭，一字兆敏，号晓庵，又号天同一生。生于明崇祯元年戊辰（1628），卒于清康熙二十一年壬戌（1682），享年五十五岁。[⑧] 崇祯十七年甲申（1644）明朝灭亡，欲自杀殉国，为父母作阻。于是闭门著述，兼通中西算学，曾撰自传《天同一生传》。[⑨] 生平著作颇丰，同治《苏州府志》卷一百三十八《艺文·三》著录有《字母原始》不分卷、《大统西历启蒙》五卷、《推步交朔》一卷、《测日小记》不分卷、《三辰晷志》不分卷、《圆解》二卷、《日月左右旋问答》不分卷、《南北两极图浑天歌》不分卷、《筹算》一卷、《五星行度解》一卷、《丁未历稿》不分卷、《晓庵新法》六卷、《历说》五篇、《汉书日食辨》不分卷、《续唐诗［史］本纪》四卷、《职方表》四卷、《读史贯索》十六卷、《浩然堂集》不分卷、《困亨

---

① 震泽镇，吴江市档案局．震泽镇志续稿：卷五．扬州：广陵书社，2009：107.

② 同①.

③ 震泽镇，吴江市档案局．震泽镇志续稿：卷十二．扬州：广陵书社，2009：305－306. 该文又见：王锡阐．晓庵先生文集：卷三．俞钟岳刻本．1821（清道光元年）：15b－16b.

④ 同③305.

⑤ 江庆柏．清代人物生卒年表．北京：人民文学出版社，2005：361.

⑥ 同治《苏州府志》：卷一百三十八//中国地方志集成：江苏府县志辑：第10册．南京：江苏古籍出版社，1991：554.

⑦ 沈自晋．沈自晋集．北京：中华书局，2004：256.

⑧ 薛斌．王锡阐年谱．中国科技史料，1997（4）：28，35.

⑨ 王锡阐．晓庵先生文集：卷一．俞钟岳刻本．1821（清道光元年）：28a－29a. 按凌淦辑《松陵文录》卷十七及杨钟羲《雪桥诗话》亦有收录该文，而文字略有不同。

斋集》二卷。① 其中一部分学术著作，今各地图书馆尚有保存。其诗文集，现存《晓庵先生诗集》二卷，道光元年辛巳（1821）俞钟岳刻本；《晓庵先生文集》三卷，道光元年辛巳（1821）俞钟岳刻本。

（十一）吴珂

吴珂，字匡庐。著有《匡庐集》②，今佚。生卒年不详。由前述吴炎《思旧赋》及小序③，可知吴珂与吴宷、吴宗汉卒年相近。他曾经从军亦即参加武装抗清，但最终失败，含恨以殁。

（十二）吴在瑜

生平事迹不详。

（十三）叶世侗

叶世侗，字开期，为叶绍袁第四子。叶世侗兄弟凡八人，后世以六弟叶燮（原名世倌）最为著名。生于明泰昌元年（万历四十八年，1620），卒于清顺治十三年丙申（1656），享年三十七岁。④

（十四）周安

周安，字安节，一字元静；号梅坡，一作梅陂。生年不详，卒于康熙十九年庚申（1680）。⑤ 明朝灭亡时年未三十，即绝意进取、乐道安贫，与同邑顾有孝、徐白并以诗名。著有《草阁集》，今存康熙刻本。

（十五）周灿

周灿，字光甫，号闇昭。生于明万历三十一年癸卯（1603），卒于清康熙十二年癸丑（1673），享年七十一岁。⑥ 明崇祯四年辛未（1631）进士，授广西南宁府宣化县令。十五年壬午（1642），选御史，巡按直隶。

---

① 同治《苏州府志》：卷一百三十八//中国地方志集成：江苏府县志辑：第 10 册．南京：江苏古籍出版社，1991：552.

② 同①.

③ 吴炎．吴赤溟先生文集//国粹丛书：第二集．上海：国学保存会，1906（清光绪三十二年）：59a.

④ 朱则杰《清诗考证续编》第二辑“结社集会类”第二篇“‘惊隐诗社’成员丛考”第六条“叶燮《西华阡表》记叶世侗”.（朱则杰．清诗考证续编．杭州：浙江大学出版社，2019：394－396.）

⑤ 江庆柏．清代人物生卒年表．北京：人民文学出版社，2005：500. 按柯愈春《清人诗文集总目提要》认为卒于康熙二十年辛酉（1681），不知何据。（柯愈春．清人诗文集总目提要：上册．北京：北京古籍出版社，2002：142.）

⑥ 周灿．泽畔吟//丛书集成续编：第 123 册．上海：上海书店出版社，1994：477. 按张慧剑《明清江苏文人年表》及李灵年、杨忠主编的《清人别集总目》均作生于万历三十二年甲辰（1604），误。（张慧剑．明清江苏文人年表．北京：人民文学出版社，2008：393；李灵年，杨忠．清人别集总目：中册．合肥：安徽教育出版社，2000：1436.）

十六年癸未（1643），奉命巡方江右。著有《西行政略》，今佚。[①] 明朝灭亡后，归故里隐居。有诗集《泽畔吟》一卷，民国间辑入《吴中文献小丛书》。上海书店出版社《丛书集成续编》即据此影印，见第123册。

（十六）周尔兴、周抚辰叔侄

周尔兴，字初玉，号机高。生卒年不详。周抚辰，字其凝。生卒年不详。周尔兴别号“机高”，谢国桢先生《明清之际党社运动考》及谢正光先生等《清初人选清初诗汇考》皆作“机亭”，或为笔误。社友潘柽章诗集《观复草庐剩稿》中多次提到周尔兴，均作“机高”。袁景辂《国朝松陵诗征》卷七周抚辰条，亦说“其凝与族父机高同在惊隐社中，时有大小阮之目”[②]。

（十七）朱鹤龄

朱鹤龄，字长孺，号愚庵，又号松陵散人。生于明万历三十六年(1608)[③]，卒于清康熙二十二年（1683）[④]，享年七十六岁。与李颙、黄宗羲、顾炎武，并称海内四大布衣。早年注杜甫及李商隐诗集盛行于世，后得顾炎武相助，致力于笺注经书。生平著作颇丰，同治《苏州府志》卷一百三十八《艺文·三》著录有《易广义略》四卷、《尚书埤传》十五卷、《考异》一卷附《古文逸篇杂说》一卷、《禹贡长笺》十卷、《毛诗通义》二十卷、《春秋集说》二十二卷、《读左日钞》十二卷补二卷、《杜工部集辑注》二十三卷、《李义山集笺注》三卷补注一卷、《愚庵杂著》不分卷、《群贤梅苑》十卷、《寒山集》不分卷、《愚庵小集》十二卷[⑤]，又卷一百三十九《艺文·四》还著录有《松陵文征》二十八卷[⑥]。其中《愚庵小集》实际十五卷，有今人虞思征点校本，华东师范大学出版社2010年6月第1

---

① 周灿．泽畔吟//丛书集成续编：第123册．上海：上海书店出版社，1994：477.

② 袁景辂．国朝松陵诗征：卷七．刻本．爱吟斋，1767（清乾隆三十二年）：16a.

③ 朱鹤龄生年在江庆柏《清代人物生卒年表》等书中均为明万历三十四年（1606），此处从施马琪新说。（施马琪．朱鹤龄《诗经通义》文献学研究．南宁：广西大学，2012.）

④ 江庆柏．清代人物生卒年表．北京：人民文学出版社，2005：456.

⑤ 同治《苏州府志》：卷一百三十八//中国地方志集成：江苏府县志辑：第10册．南京：江苏古籍出版社，1991：553-554. 按朱则杰《清诗考证》第二辑“总集别集类”第四篇“清诗总集佚著序跋辑考”第一条“寒山集”，曾辑录朱鹤龄《寒山集序》并有详细考证。（朱则杰．清诗考证．北京：人民文学出版社，2012：368-371.）

⑥ 同治《苏州府志》：卷一百三十九//中国地方志集成：江苏府县志辑：第10册．南京：江苏古籍出版社，1991：595.

版。此外，据《愚庵小集》卷七《新编李义山文集序》[①]，可知朱鹤龄还辑有《李义山文集》五卷，今佚。

（十八）朱明德

朱明德，字不远。生于明万历四十六年（1618）[②]，卒年不详。明朝灭亡后，隐居讲学。著有《天地间集》《耆旧传》《五湖集》《广宋遗民录》[③]，均佚。顾炎武为其撰《广宋遗民录序》，称该书“以存人类于天下”[④]。谢正光先生《清初所见“遗民录”之编撰与流传》一文对《广宋遗民录》的编撰情况有较为详细的考察[⑤]，可资参考。

四、长洲四人

（一）陈济生

陈济生，字皇士，私谥节孝先生。生于明万历四十六年戊午（1618），卒于清康熙三年甲辰（1664），享年四十七岁。[⑥] 为陈仁锡长子，顾炎武姊婿。少师黄道周、刘宗周。以父荫，官太仆寺丞。明亡后，隐居著述。著有《再生纪略》一卷[⑦]、《广连珠》一卷[⑧]。与徐崧同辑《诗南初集》十二卷，施谭、程棅、顾有孝等列名参校。[⑨] 又辑有《天启崇祯两朝遗诗》十卷，具体详后第四章第二节“陈济生及其《天启崇祯两朝遗诗》”。

（二）程棅

程棅，字杓石。生卒年不详。曾与施谭合编《鼓吹新编》十四卷，今存顺治刻本。[⑩]

（三）施谭

施谭，又名谭先，一作引先，字又王。生卒年不详。

---

① 朱鹤龄．愚庵小集：卷七．上海：华东师范大学出版社，2010：144－145.

② 《广宋遗民录序》。（顾炎武．顾亭林诗文集：亭林文集：卷二．北京：中华书局，1983：34.）

③ 同治《苏州府志》：卷一百三十八//中国地方志集成：江苏府县志辑：第10册．南京：江苏古籍出版社，1991：553.

④ 顾炎武．顾亭林诗文集：亭林文集：卷二．北京：中华书局，1983：34.

⑤ 谢正光．清初诗文与士人交游考．南京：南京大学出版社，2001：13－15.

⑥ 江庆柏．清代人物生卒年表．北京：人民文学出版社，2005：456.

⑦ 丁仁．八千卷楼书目：卷五//续修四库全书：第921册．上海：上海古籍出版社，2002：135.

⑧ 丁仁．八千卷楼书目：卷十三//续修四库全书：第921册．上海：上海古籍出版社，2002：268.

⑨ 谢正光，佘汝丰．清初人选清初诗汇考．南京：南京大学出版社，1998：95.

⑩ 同⑨53.

（四）王礽

王礽，一作王仍，字云颃。生卒年不详。

五、昆山二人

（一）归庄

归庄，明亡后曾更名祚明；字尔礼，一字玄（元）恭，又作园公、悬弓；号恒轩、普明头陀、鏖鏊钜山人，又署归妹、归来乎。生于明万历四十一年癸丑（1613），卒于清康熙十二年癸丑（1673），享年六十一岁。[①]早年入复社。曾在昆山参加抗清斗争，失败后以僧隐。工诗文，善草书，精墨竹。与顾炎武齐名，有“归奇顾怪”之称。现存《归庄集》十卷，上海古籍出版社辑校本。

（二）顾炎武

顾炎武，本名继绅，又名绛，字忠清；明亡后改今名，字宁人；号亭林，别署蒋山佣，或称鹰扬弟子。生于明万历四十一年（1613），卒于清康熙二十一年壬戌（1682），享年七十岁。[②] 早年入复社，曾参加抗清斗争。后离家北上漫游，所至访问风俗，搜集史料。著述等身，是清代著名的学者。由华东师范大学古籍研究所整理的《顾炎武全集》收录顾炎武现存全部三十四种著作，共二十二册，上海古籍出版社 2011 年 12 月第 1 版。

六、无锡一人

钱肃润，字季霖，号础日、十峰主人、跛足生。生于明万历四十七年己未（1619），卒于清康熙三十八年己卯（1699），享年八十一岁。[③] 为东林书院邹期桢门生。辑有《文瀫初编》二十卷，收入《四库禁毁书丛刊》集部第 173 册，影印康熙间钱氏十峰草堂刻本。著有《尚书体要》六卷，被《四库全书总目》经部存目[④]；《道南正学编》三卷，被《四库全书总目》史部存目[⑤]。又著《十峰草堂集》[⑥]，其中《十峰草堂诗》七卷，今存康熙刻本；《十峰草堂词》一卷，收入侯檠辰辑《梁溪词选》。

---

① 赵经达．归玄恭先生年谱//丛书集成续编：第 37 册．上海：上海书店出版社，1994：743，767.

② 周可真．顾炎武年谱．苏州：苏州大学出版社，1998：10，545.

③ 江庆柏．清代人物生卒年表．北京：人民文学出版社，2005：633.

④ 永瑢，等．四库全书总目：卷十四经部书类存目之二．北京：中华书局，1997：178.

⑤ 永瑢，等．四库全书总目：卷六十三史部传记类存目之五．北京：中华书局，1997：878.

⑥ 黄虞稷．千顷堂书目：卷二十八．上海：上海古籍出版社，2001：688.

七、湖州三人

（一）陈忱

陈忱，字遐心，号雁宕山樵，又号默容居士。生于明万历四十三年乙卯（1615），卒于清康熙九年庚戌（1670），享年五十六岁。① 明朝灭亡后隐居故里，闭门著述。著有《痴世界乐府》《续二十一史弹词》《雁宕杂著》《雁宕诗集》《水浒后传》②，前四者均佚，《水浒后传》有多种今人点校本。

（二）范风仁

范风仁，字梅隐。生年不详，康熙六年丁未（1667）尚在人世。③ 他的籍贯，乾隆《震泽县志》和杨凤苞《秋室集》都归入“苕上”即湖州府，而卓尔堪《明遗民诗》作者小传记为“嘉兴人”。谢国桢先生《顾炎武与惊隐诗社》一文取前者说，同时又征引后者，加注指出：“可能寄籍嘉兴。”④ 实际上，范风仁原籍湖州，而隐居在嘉兴府东北地区的平湖县（今浙江省嘉兴市平湖市）。⑤ 范风仁能书，善画梅，又能治印，堪称“惊隐诗社”的全能艺术家。

（三）沈祖孝

沈祖孝，初名果，字因生；号雪樵，一作雪巢；又号霅渔，一作霅溪。生卒年不详。著有《湖干》《砚庸》《当泣》《陶年》《吟安》《下帘》等诗集⑥，以及词集《怀梦草》⑦，均佚。考郑佶《湖州诗录续录合刻序》及“凡例”第二款，沈祖孝的诗集至少在道光九年己丑（1829）还存世。⑧ 郑佶还据此将沈祖孝列于《国朝湖州诗续录》卷一第一位⑨，可见他在湖州是一位颇有影响力的诗人。

---

① 杨志平．陈忱研究．上海：华东师范大学，2005.

② 同①.

③ 朱则杰《清诗考证续编》第二辑“结社集会类”第二篇“‘惊隐诗社’成员丛考”第五条“范风仁交游及其他”。(朱则杰．清诗考证续编．杭州：浙江大学出版社，2019：390－394.)

④ 谢国桢．明末清初的学风．上海：上海书店出版社，2006：197；卓尔堪．明遗民诗：下册．上海：中华书局上海编辑所，1961：560.

⑤ 同③.

⑥ 卓尔堪．明遗民诗．上海：中华书局上海编辑所，1961：485.

⑦ 饶宗颐，张璋．全明词：第5册．北京：中华书局，2004：2567. 又原名“因生”作“果因生”，“惊隐社”作“鸳隐社”。

⑧ 陈焯，郑佶．国朝湖州诗录：卷首．小谷口刻本，1830（清道光十年）：1a－2a.

⑨ 郑佶．国朝湖州诗续录：卷一．小谷口刻本，1831（清道光十一年）：1a－15a.

八、嘉兴七人

（一）金瓯、金始桓叔侄

金瓯，字完城，一字宁武。生年不详，卒于康熙元年壬寅（1662）。[①]在前述某些诗社成员名单中，他曾被误作“金某完城”与“金瓯宁武”二人。考“凡例”订于康熙三十六年丁丑（1697）的沈季友辑《槜李诗系》，卷二十四收有金瓯《春晚》七言绝句一首，小传说：“瓯字完城，一字宁武，秀水人。”[②] 又自序撰于康熙四十四年乙酉（1705）的朱彝尊辑《明诗综》卷八十上[③]，以及雍正年间卓尔堪增辑的十六卷本《明遗民诗》卷十四[④]，也都同此记载，可以相信。高承埏《崇祯忠节录》卷十二内有一篇金瓯传[⑤]，又考陈梓《删后文集》卷九《金复庵太翁传》以及卷十《渔村处士传》[⑥]，可知他曾参加武装抗清，笃于气节，后被捕死于狱中。

金始桓，金瓯侄子。前述乾隆《震泽县志》和杨凤苞《秋室集》两份名单都提到他，但谢国桢先生《顾炎武与惊隐诗社》一文并无提及。考陈梓《删后文集》卷九有金始桓的传记，题作《金复庵太翁传》[⑦]。由该传可知，原来诗社名单中的“金始垣”，“垣”字应作“桓”。其家“遁野”，在浙江秀水（今嘉兴）[⑧]。他是“惊隐诗社”领袖之一吴宗潜的学生，与“惊隐诗社”成员王锡阐、潘柽章、吴炎，以及金瓯有交游唱和。一生坚守遗民气节，以布衣终。生于明崇祯九年丙子（1636），卒于清康熙三十六年丁丑（1697），享年六十二岁。生平著作未详其名，“遗集藏于家”，很可

---

① 高承埏．崇祯忠节录：卷十二//明代传记资料丛刊：第一辑：第 13 册．北京：北京图书馆出版社，2008：44－45.

② 沈季友．槜李诗系//景印文渊阁四库全书：第 1475 册．台北：台湾商务印书馆，2008：566.《明末清初的学风》征引此书，编者名内“季”字多误作“孝”。

③ 朱彝尊．明诗综：第 7 册．北京：中华书局，2007：3907.

④ 卓尔堪．明遗民诗：下册．上海：中华书局上海编辑所，1961：561. 此条谢国桢《顾炎武与惊隐诗社》一文亦曾引用，“城”字误作“成”。（谢国桢．明末清初的学风．上海：上海书店出版社，2006：197.）

⑤ 同①.

⑥ 陈梓．删后文集：卷九//四库未收书辑刊：第九辑：第 28 册．北京：北京出版社，2000：332－333；删后文集：卷十//四库未收书辑刊：第九辑：第 28 册．北京：北京出版社，2000：351－352.

⑦ 陈梓．删后文集：卷九//四库未收书辑刊：第九辑：第 28 册．北京：北京出版社，2000：332－333.

⑧ 朱则杰《清诗考证续编》第二辑“结社集会类”第二篇“‘惊隐诗社’成员丛考”第三条“金始桓传记”。（朱则杰．清诗考证续编．杭州：浙江大学出版社，2019：386－388.）

能已经失传。又该书卷十二《书日知录原本后》一文，叙及金始桓曾经“手校”顾炎武所撰《日知录》一书。[①]

（二）颜俊彦、颜祁父子

颜俊彦，字开眉，号雪臞。生卒年不详。明天启七年丁卯（1627）顺天举人，崇祯元年戊辰（1628）进士，授广州府推官，被劾，补松江府推官，后隐居故里。[②]

颜祁，颜俊彦第五子。字子京。生卒年不详。

（三）钟嵚立

钟嵚立，字宣远。生年不详，其卒年有两种说法。盛枫《嘉禾征献录》正文说“年七十六，无疾而卒”，其附录部分又转引《续野获编》称“年八十余，无疾而卒”[③]。这里《野获编》即《万历野获编》，现存全书正编三十卷，补遗四卷。正编作者沈德符（1578—1642），浙江嘉兴人，明万历四十六年（1618）举人。补遗作者沈振为其五世孙。沈振《万历野获编补遗序》中提到“共得二百三十余条，作为八卷”，款署“康熙癸巳［五十二年，1713］闰五月”[④]。查《万历野获编补遗》四卷并无此段记载，而从成书时的八卷到现存的四卷，或许有部分内容遗失，亦未可知。且此段文字中又说钟嵚立是“吾郡人”，“余长姊适广汉（钟嵚立子渊映）”，则作者是否沈振不论，其人必为钟嵚立的同乡，且与钟嵚立子钟渊映为姻亲。在没有其他的资料可以旁证的情况下，暂时以后者为准。著有《信志堂稿》[⑤]，今佚。

（四）钟俞

生平事迹不详。

（五）朱临

朱临，“临”一作“复”；字瀹六，一字载阳。生卒年不详。

---

① 陈梓．删后文集：卷十二//四库未收书辑刊：第九辑：第28册．北京：北京出版社，2000：381.

② 盛枫《嘉禾征献录》卷三十六颜俊彦名下还记载“俊彦在粤广，搜端石制砚百方。归悉勒铭嵌置于室，名曰‘砚室’，兵乱室毁，砚亦不存”。（盛枫．嘉禾征献录：卷三十六//续修四库全书：第544册．上海：上海古籍出版社，2002：661.）

③ 盛枫．嘉禾征献录：卷三十五//续修四库全书：第544册．上海：上海古籍出版社，2002：653.

④ 沈德符．万历野获编．北京：中华书局，1959：5.

⑤ 卓尔堪．明遗民诗：下册．上海：中华书局上海编辑所，1961：562.

九、杭州一人

戴笠，字曼公；原名观胤，字子辰。据梁容若先生《明季两戴笠事迹考》一文考证，生于明万历二十四年丙申（1596），卒于清康熙十一年壬子（1672），享年七十七岁。① 顺治十年癸巳（1653）东渡日本长崎②，后出家为僧，法号性易，字独立；又称就庖、天外老人、独立一闲人、荷钼人、惕芳。与陈明德、朱之瑜友善。博学能诗，善书法，精通医术。卒于日本。③

十、籍贯不明四人

金成、金廷璋、钱重、沈泌，生平事迹不详。

第三节 “惊隐诗社”成员的内部关系

“惊隐诗社”成员的内部关系，从伦理角度来看主要有宗族与师生两种，从地域角度来看主要为同乡及邻省。同乡关系是考察诗社成员关系的大背景，宗族与师生关系是构成社内关系的基础。除此之外，社中有相似经历和共同爱好的成员，往往还结成较为稳定的交往圈。

一、宗族与师生

“惊隐诗社”中存在师生关系的，有吴宗潜、吴宗泌和叶敷夏，吴宗潜和金始桓等，上文已叙。这里主要讨论宗族关系。“惊隐诗社”的成员大多来自世家望族。同一家族内，父子、兄弟、叔侄皆为诗社成员的不在少数。以家族为主的亲属关系，是构成诗社成员内部关系的基础。

“惊隐诗社”中影响力较大的家族，以成员人数排列，分别是吴氏（七人）、叶氏（三人）、周氏（三人）、顾氏（二人）、朱氏（二人）、颜氏

① 梁容若．中日文化交流史论．北京：商务印书馆，1985：267，270.

② 盛枫撰《嘉禾征献录》、康熙《桐乡县志》、光绪《杭州府志》等书皆称戴笠崇祯年间赴日，南炳文《明末流亡日本二遗民朱舜水、戴笠生平考二则》一文对戴笠赴日时间进行了考证，指出东条耕《先哲丛谈续编》所记顺治十年癸巳（1653）一说更为准确。[南炳文．明末流亡日本二遗民朱舜水、戴笠生平考二则．东北师范大学学报（哲学社会科学版），2008（2）：8-9.]

③ 衷尔钜．戴笠、陈明德事迹考．东方论坛，2004（2）：94-96.

(二人)、金氏(二人)。这七个家族，皆来自吴江。而家族之间，又往往互通姻亲。

从加入诗社的成员人数上来说，吴氏家族是“惊隐诗社”中第一大族，共有吴宗潜、吴宗汉、吴宗泌、吴宗沛、吴宷、吴炎、吴南杓七人。其中，吴宗潜、吴宗汉、吴宗泌、吴宗沛、吴宷五人是兄弟关系，吴炎是上述六人的侄儿，吴南杓为吴炎之弟。需要指出的是，吴珂并非吴氏家族的成员，这点可以从吴炎《思旧赋》小序中称其为“同邑”，赋中又称“吴生”，而称吴宷、吴宗汉为“家叔父”得到证实。①

吴氏家族不仅在诗社成员数量上位列首位，更因吴宗潜、吴宗汉兄弟是诗社的发起人，享有盛名。吴炎《思旧赋》小序所说“家叔父东里［吴宗潜］、北窗［吴宷］、南村［吴宗汉］、西山［吴宗泌］，时称‘庄溪四皓’”②，在影响力方面居于首位。其中吴宗汉曾经编选“惊隐诗社”成员的诗歌为《岁寒诗》，也即钮琇《觚剩》所记之《岁寒集》③，可惜此集现今已不存。

“惊隐诗社”的另外一位发起人叶继武，来自叶氏家族。在这个家族里，出现了父子二人同为社员的情况。(此外，父子同为“惊隐诗社”社员的，还有颜氏家族的颜俊彦、颜子京二人。)叶继武及其子敷夏分别属于汾湖二十六世与汾湖二十七世。而另外一位成员叶世侗，则属于汾湖二十五世。一个家族之内，三世成员同入一个诗社，这在“惊隐诗社”中是独一无二的。

叔侄同为“惊隐诗社”社员的，除了吴氏家族，还有金氏家族和周氏家族。金瓯、金始桓叔侄暂且不论，周氏家族中亦有三位社员。据陈去病《五石脂》记载，“松陵周氏有二族，皆先后贵显。一为冢宰之后，始居黄溪，旋迁城中，至今似姓甚盛”④。这里所说的“冢宰”即恭肃公周用。周灿为周用五世孙。周抚辰为周灿侄儿，也就是周用六世孙。而周抚辰与族父周尔兴在“惊隐诗社”中有“大小阮”之目，则周尔兴当为周灿的族弟。

---

① 吴炎．吴赤溟先生文集//国粹丛书：第二集．上海：国学保存会，1906(清光绪三十二年)：58a.

② 同①59a.

③ 见《觚剩》卷一《吴觚·上》“岁寒集”条。(钮琇．觚剩．上海：上海古籍出版社，1986：1-2.)

④ 陈去病．陈去病诗文集：下编．北京：社会科学文献出版社，2009：605.

至于家族之间互通姻亲的，这类关系比较复杂。以沈、叶二族为例，陈去病《五石脂》说：“沈、叶二氏，俱系松陵望族，而互为姻娅，事尤类朱、陈。”[①] 沈氏家族中，沈永馨是“惊隐诗社”的成员。而其族兄沈永桢女沈树荣，嫁社员叶世侗子叶舒颖。叶世侗姐叶小纨，又是沈永桢之妻。则沈永馨即叶世侗姐夫之弟。此外如顾炎武与陈济生，颜祁与周抚辰，也都有姻亲关系，不再赘述。

以上七大家族，参加“惊隐诗社”的有二十一人，占了将近一半的比例，对于维持诗社的稳定和发展起到了很大的作用。杨凤苞在《书南山草堂遗集后》中将“惊隐诗社”列为“吴社之冠”[②]，其重要原因是诗社发起地吴江人才尤盛。而诗社的领袖及著名诗人、学者等，有很大一部分都来自当地的望族。有这样一群人的支持和活动，诗社才得以发展壮大。然而，“惊隐诗社”中不少成员皆未享天年，且或无子嗣，或子嗣早夭。随着家族逐渐走向衰落，诗社在客观上面临后继无人的危机，即便没有受到“明史案”的牵连，也将逐渐走向消亡。

二、同乡与邻省

“惊隐诗社”成员的分布地域，集中在江苏、浙江二省。诗社发起地吴江的成员即有二十七人之多，超过社员总数的一半。因此，同乡是诗社成员第一大关系。考察同乡关系对“惊隐诗社”成员的影响，首先要考察吴江的成员。以朱鹤龄《愚庵小集》、周灿《泽畔吟》及潘柽章《观复草庐剩稿》来看，吴江地区成员的交往大致可以细分为以下几个小的交往圈：以顾樵、周灿为中心的画家交往圈，以戴笠（耘野）、王锡阐、潘柽章、吴炎为中心的学者交往圈，以顾有孝、吴宗潜、叶继武为中心的诗人交往圈。同时，这三个小的交往圈之间又互相有往来。譬如吴炎、潘柽章曾为周灿作同题《丹青引》。[③] 其中潘柽章与吴江地区社员的交游，至少达二十人之多，已知就有朱鹤龄、吴宗汉、周灿、顾有孝、吴炎、王锡阐、周尔兴、顾樵、周抚辰、吴珂、吴宗潜、吴宗泌、朱明德、周安、叶继

---

① 陈去病．陈去病诗文集：下编．北京：社会科学文献出版社，2009：577.

② 杨凤苞．秋室集：卷一//续修四库全书：第1476册．上海：上海古籍出版社，2002：10.

③ 吴炎《丹青引，赠周侍郎闇昭》、潘柽章《丹青引，赠闇昭公》。（周灿．泽畔吟//丛书集成续编：第123册．上海：上海书店出版社，1994：476，477.）潘柽章诗又见：潘柽章．观复草庐剩稿：卷三．上海：神州国光社，1913（民国二年）：7b－8a.

武、钮棨、钮明儒、吴宷、戴笠（耘野）、王礽。可以说，潘柽章是吴江地区较为活跃的中心成员。

其余长洲、昆山、湖州等地区成员较少，但彼此间往来也颇为密切。比如长洲程棅、施諲，两人曾合辑《鼓吹新编》①；又施諲有《寄程杓石》一诗，表达了他对程棅的思念②。湖州范风仁与沈祖孝交好，沈祖孝有《闻梅隐在溪干》③、《之馆后，戏示梅隐》④、《九日雨中寄梅隐僧舍》⑤等诗。

从整体上来看，同乡之间的交往，可以说是构成"惊隐诗社"成员交往最普遍的一种关系。跨地区的交往也比较普遍。就吴江地区成员的三个小交往圈而言，以顾樵、周灿为中心的画家交往圈与湖州范风仁有交往，以吴炎、潘柽章为中心的学者交往圈与昆山顾炎武、长洲陈济生有交往。就成员个人而言，吴炎、潘柽章二人被顾炎武视为"畏友"，潘柽章幼弟潘耒后来还成为顾炎武的门生，可见交情非同一般。

此外，杭州戴笠（曼公）与湖州陈忱，较少参加诗社活动，与诗社成员之间的交往也不多。戴笠（曼公）后来东渡日本，终老于海外。陈忱则长期在家乡隐居著述，与世隔绝。这两位成员可以说是"惊隐诗社"的特例。

第四节　"惊隐诗社"成员的外部交往

本节所考察的外部交往，是从"惊隐诗社"的遗民性质出发，重点考察其成员与同时代其他坚持气节的遗民诗人及同情遗民的贰臣诗人和清朝官员的交往。至于"惊隐诗社"与同时代其他诗社及诗人的交往，参见第五章第一节"'惊隐诗社'与明清文人结社"。

一、与遗民志士的交往

"惊隐诗社"成员与同时代遗民志士的交往很多。这里从民族气节及

① 同治《苏州府志》：卷一百三十七//中国地方志集成：江苏府县志辑：第10册．南京：江苏古籍出版社，1991：506.

② 王豫．江苏诗征：卷五．刻本．焦山海西庵诗征阁，1821（清道光元年）：6a.

③ 郑佶．国朝湖州诗续录：卷一．小谷口刻本．1831（清道光十一年）：10b.

④ 同③12a.

⑤ 同③13a－13b.

历史影响出发，主要考察与以魏耕为首的山阴秘密反清团体的交往。

关于山阴秘密反清团体，本师朱则杰先生《朱彝尊研究》下编第一篇“朱彝尊抗清考”第一部分“山阴反清集团和浙东通海案”，据屈大均《皇明四朝成仁录》卷十二魏耕传及全祖望《鲒埼亭集》卷八《雪窦山人坟版文》等，考证其主要成员有魏耕（号雪窦）、钱缵曾、张近道、朱士稚（字朗诣）、祁班孙、陈三岛（字鹤客）、祁理孙、屈大均及朱彝尊本人。[①]除了朱彝尊后来出仕清廷，其余成员皆为守节不仕的遗民。该团体活动时间在顺治末年，据点在山阴梅市祁班孙家，抗清事迹主要集中在魏耕身上。康熙元年壬寅（1662）案发，时张近道、朱士稚、陈三岛已卒，屈大均、朱彝尊逃脱，魏耕、钱缵曾被杀害于杭州，祁班孙遣戍关外，祁理孙以计免。

山阴秘密反清团体中与“惊隐诗社”成员有交往的，主要是魏耕、朱士稚、祁班孙、陈三岛四人（屈大均、朱彝尊与“惊隐诗社”成员如顾炎武等也有交往，此时该反清团体已不复存在，不作讨论）。其中魏耕今存《雪翁诗集》十五卷，祁班孙今存《紫芝轩逸稿》一卷。朱士稚及陈三岛的著作未见。从魏耕《雪翁诗集》中，可知与其有交游的“惊隐诗社”成员为以下十一人：钱肃润、顾有孝、周灿、顾樵、周安、吴炎、潘柽章、周抚辰、沈永馨、朱鹤龄、归庄。其中顾有孝提及的次数最多，共计十一次。祁班孙《紫芝轩逸稿》中唯一可以确定是“惊隐诗社”成员的，也只有顾有孝一人。[②] 而顾有孝的居所，正是集会地点之一，可见魏耕诗歌标题《秋夕宴集吴松顾有孝北郭草堂，顾请予作抱瓮丈人歌。予时大醉，为赋此篇，不自知其潦倒也》。[③]

除了顾有孝，陈济生与山阴秘密反清团体的关系也很密切。其居所远耀堂，也是集会地点之一，可见潘柽章《观复草庐剩稿》卷五《甲午［顺治十一年，1654］孟冬，同赤溟过皇士斋，适慈溪魏雪窦，云间冯天垂、吴六益，鹿城陆彦修，吴门徐贞起、施又王诸子至菊下饮，分得“六麻”》。[④] 陈济生曾作《怀友》诗九首，第一首有“月上山阴追古调，风来

① 朱则杰．朱彝尊研究．杭州：浙江古籍出版社，1993：117－118.

② 祁班孙．紫芝轩逸稿：泛舟鉴湖，寄吴江顾茂伦诗//祁彪佳．祁彪佳集．上海：中华书局上海编辑所，1960：333.

③ 魏耕．雪翁诗集：卷四．杭州：浙江古籍出版社，1985：66.

④ 潘柽章．观复草庐剩稿：卷五．上海：神州国光社，1913（民国二年）：12a.

笠泽下扁舟”句。[①] 这里“山阴”指山阴的诗友，而以“笠泽”指代包括自己在内的“惊隐诗社”成员。潘柽章《观复草庐剩稿》卷五有《和陈皇士怀山阴道中诗友，并吴越同社诸子次韵》二首[②]，这里的“吴越同社诸子”应当就是指“惊隐诗社”成员。由此推测，“惊隐诗社”成员和陈济生《怀友》诗的作品，想来还有不少，例如沈祖孝亦有《次和陈皇士怀友》诗[③]。此次唱和行为，应当视为诗社的一次自发性集体活动。至于题中不具姓名的“山阴道中诗友”，必然与诗社大多数成员相识，以至于成员之间不必说出具体姓名，仅提代称即知其人为谁。符合这个条件的遗民诗人，以魏耕的可能性最大。至于不具名，或许是考虑到魏耕从事反清活动。从潘柽章的和诗来看，陈济生原诗题目很有可能是《怀山阴道中诗友》，而他人在编入选集中仅以《怀友》简称之。

顾有孝与陈济生同是“惊隐诗社”的选诗大家，陈三岛还曾为陈济生编纂的《天启崇祯两朝遗诗》作序，而魏耕也编有《吴越诗选》。因此，二人与魏耕交好，也在情理之中。但魏耕本人，不仅是一个诗人，更是一位从事抗清活动的志士。“惊隐诗社”成员中也有不少人曾经参与抗清活动。他们的交往，除了文学上的往来，也带有某种政治因素。或者进一步推测，“惊隐诗社”成员是否参与了山阴秘密反清团体的活动？查魏耕《雪翁诗集》卷五《江上与姑孰陈瑚》，将朱士稚与顾有孝并举：

> 君不见，山阴朱朗诣，开口大言轻一笑，欲回白日上青天，鹍鹏折翅终泥滞。又不见吴江顾茂伦，纵横逸气直绝尘，黄金使尽儿童笑，垂头莫错闭荆榛。两生栖栖曾如此，今时莫展雄豪技……[④]

此二人在其看来，都是有所抱负而不得实现其志的人。查全祖望《雪窦山人坟版文》，“初诸子之破产结客也，士稚首以是倾家”[⑤]。而此处却说顾有孝“黄金使尽”。且顾有孝因好客而至家贫，人称“穷孟尝”，亦属实情。那么顾有孝是否也类似朱士稚，倾家破产以支持抗清活动呢？又卷十三

---

① 卓尔堪．明遗民诗：下册．上海：中华书局上海编辑所，1961：595.

② 潘柽章．观复草庐剩稿：卷五．上海：神州国光社，1913（民国二年）：12a.

③ 郑佶．国朝湖州诗续录：卷一．小谷口刻本．1831（清道光十一年）：12b．按原题“皇”字作“星”字。

④ 魏耕．雪翁诗集：卷五．杭州：浙江古籍出版社，1985：75.

⑤ 全祖望．鲒埼亭集内编：卷八//全祖望集汇校集注：上册．上海：上海古籍出版社，2000：176；魏耕．雪翁诗集：卷十七附录．杭州：浙江古籍出版社，1985：197.

《渡曹娥江寄顾有孝朱鹤龄》有“横海楼船忆往时”句。① 虽然诗中的“往时”具体指什么，不得可知，但至少可以肯定，顾有孝与魏耕的往来，更多是出于遗民的恢复之志，而非文人的诗酒唱酬。

考察“惊隐诗社”成员的作品，还发现吴宗汉与陈三岛也有交游，可见潘柽章《观复草庐剩稿》卷四《同南村过茂伦村居，喜遇吴门徐桢起、陈鹤客二子，即席分韵，得“心”》。② 至此，“惊隐诗社”成员中，与山阴秘密反清团体有交游的已达十五人。

二、与贰臣人物的交往

所谓“贰臣”，在清初是指出仕清朝的明朝旧臣，如钱谦益、吴伟业、曹溶等。“贰臣诗人”虽然出仕清朝，但不忘故国，多与遗民诗人往来。③其中钱谦益和曹溶，与上述山阴秘密反清团体似乎也有关联。④

首先来看钱谦益。关于魏耕与钱谦益的交往，同治六年丁卯（1867）举人孙德祖在《〈息贤堂诗集〉跋》中提出了疑问：“虞山尚书，则终始热中，早更初服，白衣何并有柬寄，殆不可解。岂文人结习，犹有取于几复风流未能屏绝邪?”⑤ 这里虞山尚书即钱谦益，白衣即魏耕。对于抗清遗民与仕清贰臣的交往，孙德祖感到不解，以为是明末文人结社之风的余韵，即明末已经建立的社会关系的延续。由朝代更替所引发的士人对于行藏出处的不同选择，竟不能影响其个人之间的交往。这个问题，联系钱谦益晚年暗中从事抗清活动来看，就好理解了。据本师朱则杰先生考证，钱谦益与魏耕、朱士稚、陈三岛等人有交往，且共同参与过郑成功己亥之役。⑥前及魏耕的抗清活动，其一就是向郑成功献计取海道直抵京口。顺治十六年己亥（1659）郑成功依其计，由水路进发，围攻南京。此战虽以失败告

① 魏耕．雪翁诗集：卷十三．杭州：浙江古籍出版社，1985：178.

② 潘柽章．观复草庐剩稿：卷四．上海：神州国光社，1913（民国二年）：11b.

③ 参见谢正光《顾炎武、曹溶论交始末——明遗民与清初大吏交游初探》及《顾炎武与清初两降臣交游考论》二文。（谢正光．清初诗文与士人交游考．南京：南京大学出版社，2001：182－391.）

④ 参见朱则杰《朱彝尊研究》下编第一篇“朱彝尊抗清考”第一部分“山阴反清团体和浙东通海案”、第三部分“朱彝尊在浙东通海案发生前后的行踪”。（朱则杰．朱彝尊研究．杭州：浙江古籍出版社，1993：120，132.）

⑤ 魏耕．雪翁诗集：卷十七附录．杭州：浙江古籍出版社，1985：201.

⑥ 参见朱则杰《朱彝尊研究》下编第一篇“朱彝尊抗清考”第一部分“山阴反清团体和浙东通海案”。（朱则杰．朱彝尊研究．杭州：浙江古籍出版社，1993：120.）

终，却使得“江南半壁震动”，以至于“闻其谋出于先生，于是逻者益急”①。由此可知，此计策实际上发挥了不小的作用。

顺治十一年（1654）十月二十八日，钱谦益与朱鹤龄、归庄、陈三岛等人曾在长洲张奕的假我堂举行文宴。钱谦益《冬夜假我堂文宴诗》有序：“客为吴江朱鹤龄长孺，昆山归庄玄恭，嘉定侯汸研德，长洲金俊明孝章、叶襄圣野、徐晟祯起、陈［三］岛鹤客。堂之主人张奕绥子。拈韵征诗者，袁骏重其。余则虞山钱谦益也。甲午阳月二十八日。”② 朱鹤龄《愚庵小集》卷九《假我堂文宴记》一文也记载了此事，而时间却误记为顺治十四年丁酉（1657）：

> 丁酉冬日，牧斋先生侨寓其中。山阴朱朗诣选二十子诗，以张吴越，先生见而叹焉。维时孤馆风凄，严城柝静，怅云峦之非故，悲草木之变衰，乃命袁重其招邀同好，会宴斯堂。步趾而来者，金子孝章、叶子圣野、归子玄恭、侯子砚德、徐子祯起、陈子鹤客，并余为七人。③

秦辉《朱鹤龄及〈李义山诗集注〉研究》一文，据《皇明遗民传》卷四“朱鹤龄”小传认为，顺治十一年假我堂文宴诸人结诗社唱酬，是朱鹤龄继“惊隐诗社”后参加的第二个诗社。④ 如果从结社的角度来看，这个诗社的领袖无疑是钱谦益。而所谓“怅云峦之非故，悲草木之变衰”，实际上就是对明清易代、江山易主的悲哀和惆怅。从哀思亡国之痛、缅怀大明王朝这一点来说，它和“惊隐诗社”及山阴秘密反清团体是一致的。而除了朱鹤龄、归庄，钱谦益还与“惊隐诗社”的多名成员有交往。前及钱谦益曾相助吴炎、潘柽章等修《明史记》。⑤ 吴炎、潘柽章等人也恰恰与山阴秘密反清团体有交往。至少在客观上，钱谦益起到了联络遗民的作用。至于“惊隐诗社”成员是否有可能通过钱谦益与山阴秘密反清团体联系，甚至参加该团体的活动，目前为止，这还仅仅是笔者的推测。

---

① 全祖望．鲒埼亭集内编：卷八//全祖望集汇校集注：上册．上海：上海古籍出版社，2000：176.

② 钱谦益．牧斋有学集：上册：卷五．上海：上海古籍出版社，1996：213. 同页注［五］：金匮本“陈”下有“三”字，各本无。

③ 朱鹤龄．愚庵小集：卷九．上海：华东师范大学出版社，2010：198. 又见卷五《假我堂文宴次和牧斋先生韵》第91页。“侯子砚德”，即钱文所说“侯汸研德”。

④ 秦辉．朱鹤龄及《李义山诗集注》研究．重庆：西南大学，2010.

⑤ 孙之梅．钱谦益与明末清初文学．济南：山东大学出版社，2010：306－311.

其次来看曹溶（号秋岳）。他与魏耕、朱彝尊、顾炎武、归庄、朱鹤龄等人皆有交往。谢正光先生《清初贰臣曹溶及其“遗民门客”》一文有较详细的介绍，该文指出：“明亡后，秋岳投清，竹垞则‘主山阴祁氏兄弟’，和魏耕等人共图恢复明室，曾经参与抗清戎务。事败后，一度走海上，久而得免。秋岳邀他入幕，则或有为故人子弟作掩护的苦心。”① 这里事败即指浙东通海案。按朱彝尊与曹溶是世交。据本师朱则杰推断，曹溶对于整个山阴秘密反清团体的有关情况应当有所了解，但他本人却从不去告发，恐怕即与之有瓜葛。② 从朱彝尊与曹溶的交情来看，确实存在这个可能。但曹溶并没有像钱谦益那样暗中从事抗清活动，也就是说他不太可能参与到山阴秘密反清团体的具体活动里去，而最多在客观上起到掩护和联络遗民的作用。

三、与仕清官员的交往

明遗民与交往的清朝官员之间，关系比较复杂。谢正光先生《顾炎武、曹溶论交始末》一文说：“在康熙中叶以前，清廷大吏和明遗民之间，或于论学上通声气，或于诗歌辞赋创作的讨论上引为同道，甚或在幕府中建立起府主和宾客的关系，情谊的深浅，各有不同。”③ “惊隐诗社”与仕清官员的交往，从交往对象的身份来说，至少可以分为两类。第一类是后来出仕清朝的遗民，如朱彝尊。第二类是出仕清朝的遗民后代，如潘耒、钮琇。后者与“惊隐诗社”成员之间往往有师友、姻亲、同乡等多重关系，下文即以潘耒、钮琇为例进行考察。

潘耒，字次耕，一字稼堂，潘柽章弟。曾求学于“惊隐诗社”潘柽章、王锡阐、戴笠（耘野）、吴炎、顾炎武等人。康熙十八年己未（1679），举博学鸿儒，授翰林院检讨，纂修《明史》。后因母忧归，不复出。著有《遂初堂集》和《类音》。

潘耒六岁丧父，依兄潘柽章生活。潘柽章于康熙二年癸卯（1663）受庄廷鑨“明史案”牵连，与吴炎同被凌迟于杭州。此事对潘耒打击很大，且影响终身。其《遂初堂集》文集卷十《戴耘野先生六十寿序》说：

---

① 谢正光．清初诗文与士人交游考．南京：南京大学出版社，2001：249.

② 参见朱则杰《朱彝尊研究》下编第一篇“朱彝尊抗清考”第三部分“朱彝尊在浙东通海案发生前后的行踪”。（朱则杰．朱彝尊研究．杭州：浙江古籍出版社，1993：132－133.）

③ 同①221.

> 耒燥发即执经于先生，凡四年而从吴愧庵先生游，又弥年而从先兄受书。吴先生与先兄之志节，犹先生之志节也。怀铅握椠，无日不相往还。当其扬扢古今，考论同异，酒酣耳热，高谈浩歌，固以为百年共此乐也。不意风飚倏起，光沉响绝，山阳之赋、秣陵之书，先生且为之泪尽，而况于耒乎？吴先生少先生十年，先兄少吴先生两年。先生今须鬓苍然，而有婴儿之色。五十后，举两丈夫子所著书，裒然有成。而两家之遗书与孤儿，乃不可问，噫嘻悲矣！吴先生与先兄之不终天年，虽未尝少贬其志节，而耒也欲如今日登先生之堂而同斯乐也，不可得；欲如昔日侍先生之侧而睹斯乐也，愈不可得，岂不痛哉！夫孰知耒念昔日之乐乃为悲，而念昔日之悲乃更为乐也……①

按该序写于康熙十二年癸丑（1673）八月十二日，此时潘柽章已经去世十年。而潘耒对其兄与吴炎“不终天年”的往事依然耿耿于怀，一方面钦佩兄长的志节，另一方面又以孤儿自悲自痛。这种矛盾的心理，从青年时代开始一直伴随其终生。

对于潘耒出仕清朝，“惊隐诗社”成员之间有不同的看法。一种是默认既成事实，另一种是坚决反对出仕。前者以吴宗潜为代表，后者以顾炎武为代表。潘耒《遂初堂集》文集卷二十《祭吴东里先生文》说：

> 耒既濡足世途，先生不以余为不肖，辱进而教之。去春留宿书斋，烹葵饭菽，赋诗唱酬，欣然意得。比先生疾革，传语欲见余。及余造榻前，先生形神已离，犹披衣起坐，拱手向余云“忍死待君”者三。竟不复言，遂于是目瞑。②

由前及吴宗潜生卒年有关考证可知，“去春留宿书斋”是康熙二十四年乙丑（1685）的事。此时“惊隐诗社”已解散有二十余年，大部分成员已经去世，遗民守节到了最艰难的时候。不少遗民对清朝政府的态度开始发生变化，他们自身虽然坚守遗民身份，但对后人出仕清朝并不反对。吴宗潜与潘耒“赋诗唱酬，欣然意得”，就是一个例子。又《遂初堂集》诗集卷六《近游草》有《访吴东篱先生》一诗，也应作于此时。诗云：“尘土劳

---

① 潘耒．遂初堂集：文集：卷十//续修四库全书：第1417册．上海：上海古籍出版社，2002：542.

② 潘耒．遂初堂集：文集：卷二十//续修四库全书：第1418册．上海：上海古籍出版社，2002：36.

劳成底事？惭将小草对松筠。”[①] 以松筠比喻吴宗潜坚持遗民身份，继续守节的高尚操守。以小草比喻自身的卑微与低下，表达了自己对于出仕清朝的后悔和无奈之情。

至于顾炎武，早在康熙二年癸卯（1663）潘柽章罹难之时，他就写诗劝慰潘耒“犹存太史弟，莫作嗣书人”[②]，希望潘耒继承其兄未竟的事业。不久后潘耒向顾炎武表达了意欲从游门下的愿望。[③] 康熙八年己酉（1669），潘耒从顾炎武受学，成为顾炎武唯一的入室弟子。他与顾炎武的师承关系，可参赖玉芹《试论潘耒对顾炎武学术的师承》[④] 一文，此处从略。康熙十六年丁巳（1677）春，顾炎武外甥徐乾学南归，欲延潘耒于家，顾炎武担心潘耒年少家贫，不能自守，致书劝止。康熙十七年戊午（1678），下诏征举博学鸿儒之士。顾炎武作《与潘次耕札》，以陈芳绩坐馆徐乾学府邸，背弃祖训热衷干禄事，劝诫潘耒自保出处。[⑤] 但潘耒最终被迫应征博学鸿儒，授翰林院检讨，纂修《明史》。顾炎武虽然坚决拒绝参修《明史》，却在《与次耕书》中回忆早年借书资助潘柽章修史一事，向潘耒提出了“今之修史者，大段当以邸报为主”的意见。[⑥] 与此同时，他又作《寄次耕》诗三首，规劝潘耒早日还乡。[⑦] 潘耒在京为官仅五年时间，就以母忧归，家居不复出，应该说与顾炎武的教诲有关。

钮琇，字玉樵，吴江人，康熙十一年壬子（1672）拔贡生，历任河南项城、陕西白水知县。著有《临野堂诗文集》和《觚剩》等书。《觚剩》是清初重要的文言小说集之一，记载了不少明遗民的生平逸事，其中就有“惊隐诗社”的成员。戴春花《钮琇〈觚剩〉研究》一文下编“《觚剩》所涉人物考”，对该书涉及的人物一一进行了考证[⑧]，其中“惊隐诗社”成员有吴宗汉、钮棨、吴宗泌、吴炎、潘柽章、戴笠（耘野）、王锡阐、顾有孝、顾炎武、吴宗潜、归庄，共计十一人。

---

① 潘耒．遂初堂集：诗集：卷六//续修四库全书：第1417册．上海：上海古籍出版社，2002：234.

② 《寄潘节士之弟耒》。（顾炎武．顾亭林诗文集：亭林诗集：卷四．北京：中华书局，1983：34.）

③ 《与潘次耕》。（顾炎武．顾亭林诗文集：亭林文集：卷六．北京：中华书局，1983：140－141.）

④ 赖玉芹．试论潘耒对顾炎武学术的师承．中南民族大学学报，2009（1）：177－180.

⑤ 顾炎武．顾亭林诗文集：亭林余集．北京：中华书局，1983：168.

⑥ 顾炎武．顾亭林诗文集：亭林文集：卷四．北京：中华书局，1983：80.

⑦ 顾炎武．顾亭林诗文集：亭林诗集：卷五．北京：中华书局，1983：420.

⑧ 戴春花．钮琇《觚剩》研究．南京：南京师范大学，2006.

钮琇之父钮宏儒是一位遗民，他与“惊隐诗社”成员吴宗潜、吴宗汉等人有交往。钮琇是钮棨的族弟，又曾求学于吴炎、吴宗汉、戴笠（耘野）等人。《觚剩》一书有关“惊隐诗社”成员的记载，应该说是可信的。卷一《吴觚·上》“岁寒集”“贞白楼诗”“西山五七言”“今乐府”“力田遗诗”诸条，分别收录了吴宗汉、钮棨、吴宗泌、吴炎、潘柽章等人的部分诗作。而除潘柽章，其他几人的诗集现已不存；幸而该书还保留了一些作品，可以窥见一斑。卷二《吴觚·中》“黑漆漆”“去年此日”“钓叟慨言”三条，分别记载了王锡阐、戴笠（耘野）、顾有孝等人的逸事。而“惊隐诗社”中名气最大的顾炎武，一人就叙及三条，分别是卷六《秦觚》“蒋山佣”条、卷八《粤觚·下》“著书三家”条、续编卷二《人觚》“严拒夜饮”条。其中“严拒夜饮”条，还是作者的亲身经历，文中所说“东海两学士”，即顾炎武外甥徐乾学、徐元文。不直书其名，是因为徐乾学、徐元文对钮琇有赏识提拔之恩，令他终生难忘。出于为尊者讳的苦心，钮琇以“东海两学士”概之。

从总体上说，钮琇对于“惊隐诗社”成员持欣赏和敬佩的态度，对他的两位业师吴宗汉和钮棨更是感情深厚。《觚剩》开篇“岁寒集”条就是记载吴宗汉的：“余幼从吴南村先生于家塾，受《尚书》、《左氏传》及时制义，所见著述甚富，惜在髫龀，不及抄缀成编。未几夫子下世，遗稿零落，越今三十余载；偶于故簏中，搜得数章，敬录于此。”[①] 按吴宗汉卒于顺治十一年甲午（1654）冬，此时钮琇才十一岁。而他从吴宗汉受学，亦不过两年时间。[②] 吴宗汉去世三十余年后，钮琇还保存着他的部分遗稿，并抄录于《觚剩》开篇。可见钮琇对吴宗汉不仅终生怀念，而且非常敬重。

至于钮棨，卷一《吴觚·上》第二条“贞白楼诗”言：“自南村师殁，先君即命余从易庵游。今易庵年已八十有二，无子以继其传，手抄《贞白楼诗》寄余，若冀余之传之者。”[③] 钮棨与钮琇有同族之亲、师生之义，且交往长达数十年。钮棨以手抄诗集交付钮琇，足见对其信任和期许。而钮琇也将钮棨视为吴宗汉之后的唯一一人，当钮棨去世时，他“闻之不胜

① 钮琇．觚剩．上海：上海古籍出版社，1986：1.

② 戴春花．钮琇《觚剩》研究．南京：南京师范大学，2006.

③ 同①3.

涕”，感叹“吾宗典型尽矣”①。

当然，《觚剩》也难免有错误之处。例如卷二《吴觚·中》“今乐府”条：“我邑潘、吴二子分类作《明史记》成，各撰今乐府，咏有明一代之事，复辑《解题》三卷，俱于被难时散轶。”② 实为《解题》二卷。又续编卷一《言觚》“东里奇句”条关于吴宗潜生卒年记载的错误，已在本章第二节吴宗潜生平事迹中指出。

① 钮琇．临野堂文集：尺牍卷四//四库全书存目丛书：第245册．济南：齐鲁书社，1997：224.

② 钮琇．觚剩．上海：上海古籍出版社，1986：22.

第三章 “惊隐诗社”的诗歌

“惊隐诗社”名为“诗社”，说明社团的总体追求就在诗歌方面。“惊隐诗社”成员的诗歌作品，主要保存在个人诗集和他人选本中。社员编辑的几种本社成员诗歌选集如《惊隐编》《岁寒集》等，今已不传。社员个人诗集的流传情况，上章成员事迹已交代。没有个人诗集传世的成员，作品存世情况详见附录三“‘惊隐诗社’成员作品辑考”。成员诗论散见于诗作点评、书信、诗集序跋等处。考察成员诗作及诗论，发现诗作表现出来的突出特点，往往是诗论所提倡的。也就是说，“惊隐诗社”成员的创作和理论是统一的。

第一节 “惊隐诗社”的诗歌创作

“惊隐诗社”成员的诗歌创作，基本上属于遗民诗人的创作。少数成员留有明亡前的作品不论，大多数成员的诗歌创作是从明朝灭亡以后开始，或者流传下来的作品是作于明亡之后。这些作品尽管主题不尽相同，风格也各具特色，但从整体上来说，主要是抒发亡国之痛，寄托对故国的追思；描写隐居生活，鼓励彼此坚守气节。因此“往往愁苦之言多，和平之音少”[①]。正如何宗美先生所说：“尽管他们的艺术个性风姿各异，但若从其文化心理的深层结构去细细体味，则可以发现诗人们在本质上存在着相通的地方，这便是无不打上了遗民精神气质的深刻烙印。”[②]

---

① 袁景辂．国朝松陵诗征：卷一．刻本．爱吟斋，1767（清乾隆三十二年）：18b.

② 何宗美．乐志林泉　跌荡文酒——惊隐诗社及其文学创作浅析．南开学报，2003（4）：114.

一、内容与主题

“惊隐诗社”成员的诗歌，从内容与主题的角度来看，主要可以分为两大类。第一类是抒发亡国之痛和故国之思，表达忠愤之心和报国之志。第二类是描写隐居生活和诗社活动，保持民族气节和高尚情操。具体来说，约有以下四个方面。

（一）歌颂殉节人物

明清易代之际，涌现了很多可歌可泣的殉节人物。其中有部分明朝官员，本来就和“惊隐诗社”成员有交往，如陈子龙、瞿式耜等，顾炎武、归庄等都曾赋诗悼念。[①] 除此之外，在下层劳动人民乃至女性中，也有不少忠贞节烈之士，“惊隐诗社”成员同样为他们写有诗歌。例如周灿《东湖吟》：

> 东湖卖柴一樵父，沐浴圣恩能几许。忽闻皇家革大命，恸哭举身赴水浒。男儿肯捐生，亦图身后名。樵夫死得最凛烈，何故姓氏无分明。或云当是隐君子，野人未必能如此。仁义之心皆有之，匹夫感激何不为。生平不读孔孟书，偏为天壤留须眉。噫嘻！湘江滨，识屈子；东湖樵，竟谁是。樵夫只留一片心，此心尽在东湖水。东湖东湖，直是樵夫满腔血。湖可竭，樵夫之心不可灭。[②]

此诗描写的是一个普通的卖柴樵夫。他听到明朝灭亡的消息，恸哭投水自尽。有人猜测他也许是一个不愿留名的隐士，诗人认为仁义之心人皆有之，即使不读孔孟之书，也能舍生取义，流芳千古。屈原投江与樵夫沉湖，都是为国殉节，值得颂扬。东湖水就是樵夫的满腔热血；东湖或可枯竭，樵夫的一片丹心却不可磨灭。面临改朝换代、江山易主的历史变故，樵夫自发为国殉节，代表了具有忠义之心的下层劳动人民的人生选择。另如朱鹤龄《闻沈女刎死事有感作》：

> 岂意深闺秀，能同烈士襟。千秋怜蕙质，一死愧琴心。月宇乌啼切，霜空鹤唳沉。松江涛百丈，为尔激哀音。[③]

朱鹤龄《愚庵小集》中类似颂扬殉节人物的诗作很少，而唯独保留了这一

---

① 《哭陈太仆》。（顾炎武．顾亭林诗文集：亭林诗集：卷一．北京：中华书局，1983：276.）《吊大学士临桂伯瞿公》。（归庄．归庄集：卷一．上海：上海古籍出版社，2010：148.）

② 周灿．泽畔吟//丛书集成续编：第123册．上海：上海书店出版社，1994：474.

③ 朱鹤龄．愚庵小集：卷四．上海：华东师范大学出版社，2010：63.

首。诗人虽然没有交代沈姓女子自刎而死的本事，对她殉节却饱含哀痛之情和敬佩之心。一个弱质女子竟然具有烈士的襟怀，敢于以死相殉，不难让人联想到本该保家卫国的男儿中却有失节苟活的宵小之辈，这是多么鲜明的对比和讽刺啊！

这两首诗的主人公卖柴樵夫和沈姓女子，是当时众多劳动人民和女性的代表。他们虽然平凡，以至于连姓名都不得而知，但他们的壮烈之举却并不平凡，值得在历史上留下痕迹。诗人以诗存史，长歌当哭，为之谱写浩气长存的历史悲歌，赞扬他们的一片丹心，这其实正是表达自己对明朝的忠贞之忱。

（二）追思隐士前贤

以死殉节是忠君报国的一种方式，隐居不仕则是忠君报国的另一种表现。因此，“惊隐诗社”成员在诗歌中，往往追思历史上的隐士，以前贤为榜样坚持气节。他们经常吟咏的隐士，有范蠡、严光、张翰、陶渊明、张志和、郑思肖等。这些隐士具有一个共同的特点，就是自己主动选择隐居不仕的生活。具体来说，则各自又有不同的特点，例如范蠡、严光是功成身退归隐江湖的谋士，张翰、陶渊明、张志和是从宦海中及时抽身的诗人，郑思肖是隐居著述的遗民。三类之中，郑思肖的生平遭遇和人生选择与“惊隐诗社”大多数成员最为相似，描写他的诗作自然也就更多。

郑思肖，号所南，是宋末文人、画家。南宋灭亡后，改名思肖，取思赵（趙）之意，即思念赵家王朝的意思。号所南，是取不向北之义，即不向北人（元人）屈服。即使日常坐卧，也保持向南背北。他擅长作墨兰，所画兰花花叶萧疏而不画根土，寓意国土沦亡，无从扎根。同为诗人、画家的周灿在《题郑所南墨兰卷》诗中，将郑思肖爱兰与陶渊明爱菊、周敦颐爱莲相提并论：

> 兰之清芬世莫比，不似凡花媚人喜。风标独与高士亲，世人谬爱徒然耳。呜呼兰兮真君子，呜呼郑公真知己。公之季，腥风吹；披裘钓泽，厥志不坠。孤芳娇娇气若兰，悠然独抱潇湘意。拂我紫砚田，挥我老松烟。墨花片片落素缣，疏风淡影相联翩。陶潜菊，篱下俯；茂叔莲，风前舞。吾兰可敬不可狎，讵令若等同俦伍。更怜丰韵独出尘，不令芳根丽黄土。笔端磊落写出高士意，嫉邪去秽心独苦。春秋笔削垂编年，此卷褒诛亦卓然。芳兰自命托意远，出处大义何其严。

呜呼！郑公子，真君子，呜呼兰兮真知己。[①]

兰花不仅是郑思肖的知己，也是他的化身。在郑思肖的笔下，兰花无根无土、丰韵出尘、可敬不可狎，正如高士孤贞自守、厥志不坠。郑思肖的画和诗文一样，表达了鲜明的不与新朝统治者合作的立场。他咏菊花“宁可抱香枝头死，何曾吹落北风中”就是广为流传的名句。至于“春秋笔削垂编年”，是指郑思肖的遗著《心史》。《心史》在明朝末年被发现，以其具有史学和文学的双重价值，受到了当时众多爱国之士的重视和推崇，归庄、钱肃乐等人曾先后为之写诗撰文。[②]

《心史》一书的面世和流传颇具戏剧性。[③] 书中记载异族南下导致江山易主、改朝换代的史实，又在数百年后重演，使得该书具有神秘的色彩，而诗人们更渲染和放大了这一特点。“千寻幽井置铁函，百拜丹心今未死”，“忽见奇书出世间，又惊牧骑满江山”，“天知世道将反覆，故出此书示臣鹄”。[④] 应该说《心史》的出土具有历史偶然性，但元代和清代却都是异族入主中原成为新统治者的两个王朝，从这点来说又具有历史相似性。而《心史》的诗文多以怀念故国为主题，它宣扬忠孝正义的爱国思想和坚贞不渝的民族气节，对同为遗民的清初诗人有极大的激励和鼓舞作用。周灿《读井中心史》说：“犬羊随地是，节义欲何之。正气孤逾迥，先生志独持。葵心倾报国，董笔寓攘夷。宋历编年永，胡天削号卑。褒忠血泪下，讨逆剑光驰。”[⑤] 诗中刻画独守节义、著述存史的遗民形象，又何尝不是“惊隐诗社”成员如吴炎、潘柽章等人的写照！

（三）描写贫士生活

“惊隐诗社”的大多数成员属于中下层社会的文人，明朝灭亡后他们主动放弃了诸生的身份，选择隐居不仕的生活方式。这意味着他们不仅从此与仕途绝缘，同时也不能再享受诸生身份带来的种种优待。加上战乱及统治者政策的影响，家产田产往往有所损失，生活水平也相应随之下降。在他们的笔下很少看到悠游山水、醉心风光或满足于村居生活的作品，而往往在写景叙事中充满了穷苦忧愁、自悲叹老的感伤情绪。这部分作品集

① 周灿．泽畔吟//丛书集成续编：第 123 册．上海：上海书店出版社，1994：472.

② 《井中心史歌》小序。（顾炎武．顾亭林诗文集：亭林诗集：卷五．北京：中华书局，1983：410.）

③ 同②.

④ 同②.

⑤ 同①473.

中体现了“愁苦之言多，和平之音少”的特色。

遗民隐居与一般人隐居不同，不是为了获得名利或者逃离宦海，而是为了保持自己的人格操守，它意味着清贫、默默无闻，乃至老死于乡野的生活。钮棨《秋怀》诗描写了一个无力供给妻儿秋衣的贫士形象：“西风顿凉冷，衣被应装绵。妻儿负单夹，唏嘘当我前。问我我不应，四顾空茫然。”① 而贫穷又并非隐居本身所固有的。诗人感慨：“南邻贫彻骨，北里富薰天。造物本不齐，岂复关愚贤！”② 应该说隐居不等于避世，想要完全忘记世事是很难做到的，只有内心具有强大的精神力量才能不受外界的诱惑。能够使诗人坚持下来的初衷就是珍惜声名、逃避网罗，纵然心里有再多感叹，也只能“寄愁聊自适”③。

然而连年战乱加上社会环境动荡不安，想要在一个地方长久隐居有时也难以实现。顾樵《送兄楚游》“何事春来偏送远，独怜亲老更辞家”，“海内烽烟犹未息，不堪飞雁各天涯”云云④，就是一个例子。为了保全自身躲避战乱，部分遗民不得不作客他乡，过着长期漂泊不定的生活。旅途中看见一草一木，他们都感到触目惊心：“突兀前朝寺，凄凉旧驿亭。伤心今日事，身世一浮萍。”⑤ 国破家亡的惨痛遭遇和漂泊不定的个人身世交织在一起，往往令诗人自伤不已，“老大徒伤事事非，三年客里故山违”⑥。长年在他乡作客，每逢节日就越发思念家乡，“乱离作客常依友，节物惊心每忆家”⑦。节日的欢乐气氛并不能减少诗人的思乡之情，反而让他更加感到惆怅，“岁时乐事总愁予，漂泊惊心况旅居”⑧。他怀念在家乡的妻儿，“寂寞小窗无意绪，老妻儿女定何如”⑨。有家不能回、老大无成，种种愁

---

① 《觚剩》卷一《吴觚·上》“贞白楼”条。（钮琇．觚剩．上海：上海古籍出版社，1986：4.）

② 同①.

③ 钮棨《初冬野望》。[袁景辂．国朝松陵诗征：卷三．刻本．爱吟斋，1767（清乾隆三十二年）：22b.]

④ 袁景辂．国朝松陵诗征：卷一．刻本．爱吟斋，1767（清乾隆三十二年）：22b.

⑤ 周抚辰《日暮》。[袁景辂．国朝松陵诗征：卷七．刻本．爱吟斋，1767（清乾隆三十二年）：16a.]

⑥ 戴笠（耘野）《有感》。（卓尔堪．明遗民诗：下册．上海：中华书局上海编辑所，1961：471.）

⑦ 顾樵《次韵吴峄山先生》。[袁景辂．国朝松陵诗征：卷一．刻本．爱吟斋，1767（清乾隆三十二年）：21b.]

⑧ 沈祖孝《午日旅次》。[郑佶．国朝湖州诗续录：卷一．小谷口刻本．1831（清道光十一年）：13b.]

⑨ 同⑧.

绪只有对友人才能一吐为快，例如吴宗汉《寄故乡诸友》。① 他虽然也思念故乡以至两鬓霜白，但更加感到愧疚的是“刺秦惭负千金诺，归蜀空回九曲肠”。自身平生抱负无法施展，友人共谋大业无法实现，即便如此依然坚持信念，“倘有贫交问流落，尚悬双眼看苍苍”②。这就体现了“穷且益坚，不坠青云之志”的崇高品质。

“惊隐诗社”成员描写自身贫士生活，体现了遗民群体的民族气节和道德操守。反观那些孜孜以求功名的失节小人，他们如果看到这些作品，应该为自己的所作所为感到羞耻。戴笠（曼公）东渡日本后作《西湖感怀》组诗，跋语说：“万里家乡，一湖梦寐。六桥花柳，十载荒芜。时有媚虏之臣，倒戈弑主，天扫风气，衣冠绝命。余浪迹东徂，寓庸世外。更衣脱俗，摩顶放踵，兀兀蒲团，冥冥结思，只未能一息忘西湖，丁此百六之艰，愤叶三十韵。青山睫眼，白夢登场，昏昏磕头，得假寐者，闻歌宁不垂头羞死耶!”③ 他通过诗歌立场鲜明地表达了对家国的怀念和对变节者的斥责。

（四）表达成员友情

“惊隐诗社”的成员都是遗民，大多数人有共同的爱好和相同的行藏选择。在他们的诗作中，表达友情的内容大致包括诗社集会活动、成员之间的互动交流以及对友人的怀念三个部分。其中集会活动主要有祭祀先贤、赋诗唱和、赏花饮酒等，以此表达对前贤的追慕和对自身操守的坚持，具体情况前文已有交代，这里主要讨论后面两个部分。

成员之间的互动交流，除了集会活动，主要有书信往来、点评作品、题诗作序等。以性质而论，可以分为学术交流和文艺互动两种。学术交流包括经学、史学、天文学等。经学交流以顾炎武和朱鹤龄为代表，史学交流以吴炎、潘柽章、戴笠（耘野）为代表，天文学交流以王锡阐、潘柽章为代表。文艺互动包括编选和点评文学作品、题画作序等。编选和点评作品的互动主要有顾有孝、周安、陈济生、吴宗汉、归庄、程棅、施諲等，题画作序的互动主要有范风仁、沈祖孝、周灿、顾樵、吴炎等。这些互动交流又往往是交叉进行的。比如顾炎武既在经学上给予朱鹤龄帮助，又出

① 《觚剩》卷一《吴觚·上》“岁寒集”条。（钮琇．觚剩．上海：上海古籍出版社，1986：3.）

② 同①.

③ 梁容若：《明季两戴笠事迹考》引日人东条耕《先哲丛谈后编》（梁容若．中日文化交流史论．北京：商务印书馆，1985：271.）

私人藏书支持吴炎、潘柽章的编纂《明史记》工作。朱鹤龄《岁暮杂诗六首》之五“知交海内一亭林”句自注“亭林极推余《书传》《左钞》，为细校讹字，以所著百余条惠贻赠人”[①]，表达对顾炎武无私相助的感激之情。按《书传》即《尚书埤传》，《左钞》即《读左日钞》，是朱鹤龄的两部代表性经学著作，分别被《四库全书》收录。

“惊隐诗社”成员的交往，主要是建立在共同的兴趣爱好和相似的人生遭遇基础之上。他们的友情没有功利性，也不受门户的影响。即使在步韵酬唱的诗作中，也未见应酬和敷衍的话语，完全是出于一片肝胆相照的真心。例如周灿《酬朱长孺步韵》：

> 不从尘世问炎凉，满案琴书绕笔床。火照青藜传竹牒，光潜神物卧干将。交情每托书双鲤，见面须倾酒十觞。一片冰心谁与共，空来寒月映池塘。[②]

诗中描写君子之交淡如水的友情，是当时不少遗民诗人交往的写照。受到战乱或者地域因素的影响，诗社成员之间往往不能经常见面，而主要是以鸿雁传书的方式保持联系，巩固友情。虽然较少见面，但他们的友情却能长期保持下来，有的成员甚至成为几十年的生死之交（比如归庄和顾炎武）。他们之间的了解和默契，也往往超过了一般意义上的朋友。因此在评论对方的作品时，就比别人评论更为深刻透彻。周灿《读朱长孺杜诗辑注》就特地点明了朱鹤龄辑注杜甫诗集的苦心和特点。[③] 对照朱鹤龄的自序来看，周灿的诗句几乎简括了他想要表达的全部意思。[④] 评论者和作者能达到心心相印的高度，除了评论者对作品本身有深入了解，对作者本人的熟悉也非常重要。他的另一首诗作《题范梅隐画梅歌》则以梅喻人，表现了范风仁安贫志洁的凛然风骨。[⑤]

成员之间聚少离多的特点，反映在诗歌中是“怀人”之作比较多。仅从诗题来看，就有沈永馨《怀归元恭》《怀周安节》[⑥]，周抚辰《暮春寄怀

---

① 朱鹤龄．愚庵小集：卷五．上海：华东师范大学出版社，2010：115.

② 周灿．泽畔吟//丛书集成续编：第123册．上海：上海书店出版社，1994：471.

③ 同②468.

④ 见《辑注杜工部集序》。（朱鹤龄．愚庵小集：卷七．上海：华东师范大学出版社，2010：139－140.）

⑤ 同②470.

⑥ 袁景辂．国朝松陵诗征：卷五．刻本．爱吟斋，1767（清乾隆三十二年）：8b.

顾樵水客吴兴》①，顾樵《怀周光甫灿》②，沈祖孝《白下怀顾茂伦湖上》等③。这些诗歌在表达自己对友人的怀念之情时，也往往记录了友人的某些生平事迹或体现了他们的部分性格特点。比如沈永馨叙及归庄怀恨悲秋，周安隐居梅里，曾到过南岳；周抚辰诗歌题目显示顾樵曾客居吴兴；顾樵写作《怀周光甫灿》时，周灿已经隐居了十年；等等。

除了以上四个方面，表现黍离之悲兴亡之感、呼唤英雄拯救世人，揭露清兵罪行、反映民生疾苦，歌颂抗清义士、批判失节小人等相关内容，将在下一章展开分析，此处从略。

二、风格与艺术

“惊隐诗社”成员诗歌的艺术风格，从整体上看呈现出多样化的特点。体现在具体的成员那里，就是艺术风格是否具有独特性和如何选择取法前人。大部分成员的艺术特色，在当时就曾经有过评价。选择取法前人的标准，除了受到诗社的影响，往往与个人遭遇和文学审美情趣有关。

（一）风格多样

何宗美先生认为“惊隐诗社成员多为特立独行之人，因而不少诗人在创作上都形成了较为鲜明的个性，就整个诗社来看便体现了艺术风格多样化的特点”④。诗社的大多数诗人在当时已有评价，除了顾炎武、归庄被公认为大家，较有特色的还有叶继武“诗警切无浮声”⑤，戴笠（耘野）“有孤山处士之风”⑥，吴宗汉“古诗宗汉魏，近体在开元、大历间”⑦，吴宗泌“思致深沉，音节遒美，得中唐人风格”⑧，吴宗潜“诗歌苍浑豪宕，有笼盖万夫、磅礴一世之概”⑨，顾有孝“为诗每矜慎不苟作，遇有分题击钵

---

① 王豫．江苏诗征：卷八十二．刻本．焦山海西庵诗征阁，1821（清道光元年）：8a.

② 周灿．泽畔吟//丛书集成续编：第123册．上海：上海书店出版社，1994：476.

③ 袁景辂．国朝松陵诗征：卷十八．刻本．爱吟斋，1767（清乾隆三十二年）：10a.

④ 何宗美．乐志林泉　跌荡文酒——惊隐诗社及其文学创作浅析．南开学报，2003（4）：114.

⑤ 潘柽章，等．松陵文献：卷十//续修四库全书：第541册．上海：上海古籍出版社，2002：487.

⑥ 朱彝尊．静志居诗话：下册：卷二十二．北京：人民文学出版社，1990：677.

⑦ 《天启崇祯两朝遗诗》附录《天启崇祯两朝遗诗小传》“吴文学”条。（陈济生．天启崇祯两朝遗诗：下册．上海：中华书局上海编辑所，1958：2023.）

⑧ 《吴氏四子纪略》。（杨凤苞．秋室集：卷五//续修四库全书：第1476册．上海：上海古籍出版社，2002：71.）

⑨ 《祭吴东里先生文》。（潘耒．遂初堂集：文集：卷二十//续修四库全书：第1418册．上海：上海古籍出版社，2002：35.）

者，恒终日不成一字，而间出片言，必隽永倾其座”①，陈忱“苦吟类（孟）郊、（贾）岛，大节似柴桑（陶渊明）。集中《九歌》，激烈悲壮，声出金石”②，周安“风格清远、不事雕饰，而天趣烂然”③，吴珂“诗思刻深，结撰务出人意表，同人服其奇隽”④，王锡阐“诗文峭拔有奇气”⑤，沈祖孝“诗皆从肺腑流出”⑥，顾樵“诗隽永有钱（起）、刘（长卿）风味”，“或清真朴老，或工丽芊绵，总之无愧唐音”⑦，等等。

鉴于诗社中大多数成员的诗文别集现已不传，而流传下来的作品又往往是吉光片羽，难窥全貌，前人关于诗社成员的评价就显得尤其可贵。袁景辂《国朝松陵诗征》一书不仅收录了部分“惊隐诗社”成员的诗作，还对这些成员的诗歌创作作出了总体性的品评，例如钮棨“诗气骨词调悉本唐人，而五古之寄兴无端，尤能得曲江（张九龄）、正字（陈子昂）之神”⑧，叶敷夏“笔力矫健，胜于乃翁（叶继武）”⑨，朱明德“和蔼中自具骨干”⑩，吴宗沛“沉思独往，不作浮响”⑪，沈永馨“诗格朴老，无粉饰炫耀之习”⑫，吴炎“乐府远驾西涯（李东阳），近匹西堂（尤侗），其余古今体声宏而力厚，格老而气苍”⑬，周抚辰（其凝）“与族父机高（周尔兴）同在惊隐社中，一时有‘大小阮’之目。其凝诗清老雅健，一祛尘翳。机高诗柔情丽语，瓣香温八叉（温庭筠），其志趣又各别也”⑭。他在评价顾樵时说：

---

① 徐釚．南州草堂集：卷二十五//续修四库全书：第1415册．上海：上海古籍出版社，2002：401.

② 陈田．明诗纪事：第6册．上海：上海古籍出版社，1993：3121.

③ 乾隆《震泽县志》：卷二十//中国地方志集成：江苏府县志辑：第23册．南京：江苏古籍出版社，1991：191.

④ 潘柽章，等．松陵文献：卷十//续修四库全书：第541册．上海：上海古籍出版社，2002：487.

⑤ 同③190.

⑥ 朱彝尊．静志居诗话：下册：卷二十二．北京：人民文学出版社，1990：677.

⑦ 转引潘耒及顾配京评价。[袁景辂．国朝松陵诗征：卷一．刻本．爱吟斋，1767（清乾隆三十二年）：18b.]

⑧ 袁景辂．国朝松陵诗征：卷三．刻本．爱吟斋，1767（清乾隆三十二年）：22a.

⑨ 袁景辂．国朝松陵诗征：卷四．刻本．爱吟斋，1767（清乾隆三十二年）：12a.

⑩ 袁景辂．国朝松陵诗征：卷二．刻本．爱吟斋，1767（清乾隆三十二年）：16b.

⑪ 同⑩19a.

⑫ 袁景辂．国朝松陵诗征：卷五．刻本．爱吟斋，1767（清乾隆三十二年）：7b.

⑬ 同⑨18a.

⑭ 袁景辂．国朝松陵诗征：卷七．刻本．爱吟斋，1767（清乾隆三十二年）：16a.

> 惊隐社中人皆前朝遗老，绝意进取，借诗歌以写其怀抱，往往愁苦之言多，和平之音少。独若耶居士，风调格律悉本唐人，高者胎源刘文房［长卿］，次亦近许丁卯［浑］，于社中独擅雅音……若耶之山水，与其子起东之花鸟，皆有名于时。若耶曾以画寄王尚书渔洋，渔洋题以诗，有“诗中有画，画中有诗”句，以辋川［王维］拟之也。[①]

袁景辂指出“惊隐诗社”作为一个遗民诗社，作品从整体而言具有“愁苦之言多，和平之音少”的特色。这个创作特色导致了“惊隐诗社”成员在理论上对“穷而后工”有较多的阐释（见下节）。至于称顾樵“悉本唐人”，在诗社中“独擅雅音”，就有点过誉了。应该说，“惊隐诗社”的绝大多数成员，都是学习唐人的。以唐诗分期而言，其中有不少是学习盛唐和中晚唐。上文中提到的孟郊、贾岛、钱起、刘长卿、许浑、温庭筠，均属中晚唐诗人。特别是晚唐诗人面临国运衰微与个人困苦不得志的境遇，部分作品以描写山林隐逸生活为主要内容，抒发个人感伤情绪，这与“惊隐诗社”成员的遭遇类似，自然就更容易成为取法的对象。“愁苦之言多”，反映在艺术特色上，就是作品带有感伤、悲凉、凄清的情调，从诗歌境界来说往往比较狭窄。顾樵虽以取法刘长卿、许浑为主，但他同时还学习盛唐诗人王维，加上本身又是画家，因此形成了“诗中有画，画中有诗”的特色。他的诗作如《麻溪过沈建芳别业》[②]、《钟湖观瀑布》等[③]，就体现了这个特色。

除了以上提到的成员，朱鹤龄以学者兼诗人的身份，在当时文坛上也有较高的评价。复社成员王光承在《朱长孺文集序》中说：“赋撷六朝之菁华，诗臻子美之阃奥，古文诸体据依经史，裁铸古今，理沉研而诣极色，绚练以趋新……是非咀漱六籍、经维群言、排百氏而剖九流者，曷以至此乎？”[④] 计东《愚庵小集序》也说“赋则规模《骚》《选》，诗则驱驾三唐”，并指出朱鹤龄诗歌以学杜甫为宗：“先生于少陵老人心慕手追，咀英漱润，宜其比兴体制有远胜之者。”[⑤] 此后如四库馆臣说：“鹤龄……尝笺

---

① 转引潘耒及顾配京评价。［袁景辂．国朝松陵诗征：卷一．刻本．爱吟斋，1767（清乾隆三十二年）：18b.］

② 乾隆《震泽县志》：卷三十四//中国地方志集成：江苏府县志辑：第 23 册．南京：江苏古籍出版社，1991：302.

③ 袁景辂．国朝松陵诗征：卷一．刻本．爱吟斋，1767（清乾隆三十二年）：20b.

④ 朱鹤龄．愚庵小集．上海：华东师范大学出版社，2010：337－338.

⑤ 同④338－339.

注杜甫、李商隐诗集，故所作韵语，颇出入二家之间，而寄兴清远，能不自掩其神韵。”① 徐世昌则称颂朱鹤龄“五七古多感怆低徊、惊心动魄之作”②。

前人关于朱鹤龄诗歌的评价，是从整体着眼，突出他学唐并以杜甫为宗的特色。今人周金标先生则认为《愚庵小集》中各种诗歌体裁具有不同的特色，具体来说“五古多主文谲谏，令人讽诵不倦”“七古辞采华丽，节奏明快，深情贯注，跌宕起伏”“七律大多流丽畅快，对仗工稳”③。这就涉及同一作家的风格多样性问题。不同的成员具有不同的风格，从而形成了诗社多样化的艺术风格；具体到单个成员，不同的体裁，也有可能形成不同的风格，从而使其风格具有多样性。

（二）取法前人

“惊隐诗社”成员的诗歌艺术风格多样化的特点，是与广泛取法前人密切相关的。虽然大多数成员以唐人为主要取法对象，但具体到单个成员时，往往还有其他取法对象。上文提到诗社以屈原、陶渊明、杜甫为社集祭祀对象，除了敬佩三位诗人的人格魅力和民族气节，在文学创作上也受到了他们的影响。也就是说，这三位诗人，都是诗社成员共同的取法对象。

首先来看杜甫。“惊隐诗社”中学杜影响大的，首推顾炎武。对此前人早有定论，如徐世昌说：“亭林……诗初自‘七子’入，进而益上，心摹手追，惟在少陵。敦厚深微，亦足弁冕一代。”④ 林昌彝则说：“五言长律学少陵神似者，古今惟顾宁人、朱竹垞二人，他人不足多也。”⑤ 今人关于顾炎武学杜诗的研究更加深入⑥，故此从略。

顾炎武的好友朱鹤龄，也是学杜较为成功的诗人，曾笺注杜诗并产生了一定的影响。⑦ 目前学者关于朱鹤龄学杜的研究，侧重于理论方面，主

---

① 《愚庵小集》提要。（永瑢，等．四库全书总目：下册：卷一百七十三．北京：中华书局，1965：1523.）

② 徐世昌．晚晴簃诗汇：第1册：卷十五．北京：中华书局，1990：397.

③ 周金标．朱鹤龄《愚庵小集》考述．淮阴师范学院学报，2009（4）：526.

④ 同②219.

⑤ 林昌彝．海天琴思录：卷五//海天琴思录　海天琴思续录．上海：上海古籍出版社，1983：109. 所说另一人为朱彝尊，号竹垞。

⑥ 屈守元．顾炎武和杜甫．杜甫研究学刊，1996（3）：45－46；田小军，孙微．顾炎武的杜诗学．北方论丛，2006（3）：10－12.

⑦ 周金标．朱鹤龄《杜诗辑注》研究．保定：河北大学，2008.

要以《杜工部诗集辑注》为研究对象，对诗歌创作较少关注。而在朱鹤龄生前，友人们就已指出他的诗歌创作受到杜甫的影响。《愚庵小集》中保留了不少相关点评，例如徐白评《赠陆风华》：“语有关系，高岸崎嵚，全得少陵气骨。”① 计东评《赠侯大将军》：“雄浑有气概，得老杜之一鳞片甲。”② 张九临评《遣兴二首》：“沉郁悲凉，不使人一望知为学杜，乃深于杜者也。”③ 结合诗作及友人点评可以看出，朱鹤龄学习杜诗，偏重气骨气概，风格沉郁悲凉，而又往往脱去痕迹，达到了化境。

朱鹤龄本人在《辑注杜工部集序》中，表达了他学习杜诗的态度。他认为“子美之诗，非徒学也”，“惟得性情之至正而出之”④；想要读懂杜诗，就应该“澄心拨虑，正己之性情，以求遇子美之性情”⑤。杜诗的可贵之处在于“性情之正”。学习杜诗首先应该自正性情，“然后因质以纬思，役才以适分，随感以赴节。虽有时悲愁愤激、怨诽刺讥，仍不戾温厚和平之旨”⑥。他的诗歌创作也受到相应的影响，这就是诗集中反映国破家亡的血泪遗恨之作较少，而主要体现为诗酒唱酬研究经史的隐居生活。即使像《湖翻行》《刈稻行》这类反映民生疾苦的纪实之作，出以“抑扬哀怨”之语，也只是希望能“陈之采风者”⑦，引起统治者的重视，而并非号召劳动人民起来抵抗。《愚庵小集》作为清初唯一一部被《四库全书》收录的遗民别集，除了政治因素，还与朱鹤龄遵循儒家诗教传统，以温厚和平为旨，体现出学者兼诗人的淳实典雅的风格有很大关系。

其次来看屈原。如前所述，“惊隐诗社”经常于五月五日端午节祭祀屈原并赋诗纪念。吴宗沛《五日同诸公祭三闾大夫，得“然”字》有“孤危心事还如见，憔悴形容各自怜”句。⑧ 诗人与屈原一样身逢乱世，怀抱“孤危心事”，形容憔悴。祭祀屈原，除了追悼前贤、勉励社员坚守气节，还有自伤身世的意味。这种双重影响，也在作品中有所流露，例如陈忱《九歌》被陈田誉为“激烈悲壮，声出金石”⑨，归庄《万古愁》“瑰瓌恣

---

① 朱鹤龄．愚庵小集：卷三．上海：华东师范大学出版社，2010：41.
② 朱鹤龄．愚庵小集：卷五．上海：华东师范大学出版社，2010：85.
③ 同②99.
④ 朱鹤龄．愚庵小集：卷七．上海：华东师范大学出版社，2010：139.
⑤ 同④140.
⑥ 同④.
⑦ 朱鹤龄．愚庵小集：卷三．上海：华东师范大学出版社，2010：50.
⑧ 袁景辂．国朝松陵诗征：卷二．刻本．爱吟斋，1767（清乾隆三十二年）：19a.
⑨ 陈田．明诗纪事：第6册．上海：上海古籍出版社，1993：3121.

肆，于古之圣贤君相，无不诋诃，而独痛哭流涕于桑海之际，盖《离骚》《天问》一种手笔”①。

朱鹤龄评价屈原的代表作《离骚》说：“托芳草以怨王孙，借美人以喻君子，遂为汉魏六朝乐府之祖。古人之不得志于君臣朋友者，往往寄遥情于婉娈，结深怨于蹇修，以序其忠愤无聊、缠绵宕往之致。”② “惊隐诗社”成员学习屈原，一方面继承香草美人的比兴寄托传统，另一方面加入个人的生平遭遇和情感，从而达到了物我一体的高度。归庄《落花诗》就是一个典型的例子，吴伟业《评归庄落花诗》说“流丽深雅，得寄托之旨，备体物之致”③。对于屈原的浪漫诗风，则较少模仿。严鸿逵《泽畔吟序》说：

> 吴江故侍御闇昭周公……蔽影深村，蓬蒿塞径，惟日与田父溪翁，往还杂处。鸟啼花落，惊心溅泪，一寓之于诗，名为《泽畔吟》……辞旨和平，音节古淡，而凄凉悲感之意，时自露于音沉响振之余。因作而叹曰：此羲熙遗音也。后有知人能论世者，其必以公与靖节翁，同为三闾之瓣香无疑矣。且夫诗发于志，其语言固不必相袭也。故风雅之后，变而为骚。骚之后，变而为汉魏古风。古风又变而为今体。各因时代之所尚，而不必其一致。惟其不悖于温柔敦厚之教，而使人读之，而足以兴起者，为可贵耳……必知此而后可以读公之诗。④

此序指出周灿与陶渊明都受到屈原的影响。如果只从“辞旨和平，音节古淡”的外在特点来看，周灿的诗更类似陶渊明，而与屈原诗风相差甚远。但从诗歌所表达的人生志向和个人情感来看，则无疑瓣香屈原。严鸿逵认为诗歌“语言固不必相袭也”，“不悖于温柔敦厚之教”，“使人读之，而足

① 《题归恒轩万古愁曲子》。(全祖望．鲒琦亭集外编：卷三十一//全祖望集汇校集注：中册．上海：上海古籍出版社，2000：1391.)

② 《笺注李义山诗集序》。(朱鹤龄．愚庵小集：卷七．上海：华东师范大学出版社，2010：142.)

③ 《落花诗》附。(归庄．归庄集：卷一．上海：上海古籍出版社，2010：119.)

④ 周灿．泽畔吟//丛书集成续编：第123册．上海：上海书店出版社，1994：467. 按文末款署“岁在昭阳赤奋若毕聚月辛巳日南至，吴兴后学严鸿逵再拜书”。查雍正十一年癸丑（1733）正月有辛巳（初九）日，而严鸿逵因受吕留良案牵连，早在雍正十年（1732）十二月就已被下旨论罪处死。如该序作于十一年正月，那么文中说“今年秋”于理不通。如果写作时间没有错误，则有可能是他人托名作序。如果该序确系严鸿逵所作，则有可能是绝笔之作。又查江庆柏《清代人物生卒年表》无严鸿逵生卒年记载。

以兴起者，为可贵耳”。也就是说周灿诗歌可贵之处，在于它遵循了“温柔敦厚”的诗教传统，能使读者有所感发。至于诗歌的语言，则不必亦步亦趋沿用屈原。实际上，周灿是复社成员，“所著诗文，宗韩、柳，学少陵”，以唐人为宗。类似“辞旨和平，音节古淡”的作品，在诗集中是少部分。从继承屈原比兴寄托的传统来说，其《秋风引》以悲秋起兴，抒发了“士有羁栖失路而不得志者，伤迟暮而沾巾”的情感，与屈原“悲修名之不立，伤美人之迟暮”一脉相承；又《培菊》①、《护兰》②，以菊花、兰花比喻君子，诗人对菊花、兰花的培植与呵护，是对美好品质和崇高道德的歌颂；《吊梅》③、《除草》④，以蚂蚁、杂草比喻小人，诗人对蚂蚁、杂草的诛杀、剪除，则是对黑暗统治和腐朽势力的抵抗。

除了杜甫、屈原，陶渊明更为广泛地受到遗民诗人推崇。这一方面是因为陶渊明诗歌本身具有很强的艺术感染力，为历代诗人所推崇；另一方面是因为陶渊明首开描写隐居生活的先河，遗民诗人描写隐居生活，或多或少都会受到他的影响。“惊隐诗社”成员学习陶渊明，从内容上说，主要是描写个人隐居生活；从风格上说，是效仿其诗作平淡自然的特色。

“惊隐诗社”成员学习陶诗，一个明显的特点是采用陶诗的题目或者自注，和陶诗、仿陶体。沈祖孝《拟九日闲居》小序说：“会重九举陶、杜之觞，菊既设而诗歌未新，爰与诸公仿为陶体。”⑤ 诗社在九月九日重阳节这天以菊酒祭祀陶渊明、杜甫，并且当场集体赋诗。这首《拟九日闲居》就是集会当日的诗作，潘柽章、陈忱等也有同题诗作。又周灿《归田园居》也是效仿陶渊明同题诗作，描写隐居生活，刻画了一个“长揖谢公卿，欢洽缔村叟”的隐士形象。⑥ 诗中“五柳”“素书”“荷锄”等意象都来自陶诗，语言上体现了平淡自然的特色，是一首比较典型的陶诗仿作。同时此诗还打上了时代的烙印，“况乃遭乱离，安敢弃南亩”曲折地反映了诗人被迫归隐的心情，与陶渊明主动弃官归隐是不同的。诗人联系自身遭遇，通过“邻人怜予病，呼共酌春酒。谓尔尝作官，毋乃伤贵手”的细节描写，体现了下层劳动人民淳朴和善良的品质，照应前文“有时群泥

① 周灿．泽畔吟//丛书集成续编：第123册．上海：上海书店出版社，1994：467.
② 同①469.
③ 同①472-473.
④ 同①473.
⑤ 郑佶．国朝湖州诗续录：卷一．小谷口刻本．1831（清道光十一年）：3a-3b.
⑥ 同①469-470.

饮，转觉粗莽好”的想法。顾有孝《和陶寄毛子晋》则是以陶渊明为榜样，鼓励毛晋同做遗民坚持气节，与传统意义的“和陶诗”有所区别。[①]

在诗作中提及陶渊明诗作，或者以陶渊明生平事迹为题材，也是“惊隐诗社”成员学习陶渊明的体现。吴宗泌《将移居题壁》化用了陶渊明自称“五柳先生”，作《归去来辞》的典故。[②] 沈祖孝《九日同东篱（吴宗潜）登王老露台》提及陶渊明《闲居》诗。[③] 就连“惊隐诗社”成员赏菊爱菊，并作有大量咏菊诗，也可以说是受到了陶渊明的影响。

以上三位诗人能成为诗社集体推崇的取法对象，主要是受诗社遗民性质的影响。从总体上来看，“惊隐诗社”还是以尊唐为主；而具体除了推崇杜甫，又以学习中晚唐诗人为主。学中晚唐诗人的成员以周灿、顾樵、沈祖孝等为代表。周灿、顾樵上文已作交代，这里主要来看沈祖孝。

沈祖孝的诗作，以郑佶《国朝湖州诗续录》卷一保存最多，收录六十余首。就现存作品来看，以五律和七律最多。五律近盛中唐，七律近晚唐。五律主要学孟浩然、韦应物，通过看似寻常的景物细节描写表达内心丰富细腻的情感，语言清淡自然。例如《秋日杂感》“一雨生秋色，清光逼眼新”，《归途》“居人茅屋矮，村店酒帘高”，《寄山中故友》“野花迷客屐，江柳暗行津”。[④] 七律主要学李商隐、杜牧，语言感伤凄丽。例如《无题》：“相见何由恨亦空，画楼帘卷怕花风。枝头叶叶今朝绿，苔上星星昨夜红。西鸟有生多共命，春蚕无岁不同功。偶然阅罢昆仑传，便欲焚香拜此公。”[⑤] 化用了李商隐《无题》“昨夜星辰昨夜风”及“相见时难别亦难”两首诗的意象，同时保留了李商隐《无题》诗朦胧迷离的情感特色。《寒食作》[⑥]、《秋望》[⑦]、《虞山寒食与苍符对酒》[⑧] 等诗，情景交融、婉转流丽，又类似杜牧的风格。

“惊隐诗社”成员的诗歌创作，除了受到前人的影响，也受到明代诗人如前后“七子”、竟陵派等的影响。这在下一章将有所涉及，此处从略。

---

① 卓尔堪．明遗民诗：下册．上海：中华书局上海编辑所，1961：548.
② 同①600.
③ 袁景辂．国朝松陵诗征：卷十八．刻本．爱吟斋，1767（清乾隆三十二年）：10a.
④ 郑佶．国朝湖州诗续录：卷一．小谷口刻本．1831（清道光十一年）：9b，10a，10b.
⑤ 朱彝尊．静志居诗话：下册：卷二十二．北京：人民文学出版社，1990：677.
⑥ 同④11a.
⑦ 同④11b.
⑧ 同④13b.

（三）运用意象

“惊隐诗社”成员虽然诗歌艺术风格各具特色，取法前人的对象也不尽相同，但在运用意象上，又体现出集中并且相似的一致性。这个特点在咏物诗中，表现尤其明显。其所咏对象，可以分为植物和动物两种。

先说植物，涉及较为广泛，如梅花、兰花、竹子、菊花、松树等。这些植物在历代文人的歌咏中，被赋予了高洁、美好、忠贞等品质。在诗社成员的笔下，它们大多用来象征保持气节、洁身自好的隐士，往往是自己或者朋友的化身，所谓“隐逸原同性，维持慰寂寥”①，“相依成密友，日夕共徘徊”②。诗人们养梅、培菊、植松、种莲，并写诗歌咏，不仅仅是出于个人爱好或者选择生活方式，还寄托了他们的人生理想和道德情操。

在诗人们的笔下，莲花“不随桃李艳，宁受雪霜欺”③，茉莉花“独抱寒香只自知”④，竹子“色非争众艳，节肯负孤贞”⑤，梅花“自是淡妆清到骨”⑥，兰花“品因高士贵，馥为静时长”⑦，无一例外强调清高、贞节的内在品质，而对外在形貌不作过多描绘。采用遗貌写神的手法，使咏物诗由体物而言志，不仅加深了诗歌的内涵，还扩大了诗歌的境界。例如周灿顺治七年（1650）《庚寅夏日自题画松》⑧，以及同年十月《紫牡丹忽开，于黄菊同供瓶中分赋》二诗⑨：前者以老龙比喻古松，希望有风云人物出现拯救苍生。而古松不受大夫之封，又暗喻英雄功成身退的高尚情操。后者以牡丹花与菊花同时盛开，“不逐繁华矜国色，却随隐逸傲寒霜”，表达诗人洁身自好隐居出世的志向，婉拒推荐自己出仕的清朝官员，规劝他们

---

① 《培菊》。（周灿．泽畔吟//丛书集成续编：第123册．上海：上海书店出版社，1994：467.）

② 《觚剩》卷一《吴觚·上》“贞白楼诗”条。（钮琇．觚剩．上海：上海古籍出版社，1986：4.）

③ 钮棨《春分日种莲》。[袁景辂．国朝松陵诗征：卷三．刻本．爱吟斋，1767（清乾隆三十二年）：23a.]

④ 钮棨《立冬后茉莉重开，诗以志喜》。[袁景辂．国朝松陵诗征：卷三．刻本．爱吟斋，1767（清乾隆三十二年）：23a.]

⑤ 钮明儒《题画竹》。[袁景辂．国朝松陵诗征：卷二．刻本．爱吟斋，1767（清乾隆三十二年）：20a.]

⑥ 《绿萼梅》。（周灿．泽畔吟//丛书集成续编：第123册．上海：上海书店出版社，1994：468.）

⑦ 《咏兰》。（周灿．泽畔吟//丛书集成续编：第123册．上海：上海书店出版社，1994：470.）

⑧ 周灿．泽畔吟//丛书集成续编：第123册．上海：上海书店出版社，1994：473.

⑨ 同⑧471.

“洛阳芳菲原是梦，勿愁春到反凄凉”，功名利禄终究是美梦一场，不要等到梦醒后凄凉收场才来发愁。

除了象征高洁隐士，还有一种情况是讽刺变节小人。例如沈永馨《杂诗》以落花和青松对比，青松象征保持气节的隐士，落花象征屈身失节的小人。[①] 这样的诗比较少，例如吴珂《和庄君声五月菊》：

> 扶疏只爱树阴凉，不道东篱预有香。一种冷肠何忽热，三秋佳色改端阳。北窗正值陶元亮，蒲酒还疑费长房。旧伴茱萸应寂寞，莫贪炎味怯寒霜。[②]

菊花通常开于秋季而突然提前于五月盛开，这本来是偶然出现的自然现象，诗人将它与社会现实联系起来，由自然季节的冷热交替联想到仕宦人情的趋炎附势。菊花本来是隐士的象征，在这里却成了首鼠两端之小人的化身，与之对应的茱萸才是坚守气节之隐士的象征。这就突破了意象的传统含义，而赋予了新的内容。又如周灿《蜀葵》：

> 蜀葵独少故乡情，移入江南竞向荣。方物不闻三峡贡，凡葩犹带两川名。依阶别种难称锦，傍日心多各自倾。更是芳菲能变幻，今年色较去年更。[③]

蜀葵原来生长于四川，被移植到江南以后反而生长茂盛。这就像屈身仕清的前明官员，表面上看起来风光无限，胜过原来，实际上却是“依阶别种”，附属于满族统治者的控制，得不到真正的重用。而这些贰臣官员也很清楚这一现实，表面对清廷俯首称臣，心里却另有打算。自然界的芳菲变幻，恰如世情的翻云覆雨，年年各不相同。

以上所说，都是泛指的植物。某些植物在特定的环境下，被赋予了历史色彩，并与作者的个人遭遇结合在一起。它们所代表的含义更为广泛和复杂，需要进一步分析。如周灿《樱桃》和《补种苏堤桃柳》二诗[④]，前者主要是结合作者自身遭遇，表达对明朝崇祯皇帝的哀思和追悼；后者则是通过相关历史人物事迹，表达国破家亡风流难再的惆怅和伤感。沈祖孝《和汾阳王庙古藤》也属于此类。[⑤]

---

① 袁景辂．国朝松陵诗征：卷五．刻本．爱吟斋，1767（清乾隆三十二年）：7b.

② 震泽镇，吴江市档案局．震泽镇志续稿：卷十三．扬州：广陵书社，2009：333.

③ 周灿．泽畔吟//丛书集成续编：第 123 册．上海：上海书店出版社，1994：472.

④ 同③468，472.

⑤ 郑佶．国朝湖州诗续录：卷一．小谷口刻本．1831（清道光十一年）：9a.

再说动物，所代表的意象可以分为三类：第一类如虎、蜂，象征异族统治者；第二类如蟋蟀、燕子，象征穷且益坚的隐士；第三类如鹤、白鹭，象征从事秘密抗清活动的志士。第一类诗作有周灿《搏虎行》[①]、《蜂》[②]，第二类诗作有沈祖孝《蟋蟀》[③]、《燕子》[④]，第三类诗作有周灿《病鹤》[⑤]、沈祖孝《友人白鹭》[⑥]，等等。

周灿《搏虎行》以虎象征清兵。面对清兵，部分明朝官员谈虎色变，妄图逃走以保全性命，谁知反受其害。清兵所到之处，“妻丧其夫父失儿，日暮号咷闻哭声”，给老百姓带来了极大的伤害。诗人呼吁百姓们起来奋力抗争，像陈涉发难最终推翻秦朝暴政那样，打败清兵。并且对此充满信心，认为事在人为，“古来强弱势，由人岂由天”，鼓励热血男儿为保家卫国、建功立业而奋斗。《病鹤》以鹤面对天寒风雪的恶劣环境，依然不堕凌霄志，来象征在清初险恶的政治环境下从事秘密抗清活动的志士。沈祖孝《燕子》通过今昔对比，抒发国破家亡的沉痛和无奈，刻画出一个飘零落魄、年年作客他乡的失意文人形象，这也是大多数社员的自我写照。

咏物诗之外，以“朱”“红”“胡”“汉”“清风”“明月”等意象来指代明朝（已故崇祯帝）和清朝统治者，在遗民诗中非常普遍[⑦]，这里不再赘述。

第二节 “惊隐诗社”的诗歌理论

“惊隐诗社”成员的理论主张，散见于成员个人的诗文著作和书信点评。虽然没有专门的文学理论著作，但也出现了像顾炎武、归庄、朱鹤

① 周灿．泽畔吟//丛书集成续编：第123册．上海：上海书店出版社，1994：469.

② 同①471.

③ 朱彝尊．静志居诗话：下册：卷二十二．北京：人民文学出版社，1990：677.

④ 郑佶．国朝湖州诗续录：卷一．小谷口刻本．1831（清道光十一年）：13a.

⑤ 同①471.

⑥ 同④10a.

⑦ 参见朱则杰《清诗代表作家研究》下编“清诗综论”第二篇“清代诗歌中的一组特殊意象——‘日’和‘月’”、第三篇“清代诗歌中的一组特殊意象——朱、红、赤、丹、花、落花”、第四篇“从清初几种著名传奇谈到清代诗歌的一组特殊意象——南京、江南、南方”。（朱则杰．清诗代表作家研究．济南：齐鲁书社，1995：280－309.）又《清诗考证续编》第四辑“特殊意象类”第四篇“‘秦’与‘汉’”、第五篇“‘汉’与‘胡’”、第六篇“‘明’与‘清’”。（朱则杰．清诗考证续编．杭州：浙江大学出版社，2019：1354－1402.）

龄、吴炎、顾有孝、王锡阐这样在当时影响力比较大的文论家。其中顾炎武、归庄的文学观点，已经有较多研究；而朱鹤龄等人的理论主张，还有待阐发。总体而言，诗社的文学理论与它的“遗民”性质，有着很大的关系。其具体主张，主要集中在论性情、论穷与工的关系、论复古与创新的关系这样三个方面。

一、论性情

“惊隐诗社”成员论诗，将“性情”放在首位。诗歌的根本，在于“性情”。朱鹤龄曾说：“夫古之作者纂绪造端、沧澜百变，而其中必有根抵焉。上之补裨风化，下之陶写性情。”① 又说：“诗之为道，以依永而宣菀结，以微辞而托讽喻，此非可以章句、训诂求也。章句、训诂之不足以言诗，为性情不存焉。”② 既然章句、训诂不可以求诗的性情，应该从哪些方面来判断诗歌的“性情”呢？他在《辑注杜工部集序》中作出了解答：

> 夫诗以传声，节奏成焉；声以命气，底滞通焉；气以发志，思理函焉，体变极焉。故曰：“诗言志。”志者，性情之统会也。性情正矣，然后因质以纬思，役才以适分，随感以赴节。虽有时悲愁愤激、怨诽刺讥，仍不戾温厚和平之旨。不然，则靡丽而失之淫，流离而失之宕，雕镂而失之琐，繁音促节而失之噍杀，缀辞逾工，离本逾远矣。子美之诗，惟得性情之至正而出之，故其发于君父、友朋、家人、妇子之际者，莫不有敦笃伦理、缠绵菀结之意……自古诗人变不失贞，穷不陨节，未有如子美者，非徒学为之，其性情为之也。③

从这段论述来看，朱鹤龄认为“性情”涉及以下四个问题：第一，衡量诗作的根本是“性情”；第二，“性情”有正偏之分，要追求并且保持“性情之至正”；第三，个人的“性情”决定其作品的价值；第四，杜甫的诗是“性情之至正”的体现。在他看来，“志”是“性情”的统会，“诗言志”就是“诗言性情”。而“性情”又有正有偏，杜甫的诗“惟得性情之至正而出之”，“敦笃伦理”，“拳拳忠爱”，体现了儒家温柔敦厚的诗教传统。杜甫的诗之所以能达到这个高度，是因为他经历了“变不失贞”“穷

---

① 《汪周士诗稿序》。（朱鹤龄．愚庵小集：卷八．上海：华东师范大学出版社，2010：178.）

② 《毛诗通义序》。（朱鹤龄．愚庵小集：卷七．上海：华东师范大学出版社，2010：131.）

③ 朱鹤龄．愚庵小集：卷七．上海：华东师范大学出版社，2010：139－140.

不陨节”的考验。他的诗作和人品达到了完美的统一，这是后世诗人所无法企及的。现在根据我们的理解，将“惊隐诗社”有关“性情”的观点概括为以下四个方面。

（一）守正

朱鹤龄虽然提出了“性情之正”的观点，但对于如何保持“性情之正”，并未作过多的阐释。在这个问题上，吴炎将孟子的“养气”说与性情的“守正”说联系起来，提出了自己的见解。

吴炎首先认为人的“性情”与“志气”有公私之分，情统于性，气统于志。其《诗论》说：

> 今夫人，生而受于天者，有性有情；其成于己者，有志有气。性与情，人之所公；而志与气，人之所私也。情统于性；不统于性，其情也淫。气统于志；不统于志，其气也浮。是以庸人皆可言情，而非圣人不能养气。养气之道，莫近于诗。而自古及今，以诗为言情之具，弃圣贤之所独，而骛庸人之所同……世之为诗者，奈何不以圣贤自期，而甘于庸众人之所为？驯至靡于朝、悖于家、负于友，节败于岁寒，行惭于妻子，斯时之为情者，安归乎？故我非欲人之灭情也，欲其统于性也。然治性必先固志，固志必先养气，而后诗可得言也。凡我之所接，山川草木、风雨露雷、日月星辰、鸟兽虫鱼之类。其常者，天地之正气也；其变者，天地之邪气也。受天地之正，以发我之正；而出我之正，以争天地之邪，其归于圣贤之途，不难矣！若然，则郑卫之淫、齐梁之艳、唐末之靡，弗为可也；《花间》《草堂》之集，东篱、实甫之本，弗见可也。①

吴炎将人的“性情”拆分为“性”与“情”，他所说的“情”指狭义上的男女之情，因此“庸人皆可言情”。而诗歌所言之情，应为圣贤之情，也就是要回归风雅传统。要做到这点，就必须“养其气以辅志”“抑其情以守性”，如此“气直则志正，志止则性尊”，而后言情，“即情亦圣贤之所独，而非庸众人之所同也”②。吴炎说诗歌言圣贤之情，并非代圣人立言，而是希望诗人以圣贤为模范，“受天地之正，以发我之正；而出我之正，以争天地之邪”，最终“归于圣贤之途”。这并非一味追求复古，而是针对

① 吴炎．吴赤溟先生文集//国粹丛书：第二集．上海：国学保存会，1906（清光绪三十二年）：5a－6a.

② 同①6a.

当时士人中“靡于朝、悖于家、负于友，节败于岁寒，行惭于妻子”的现象，力图以养正气回归圣贤之道来挽救人心。但他将男女之情一概视为“邪气”，甚至对“思无邪”也提出了怀疑，未免有失偏颇。至于他将“养气”视为言诗的前提，则受到了孟子“养气”说的影响。他将自己的居所命名为“浩然堂”，并作《浩然堂记》以释之：“‘浩然’者，气也。气以养而后浩然。吴子能养气，即无此堂，固浩然也；吴子不能养气，即有堂而颜之，固不可谓浩然也。”① 他所提倡的“正气”，追溯源头，也就是孟子所说的“浩然之气”。

吴炎不仅从理论上提倡“养正气”，还编选了《明文正气集》作为作品的范例，并在《明文正气集序》中说到了自己编选此书的目的：

> 至夫墨胎采薇之歌、王蠋伏剑之词、鲁连蹈海之对、陈咸旧腊之言、张巡闻笛之作、子美入蜀之章、文山拘燕之什，是数公者，骨已朽矣；数公所立之朝，更数姓矣。而后人得其片言，欷歔泣下，按剑相盻，则虽谓数公不死而周汉唐宋不亡可也。故不能使天下之气皆正也，不能使天下之不相为戕也；代有数人，人有数言，则正者常存，而气终不息。故国可亡也，家可破也，身可杀也，天下之人可使糜烂也，而是气浩然独行，则举夫亡之、破之、杀之、糜烂之之力，均不足以敌是气，而天下之气乃生。夫是以天运也，地处也，山峙而水润也，物贱而人贵也，今与古终不息也。此予《正气》之选，盖忧天下之气方息，而续残脉、接断胫、吹死灰以生之也。吾其与天下共保此一线哉！②

按《明文正气集》一书现已遗佚，仅存此序。但它与吴炎纂修《明史记》、创作《今乐府》性质相近，是希望存史传世。吴炎认为虽然亡国易代，只要正气尚存，就可以代代相传，人心不死。而“正气”以文学的形式传达出来，就是表现作者拳拳爱国之心、坚贞不屈之志的作品。序言中列举的“墨胎采薇之歌、王蠋伏剑之词、鲁连蹈海之对、陈咸旧腊之言、张巡闻笛之作、子美入蜀之章、文山拘燕之什”就是这样的作品。面对国破家亡的灾难，不同的人有不同的人生选择，或选择逃避隐居不问世事，或选择屈身投靠清朝统治者，或选择保持气节坚持斗争。吴炎提倡“正气”，是

① 吴炎．吴赤溟先生文集//国粹丛书：第二集．上海：国学保存会，1906（清光绪三十二年）：43b.

② 同①22a.

选择保持气节坚持斗争。从这个意思上说，保持“正气”，不仅仅是为了提高个人的文学修养，更是坚持民族气节的体现。

（二）求真

“性情”之正通过文学作品表达出来，就是求真情、求真诗。朱鹤龄《宗定九全集序》说：

> 盖古人文章，无不以真得传者。有真感伤而后有阮公、正字之诗，有真节概而后有工部、吏部之诗，有真豪宕而后有青莲之诗，有真闲适而后有左司、香山之诗。乃后之作者见诸公之成家在是也，遂相率而模效之，以为名高。不情之歌哭，随众之祧祢，纵极嘈囋，无关性灵，何以感情激听，叶钟律而壮风云也？子美云：“别裁伪体亲风雅。”今之诗文，其为伪体也多矣，能无待于别之裁之也乎？[①]

这里提出了作品“真伪”的问题。在他看来，无关性灵的模仿之作，就是“伪体”，也就是杜甫所说的“别裁伪体亲风雅”。而作品的“真伪”与否，除了模仿古人，又往往与作者的人品“真伪”相关。归庄《天启崇祯两朝遗诗序》说：

> 《传》曰：“诗言志。”又曰：“诗以道性情。”古人之诗，未有不本于其志与其性情者也。故读其诗，可以知其人。后世人多作伪，于是有离情与志而为诗者。离情与志而为诗，则诗不足以定其人之贤否，故当先论其人，后观其诗。夫诗既论其人，苟其人无足取，诗不必多存也。[②]

归庄所说的“先论其人，后观其诗”，受到了“知人论世”的影响。了解作者的生平事迹，有利于更好地了解其作品的内容和价值。因此，人们往往将作者的人品道德与作品成就联系起来，一旦作者的人品与文品不统一，即归庄所谓“离情与志而为诗者”，就会引起批评家的争议。归庄以昭明太子选陆机、潘安、沈约诗，以及唐诗选本往往收录王维、储光羲、皮日休诗为例，批判“精于论诗而略于论人，此古今文人之通蔽也”的观点，这也是从当时历史环境出发的。顾炎武说：“末世人情弥巧，文而不惭，固有朝赋采薇之篇，而夕有捧檄之喜者。苟以其言取之，则车载鲁

---

① 朱鹤龄．愚庵小集：卷八．上海：华东师范大学出版社，2010：182.
② 归庄．归庄集：卷三．上海：上海古籍出版社，2010：181.

连，斗量王蠋矣。”[①] 在这样的环境里，作品的文学价值已经不是首要的了，“别裁伪体亲风雅”才是首要的任务。顾炎武甚至认为“古来以文辞欺人者，莫若谢灵运，次则王维”，“二人之诗同也，一死一不死，而文墨交游之士，多护王维。如杜甫谓之‘高人王右丞’，天下有高人而仕贼者乎？今有颠沛之余，投身异姓，至摈斥不容而后发为忠愤之论，与夫名污伪籍，而自托乃心比于康乐、右丞之辈，吾见其愈下矣”[②]。显然，他对于谢灵运、王维的批判，其实是影射当时某些已经投靠清朝统治者而又表露出心怀故国之思的文人。归庄以为“不忠不孝而工为爱君严父之辞，贼仁害义而饰为有道贤人之语，此借学问以诬其性情者也，谓之伪”[③]，观点与顾炎武类似。

除了人品道德上的“真伪”，文学作品本身的特性也被纳入了“真伪”的考察范围。顾炎武《日知录》卷十九“巧言”条说：“凡今人所作诗、赋、碑、状足以悦人之文，皆巧言之类也。”[④] 这就否定了文学作品的娱乐性，并且还上升到“巧言乱德”的高度，将文学作品的娱乐性视为对道德修养的破坏。这与吴炎把反映男女之情的作品称为“靡靡之音”，视为人心堕落的表现，是同样的性质。归庄《眉照上人诗序》则从情与景的关系出发，以“本色”为追求，提出了判断作品真伪的标准。[⑤]

（三）用世

诗歌“守正”“求真”的目的在于用世。顾炎武《日知录》卷二十一“作诗之旨”条说：

> 舜曰：“诗言志。”此诗之本也。《王制》：“命太师陈诗以观民风。”此诗之用也。荀子论《小雅》曰：“疾今之政，以思往者，其言有文焉，其声有哀焉。”此诗之情也。故诗者，王者之迹也。建安以下，洎乎齐梁，所谓辞人之赋丽以淫，而于作诗之旨失之远矣。[⑥]

该篇随后举白居易《与元微之书》“文章合为时而著，歌诗合为事而作”，强调诗歌的宗旨在于经世致用。徒以文辞为工，则失去了作诗的宗旨。所

① 顾炎武撰、陈垣校注《日知录校注》卷十九“文辞欺人”条。（陈垣．日知录校注：中册．合肥：安徽大学出版社，2007：1058.）

② 同①1056－1057.

③ 归庄．归庄集：卷三．上海：上海古籍出版社，2010：204.

④ 同①1054.

⑤ 同③196.

⑥ 陈垣．日知录校注：中册．合肥：安徽大学出版社，2007：1141.

谓“君子之为学，以明道也，以救世也。徒以诗文而已，所谓‘雕虫篆刻’，亦何益哉”[①]。从明道救世的目的出发，他认为“凡文之不关于六经之指、当世之务者，一切不为”[②]。也就是说，为文须有益于天下：

> 文之不可绝于天地间者，曰明道也，纪政事也，察民隐也，乐道人之善也。若此者有益于天下，有益于将来，多一篇多一篇之益矣。若夫怪力乱神之事，无稽之言，剿袭之说，谀佞之文，若此者有损于己，无益于人，多一篇多一篇之损矣。[③]

顾炎武所说的“道”，不是指宇宙万物的自然规律，而是儒家的社会政治之道。他强调经世致用，是为了纠正理学家论“道”空谈心性，脱离实际的偏颇。为文应当“纪政事”“察民隐”“道人善”，即强调文学的教化功能，回归儒家诗教传统。顾炎武不仅自己严格按照标准行文，“止为一人一家之事，而无关于经术政理之大，则不作也”；并且以此来衡量他人的文章价值，“韩文公文起八代之衰，若但作《原道》《原毁》《争臣论》《平淮西碑》《张中丞传后序》诸篇，而一切铭状概为谢绝，则诚近代之泰山北斗矣”[④]。对于“文起八代之衰”的韩愈，尚且直言不讳。至于当代人的著作，“以多为富。夫多则必不能工，即工，亦必不皆有用于世，其不传宜矣”[⑤]。文章是否能传世，首先在于是否用于世。如果无益于人，则虽多而不传。这里的用世，并非只针对当时之世，还包括后世。《日知录》卷十九“立言不为一时”条指出：“天下之事，有言在一时，而其效见于数十百年之后者。”[⑥]

（四）存史

杜甫的诗被称为“诗史”，以此为标准来衡量诗歌作品，也就是看作品是否具有“以诗存史”的性质和价值。体现在诗歌本体上，是它为了保

---

① 《与人书（二十五）》。（顾炎武．顾亭林诗文集：亭林文集：卷四．北京：中华书局，1983：97.）

② 《与人书（三）》。（顾炎武．顾亭林诗文集：亭林文集：卷四．北京：中华书局，1983：91.）

③ 顾炎武撰、陈垣校注《日知录校注》卷十九“文须有益于天下”条。（陈垣．日知录校注：中册．合肥：安徽大学出版社，2007：1043.）

④ 《与人书（十八）》。（顾炎武．顾亭林诗文集：亭林文集：卷四．北京：中华书局，1983：96.）

⑤ 顾炎武撰、陈垣校注《日知录校注》卷十九“文不贵多”条。（陈垣．日知录校注：中册．合肥：安徽大学出版社，2007：1043.）

⑥ 陈垣．日知录校注：中册．合肥：安徽大学出版社，2007：1049.

存某段具体的历史而流传于后世。也就是说，它所体现的历史价值是首要的，而文学价值是次要的。归庄《天启崇祯两朝遗诗序》提出“借诗存人”的观点，就是“以诗存史”的具体体现：

> 国朝诗选者不下数十家，大率惟其诗不惟其人。吾友陈太仆皇士有《两朝遗诗》之选，而属序于余。详其旨，盖借诗存人，人不得滥；以人重诗，诗不必尽工。其可谓知所重，善于选后世之诗者矣![①]

这篇序言是他为陈济生编选的《天启崇祯两朝遗诗》一书而作。归庄首先点明编选的宗旨在于“借诗存人”“以人重诗”，这正是此书与一般明代诗歌选本的本质区别。诗歌选集以选诗为重，是以作品的文学性为标准，本来无可厚非。但在明清易代之际，为了使“世之文人学士，其亦思所以自立，而知徒敝精神于声韵之学无为也”，就不能再以文学性作为入选的首要标准，而要把作品与作者联系起来，“要之入是选者，其无作伪之人，离情与志之诗，可必也”[②]。这也体现了“求真诗”的价值取向。从“借诗存人”的编选宗旨出发，归庄认为“人无足取，诗不必多存”[③]。他还指出陈济生此书“有补于世道人心”[④]，具有教化作用。

“以诗存史”的目的在于“补史之阙”。考察当世治乱得失，史书中未及记录或者出于忌讳等原因不能记录下来的事情，可以用诗歌的艺术形式表现出来，使“言者无罪”，而“闻者足戒”。杜甫的诗被称为“诗史”，就在于他的诗能“补史之阙”。顾有孝选《纪事诗钞》，从性质上说与杜甫的“诗史”是一样的。魏禧《纪事诗钞序》说：

> 盖有《诗》亡而《春秋》作，圣人以史续诗。至杜甫诗多纪载当代事，论者称曰“诗史”，则又以诗补史之阙。然后世有心之士，居其位而不得行其志，与夫不得居其位者，于当世治乱成败得失之故，风俗贞淫奢俭之源流，史所不及纪，与忌讳而不敢纪者，往往见之于诗。或直述其事不加褒贬，或微词寓意以相征，盖不一而足，匪独子美唯然也。顾子抱道衡门，身为匹夫而慨然有天下之虑，其所收录皆取有关世道，所谓“言者无罪”而“闻者足戒”，其庶几矣乎？且夫天下之变不可胜穷，而治乱靡知其所底。然前事者后事之师，数百年

① 《天启崇祯两朝遗诗序》。(归庄．归庄集：卷三．上海：上海古籍出版社，2010：181.)
② 同①182.
③ 同①182.
④ 同①182.

之是非善恶，等而上之，至于尧舜数千年，推而下之又数千年，大抵如是也。《书》曰：“与治同道罔不兴，与乱同事罔不亡。”草野之人，不敢诵言朝廷之事，然观民情之苦乐，有司之所奉行，则其得失可知也。故曰：“问善御者莫如马，问善治者莫如民。”是故托物以微讽，其指曲，不若据事以直书，其情危。虽里巷歌谣之细，上可以备黼扆之法戒，下可以儆官邪而正民俗，称曰“诗史”，夫何让焉？[①]

按魏禧此序据署款作于康熙十九年庚申（1680），此时“惊隐诗社”已经解散十余年，社中成员大多已经下世，而顾有孝于此时编定《纪事诗钞》，可以说是延续了诗社“以诗存史”的宗旨。该书所收录的诗歌“皆取有关世道”，联系陈济生《天启崇祯两朝遗诗》一书“有补世道人心”来看，二人都很重视诗歌的社会教化功能，而侧重不同。陈济生选诗重在“存人”“求真”，顾有孝选诗重在“存事”“警世”。因此，二者都在一定程度上突破了儒家温柔敦厚的诗教传统。而顾炎武也说：“诗之为教，虽主于温柔敦厚，然亦有直斥其人而不讳者。”[②] 魏禧“托物以微讽，其指曲，不若据事以直书，其情危”的观点，正与之相通。他还进一步说明了“诗史”的作用是“上可以备黼扆之法戒，下可以儆官邪而正民俗”，这是对传统“补史之阙”的补充和发扬。

从以上论述来看，“惊隐诗社”成员将抒发“性情”作为诗歌的本质。诗人们认为“性情”并非一己之私情，而是与人品道德社会治乱相关的真情，因此涉及“求真”“守正”“用世”“存史”等方面。这是对传统“性情”说的突破，代表了当时相当一部分诗人的看法。“性情”说在清初盛行一时，得到了钱谦益、黄宗羲、王夫之、魏禧等人的提倡。但清朝统治者为了加强文化统治，频繁发起“文字狱”，使得文人们不敢表达自己的真实性情。“性情”说的流行，也就成为清初的昙花一现，直到袁枚“性灵”说的出现，才打破了诗坛的沉寂。

二、论穷与工的关系

陈洪先生认为“清初二、三十年中，遗民们活跃于文坛，孤愤兴寄是

---

① 顾有孝．纪事诗钞：卷首．杭州：浙江图书馆藏清初钞本：1a－1b．按此序又收入魏禧撰《魏叔子文集·文集外篇》卷十，个别文字略有出入。（魏禧．魏叔子文集：中册．北京：中华书局，2003：539－540.）

② 顾炎武撰、陈垣校注《日知录校注》卷十九“直言”条。（陈垣．日知录校注：中册．合肥：安徽大学出版社，2007：1048.）

文学创作的主潮，也是文学思想的主流”[1]。“惊隐诗社”的成员都是遗民，从自身的不幸遭遇出发，他们继承了发愤著述的传统，对诗歌“穷而后工”的现象有深刻的体验。归庄的“两不幸”说和朱鹤龄的论“穷与工”，就是其中的代表。

（一）归庄“两不幸”说

归庄继承司马迁、韩愈、欧阳修等发愤著述、穷而后工的理论，并进一步提出了“大不幸”与“小不幸”的观点。他在《吴余常诗稿序》一文中对“两不幸”说作出了相应的诠释：

> 太史公言：“诗三百篇，大抵圣贤发愤之作。”韩昌黎言：“愁思之声要妙，穷苦之言易好。”欧阳公亦云：“诗穷而后工。”故自古诗人之传者，率多逐臣骚客，不遇于世之士。吾以为一身之遭逢，其小者也，盖亦视国家之运焉。诗家前称“七子”，后称杜陵，后世无其伦比。使“七子”不当建安之多难，杜陵不遭天宝以后之乱，盗贼群起，攘窃割据，宗社靴卼，民生涂炭，而有慨于中，未必其能寄托深远，感动人心，使读者流连不已如此也。然则士虽才，必小不幸而身处穷厄，大不幸而际危乱之世，然后其诗乃工也。[2]

归庄认为个人的穷厄坎坷是“小不幸”，国家的危乱存亡是“大不幸”。“建安七子”与杜甫的诗“后世无其伦比”，是因为诗人们遭遇了“大不幸”而“有慨于中”，他们的作品具有“寄托深远，感动人心”的艺术感染力。归庄主张将“一身遭逢”与“国家之运”联系起来，也就是说文学创作不仅要表现个人的遭遇，还要关注国家的命运，反映在创作题材上就是要书写“家忧国恨”之作。归庄自己的作品，大部分都属于此类：“余作诗数年不能工，然出以示人，有见赏者，率感遇之作十三四，忧时之作十六七。”[3] 所谓“感遇忧时”之作，正是表现“两不幸”的诗作，只有两者兼具诗才能工。归庄又说：“余有无穷之恨，郁积于中，多发之于诗。”[4] 由此可见，发愤而作是为了表现“两不幸”。而“两不幸”的遭遇，又是诗人发愤而作的动力。因此他评价吴惟修（余常其字）诗歌说：“吾知其

---

① 陈洪．归庄文学思想述评．南开学报，1994（5）：21.

② 归庄．归庄集：卷三．上海：上海古籍出版社，2010：182－183.

③ 《吴余常诗稿序》。（归庄．归庄集：卷三．上海：上海古籍出版社，2010：183.）

④ 《吴门唱和诗序》。（归庄．归庄集：卷三．上海：上海古籍出版社，2010：192.）

所谓积愤离忧者，盖小不幸与大不幸兼之者也。”①

从诗歌要表现“两不幸”出发，归庄对于反映时代特征的作品十分推崇。他在《梁公狄秋怀诗序》中说：

> 盖气至秋而肃杀，物至秋而悲伤，故凡当天道反覆，人事变乱之际，士君子有无穷悲愤郁积于中而发之于言者，皆可以秋名之，而不系乎其时也。此公狄之所以赋《秋怀》也。乃其诗则志气激昂，风骨遒劲，音调清越，皆称乎其为秋怀者。②

“悲秋”是文人传统的创作题材之一。而将“发愤”以“悲秋”言之，是把时代的变乱反覆与季节的肃杀悲伤联系在一起，借季节之气表现时代之感。此类作品“志气激昂，风骨遒劲，音调清越”，是时代“大不幸”的体现。所谓“秋怀”，并非仅仅系于秋季一时之气，“不系乎其时”；只要是表现了时代“大不幸”的作品，都可以称为“秋怀”。但并非人人都能写出这样的作品，如同归庄《费仲雪诗序》所说：

> 诗言志，不可以伪为。其诗如芳草之绿缛者，必文人；如古木之苍劲者，必节士；若倜傥奇伟之人，发于文辞，必将如干将之在匣，良玉之在璞，星斗山川，皆见气象，非寻常诗人之可拟也……世人之诗，如芳草者，终身作诗可也；如古木者，终身作诗可也。彼毕其一生之聪明才调而用之于诗，必能成其文人之诗、节士之诗，以有传于后，亦已足矣。若夫诗而有干将之气，良玉之质，其为倜傥奇伟之人无疑也，又何暇乎工诗。③

他将诗作分为文人之诗、节士之诗、奇人之诗三类，并指出了三种诗作的不同特点，文人之诗繁缛、节士之诗苍劲、奇人之诗气象。归庄推崇奇人之诗，认为有“干将之气，良玉之质”，“非寻常诗人之可拟也”。所谓“倜傥奇伟之人”，就是遗民中的“志士”，这种人虽然身在草莽，却胸怀大志，以复国救世为己任，对于诗文往往无意求工，“又何暇乎工诗”正是此义。归庄的好友顾炎武，就可以说是这种人的代表。

（二）朱鹤龄论“穷与工”

从发愤著述的角度出发，归庄特别强调“穷而后工”：“昌黎、庐陵之

---

① 《吴余常诗稿序》。(归庄．归庄集：卷三．上海：上海古籍出版社，2010：183.)

② 归庄．归庄集：卷三．上海：上海古籍出版社，2010：188.

③ 同②190.

论诗，以为穷而后工，盖不独孟东野、苏子美辈为然，其言至今而尤验。”① 他认为“穷而后工”并非古人独有的现象，其同时代人尤其应验。以友人许元功（字更生）为例，“使更生遇不穷，家不贫，诗必不能如今之工”②。而对于“穷”与“工”的关系，朱鹤龄作了进一步的阐发，在《俞无殊诗集序》中提出了“不能穷而不工”与“能穷而益工”的观点：

> 唐孟郊、贾岛之徒，皆以诗而穷，其诗又皆以穷而工。今之穷于诗者率不能工，何也？乱离之厄其身，羁旅疲苶之挫其气，往往神智耗沮而不能发。间有所发矣，而或学短才弱，枯毫燥吻，又无以写其中感慨悲愁之致，而极人情之所难言。若是者，岂非能诗而不能穷之故耶？是故其人非矫志厉学、冢笔巢书者不能穷，非简栖遥集、淡泊自守者不能穷，视其能穷与否而其诗可知也。③

朱鹤龄认为能诗者不能穷，是导致穷于诗者不能工的原因。具体说来，包括学问修养和个人性情两个方面。从学问修养来说，要做到“矫志厉学、冢笔巢书”；从个人性情来说，要做到“简栖遥集、淡泊自守”。这两个方面，缺一不可。性情不淡泊，则为乱离所苦不能下笔作诗；学问不深，则作诗不能表达出自己的愁苦之情。因此，看作者是否“能穷”，可知其诗是否能工。对于“能穷”之人，其诗不仅能工，而且还能“益工”。朱鹤龄的友人俞南史（无殊其字）就是“穷而益工”的一个典型：

> 吾友俞子无殊……时出其清文丽句，与山光云影相映发于芗林药谷之间。其气静，故其音和平而肆好；其神闲，故其体窈窕而善变。盖吴中之诗，自启、祯以来，正声不绝；求其娴雅融润，兼含众妙，未有如无殊者也。无殊之诗，非所谓能穷而益工者耶？嗟乎！诗之为道，冶性灵，陶物变，必叩寂求音、遗落世事、汲古刻厉而后得之，是故致穷之物莫如诗。既已从事于必穷之途，而又拒之而不受，心迹乖反，噂沓纷纭，其下者以是为献谀之媒、干泽之具，声利薰心，繁华铄骨，如是其诗必不工，虽工亦不传。④

俞南史隐居山中，“气静”“神闲”，其诗亦得山林之助，“娴雅融润，兼含

① 《王异公诗序》。（归庄．归庄集：卷三．上海：上海古籍出版社，2010：195.）
② 《许更生诗序》。（归庄．归庄集：卷三．上海：上海古籍出版社，2010：200.）
③ 朱鹤龄．愚庵小集：卷八．上海：华东师范大学出版社，2010：169.
④ 同③170.

众妙”。朱鹤龄认为这是“能穷而益工”的体现。诗歌具有陶冶性灵的作用；要发挥诗歌的这种作用，就必须“叩寂求音、遗落世事、汲古刻厉”，也就是上文说的性情与学问两方面都要统一。如果不是出于真性情，甚至以诗为干谒的工具，那么诗歌必然不工，即使工也不能流传后世。这又回到了“性情”说的主题，即重视作者的性情，应当求真情，求真诗。他在《愚谷诗稿序》中说：

三十年来，士多好言隐逸。其所为隐逸之诗，类以吴宫花草、晋代衣冠托之悲悼，而余弗谓善，盖其音响是而性情非也……然隐未易言也，其人非有深情至性、超然尘埃之表而徒任放为名高，则山泽之衢行吟带索者皆厕其林矣。甚且如田游岩、卢藏用辈，以为仕宦之捷径矣。余亦有志于隐，而深病充隐之徒为烟霞泉石所笑也。[①]

这里明确指出某些隐居山林的人是以隐居为名，求仕途之实。这与以诗为干谒工具，是同样的性质，即都不是出于真性情。这样的诗，不能算是好诗。对此，朱鹤龄的友人徐崧也有类似的观点：“吾怪夫今之人徒知夭桃弱柳、献媚春畦，而不知冻树丹青、寒山锦绣尤可观而可乐也。”[②] 这是以“冻树丹青、寒山锦绣”来比喻作者在经历坎坷以后作品风格发生的变化。朱鹤龄表示赞成徐崧的观点，并以自然季节的变化来比喻作者的遭遇：

善哉！子之言诗，进于道矣。夫剥落者，充实之因也；闭藏者，菁华之府也。不剥落则秋气何以凝？不闭藏则寒晖何以发？屈、宋之骚些，不至于江潭憔悴则不成；子美之诗，退之、子瞻之文章，不至于夔州流落，潮、惠贬窜以后，亦不能奇且变若是也。[③]

这里以屈原、宋玉、杜甫、韩愈、苏轼等人的遭遇来揭示文章“奇变”的原因，是以古人的例子来说明能穷而益工。对于能穷而益工的作品，朱鹤龄十分推崇，其《梁大司农诗集序》说：

唐贯休云：“乾坤有清气，散入诗人脾。”而归太仆［有光］又言：“诗文者，天地之元气。”清气之与元气有以异乎？曰：有异。清气如游澄潭静渚之间，沦漪映空，蔚蓝同色，盥濯者争就焉。然而潦尽霜清，不免有易涸之忧。元气如葭管阳回，勾芒律动，山川俄焉增

① 朱鹤龄．愚庵小集：卷八．上海：华东师范大学出版社，2010：184.

② 《缬林集序》。(朱鹤龄．愚庵小集：卷八．上海：华东师范大学出版社，2010：173.)

③ 同②.

> 绚，草木为之改观，一任红英紫艳，白萼绿跗，纷纷籍籍，随物变色而莫知化工之所由然。是故得清气者，为劳臣志士之幽情，为羁人思妇之苦语，哀怨凄切，或至如候虫之鸣与寒蝉相应。若夫得元气者，西清东观之间，振其步武；明堂清庙之上，戛其声音。煌煌乎山龙藻火之采烂焉，琅琅乎球璜冲牙之响发焉。惟其受之天者全，故凡音不得与之竞工拙也。[①]

这里“得清气”与“得元气”二者的区分，类似于归庄“小不幸”与“大不幸”的观点。“得清气者”其遭遇是“小不幸”，“得元气者”其遭遇是“大不幸”。朱鹤龄推崇“得元气者”，实际上就是推崇反映“不大幸”的作品。这也是“能穷而益工”的一种体现。

三、论学古与创新的关系

“惊隐诗社”成员论诗，强调创新，反对模拟。这首先是认为文学是发展变化的，每时代都有各自不同的特点；其次是如何评价前人的文学成就（以竟陵派为例）；最后在取法前人的问题上，选择了尊唐。

（一）文学代变说

“惊隐诗社”成员认为文学是不断发展变化的。对于文学发展变化的原因，顾炎武从模拟与变化关系的角度作出了解释：

> 诗文之所以代变，有不得不变者。一代之文，沿袭已久，不容人人皆道此语。今且千数百年矣，而犹取古人之陈言，一一而摹仿之，以是为诗可乎？故不似，则失其所以为诗；似，则失其所以为我。李、杜之诗所以独高于唐人者，以其未尝不似，而未尝似也。知此者，可与言诗也已矣。[②]

他认为文学应随着时代的变化而变化，不能满足于模拟。一味地求古，模拟古人的陈言，“以今日之地为不古，而借古地名；以今日之官为不古，而借古官名；舍今日恒用之字，而借古字之通用者：皆文人所以自盖其俚浅也”[③]。这样的作品，无论从表达自己的感情还是符合文体的规定来看，

① 朱鹤龄．愚庵小集：卷八．上海：华东师范大学出版社，2010：176.

② 顾炎武撰、陈垣校注《日知录校注》卷二十一“诗体代降”条。（陈垣．日知录校注：中册．合肥：安徽大学出版社，2007：1163.）

③ 顾炎武撰、陈垣校注《日知录校注》卷十九“文人求古之病”条。（陈垣．日知录校注：中册．合肥：安徽大学出版社，2007：1066.）

都是失败的。李白、杜甫的诗代表了唐诗的巅峰，正是因为他们的作品突破了模拟古人的藩篱，体现出自身的特色。而模拟古人导致的弊病就是无法突破前人的成就，所谓：“效《楚辞》者，必不如《楚辞》；效《七发》者，必不如《七发》。盖其意中先有一人在前，既恐失之，而其笔力复不能自遂。”而“即使逼肖古人，已非极诣，况遗其神理，而得其皮毛者乎？”①

诗歌不仅随着朝代的更替而变化，在一个朝代内部也同样会不断变化。王锡阐《开云轩诗序》说：

> 书莫工于晋而六书亡，文莫丽于六朝而古文亡，诗莫富于唐而古诗亡。顾书之于晋、文之于六朝，皆亡于其盛；独诗之于唐，则又不亡于其盛，而亡于其变。然原其初，变必由夫盛，虽谓诗之于唐亦亡于其盛，可也。开元、天宝间，卓荦奇伟如青莲、少陵其人，无论矣。即王、孟之属，考其素行，无足多者，而诗歌尔雅不诡于正。迨至东野、浪仙而一变矣，玉川、长吉而又变矣，庭筠、义山而又变矣，微之、乐天而又变矣。甚如许浑、曹唐，滥及香奁诸咏，而变且极矣。不唯古诗亡，而唐诗之盛者亦亡矣。宋诗有三变：意胜而律亡，辞胜而意亡，理胜而辞亡。不唯盛唐之诗亡，而唐诗之变者亦亡矣。明初始变而复正，迄于成、弘，盖其盛也。隆、万以后，稍稍复变。启、祯而降，有变而为沉滞艰涩、穷愁衰谢之音者。苦思钩隐，或经日而得句，或累句而成章，乃至极纤以为巧，难解以为元，尚得为有诗乎哉！②

所谓“诗莫富于唐而古诗亡”，是看到了唐诗在诗歌发展上处于重要的地位。唐诗的出现，是对古诗的突破。而唐诗本身又是不断发展的，盛唐只是唐诗发展的一个阶段。宋诗三变又突破了盛唐乃至整个唐诗的发展。明代诗歌经历了初期、中期、末期的三次变化。末期竟陵派诗风盛行一时，也就是王锡阐说的“沉滞艰涩、穷愁衰谢之音”。竟陵派的流弊在于“极纤以为巧，难解以为元”，从而走向了求变的极端，以至于失去了作诗本身的意义。

对此，朱鹤龄认为诗歌虽然随着朝代发展变化，但总的宗旨是不变

---

① 顾炎武撰、陈垣校注《日知录校注》卷十九“文人模仿之病”条。（陈垣．日知录校注：中册．合肥：安徽大学出版社，2007：1060－1061．）

② 王锡阐．晓庵先生文集：卷一．俞钟岳刻本．1821（清道光元年）：15a－15b．

的，这就是“补裨风化、陶写性情”①。吴炎《唐皖城诗集序》进一步阐释说：

古人相见必赋诗。耳之所触，目之所睹，足之所履，动于心而哦于口，因而韵之，取适情达意而已……而必曰何者为汉，何者为魏晋六朝，何者为唐。又从而别之为苏、李，为陶、谢，为初、盛、中、晚。又不以作诗之人论诗，而以选诗之家论诗。于是乎有昭明之诗、高棅之诗、济南［李攀龙］之诗、竟陵之诗。诗体杂而多端，适以夭阏诗人之情而窒塞其意，此言诗者之过也。②

从表达自己的“性情”出发，吴炎反对复古派“文必秦汉”“诗必盛唐”的观点。以时代作为划分作品的界限，而不注重作品本身的文学特性，是割裂文学的发展。钱谦益在《唐诗英华序》中也批评了唐诗四期之分说，表达了类似观点。正确的学习前人的态度，应该是看到文学变化发展的一面，学古以求变出新。吴炎《陈子乐府序》说：

夫风变为骚，而骚不为风。雅、颂变为乐府，而乐府不为雅、颂。汉魏之乐府变为太白，而太白不为汉魏。太白之乐府变为陈子皇士，而陈子皇士不为太白。然则陈子之乐府，当排太白、超汉魏，而上与雅、颂比肩。千秋之后，独成一书，命曰“陈子乐府”，其谁曰不然？③

这篇序是吴炎为陈济生的乐府诗集所作。他强调学习前人而不为前人所困。陈济生的乐府取法于李白，李白的乐府取法于汉魏。虽然都是在学习前人，但各有特色，并非简单地重复前人。将陈济生的诗与《诗经》的雅、颂并提，固然有溢美之嫌，但从求新求变的角度来看，“排太白、超汉魏”，是可以并且应当做到的。

（二）评价竟陵派

竟陵派以钟惺、谭元春为代表，活跃于明代万历末年至崇祯初年，在当时具有广泛的影响。因钟、谭二人都是竟陵（今湖北天门）人，故称竟陵派。该诗派主张诗歌要抒发“幽情单绪”，追求“幽深孤峭”的风格，

① 《汪周士诗稿序》。（朱鹤龄．愚庵小集：卷八．上海：华东师范大学出版社，2010：177-178.）

② 吴炎．吴赤溟先生文集//国粹丛书：第二集．上海：国学保存会，1906（清光绪三十二年）：20b-21a.

③ 同②14b-15a.

对于纠正公安派后期油滑俚俗的风气起到了一定作用，同时也体现了明代晚期士人的末世心态。然而“自从号称公安与竟陵好友的钱谦益首先发难之后，在明清之际，乃至后来整个清季，虽然也时有若干诗人说两句公道话，但由于钱氏所处的独特地位以及影响，非难竟陵派的声音成了主流”①。

在诸多非难竟陵派的声音中，朱鹤龄提出了异议，其《寒山集序》说：

《寒山集》者，愚庵叟选启、祯以来之诗，专取幽清澹远，扫尽俗荦者……客有见而问者曰：“此诸君子之诗乃世所嗤‘钟谭体’，为鬼趣，为兵征亡国之音也，夫子何取乎尔?”叟笑曰：“不然，此乐所谓羽声者也……然此非人之过也。声音之理，通乎世运，感乎性情……诸君子生濡首之时，值焚巢之遇，则触物而含凄，怀清而激响，怨而怒，哀而伤，固其宜也……今诸君子之言具在，音节虽殊，皆与唐人相上下……羽声而近中声，不戾乎变风变雅，即尼父复出删诗，亦将取焉，而安得以木客之悲吟、幽独君之冥语，漫比而訾斥之哉?”②

按《寒山集》是朱鹤龄编选的一部明代诗歌总集，该书现已遗佚。他自称所选天启、崇祯两朝诗“专取幽清澹远，扫尽俗荦者”，无论是从选诗的时段还是风格上看，都很容易使人联想起竟陵派。因此，遭到了“此诸君子之诗乃世所嗤‘钟谭体’，为鬼趣，为兵征亡国之音也”的质疑。“钟谭体”，即竟陵派。所谓“鬼趣”“亡国之音”，是指“钟谭体”诗歌体现了明代末年世运衰微的时代特征。朱鹤龄以“羽声”比喻此类作品，他认为“声音之理，通乎世运，感乎性情”，将其与儒家诗教联系起来，认为此类作品与“变风变雅”类似，肯定了它的存在意义。虽然钟、谭的诗歌未必能达到变风变雅的高度，但以孔子不删变风变雅为例，说明竟陵派也不应全盘否定。这种观点，无疑是较为客观和进步的。朱鹤龄还在《竹笑轩诗集序》中为竟陵派寻找源头，以尊唐来提高竟陵派的地位：

自万历之季，海内尸祝钟、谭，人挟《诗归》一策，其教以幽深孤峭为宗，直取性灵，不使故实。一时附和之者，往往入于僻涩无理，以俚率为清真，以晦蒙为奥异，诚如说者所讥。然幽深孤峭，唐人名家多有此体，譬诸屠门大嚼后，啜蒙顶紫茁一瓷，无不神清气

① 孙立．明末清初诗论研究．广州：广东高等教育出版社，2003：12.

② 朱鹤龄．愚庵小集：卷八．上海：华东师范大学出版社，2010：185－186.

涤。此种风味，亦何可少？今人以《诗归》流弊，群然集矢于竟陵，而并废唐人之幽深孤峭，于是伪王、李之余波宿烬复出而乘权于世，岂非持论者矫枉而失其平之过耶?[①]

朱鹤龄在该序中举唐代名家孟郊、贾岛、司空图、陆龟蒙、皮日休等为例，说明唐诗中已有“幽深孤峭”的诗风。作为诗歌风格的一种，它的存在是有合理意义的。而竟陵派的流弊在于“僻涩无理”，世人以此完全否定竟陵派的作用，乃至连唐诗中与之相连的一派一并废弃，就有矫枉过正之嫌了。应该说，朱鹤龄对于竟陵派的评价是较为公允的。但他一人的看法并不能代表整个诗社，顾炎武、王锡阐等人对于竟陵派都持批判态度。而这恰恰体现出朱鹤龄的独特眼光。

（三）尊唐贬宋

“惊隐诗社”的成员在创作上以学唐为主，在理论上也以尊唐为主。朱鹤龄在谈及学诗的途径时说：“取材于《选》，效法于唐，此诗家律令也。”[②] 潘柽章《吴子今乐府序》甚至认为“国朝作者崛兴，洗宋人之陋”[③]。他认为明诗超过宋诗，事实是否如此姑且不论，但尊唐贬宋之意则很明显。乃至小部分成员在创作中取法宋诗的，也自认为格调不高。归庄评价自己的诗说：“词拙而格卑，多入宋人风调，人皆以剑南相拟。”[④] 顾炎武《致归元恭札》也说：“两次惠诗文，并已盥手细读。每得佳句，为之徘徊击节，而犹嫌其稍入宋调，不若《孝子传》之真古文、真大家也。”[⑤] 归庄与顾炎武是“惊隐诗社”中一流的诗人，他们对于宋诗的看法，无疑代表了诗社的主流思想。

“惊隐诗社”中主张学唐并且有较大影响力的，除了顾炎武，还有顾有孝。顾有孝编选诗歌总集多种，涉及唐诗的有《全唐近体诗钞》、《唐诗英华》、《全唐名家诗式》（陆世楷同辑）等。据同治《苏州府志》记载，“明末吴中诗习多渐染钟、谭，有孝与徐白、潘陆、俞南史、周安、顾樵

---

① 朱鹤龄．愚庵小集：卷八．上海：华东师范大学出版社，2010：186.

② 《华及堂诗稿序》。（朱鹤龄．愚庵小集：卷八．上海：华东师范大学出版社，2010：175.）

③ 吴炎，潘柽章．今乐府//四库禁毁书丛刊：集部：第 74 册．北京：北京出版社，1997：113.

④ 《王异公诗序》。（归庄．归庄集：卷三．上海：上海古籍出版社，2010：195.）

⑤ 柴德赓《跋顾亭林〈致归元恭札〉墨迹》。（柴德赓．史学丛考．北京：中华书局，1982：313.）

辈扬推风雅，一以唐音为宗，所选《唐诗英华》盛行于世，诗体为之一变”①。可见顾有孝编选唐诗选本的目的在于改变诗风，挽救竟陵派的弊端。钱谦益《唐诗英华序》说：“吴江顾子茂伦，总粹唐人之诗，扬推论次，择其真赏者，命之曰《唐诗英华》……茂伦之撰是集也，胥初、盛、中、晚之诗，胪而陈之，不立阡陌，不树篱棘，异曲同工，分曹递奏……焕然复睹唐人之面目……”② 这里指出顾有孝所尊唐诗，是整个唐诗中具有真性情的作品，而并非特指唐诗的某一时期。

从推崇唐诗出发，顾有孝对于当代人的作品，也以是否“嗣响唐音”为衡量标准。朱鹤龄在代王士禄为顾有孝《闲情集》撰序时说：

> 松陵顾子茂伦，夙号高才生，其学上下千载，于三楚、两京、六朝以迄近代之诗，无不综览而诠衡之，谓唐人之诗妙于言情，而理在其中；宋人主意，元人主词，去古皆远；惟胜国季迪、眉庵、昌谷诸公，义合风雅，语兼哀艳，直可嗣响唐音，称骚人苗裔。乃取三百年以来名家诸集，择其丽而有则者撰次成编，名曰《闲情集》。③

由此可见，顾有孝推崇唐诗是因为唐诗“妙于言情，而理在其中”。他认为宋诗、元诗皆不及唐诗，而明初高启（字季迪）、杨基（号眉庵）、徐祯卿（字昌谷）等人的诗歌“义合风雅，语兼哀艳，直可嗣响唐音”。按《闲情集》本身是一部明代艳体诗歌总集。从“妙于言情”的角度来说，它与唐诗是一脉相承的。而所谓“丽而有则”，是指作品的感情包含风雅之义，也就是“理在其中”。虽然实际上该书所收的作品未必都符合这两个要求，但从编者的编选意图来看，显然是希望诗歌回归风雅传统，向唐诗看齐。

从以上论述来看，“惊隐诗社”的诗歌理论偏向于回归正统，强调儒家的教化功能。这固然是诗人们鉴于时代悲剧，力图拨乱反正的选择，但过于强调文学的现实性，就有可能弱化甚至否定文学的抒情性，从而矫枉过正，产生一些片面的观点。比如说以男女之情附会君臣之义，以作者人品低下而否定作品的文学价值，尊唐贬宋，等等。这些观点，在一定程度上削弱了理论的积极意义，并且对诗歌创作造成了消极的影响。

---

① 《人物·三十三（吴江县·国朝）》顾有孝传。（同治《苏州府志》：卷一百零六//中国地方志集成：江苏府县志辑：第9册．南京：江苏古籍出版社，1991：692.）

② 钱谦益．牧斋有学集：中册．上海：上海古籍出版社，1996：706－708.

③ 《闲情集序（代）》。（朱鹤龄．愚庵小集：卷八．上海：华东师范大学出版社，2010：171－172.）

第四章 “惊隐诗社”的代表人物

一个社团的代表人物，在一定意义上说体现了这个社团的影响力及社团所取得的最高水平。“惊隐诗社”成员大多数生前就已经成名，部分成员还在清初文坛上具有较高的知名度和较大的影响力，例如归庄、顾炎武、陈济生、顾有孝、朱鹤龄等。他们不仅是诗社的代表人物，也是后世研究的热点。其中归庄、顾炎武是著名的遗民诗人，陈济生、顾有孝是著名的选诗大家。而除了这些知名度和文坛影响力较高的成员，某些还涉及文学之外的领域（如史学）并有一定成就的成员，也应该视为诗社的代表人物，例如吴炎和潘柽章。本章选取归庄、顾炎武、陈济生、吴炎、潘柽章五人作为“惊隐诗社”的代表人物进行专题研究，主要就是基于这样的考虑。

第一节 归庄与顾炎武

“惊隐诗社”的代表人物，首推归庄与顾炎武。归庄与顾炎武都是昆山人，并称“归奇顾怪”，又是多年的好友，彼此之间以“元白”（元稹和白居易）、“皮陆”（皮日休和陆龟蒙）相许。① 他们的前半生经历相似，都加入了复社和“惊隐诗社”，参加过抗清斗争。后半生顾炎武离开家乡北上漫游，足迹遍及大半个中国；归庄一度为僧，后隐居故里，所游仅限于江浙两省。二人友谊深厚，文学创作则有同有异，可以对照着考察。

---

① 《宁人柬来，谓元白、皮陆集中，唱和赠答，连篇累牍，我与子交，不减古人，而诗篇往来殊少，后世读其集者，能无遗恨？赋此却寄》。（归庄．归庄集：卷一．上海：上海古籍出版社，2010：77－78.）

一、交游情况

在考察归庄和顾炎武的交游情况之前，需要先了解“归奇顾怪”这一说法的最早出处。张穆《顾亭林先生年谱》“顺治十二年”（乙未，1655）条转引《微云堂杂记》说：

> 顾宁人与我友归元恭同里闬，元恭守乡曲而宁人出游四方，所至垦田自给。元恭尝邀同社诸君子会于影园，余以病不果往。元恭旋殁，余以诗哭之，又为文祭之曰：“先王道丧，士习懦愞。孔子有言，必也狂狷。归奇顾怪，一时之选。渔猎子史，贯穿经传。志高气盛，雄杰魁岸。顾游四方，燕塞秦甸。君独闭门，枯守笔砚。跅弛不羁，俗人笑姗。抱太仆文，搜罗拾捃。胡忽陨亡，逝如飞电？”[①]

后世学者，即据此认为是同时代人论述“归奇顾怪”的最早记载。陈宏亮先生《“归奇顾怪”解》、严迪昌先生《归“奇”顾“怪”略说》二文，均据张谱转引。[②] 严迪昌先生还指出《微云堂杂记》一书不见著录，而据“微云堂”室名初步考证这段文字的作者为秦松龄。笔者循此线索，进一步检得秦松龄《苍岘山人文集》卷六有《祭归元恭文》，开头部分与上引完全相同，现将剩余部分再补录于次：

> 吁嗟乎！君与古为徒，遭时不偶，多历艰虞。长歌短谣，于邑郁纡。如君怀抱，知者谁与？忧能伤人，至于是夫！昨者影园，名流杂遝。君实与焉，琴囊酒榼。余方卧病，莫遂簪盍。作诗寄君，荷君酬答。曾不几日，惊闻讣音。顾既沦废，君又湮沈。茫茫吾道，千秋孰任？海内诸贤哲，死丧侵寻。吴江木落，寒风肃椮。山鬼薜荔，仿佛君吟。君其已死矣，实伤我心。一卮酹君，庶其来歆。[③]

据这篇祭文可知，归庄曾邀友人于影园雅集（此处“影园”似指“塔影园”[④]），秦松龄即在邀请之列，不过因为卧病而未能赴约，未几归庄去

---

① 张穆．顾亭林先生年谱：卷三//续修四库全书：第553册．上海：上海古籍出版社，2002：576.

② 陈宏亮．“归奇顾怪”解．苏州大学学报，1989（4）：68；严迪昌．归“奇”顾“怪”略说．古典文学知识，2001（4）：67－68.

③ 秦松龄．苍岘山人文集：卷六//四库未收书辑刊：第五辑：第28册．北京：北京出版社，2000：52－53.

④ 《过顾云美塔影园》。（秦松龄．苍岘山人［诗］集：卷一//四库未收书辑刊：第五辑：第28册．北京：北京出版社，2000：60.）又归庄《照怀亭记》：“余总角时，识郡城顾云美。遭乱后，云美迁居虎丘之塔影园，余尝访之。”（归庄．归庄集：卷六．上海：上海古籍出版社，2010：353.）

世。又秦松龄《苍岘山人［诗］集》卷一《碧山集》内，有《卧病山中，闻归元恭偕同学诸子集影园》及《哭归元恭》二诗[①]，与前引《微云堂杂记》所说“元恭尝邀同社诸君子会于影园”及“以诗哭之”完全吻合。至此可以确断，《微云堂杂记》正如严迪昌先生所说，作者系秦松龄；而秦松龄最初提出“归奇顾怪”之说，则是他的《祭归元恭文》，并且该文还完整保存着。同时，也正因为该文原为归庄而作，所以“归奇”置于“顾怪”之前。

附带交代一下作者秦松龄的情况。秦松龄（1637—1714），字留仙，号对岩，晚号苍岘山人，江苏无锡人。顺治十二年乙未（1655）进士，改庶吉士，以江南奏销案罢归，康熙十八年己未（1679）复举博学鸿儒，官至左春坊左谕德。著有《苍岘山人文集》六卷、《苍岘山人［诗］集》五卷、《微云词》一卷，以及《毛诗日笺》六卷。秦松龄是钱肃润的门生[②]，而钱肃润与归庄、顾炎武同是“惊隐诗社”成员。因此，秦松龄与归庄有交游，这也并不为奇。至于“归奇顾怪”的具体阐释，前及陈宏亮、严迪昌两位先生的文章均已有论述，此处不赘。

以顺治十四年丁酉（1657）顾炎武开始北上漫游为界，他与归庄之间的交游可以分为前、后两个时期。前期二人主要在家乡昆山一带活动，往来较为密切，现存手札及诗文唱和较多。后期因顾炎武北上之后再未回到家乡，联系相对减少，现存书信及诗文唱和较少。

（一）顾炎武北游之前

归庄、顾炎武同岁，均生于明万历四十一年癸丑（1613）。二人定交的时间，是崇祯六年癸酉（1633）。这可以从归庄作于顺治十四年丁酉（1657）的《送顾宁人北游序》开篇“余与宁人之交，二十五年矣”推断出来[③]，顾炎武《哭归高士》诗“弱冠始同游，文章相砥砺”亦可佐证[④]。徐鼒《小腆纪传》卷五十三《列传·四十六》“儒林·一”，将顾炎武列为首位，说他“与里中归庄善，共游复社，有‘归奇、顾怪’之目”[⑤]。而在崇祯六年癸酉（1633）春，张溥于苏州虎丘召开复社第三次大会。归庄与

① 秦松龄．苍岘山人［诗］集：卷一//四库未收书辑刊：第五辑：第28册．北京：北京出版社，2000：69，74.

② 《钱十峰先生八十序》。（秦松龄．苍岘山人文集：卷二//四库未收书辑刊：第五辑：第28册．北京：北京出版社，2000：19.）

③ 归庄．归庄集：卷三．上海：上海古籍出版社，2010：232.

④ 顾炎武．顾亭林诗文集：亭林诗集：卷四．北京：中华书局，1983：392.

⑤ 徐鼒．小腆纪传：卷五十三．北京：中华书局，1958：566.

顾炎武此前已入复社，二人很有可能都参加了此次大会，并于会上定交。

顾炎武与归庄交往之初，“入则读书作文，出则登山临水，间以觞咏，弥日竟夕”①。《顾亭林诗文集·亭林佚文辑补》中有《与归庄手札》八通，其落款署“正月二十二日”者一通，据札内所记，作于崇祯十一年戊寅（1638）。其余七通，写作年月不详，但从内容上看，互有联系，当作于同一时期。手札所谈，甚为琐碎，具体涉及宴饮、诗文、音韵等。顾炎武交游甚广，但生性严峻，不喜与俗人交接，而对归庄甚为推许：“自余所及见，里中二三十年来号为文人者，无不以浮名苟得为务，而余与同邑归生独喜为古文辞，砥行立节，落落不苟于世，人以为狂。”② 可见二人早在青年时代，出于共同的爱好兴趣，并以气节相砥砺，结下了深厚的友谊。

顺治二年乙酉（1645）五月，顾炎武嗣母王硕人六十寿庆，归庄与吴沆（同初）等前来拜寿。顾炎武《吴同初行状》记：“五月之朔，四人[据其上文可知为炎武叔父兰服、姊子徐履忱，友吴沆、归庄]持觞至余舍为母寿。退而饮，至夜半，抵掌而谈，乐甚，旦日别去。余遂出赴杨公之辟，未旬日而北兵渡江，余从军于苏，归而昆山起义兵，归生与焉。”③该年，顾炎武与归庄同在昆山参加抗清起义。斗争失败后，顾炎武奉母避居常熟语濂泾，随后归庄亦来，“归生与余无时不作诗，其往来又益密”④。

顺治四年丁亥（1647），顾炎武作《吴兴行，赠归高士祚明》⑤。据赵经达《归玄恭先生年谱》记载，是指归庄赴长兴（属湖州，湖州旧称吴兴）寻觅从兄尔复遗骨事。⑥ 顺治六年己丑（1649），归庄作《顾秀才见访村居，属余他往，归后却寄》。⑦

顺治九年壬辰（1652），万寿祺来昆山，聘归庄往淮阴教其子⑧，顾炎

---

① 《从叔父穆庵先生行状》。（顾炎武．顾亭林诗文集：亭林余集．北京：中华书局，1983：162.）

② 《吴同初行状》。（顾炎武．顾亭林诗文集：亭林文集：卷五．北京：中华书局，1983：113.）

③ 同②.

④ 同①.

⑤ 顾炎武．顾亭林诗文集：亭林诗集：卷一．北京：中华书局，1983：279.

⑥ 赵经达．归玄恭先生年谱//丛书集成续编：第37册．上海：上海书店出版社，1994：751.

⑦ 归庄．归庄集：卷一．上海：上海古籍出版社，2010：62.

⑧ 万寿祺（1603—1652），字介若，人称年少先生，江苏徐州人。明崇祯三年庚午（1630）举人，曾参加抗清活动，兵败后隐居江淮一带，著有《隰西草堂集》。

武作《送归高士之淮上》[①]以赠别。随后顾炎武亦来淮阴，归庄有诗《中秋前十日，淮浦送顾宁人归吴》《宁人柬来，谓元白、皮陆集中，唱和赠答，连篇累牍，我与子交，不减古人，而诗篇往来殊少，后世读其集者，能无遗恨？赋此却寄》《宁人别后复来，留滞旬日，会面者再，今知定行矣，复往送之，口占一绝句》。[②]该年万寿祺卒，顾炎武赴丧，归庄讣告诸友。归庄《与蒋路然》札中说："弟自渡江抵淮，主年少［即万寿祺］家。千里授经，豪士气短，所幸主人是我辈人，可与共商天下事耳。亡何而年少长逝，门人乳臭，此地复少人才，闭门兀坐，昏昏而已。"[③]万寿祺与归庄、顾炎武皆为胸怀恢复之志的遗民，归庄所说"共商天下事"，有可能是指秘密从事抗清活动。

顺治十二年乙未（1655）五月，顾炎武因杀仆人陆恩而被同乡叶方恒（嵋初）讼诉，归庄为之营救。[④]顾炎武《赠路光禄太平》一诗小序说："有仆陆恩，服事余家三世矣，见门祚日微，叛而投里豪，余持之急，乃欲陷余重案。余闻，亟擒之，数其罪，沉诸水。其婿复投豪，讼之郡，行千金求杀余。余既待讯，法当囚系，乃不之狱曹而执诸豪奴之家，同人不平，为代诉之兵备使者，移狱松江府，以杀奴论。豪计不行，而余有戒心，乃浩然有山东之行矣。"[⑤]这里的"里豪"即指叶方恒。至于叶方恒出于何种动机而陷害顾炎武，归庄《送顾宁人北游序》一文有详细叙述[⑥]，此处不赘。次年，顾炎武出狱后，叶方恒仍继续对之迫害，不仅派刺客追杀顾炎武，还将顾炎武的家产洗劫一空。顾炎武为保全自身，于顺治十四年丁酉（1657）离开家乡北上漫游，此后再也没有南还，最终客死他乡。[⑦]

（二）顾炎武北游之后

当顾炎武北上之际，友人们为其送行，归庄作《送顾宁人北游序》说："宁人之学有本，而树立有素，使穷年读书山中，天下谁复知宁人者？今且登涉名山大川，历传列国，以广其志而大其声施。焉知今日困厄，非

① 顾炎武．顾亭林诗文集：亭林诗集：卷二．北京：中华书局，1983：305.

② 归庄．归庄集：卷一．上海：上海古籍出版社，2010：77-78.

③ 归庄．归庄集：卷五．上海：上海古籍出版社，2010：316.

④ 《与叶嵋初》．(归庄．归庄集：卷五．上海：上海古籍出版社，2010：319-320.)

⑤ 同①313-314.

⑥ 归庄．归庄集：卷三．上海：上海古籍出版社，2010：232-233.

⑦ 关于顾炎武北游不归的原因，参见下文：陈友乔．顾炎武北游不归原因之探析．山西大学学报，2009(2)：87-90.

宁人行道于天下之发轫乎?”[①] 对于顾炎武即将北游，归庄持十分乐观的态度，并提醒他不要为个人恩怨所困，“怨仇是寻，非贤人之志”。该年十二月八日，归庄与“惊隐诗社”成员戴笠（耘野）、王礽、潘柽章会于韭溪草堂，作联句三十二韵以怀顾炎武；归庄首唱，三人以次和，即题作《丁酉腊月八日，在韭溪草堂奉怀宁人道兄联句三十二韵》。[②] 顺治十五年戊戌（1658），顾炎武作《酬归祚明、戴笠、王仍、潘柽章四子韭溪草堂见怀二十韵》[③]，以报知己。

顺治十七年庚子（1660），归庄作《与顾宁人书》，札中说：“读来札及诸咏，喜慰叹羡！诗文之工不必言，乃其游历登览，一何壮哉!”[④] 此时，顾炎武北游已有四年。四年前《送顾宁人北游序》中“广其志而大其声施”的期许，如今成为现实。归庄不仅为顾炎武名动天下感到由衷的高兴，并指出：“使兄不遇讼，不避仇，不破家，则一江南富人之有文才者耳，岂能身涉万里，名满天下哉!”[⑤] 至于此前迫害顾炎武的叶方恒，“行且入都”“妒极生怜”，已不足虑。

康熙六年丁未（1667），顾炎武作《致归元恭札》。此札《顾亭林诗文集》未收，系柴德赓先生发现，并专门为之撰写《跋顾亭林〈致归元恭札〉墨迹》一文，收入其《史学丛考》一书。现转录原札于次：

> 刘子端兄北来，所寄札已到。弟别有一书付小仆赵安送上者，内有宋人诗数首。又中秋在燕邸驸马殿闻兄处一书，计俱不浮沉。两次惠诗文，并已盥手细读。每得佳句，为之徘徊击节，而犹嫌其稍入宋调，不若《孝子传》之真古文、真大家也。要之，此等制作，皆司马子长所谓雕琢曼辞耳。以通经学古为一身之资，以救时行道为百世之俟，则弟所窃有愿焉而未逮，而以期诸同学之友朋者也。
>
> 丁未正月，策马而南，至于淮浦。见起田兄，谓三四年前，令郎曾一到彼。至问何以不在，则不得其耗。兄字亦不明言，何以遂有穷独之感耶?
>
> 承谕三窟之计，向时曾有之。今老矣，时时念故乡，绕树三匝，

---

① 归庄．归庄集：卷三．上海：上海古籍出版社，2010：233.

② 沈岱瞻．亭林先生同志赠言//顾亭林先生遗书：补遗．吴县孙溪槐庐家塾校刻本，1885（清光绪十一年）：7b－8b.《归庄集》中未收此诗。

③ 顾炎武．顾亭林诗文集：亭林诗集：卷三．北京：中华书局，1983：333. 王仍，即王礽。

④ 归庄．归庄集：卷五．上海：上海古籍出版社，2010：339.

⑤ 同④.

未尝不作南枝之恋也。人从吴会来者，言彼中人家，日就凋零，情况日就锲薄。又见震泽波涛，鱼鸟俱乱。而冥飞之羽，晏然不闻，暂且偷安异邦，陆沉都市，岂有文渊边郡、子春无终之意哉！少俟倦还，即当卜邻偕友，追年少之欢悰，乐丘园之肥遁。合并之期，可计日俟耳。

在浦半月，今又北行，草此寄路大兄转觅的人奉致。停骖匆遽，诸亲知并不及作书。比刻先祖诗集，已完，不便携上，仅刻启一通，附寄函中。好音见惠，仍付路大兄可也。率尔不尽。

弟炎武顿首元恭四兄　正月二十七日[①]

柴德赓先生该文，对此札的写作时间、所涉人物等均有论述，此处从略。该文以为“又见震泽波涛，鱼鸟俱乱”及“冥飞之羽，晏然不闻”，似指康熙二年癸卯（1663）湖州庄氏“明史案”。顾炎武北游后，虽然不再参加“惊隐诗社”的活动，但与社中成员如归庄、陈济生、潘柽章、戴笠（耘野）等都保持着联系。庄氏“明史案”牵连甚广，“惊隐诗社”成员吴炎、潘柽章不幸罹难，“惊隐诗社”也因此解散。顾炎武作《书吴、潘二子事》[②] 及《汾州祭吴炎、潘柽章二节士》[③]，纪念二人。此处与其说指庄氏“明史案”，不如说指“明史案”所牵连的“惊隐诗社”成员更为恰当。

康熙八年己酉（1669），归庄作《与顾宁人》。[④] 此时他已步入晚年，心境趋向平和，因此殷勤劝告顾炎武，不宜过于迂怪，应遵循中庸之道：“度兄学益博，僻益甚，将不独音韵为然，其他议论，倘或类此，不亦迂怪之甚者乎！郤子语迂，单子知其不免，况又加之以怪乎！此平生故人所以切切忧之，愿兄抑贤智之过，以就中庸也！”[⑤] 此书还希望顾炎武早日返回家乡：“顾兄之去坟墓十余年矣，初因避仇，势非得已，岁月既久，怨仇已释；……独无丘墓之思乎？此又平生故人所恳恳于怀者也。”[⑥] 由此推测，前引康熙六年丁未（1667）顾炎武《致归元恭札》，归庄并未收到。

---

① 柴德赓．史学丛考．北京：中华书局，1982：313.

② 顾炎武．顾亭林诗文集：亭林文集：卷五．北京：中华书局，1983：114.

③ 顾炎武．顾亭林诗文集：亭林文集：卷四．北京：中华书局，1983：363.

④ 按此札作于顾炎武北游四年后，较第二札《与顾宁人》时间在前，而在《归庄集》的排次中反而为后，乃沿袭旧本编次之误。又严迪昌《归“奇”顾“怪”略说》认为此札作于康熙七年戊申（1668），或受开头称“戊申”之误导。[严迪昌．归“奇”顾“怪”略说．古典文学知识，2001（4）：68.]

⑤ 归庄．归庄集：卷五．上海：上海古籍出版社，2010：324.

⑥ 同④.

后来，顾炎武与叶方恒化敌为友。这一方面是叶方恒有所悔悟，顾炎武不计前嫌；另一方面，归庄从中斡旋也起到了一定的作用。

同样在康熙八年己酉（1669），归庄还作有组诗《顾宁人去冬寄诗，次韵答之》。[①] 题中“去冬寄诗”，是指康熙七年戊申（1668）顾炎武寄《赴东》六首。[②] 而归庄所作和诗，《归庄集》内仅存五首。

康熙十二年癸丑（1673）八月，归庄卒，享年六十一岁。顾炎武时在山东，设祭于章丘桑家庄，并作《哭归高士》诗四首。[③]

值得注意的是，从顺治十四年丁酉（1657）顾炎武北游，至康熙十二年癸丑（1673）归庄逝世，这段时间里，归、顾往来书信现存极少——《归庄集》内仅上文所述《与顾宁人书》《与顾宁人》两通，顾炎武也仅有前述《致归元恭札》一通而已。以二人交情之笃，何以十六七年之间，音书互通如此稀少呢？归庄《与顾宁人书》或许可以解答这个疑问：

> 兄北辕之后，屡寄尺素，近得己亥［顺治十六年，1659］十一月报，乃知自潘兄处联句之外，如陈太仆处一札，及徐公肃赴公车时一札二诗俱浮沉。相隔数千里，欲达音问，如此其难，可叹也！[④]

这里只有“潘兄处联句”，指顺治十四年丁酉（1657）归庄、戴笠（耘野）、王礽、潘柽章四人韭溪草堂联句，已见前述，此外各札及诗均不见下落。其中归庄寄顾炎武者，凡二札（后者含二诗）：“陈太仆”即陈济生，为顾炎武姊婿，曾于顺治十五年戊戌（1658）冬与归庄、施諲合刻《游洞庭诗》[⑤]，“陈太仆处一札”应作于此时。“徐公肃”即徐元文，为顾炎武外甥，顺治十六年己亥（1659）进士。由此可知，从顺治十四年丁酉（1657）顾炎武北上后，至顺治十七年庚子（1660）归庄作此《与顾宁人书》之前，他至少给顾炎武写过这样两通书信，而均在路途中遗失，顾炎武并未收到。这很可能是因为顾炎武北上后，居无定所，“凡所至之地，辄买媵婢，置庄产，不一二年即弃去，终已不顾”[⑥]。反之，顾炎武“屡寄尺素”，也有一些在途中遗失，归庄未曾获见，前述康熙六年丁未（1667）

---

① 归庄．归庄集：卷一．上海：上海古籍出版社，2010：152.

② 顾炎武．顾亭林诗文集：亭林诗集：卷四．北京：中华书局，1983：368.

③ 同②392.

④ 归庄．归庄集：卷五．上海：上海古籍出版社，2010：339.

⑤ 《合刻游洞庭诗序》。（归庄．归庄集：卷三．上海：上海古籍出版社，2010：201.）

⑥ 《觚剩·续编》卷二《人觚》“严拒夜饮”条。（钮琇．觚剩．上海：上海古籍出版社，1986：193.）

《与归元恭札》即为一例。而除了在路上丢失，也可能后人在整理他们的文集时，某些书信未能获见，例如这里提到的顺治十六年“己亥”(1659)顾炎武寄给归庄的一“报”；当然，也不排除整理者出于某种原因（比如政治因素）有意识删去一些书信的可能。

二、异同比较

归庄与顾炎武同为“惊隐诗社”的一流诗人。二人不仅在诗歌创作上都自成一家，而且在诗歌理论上也都颇有建树。然而他们二人，又各有特色。比较二人的异同，可以看出“惊隐诗社”成员在诗歌创作及理论方面，存在和而不同的倾向。

（一）诗歌创作

“惊隐诗社”成员的诗歌创作，主要可以分为“才人之诗”和“学者之诗”两种类型。前者如顾樵、周灿、沈祖孝、范风仁等，后者如朱鹤龄、吴炎、潘柽章、王锡阐等。归庄与顾炎武分别是“才人之诗”和“学者之诗”的代表作家。

归庄的诗歌以明亡为界限，可以分为前后两期。前期作品主要收录在《庚辰诗卷》《澄庵诗》《辛巳稿》中，描写文人唱酬和集会的作品较多，由此可以看出归庄在青年时代已经体现出才子的特点，比如爱好出游、参加集会并即席赋诗、写作长诗等。[①] 此时归庄的活动范围主要在其家乡昆山，但也和一些邻近地区的诗人有交往，如钱谦益。[②] 后期作品包括《隆武集》《山游诗》《看花杂咏》《落花诗》等，按照主题可以分为三个部分。第一部分《隆武集》，通过诗人国破家亡的惨痛经历，控诉清兵攻陷昆山的罪行和由此带给人民的苦难，具有诗史的性质。第二部分《乙酉稿》《己丑稿》《勃斋诗》《癸卯年应酬诗》，体现了归庄后期的生活状态，集会和唱酬的作品依然较多，同时送别友人、客居他乡的诗作也较前期大大增多。这与归庄晚年过着漂泊不定的生活有一定的联系。第三部分《山游诗》《看花杂咏》《落花诗》，集中体现了归庄身为才子好游览、好赏花的特点。归庄登山、赏花并不仅仅是为了欣赏美景，而是在自然中寻求人生的解脱。他笔下的山水和落花，也往往带有作者的感情，并赋予了人性的

---

① 《招诸公集西林绿阴下，分得“新”字，又得“月”字》《读心史七十韵》等。（归庄．归庄集：卷一．上海：上海古籍出版社，2010：6，2.）

② 《寿钱牧斋先生三十六韵》，（归庄．归庄集：卷一．上海：上海古籍出版社，2010：20.）

色彩，因此具有较高的艺术价值。从思想价值来说，《隆武集》无疑是最能体现家国之感的；以南明政权“隆武”命名诗集，本身就寄托了对明朝的忠贞之心。《落花诗》《看花杂咏》等自伤身世的咏物诗，也含蓄地表达了对崇祯帝的怀念和对明朝的无限追思。

顾炎武现存的诗歌均作于明亡以后，他的诗歌集中表达抗清复明之志，绝少应酬之作，不为旖旎之情。清初遗民诗人中有一部分曾是抗清复明的义士，他们的诗文创作或多或少也表达了抗清复明的志向，但像顾炎武这样终身矢志不渝的还是少数。明末文人结社盛行，集会唱酬和声色享乐是普遍现象；余绪所及，清初遗民诗人创作表现缠绵悱恻的儿女之情和诗酒唱酬的文人雅趣，并不为奇。朱鹤龄与顾炎武并称“海内四大布衣”，顾炎武的诗文集被清朝官方评价为“典雅醇实”“寄兴清远”①，尚且保留了类似李商隐《无题》诗这样的作品②，诗集中出现“雅集”“小集”之类字眼也不少。这可以说是顾炎武与当时大多数遗民诗人的区别。本师朱则杰先生认为：“像这类表达抗清复明之志的作品，在清初遗民诗中为数不多，而在殉节诗人的集子中则时时可见，并且成为一大特征。从这个意义上说，顾炎武的诗歌与殉节诗人的诗歌相当接近。”③ 从坚持抗清复明及保持民族气节这一点来说，顾炎武的诗歌与殉节诗人的诗歌是相似的。但从个人终生创作来看，顾炎武与大多数殉节诗人又有所区别。以陈子龙为代表的殉节诗人，主要生活在明末，入清的活动时间并不长，他们的诗歌往往保留了部分描写文人社集和儿女私情的作品。而顾炎武在入清以后还生活了将近四十年，他的大多数著作和现存的诗歌作品都写作于明亡以后。顾炎武严峻耿介的个性和“文须有益天下”的创作观念，使他在诗歌主题上倾向于抒发关系国计民生的大爱。他虽然加入了复社和“惊隐诗社”，并与社友归庄、朱鹤龄、戴笠（耘野）等人有书信往来，但诗集中却少见社集之作，这是一个重要的原因。

比较归庄与顾炎武的诗歌主题，不难发现他们虽然在坚持民族气节、抒发家国之感上有共同点，但不同点更多。顾炎武是公认的儒家学者，他的诗歌主题较为集中，且保持了一贯性——坚持抗清反对投降，体现了儒

① 《四库全书总目》卷一百七十三集部别集类之二十六“愚庵小集”条。（永瑢，等．四库全书总目：下册：卷一百七十三．北京：中华书局，1965：2012.）

② 《无题四首》。（朱鹤龄．愚庵小集：卷五．上海：华东师范大学出版社，2010：102.）

③ 《清诗史》第五章“遗民诗界的双子星座”第一节“顾炎武和吴嘉纪的诗歌主题”。（朱则杰．清诗史．南京：江苏古籍出版社，2002：83.）

家积极用世和知其不可为而为之的精神。归庄诗歌主题较为复杂，儒释道三家思想对他都有所影响。早年儒家思想占主导地位，渴望建功立业挽救末世，“风骚无意称名士，文史终当作大臣”①；然而怀才不遇无法实现人生理想。中年为躲避清廷追捕一度为僧，诗作中往往带有消极遁世的色彩。比如《元日三首》“从此莫言身外事，残生自分老渔樵”“当年岁首空祈祝，万事从今一任天”②。到了晚年频繁出游赏花，希望在自然美景中寻求解脱，忘记痛苦，又受到道家坐忘思想的影响。这三种思想在归庄不同的人生阶段各有影响，反映在具体的作品里，往往是交织在一起。他的代表曲作《万古愁》（一名《击筑余音》），同样体现了这个特点：“由爱到恨，从狂热到冷漠，直至于遁入虚无。《万古愁》所展示的，正是一个深恋故国的遗民诗人在亡国之后的奇妙心态。”③

“惊隐诗社”整体上推崇唐诗，以屈原、陶渊明、杜甫等诗人为共同的取法对象。归庄和顾炎武作为诗社的代表作家也在不同程度上受到了影响。汪端认为：“亭林诗，凭吊沧桑，语多激楚。茹芝采蕨之志，黍离麦秀之悲，渊深朴茂，直合靖节［陶渊明］、浣花［杜甫］为一手，岂宋《谷音》、‘月泉’诸人所能伯仲哉?”④ 以唐诗为尊和学习杜甫，是归庄和顾炎武的共同点。顾炎武曾作《拟唐人五言八韵》六首⑤，七律《海上》四首“无限悲浑，故独超千古，直接老杜”⑥。归庄在青年时代就爱好并且熟读杜甫的诗，“闲咏少陵句”，“杜诗一月评三卷”⑦。不过，归庄对唐代其他诗人如元稹、白居易等也有所学习⑧，又《新春梳得白发》集杜牧、罗邺诗句⑨，《病中杂诗》二首之二以陈子昂、孟浩然自喻⑩，显示出较为宽广的师法路径。

除此之外，顾炎武的诗又受到明代“后七子”的影响，归庄的诗则又受到宋人的影响。顾炎武将明代“后七子”领袖李攀龙与杜甫并提，认为

① 《庚辰生日》三首之三。（归庄．归庄集：卷一．上海：上海古籍出版社，2010：9.）

② 《元日三首》之二、三。（归庄．归庄集：卷一．上海：上海古籍出版社，2010：67.）

③ 张兵．遗民心态的绝妙展示——读归庄《万古愁》曲．社科纵横，1996（5）：49.

④ 汪端．明三十家诗选：初集卷七下．蕴兰吟馆刻本．1873（清同治十二年）：2b.

⑤ 顾炎武．顾亭林诗文集：亭林诗集：卷一．北京：中华书局，1983：280－282.

⑥ 林昌彝．射鹰楼诗话：卷十八．上海：上海古籍出版社，1988：414－415.

⑦ 《咏蜂》及《苦家居作》。（归庄．归庄集：卷一．上海：上海古籍出版社，2010：7.）

⑧ 《和元微之生春二十首》《东山楼阁，和白乐天韵》。（归庄．归庄集：卷一．上海：上海古籍出版社，2010：52－55，68.）

⑨ 归庄．归庄集：卷一．上海：上海古籍出版社，2010：67.

⑩ 同⑨147.

他是明代的一流诗人：“绝代诗题传子美，近朝文士数于鳞。”[①] 当然，这从本质上来说，还是属于宗唐一路。而归庄评价自己的诗，却说“词拙而格卑，多入宋人风调，人皆以剑南相拟”[②]。并且如前所述，顾炎武对归庄的诗就“嫌其稍入宋调”。这正是二人诗歌在艺术道路上的最大区别。

顾炎武与归庄诗歌的不同特色，使他们即使在创作相同的主题时，也往往各有侧重。比如同是登临游览的诗作，顾炎武通常较少对景物直接进行描写，而是即景抒情，时间和空间的跨度往往较大。他所想的不仅仅是自身的伤痛，而更是对历史兴亡的总结；深沉的感情与理性的思考结合，使得诗歌的内涵非常丰厚，在遗民诗人的山水诗中独树一帜。这类作品有《京口即事》《金陵杂诗》等。[③] 归庄通常在景物描写中寄托自己的感情，同时往往带有叙述的成分，这点在《山游诗》一卷中表现得非常明显。又如在学习杜甫“诗史”方面，归庄是诗人咏史，顾炎武是史家赋诗。前者对事件本身往往作具体的记叙和铺张的描写，较少评论；后者往往针对具体的历史事件加以评论、思考并总结兴亡教训，理性更强。

（二）诗学主张

归庄和顾炎武不仅留下了不少优秀的诗作，还提出了较为系统的诗学主张。归庄从遗民身份出发，提倡性情，要求写作真诗。顾炎武从学者身份出发，提倡大文学观，主张文须有益天下。同时归、顾二人都有不愿为文人的倾向。他们的诗学主张，可以说集中体现了“惊隐诗社”诗歌理论的主要观点。其中有些与诗社整体关系较大者，已见前述，现在再对比一下二人之间的某些异同。

归庄论诗提倡性情，写作真诗，不为应酬之作。他晚年曾说：“岁月如流，年齿渐迈，读书学道，日不暇给。吟咏一事，费白日，耗心神不少。今纵不能戒，惟是陶写襟怀，披陈情愫，不妨有作；至于无益之应酬，不情之篇什，则概从谢绝。”[④] 所谓“陶写襟怀，披陈情愫”，包含了情与志两个方面的意思。诗歌创作应该表达真实的情感和正直的志向。这就需要诗人加强自身的道德修养，以忠孝为根本，回归风雅传统。他的

---

① 《济南》。（顾炎武．顾亭林诗文集：亭林诗集：卷三．北京：中华书局，1983：332.）李攀龙字于鳞。

② 《王异公诗序》。（归庄．归庄集：卷三．上海：上海古籍出版社，2010：195.）剑南指陆游。

③ 顾炎武．顾亭林诗文集：亭林诗集：卷一．北京：中华书局，1983：261－262，264－265.

④ 《谢寿诗说》。（归庄．归庄集：卷十．北京：中华书局，1983：492－493.）

《顾伊人诗序》对现实中伪为性情的两种情况进行了批判。

> 古人之作，大抵出于学问性情，舍是无诗矣；后世之诗，亦往往自托焉。顾有二病：《玉台》《香奁》之体，好色而淫；感事述怀之作，怨诽而乱，此不学问而逞其性情者也，谓之荡。不忠不孝而工为爱君严父之辞，贼仁害义而饰为有道贤人之语，此借学问以诬其性情者也，谓之伪。性情而至于荡，学问而至于伪，世道人心，不亦可悼惧乎！①

归庄指出今人的诗歌与古人相比存在两种弊病，一种是“不学问而逞其性情”，另一种是“借学问以诬其性情”。前者对情感不加节制，导致淫荡怨诽；后者借学问伪装忠君有道，有害世道人心。这两种弊病在明末清初具有典型性。明末文人受声色享乐影响，诗风浮华绮丽。以律诗为例，“今之为七律者，率尚浮声缛采，不知有气格，不复论风旨，故近世诗学之坏，七律为尤甚”②。这种风气到清朝初年还有所影响。明朝灭亡后，部分明朝旧臣投降清朝，但在诗文中又表现出对已故大明王朝的眷念和忠心。人品与文品的背离，给文坛带来了恶劣的影响。

归庄不仅强调性情的“真伪”，还对诗歌创作的“真伪”有所论述。他从“本色”的角度出发，以情景关系为例，说明诗歌创作需要从现实出发，符合自己的身份和所处的环境：

> 情与景合而有诗。廊庙有廊庙之情景，江湖有江湖之情景，缁衣黄冠有缁衣黄冠之情景。情真景真，从而形之咏歌，其词必工；如舍现在之情景，而别取目之所未尝接，意之所不相关者，以为能脱本色，是相率而为伪也。③

归庄所说的“景”并非单指自然景物或者诗人眼前所见之景物，而是指诗人当下所处的环境。廊庙、江湖、缁衣黄冠，处于不同的环境，各有不同的“情景”，发而为诗也各有不同的特色。如果舍弃自身所处的环境，另取其他不相关的“情景”入诗，这就是“伪”诗。清初诗坛批判“伪诗”，一般是从艺术角度出发，对明人模拟唐人食古不化提出批评。而归庄这里批判“伪诗”是从作者的人格出发，考察作品的内容和情感两个方面，要

---

① 《顾伊人诗序》。(归庄．归庄集：卷三．上海：上海古籍出版社，2010：204.)
② 《王怿民诗序》。(归庄．归庄集：卷三．上海：上海古籍出版社，2010：196.)
③ 《眉照诗人诗序》。(归庄．归庄集：卷三．上海：上海古籍出版社，2010：196.)

求诗歌的内容符合作者的身份和所处的环境，诗歌表达的情感要和作者的道德人品相一致。这一点与顾炎武的“真诗”观非常相近。

诗歌创作不仅要求真，还要求工。除了“穷而后工”和由此生发的“两不幸”说，“得江山之助”也是一个重要的影响因素。归庄好出游，他在《吴门唱和诗序》中说：

> 余尝论作诗与古文不同：古文必静气凝神，深思精择而出之，是故宜深室独坐，宜静夜，宜焚香、啜茗。诗则不然。本以娱性情，将有待于兴会。夫兴会则深室不如登山涉水，静夜不如良辰吉日，独坐焚香啜茗不如与高朋胜友飞觥痛饮之为欢畅也。①

登山游水，在自然中寻求寄托，是归庄晚年诗作的一大特征。《山游诗》一卷，“哀伤故国、凭高浩叹、坚贞守白、孤光自照的独特诗风”②，代表了他在山水诗上的艺术成就。应该说“得江山之助”，并非单指山水美景，诗人本身的才学修养也很重要。归庄评价友人孙致弥（字恺似）《江行杂诗》，就说：“恺似以旷世之才，又得江山之助，宜其卓绝如此。……读诸咏，不独羡其壮游，更羡其才之能称其游也。”③

张宇声先生认为归庄是明遗民诗学理论的杰出代表：“明遗民中，就诗学理论的深刻和系统而言，最能代表遗民诗人诗学真精神者，则非归庄莫属。”④ 归庄诗学理论的深刻性表现在他提出了“两不幸”说，是对“发愤著书”和“穷而后工”的深化；系统性表现在他肯定遗民诗人的创作，并从“兴会”“情景”等对创作的影响提出了自己的见解。他对“真诗”和“性情”的阐发代表了遗民诗学的真精神。如果说顾炎武的诗论体现了学者论诗的特色，那么归庄的诗论则体现了遗民论诗的特色。从“惊隐诗社”的遗民性质来看，归庄的诗论更能代表诗社的诗学主张，而顾炎武的诗论带有更多的个人色彩。

顾炎武的诗论与他的学术主张密切相关。蒋寅先生认为顾炎武的诗学是清初特定文化语境的产物，同时带有他学术个性的鲜明印迹，在清初诗

---

① 《吴门唱和诗序》。（归庄．归庄集：卷三．上海：上海古籍出版社，2010：191.）

② 时志明．归庄山水诗论略．苏州大学学报，2005（6）：46．另其专著《山魂水魄——明末清初节烈诗人山水诗论》第三章“寒蝉零雁声断长空——顾炎武及吴中遗民诗人的山水诗”第二节为“长吟写我心涕下霑双扉——归庄的山水诗”。（时志明．山魂水魄——明末清初节烈诗人山水诗论．南京：凤凰出版社，2006：116-128.）但未见此语。

③ 《题孙恺似江行杂诗》。（归庄．归庄集：卷四．上海：上海古籍出版社，2010：274.）

④ 张宇声．归庄——明遗民诗学理论的杰出代表．淄博学院学报，2001（4）：47.

学上具有独特意义，在清代诗学史上具有重要地位，体现在四个方面——以文化救亡为核心的大文学观代表了当时知识群体的价值取向和学术路径，“真诗”观念的三个层面体现了清初诗坛的主流意识，鉴往训今的学术方法开启了有清一代的实证学风，而诗歌音韵研究则开拓了中国古代诗歌音韵学的处女地。[①] 其中第一及第二两个方面都和“惊隐诗社”的诗学主张密切相关，第三及第四两个方面则是顾炎武身为学者论诗的独创之处。

以文化救亡为核心的大文学观是清初大多数遗民的共同认识。“惊隐诗社”是一个遗民诗社；以文化救亡为己任，是诗社不少成员的终身使命。他们认为明朝虽然灭亡了，但明朝的历史和文化传统不可灭亡。吴炎、潘柽章等人合纂《明史记》，陈济生编选《天启崇祯两朝遗诗》，都是为了保存明代的历史和文化。纯粹意义上的文学和文学作品，在这个时候退居次要地位。文学的现实作用和社会功能被强化，文章的意义在于明道救世，而不在于辞藻和技巧。同时为了保持遗民气节，特别强调作者的道德情操。顾炎武和归庄等人批判“伪诗”，提倡“真诗”，甚至对历史上政治有亏的诗人如谢灵运、王维加以否定，都是为了坚定守节的信念。

顾炎武诗论的独创性在方法上表现为他运用了鉴古训今的实证方法，在领域上表现为他开拓了以音韵学论诗的领域，体现了学者论诗的特色。他在《日知录》中对诗歌音韵进行了较为详细而且深入的研究，包括古人用韵、古诗用韵、重韵、次韵、无韵等方面。例如“古诗用韵之法”条，首先总结出三种古诗用韵的方法，点明这三种方法的来源，并以《诗经》的作品为例加以说明。至于这三种方法之外的情况，也以《诗经》的作品为例略为交代，并且提出自己的看法，认为是“诗之变格，然亦莫非出于自然，非有意为之也”[②]。顾炎武不仅总结前人用韵的方法，对于他认为不正确的现象，还大胆提出质疑，体现了一个学者的批判精神。他认为：“诗主性情，不贵奇巧。唐以下人，有强用一韵中字几尽者、有用险韵者、有次人韵者，皆是立意以此见巧，便非诗之正格。”[③] 对杜甫、韩愈这样的大诗人，顾炎武也敢于挑刺：“以韵从我者，古人之诗也；以我从韵者，

---

① 蒋寅．顾炎武的诗学史意义．南开学报，2003（1）：90.

② 顾炎武撰、陈垣校注《日知录校注》卷二十一“古诗用韵之法”条。（陈垣．日知录校注：中册．合肥：安徽大学出版社，2007：1149－1150.）

③ 顾炎武撰、陈垣校注《日知录校注》卷二十一“古人用韵不过十字”条。（陈垣．日知录校注：中册．合肥：安徽大学出版社，2007：1145.）

今人之诗也。自杜拾遗、韩吏部，未免此病也。”[①] 学古但不盲从，尊唐但不为尊者讳，这正是顾炎武的可贵之处。

顾炎武的音韵学研究和相关诗论，对他的诗歌创作也有积极影响。王士禛《池北偶谈》记载：“昆山顾宁人（炎武）诗，有云：‘落日江头送伍员，秋风垅上别徐君。偶来圯上逢黄石，便向山中礼白云。’窃疑员字旧作王问切，唐人语曰‘令君四俊，苗吕崔员’是也。后见吴曾引《春秋左氏传》‘伍奢子员’，陆德明释文：‘音云，平声。’乃知顾诗用韵有据。”[②] 这就是一个生动的例子。

顾炎武和归庄虽然重视文学的现实作用，但不愿以文人自居。顾炎武认为“以文人名于世，焉足重哉”[③]。归庄“平生耻为文士”[④]，其友人黄淳耀（字蕴生）亦有耻为文人之语[⑤]。身为文人而不愿以文人自居，这种现象并非偶然。究其原因，大致有以下两端。

一是认为部分文人人品道德低下，不屑与之为伍。这种情况，在明亡前已露端倪：“崇祯末，海内文社绝盛，士多驰骛名场，各立门户，文章节义之色，常见于面，徐而察之，往往名过其实。”[⑥] 明清易代之际，不少文人纷纷失节投靠清廷。有感于此，归庄愤然论曰：“今之世可谓无道之极矣！衣裳而左衽矣，人伦而禽兽矣。彼夫丧廉耻，败名节，日暮途穷，蝇营狗苟，以自取辱者，何其多也！”[⑦] 他不但不愿以文人自居，甚至都不愿与文人交往：“今有文人学士，而为人龌龊鄙诈，有同驵侩，吾则挥之；技艺之人，而清雅淳朴，有士人之风，吾则进之。”[⑧] 因此，归庄认为士人应以立德为先，立言次之。其《黄蕴生先生文集序》说：

立德者，立言之本原也。苟但求工于文辞，而不思立德，考其行事，有与文辞不相似者，虽下笔语妙天下，不过文人而已，君子不贵

① 顾炎武撰、陈垣校注《日知录校注》卷二十一“古人用韵不过十字”条。（陈垣．日知录校注：中册．合肥：安徽大学出版社，2007：1144－1145.）

② 王士禛撰《池北偶谈》卷十四《谈艺·四》“人名字音”条。（王士禛．池北偶谈：下册．北京：中华书局，1982：343.）

③ 顾炎武撰、陈垣校注《日知录校注》卷十九“文人之多”条。（陈垣．日知录校注：中册．合肥：安徽大学出版社，2007：1053.）

④ 《与红云》。（归庄．归庄集：卷五．上海：上海古籍出版社，2010：342.）

⑤ 《跋黄蕴生书卷》。（归庄．归庄集：卷四．上海：上海古籍出版社，2010：280.）

⑥ 同⑤.

⑦ 《就闲堂记》。（归庄．归庄集：卷六．上海：上海古籍出版社，2010：358.）

⑧ 《题邓生册子》。（归庄．归庄集：卷四．上海：上海古籍出版社，2010：269.）

> 也……盖德修于己，道积于躬。节义则以殉道，而非匹夫之小谅；文章则以载道，而异于区区雕虫绣帨之为。[①]

归庄认为立言必先立德。如果文辞与行事不合，那么文辞再工巧，也是雕虫小技，而非君子所重。这里的立德，并非泛泛而言，而是针对文人“丧廉耻，败名节”的现象，特别提出“节义殉道”。至于文以载道的“道”，则被赋予了特定的含义，即儒家的仁义思想。

二是认为文人缺乏才识不能救世。顾炎武说：“唐宋以下，何文人之多也！固有不识经术，不通古今，而自命为文人者矣。”[②] 这里“不识经术，不通古今”，正是文人缺乏才识的具体表现。因此，顾炎武认为，应当先加强自身的才识修养。其《与人书（十八）》转引《宋史》刘忠肃言：“士当以器识为先，一命为文人，无足观矣。”并且身体力行，拒绝应酬文字，以养器识而“不堕于文人也”[③]。至于欲以文人求名，则更非所愿。顾炎武选择“能文不为文人”，以示与自命文人及以文人求名者的区别。[④]

（三）异同缘由

归庄与顾炎武“弱冠始同游，文章相砥砺”[⑤]，又皆不谐于世，被目为“归奇顾怪”，为何诗歌创作风格和诗学主张重点有较大差异呢？究其根源，外在因素如个人生平经历及家庭环境，内在因素如个人学问才艺和性格特点的具体差异，造成了二人文学作品的不同风貌及对文学理论的不同理解。

顾炎武与归庄前半生的经历相似，早年都加入复社，参加过抗清斗争。后半生则有较大不同，以顺治十四年丁酉（1657）顾炎武离乡北游作为分界线。此后顾炎武“常游四方，得江山之助，其气益豪”[⑥]，而归庄游历不出江浙二省，以赏花饮酒佯狂避世。

从家庭影响来说，顾炎武的嗣母王氏曾受到明朝旌表，明朝灭亡后她绝食殉国，临终前嘱咐顾炎武“无为异国臣子，无负世世国恩，无忘先祖

---

① 归庄．归庄集：卷三．上海：上海古籍出版社，2010：213－214.

② 顾炎武撰、陈垣校注《日知录校注》卷十九“文人之多”条。（陈垣．日知录校注：中册．合肥：安徽大学出版社，2007：1053.）

③ 顾炎武．顾亭林诗文集：亭林文集：卷四．北京：中华书局，1983：96.

④ 《与人书（二十三）》。（顾炎武．顾亭林诗文集：亭林文集：卷四．北京：中华书局，1983：97.）

⑤ 《哭归高士》。（顾炎武．顾亭林诗文集：亭林诗集：卷四．北京：中华书局，1983：392.）

⑥ 卓尔堪．明遗民诗：上册．上海：中华书局上海编辑所，1961：175.

遗训”[①]。顾炎武终生恪守嗣母遗言，誓死不仕二朝。而归庄出生在一个文学世家，祖上三代皆有文名，其曾祖父归有光是明代中期著名的古文家。[②]受家学影响，归庄年轻时就以文学才艺崭露头角。他生平虽“不欲以文人自见”，但“后之慕先生者，必读其诗文，而后先生磊落不平之概、悲歌慷慨之情，恍流露于言外”[③]。

顾炎武以学问深厚著称，归庄以多才多艺名世，二人分别是“惊隐诗社”学者诗人与才人诗人的代表。归、顾二人虽并称“归奇顾怪”，性格却同中有异。归庄的性格比较复杂，既有狂狷的一面，也有中庸的一面。顾炎武则始终给人以严峻自守的印象。刘红娟就说：“尽管两人是生死至交，但性格的不同导致了两人后半生的人生走向完全不同。归庄在明与清的十字路口徘徊，顾炎武则从朝代的更迭中放眼到更为广阔的历史维度和学术空间之中。”[④]

顾炎武晚年曾致书黄宗羲，自白生平治学经历：“伏念炎武自中年以前，不过从诸文士之后，注虫鱼，吟风月而已。积以岁月，穷探古今，然后知后海先河，为山覆篑，而于圣贤六经之指，国家治乱之源，生民根本之计渐有所窥。”[⑤] 他在《与黄太冲书》中陈说著述缘由，认为：“天下之事，有其识者未必遭其时，而当其时者，或无其识。古之君子所以著书待后，有王者起，得而师之。然而《易》‘穷则变，变则通，通则久’。圣人复起，不易吾言，可预信于今日也。”[⑥] 顾炎武以学者自居，他引黄宗羲为同志，就所著《日知录》一书，“窃自幸其中所论，同于先生者十之六七”[⑦]。后人在提及清初著名学者时，往往以顾炎武、黄宗羲二人并称，可见顾炎武生前预见不差。

沈德潜《明诗别裁集》卷十一顾绛名下注释说：“宁人肆力于学，自天文地理，古今治乱之迹，以及金石铭碣，音韵字画，无不穷极根柢，韵语其余事也，然词必己出，事必精当，风霜之气，松柏之质，两者兼有。

---

① 《先妣王硕人行状》。（顾炎武．顾亭林诗文集：亭林余集．北京：中华书局，1983：165.）

② 《归玄恭古文序》。［吴炎．吴赤溟先生文集//国粹丛书：第二集．上海：国学保存会，1906（清光绪三十二年）：16b.］

③ 朱绍成《归高士遗集序》。（归庄．归庄集：附录．上海：上海古籍出版社，2010：596.）

④ 刘红娟．归庄研究．广州：华南师范大学，2005.

⑤ 《与黄太冲书》。（顾炎武．顾亭林诗文集：亭林佚文辑补．北京：中华书局，1983：238.）

⑥ 顾炎武．顾亭林诗文集：亭林佚文辑补．北京：中华书局，1983：339.

⑦ 同⑤238－239.

就诗品论，亦不肯作第二流人。”① 可谓对顾炎武学识、人品及诗歌特色的中肯评价。

归庄早年为诸生时，已显露出才艺超群和性格狂狷的特点。据同治《苏州府志》记载：“［归庄］为诸生，博涉群书，落纸数千言不止。善书，工墨竹。性嗜酒，携酒应院试，且饮且书，日未晡成七义，分隶、篆、真、草书五经文字。御史怪而黜之。惜其才，旋复焉。”② 中年归隐后，归庄才名更著。钮琇《觚剩·续编》卷二“归痴”条，于“归奇”之外又展现了“归痴”的一面。

> 昆山归庄字玄恭，依隐作达，结庐于墟墓之间，萧然数椽，与孺人相酬对。尝自题其草堂曰：“两口寄安乐之窝，妻太聪明夫太怪；四邻接幽冥之宅，人何寥落鬼何多。”吴俗每逢改岁，必更易红笺，以吉语书门。忽一元旦见其门有“北平都督佥事；南台御史大夫”一联。贺岁之客，讶而未解其意。玄恭曰：“我亦欲集福寿，求平安耳。”玄恭于行草法甚工，乞书者，每作极不羁之语应之，以是宝其墨妙，多藏度于家，不敢轻以示人，一时遂有“归痴”之目，然玄恭实不痴也。③

钮琇笔下的归庄是一个看似狂狷实则避世的落魄才子形象。世人以为“归痴”，其实归庄是以“奇”和“痴”为掩饰，求得保全自身远离俗世。这与顾炎武终生以国家大事为己任，积极用世有所区别。后人在评价顾炎武与归庄二者时，于前者侧重学问与节义操守，于后者侧重才华与传奇经历，可以说并非没有来由。

三、后世影响

本师朱则杰先生《清诗史》第五章“遗民诗界的双子星座”将顾炎武与吴嘉纪二人并论，认为“顾炎武和吴嘉纪两峰并峙，珠联璧合；同放异彩，交相辉映，堪称清初遗民诗界的双子星座”④。若就诗社成员而言，则

---

① 沈德潜，周准．明诗别裁集：卷十一．上海：上海古籍出版社，1979：300.

② 同治《苏州府志》：卷九十五//中国地方志集成：江苏府县志辑：第 9 册．南京：江苏古籍出版社，1991：469.

③ 《觚剩·续编》卷二《人觚》“归痴”条。（钮琇．觚剩．上海：上海古籍出版社，1986：209.）

④ 朱则杰《清诗史》第五章“遗民诗界的双子星座”第三节“顾炎武和吴嘉纪的异同基原”。（朱则杰．清诗史．南京：江苏古籍出版社，2002：103.）

顾炎武与归庄堪称“惊隐诗社”的双子星座。

虽然顾炎武不以诗人自居，且其巨大的学术成就长期掩盖了文学成就，但后世对他的诗歌评价却往往相当高，认为他在明清两代诗歌史上具有重要的地位。评价最高的莫过徐颂洛《与汪辟疆书》：“诗言志，亭林诗善言志者也。全集惓惓君国，皆有为而言，无一酬应语，比辞属事，靡不贴切。有明二百七十余年间，诗人突起突落，有如胜、广，却成就此一大家。即清诗号跨越明代，然求如亭林之笃实光辉者，亦难与并。”[①] 将顾炎武抬高至明清诗歌第一人的地位，固然有些过誉，但以顾炎武为清诗的开山，并不为过。林昌彝《射鹰楼诗话》提出：“昆山顾先生亭林古近体诗，沉着雄厚，深得杜骨，其诗可为前明诗家之后劲，本朝诗家之开山。”[②] 其《论诗一百又五首》开篇第一首又说：“当代风骚谁领袖？开山独让顾亭林。”[③] 所谓“清诗的开山”，是考虑到顾炎武入清生活时间较长，其现存诗作都作于明亡之后，可视为清代诗人。而就顾炎武不仕二朝，以遗民身份自居而言，又往往被算作明代诗人。沈德潜《明诗别裁集》卷十一就将顾炎武收录在内，并以其本名顾绛系之[④]，而不再收入《清诗别裁集》。则杰师由潘德舆语生发，认为顾炎武是“清初遗民诗第一人”[⑤]，这个定位是比较贴切的。

归庄生前即以古文为钱谦益所赏识。同社好友吴炎曾撰文称赞：“虞山［钱谦益］之于文，三百年间少所许可，何况当世？而前推太仆［归有光］，后举玄恭，吾党当以此信玄恭，玄恭其亦可以自信矣。”[⑥] 然而后世对归庄诗歌的评价却比较少，反而其书画方面的才能得到了公认。清代地方志及清人笔记中往往提到归庄善书画，而较少评价其诗，只有代表作《落花诗》及《万古愁》曲子赢得了吴伟业、宋琬、孙永祚、全祖望等人的好评。朱绍成《归高士遗集序》指出归庄“与亭林顾氏同里齐名，世并称曰归、顾，然亭林著述宏富，名满寰区，国史儒林，褎然居首，百世瞻仰，不啻泰山北斗矣；而先生文章气节，不让亭林，徒以遁迹韬光，声华

---

① 王蘧常．顾亭林诗集汇注．上海：上海古籍出版社，1983：10.

② 林昌彝．射鹰楼诗话：卷十八．上海：上海古籍出版社，1988：414.

③ 林昌彝．林昌彝诗文集：卷七．上海：上海古籍出版社，1989：155.

④ 沈德潜，周准．明诗别裁集：卷十一．上海：上海古籍出版社，1979：300.

⑤ 朱则杰《清诗史》第五章“遗民诗界的双子星座”第三节“顾炎武和吴嘉纪的异同基原”。（朱则杰．清诗史．南京：江苏古籍出版社，2002：102.）

⑥ 《归玄恭古文序》。［吴炎．吴赤溟先生文集//国粹丛书：第二集．上海：国学保存会，1906（清光绪三十二年）：17a.］

久秘，故世不尽知”①。应该说归庄的著述也不少，但他生前潦倒落魄，家境贫困，无力刊刻自己的作品集，使得作品大量亡佚，过世后才由女婿金侃收集整理部分遗稿刊行于世。以诗歌为例，归庄《恒轩诗集》原有十二卷，现今《归庄集》中诗歌只有一卷，六百余首。② 而顾炎武的著作，生前已有部分刊刻，身后又由门生潘耒整理刊行，保存较为完整。“惊隐诗社”有不少生前诗名显著的成员，后来逐渐为世埋没，一个很重要的原因就是大量的作品亡佚了，仅凭剩下散见的吉光片羽，难窥全貌。

第二节　陈济生及其《天启崇祯两朝遗诗》

“惊隐诗社”成员以选诗见称的，首推顾有孝，其次是陈济生。顾有孝选诗意在纠正诗风，“明末吴中诗习多渐染钟、谭，有孝与徐白、潘陆、俞南史、周安、顾樵辈扬搉风雅，一以唐音为宗，所选《唐诗英华》盛行于世，诗体为之一变”③。陈济生选诗旨在以诗存人，强调“以人为重，以节义为主”④。他所编纂的《天启崇祯两朝遗诗》，别名《启祯两朝遗诗》《启祯遗诗》《两朝遗诗》《两朝遗诗选》等，体现了“惊隐诗社”以诗存史，力图文化救亡的价值取向，具有重要的意义。

《天启崇祯两朝遗诗》的流传和版本情况，朱希祖先生《启祯两朝遗诗跋》一文曾有如下叙述：“《启祯两朝遗诗》曾列乾隆《禁毁书目》，且康熙六年［丁未，1667］以此书牵连顾炎武入狱，故此书在清初已多毁弃。盖此狱去浙江南浔明史案仅四年，人皆惴惴于藏书之被杀，故留传绝少。近十年来，始稍有传本，然皆残缺，如江安傅沅叔先生仅得三册，南洋中学图书馆仅得四册，惟武进陶氏始得全部十卷，海宁陈乃乾为作《启祯两朝遗诗考》以张其眼福。近陶氏藏本已归北平图书馆，余持以相校，则管［廷芬］诗及传皆较陶本稍多，诚为此书最完全之本矣。其中且有管

① 归庄．归庄集：附录．上海：上海古籍出版社，2010：594－595.

② 按归庄著有《恒轩诗集》十二卷、《悬弓集》三十卷、《恒轩文集》十二卷，皆已散佚。今人搜集各种辑佚本点校出版的《归庄集》共有诗一卷、曲一卷、文八卷。（归庄．归庄集：出版说明．上海：上海古籍出版社，2010：2－3.）

③ 同治《苏州府志》：卷一百零六//中国地方志集成：江苏府县志辑：第9册．南京：江苏古籍出版社，1991：692.

④ 《天启崇祯两朝遗诗》卷首“两朝遗诗凡例”第一款。（陈济生．天启崇祯两朝遗诗：上册．上海：中华书局上海编辑所，1958：45.）

氏补注事迹增补遗诗甚多，吴兔床［骞］亦间有朱笔加注，弥足珍也。”[①]

《天启崇祯两朝遗诗》共十卷。现今《四库禁毁书丛刊》，曾据“中国科学院图书馆藏”“清顺治刻增修本”影印[②]，书名作《启祯遗诗》。又中华书局上海编辑所1958年12月第1版影印单行本，底本“用上海市历史文献图书馆所藏陈乃乾先生手订抄补本为主，并用上海图书馆藏本抽调大部分抄补之叶”[③]，书名作《天启崇祯两朝遗诗》。《四库禁毁书丛刊》本散见各卷的作者小传，此本全部汇编于正文之后，单独形成《天启崇祯两朝遗诗小传》[④]。小传后附录陈乃乾先生《启祯两朝遗诗考》。[⑤] 由《启祯两朝遗诗考》可知该书目录凡六百九十一人，内诗、传俱全者一百人，有诗无传者一百八十六人，有传无诗者八十四人，诗、传俱阙者三百二十一人。[⑥]

一、《天启崇祯两朝遗诗》的编纂动机

陈济生编纂《天启崇祯两朝遗诗》的动机，需要从他个人经历和“惊隐诗社”的集体氛围两个方面考察。就个人经历而言，陈济生父陈仁锡是明末大臣，与当时诸多官员、文人都有往来，并有多种著述传世。陈济生受其父影响，亦有志于著述存史：“生值熙朝之季，家承太史之遗，恩命犹新，藏书未散……岂非小子之责也？”[⑦] 就集体氛围而言，“惊隐诗社”成员顾有孝、顾樵等热衷于选诗，吴炎、潘柽章等致力于修史。陈济生与他们都有往来，受到影响亦不足为奇。尤其吴炎、潘柽章等编修《明史记》与陈济生编纂《天启崇祯两朝遗诗》同时，陈济生又出藏书支持吴、潘二人修史，两书之间很可能有联系。可惜《明史记》已经亡佚，无从考察。

（一）从诸家序言看陈济生的编纂动机

《天启崇祯两朝遗诗》卷首收录吴甡、陈三岛、智光、王光承、尹民

---

① 朱希祖．明季史料题跋．沈阳：辽宁教育出版社，1998：100.

② 陈济生．启祯遗诗：扉页//四库禁毁书丛刊：集部：第97册．北京：北京出版社，2000：231.

③ 陈济生．天启崇祯两朝遗诗：上册．上海：中华书局上海编辑所，1958：1.

④ 陈济生．天启崇祯两朝遗诗：下册．上海：中华书局上海编辑所，1958：1713－2046.

⑤ 同④2047－2108.

⑥ 同④2094.

⑦ 《启祯遗诗》卷首“刻两朝遗诗引”。（陈济生．启祯遗诗//四库禁毁书丛刊：集部：第97册．北京：北京出版社，2000：242.）又本篇中华书局上海编辑所影印单行本未收。

兴、归庄等人的序言及陈济生本人自序，从中可以看出陈济生编纂该书的动机，大致出于以下两种。

第一种是继承诗史的传统，以诗存人，人以诗传，保存天启、崇祯年间忠臣烈士的诗歌，使后世读者能知人论世，有所了解。吴甡《两朝遗诗选序》首先肯定了陈济生录人存诗的编纂动机，其次强调了知人论世的重要性。

> 陈子何为而录《遗诗》哉？或曰："陈子工诗，殆录万历以后诸什，备一代制作也欤？"夫录诗，则不必人也。选唐音者，不黜王、储。王、储失身禄山者，而诗亦至今脍炙矣。陈子奚其然？陈子盖录其人，因以存其诗也焉耳。录其人，则不必诗也，而其人已千秋矣。存其人之诗，则不必诗之工也，而诗亦与其人俱千秋矣。古之忠臣烈士，触迕权奸，身临大节，而甘投犴狴、糜鼎镬，视死如归，故裂眦骂贼，泣血剖心。其一时所垂片言只字，皆足炳照汗青，争光日月，而况诗以言志、歌咏性情者乎？子舆氏尚友古人，曰："诵其诗，读其书，不知其人，可乎？"是以论其世也。不论世无以知人，不知人则诵读奚益也？予读陈子所录《遗诗》，而不禁涕泗之无从也。①

陈济生工诗，但他编纂《天启崇祯两朝遗诗》并非为了提供一个诗歌总集的范本，而是为了让忠臣烈士的片言只字流传千古，使"诗亦与其人俱千秋"，因此所选之诗可以不工。吴甡以选唐诗不排除王维、储光羲这样曾有政治污点的诗人为例说明录诗和存人的区别，意思是陈济生在录诗和存人两者之间，明显偏重于后者，这代表了当时大多数遗民诗人的看法。

从录诗存人的角度出发，选诗不必多。叶襄《陈皇士诗选序》说：

> 陈子网罗放失，采辑旧闻，诗系以人，人系以传。诗亡，然后《春秋》作焉；若此者，亦《春秋》之志也。或曰："孔子删诗，不废郑、卫；《小戎》《无衣》之作，列于《国风》。今必择人而后诗，诗之道将隘欤！"虽然，陈子之意不欲广也。夫惟不欲广，而后天下之真诗存焉。如以诗而已，今之纷纷言诗者，又多乎哉！②

陈济生选诗坚持原则，不求多不求广，这是他与其他众多明诗选家的一个区别。虽然有人对他先择人后选诗的编选原则提出异议，认为偏于狭隘，

---

① 陈济生．天启崇祯两朝遗诗：上册．上海：中华书局上海编辑所，1958：3-4.

② 同①39.

但陈济生选诗的本意在于存人，诗人的道德品行与诗歌抒发的情感志向一致，才是值得传世的真诗。诗歌“求真”是“惊隐诗社”的重要诗学观点之一，陈济生编纂《天启崇祯两朝遗诗》就是这种观点的一次实践。

第二种是发扬《诗经》的诗教传统，强调诗歌的道德教化作用。《天启崇祯两朝遗诗》所选诗歌“发乎性情，止乎礼义，幽思而不伤，怨诽而不怒”[①]，体现了儒家温柔敦厚的诗教传统。释智光（姜垺）《陈皇士诗选序》说：

> 长洲陈皇士……今辑谊臣烈士、通人硕旧之诗若干卷，曰《两朝遗诗》。余闻而叹曰：此《三百篇》之遗意，而前代作述者之志也。夫诗者，古先王采风问俗，登诸朝庙，观礼义之偏全，验人心之贞邪，考刑政之平苛，察人伦之兴废，非徒缀文美丽，摛词靡漫已也。[②]

姜垺认为《天启崇祯两朝遗诗》继承了《诗经》言志的传统，具有观礼仪、验人心、考刑政、察人伦的作用，而并非仅仅追求文辞的华丽。尹民兴《两朝遗诗叙》更强调了诗歌的德教作用：

> 《两朝遗诗》，固犹先王之宪民，而德教之排撇也。诵其愿悫，薄浇可敦焉；诵其隅方，挠挑可息焉；诵其隆高，卑陬可作焉；诵其端直，旁辟可化焉。以砥狂夫之说澜，而存法崖于亏缺之后，虽曰声歌，非小补矣。[③]

此处希望诗歌能发挥德教作用，补救世道人心，力挽狂澜，这体现了遗民诗人文化救亡的思想。

陈济生本人在《启祯遗诗自序》中谈到他编纂此书的动机是“人不必以诗传，而诗则以人重”。全书所选诗歌虽然风格不一，工拙有异，但总体上合乎风骚之意：“集中所存，要皆品节文章，卓然可传于后世。庶几读是书者，无愧于知人论世之旨也。”[④]

（二）从“惊隐诗社”的文化救亡看陈济生的编纂动机

《天启崇祯两朝遗诗》的编纂并非仅是陈济生个人行为，“惊隐诗社”

① 《启祯遗诗自序》。（陈济生．天启崇祯两朝遗诗：上册．上海：中华书局上海编辑所，1958：43.）

② 陈济生．天启崇祯两朝遗诗：上册．上海：中华书局上海编辑所，1958：15-17.

③ 同②31-32. 又此序黄宗羲曾辑入《明文海》卷二百三十一，题作《两朝诗选序》。（景印文渊阁四库全书：第1455册．台北：台湾商务印书馆，2008：561-562.）

④ 同②43.

其他成员也多有相助。归庄曾任该书纂务，《天启崇祯两朝遗诗小传》中的《陈文庄公》篇（传主即陈济生父亲陈仁锡）就出自他的手笔。[①] 据卷首凡例可知，该书的编纂始于顺治十年癸巳（1653），成于十二年乙未（1655）。这段时间正是“惊隐诗社”活动频繁的时期。吴炎、潘柽章等《今乐府》《明史记》也作于这个时期。应该说这些著作集中体现了“惊隐诗社”文化救亡的宗旨。何宗美先生认为《天启崇祯两朝遗诗》《明史记》《广宋遗民录》三书皆出于“惊隐诗社”绝非偶然，它们的编纂集中体现了“惊隐诗社”成员不忘故国、砥砺气节的心志。[②] 由于吴炎、潘柽章等《明史记》和朱明德《广宋遗民录》二书已经亡佚，陈济生《天启崇祯两朝遗诗》就显得尤为重要；联系“惊隐诗社”的诗歌理论来看，它至少体现了“求真”和“存史”这两个方面的追求。

陈济生选诗以存人为首要目的，入选的主要是忠臣烈士、名贤宿儒、高人隐士这三类人物。所选人物无论是否殉国或罹难，其人其事都足以名垂青史。“要之入是选者，其无作伪之人，离情与志之诗，可必也。”[③] 也就是说，入选的作者都保持了人品与诗品的一致性，他们的诗歌，从抒发情志这点来说，都是“真诗”，因此往往能打动读者。吴甡《两朝遗诗选序》说：

> 我明之乱，酿于万历末年，而炽于天启朝……自侍从、名流，守牧、下吏，进士、孝廉，青衿、韦布之流，无不伤心往事，思为烈皇死者。其忠肝义胆，沥血成碧，往往于悲歌哀号之余想见之，以是知天下讴吟思汉之心，祖宗三百年养士之报，陈子所为录《遗诗》也……陈子瑰才玮器，千秋自命。初抱用世之志，思发挥先人未竟之业。而遭时不辰，退而著书，将有事于名山之藏。观所论著，不啻燃藜太乙、探秘二酉也者。而首为昭代征文献，为诸臣存忠节，使天下后世惓惓于君父大义，而凛凛知有纲常名节之重，其志殊远，而其功亦最伟矣。[④]

---

① 陈济生．天启崇祯两朝遗诗：下册．上海：中华书局上海编辑所，1958：2043－2045．又该小传不见于《归庄集》。

② 何宗美．乐志林泉　跌荡文酒——惊隐诗社及其文学创作浅析．南开学报，2003（4）：113．

③ 《天启崇祯两朝遗诗》卷首《两朝诗选序》。（陈济生．天启崇祯两朝遗诗：上册．上海：中华书局上海编辑所，1958：34．）此序后改名《天启崇祯两朝遗诗序》收入《归庄集》。（归庄．归庄集：卷三．上海：上海古籍出版社，2010：182．）

④ 陈济生．天启崇祯两朝遗诗：上册．上海：中华书局上海编辑所，1958：5－8．

陈济生选诗只选天启、崇祯两朝的诗人，除了钱谦益《列朝诗集》已出，不欲重复，主要是因为天启、崇祯两朝在明代历史上处于特殊时期。此时明朝已经濒临灭亡，内忧外患，动荡不安。忠臣烈士、贤人君子等为了报国不惜慷慨就义，他们的诗歌往往流露出拳拳爱国之心和忠孝之义，具有强烈的感染力。陈济生借选诗以存人，意在表彰他们的忠义之举，发挥以诗存史的作用。王光承《两朝遗诗序》特别指出陈济生选诗具有诗史的意识。

> 呜呼！贤人君子之死，盖可忽乎哉？丙寅［天启六年，1626］、丁卯［七年，1627］之君子死于狱，甲申［崇祯十七年，顺治元年，1644］之君子死于都城，乙酉［顺治二年，1645］之君子或死于封疆，或死于家食；当其慷慨即命之时，各有诗歌以明忠孝之志。九州四海，闻其死生大节而已，文辞或未之详也。太仆陈皇士曰：“吾谨志之，以备国史之阙。其余贤人君子之不死者，立意较然，不欺其志，与死同科，则亦载其诗词，如死难诸贤例。”夏馥、张俭，不死于北寺狱，天下皆谓之党人；陶潜不死于义熙，后世皆谓之晋人，此皇士之诗史也。呜呼！当吾世而得见贤人君子，其一言半辞，盖可忽乎哉？夫皇士非乐为此书也，时也；时至而节义出焉，时至而文章出焉矣。[①]

陈济生自称选诗“以备国史之阙”，可见他是将保存明代的历史放在首位。“惊隐诗社”成员重视修史、编选诗文总集，都是为了保存明代的历史文化。王光承认为陈济生编纂此书，并非出于个人喜好，而是时代的需要。同社致力于修明史的潘柽章有“零落遗编赖表章”[②] 的诗句，就是肯定陈济生以诗存史的功劳。

二、《天启崇祯两朝遗诗》的史料价值

《天启崇祯两朝遗诗》以存人为首要动机，陈济生希望能起到“以备国史之阙”的作用，可见该书具有一定的史料价值。这主要体现在两个方面：第一是附录《天启崇祯两朝遗诗小传》共计一百七十余篇，不少诗人的生平事迹通过小传得以流传至今。第二是诗作本身记录了当时的一些重大事件，反映了诗人们在特定历史环境中的心态。

---

① 陈济生．天启崇祯两朝遗诗：上册．上海：中华书局上海编辑所，1958：25－26.

② 《答皇士见怀》二首之二。［潘柽章．观复草庐剩稿：卷五．上海：神州国光社，1913（民国二年）：3a.］

（一）诗人小传

《天启崇祯两朝遗诗小传》除了上文提到的《陈文庄公》篇明确署名为归庄所撰之外，其他各篇并不署名，从名义上来说，应当都是出自陈济生的手笔。陈济生曾撰《再生纪略》记录明季史事，被冯梦龙收入《甲申纪事》一书中，可见其具有一定的史学造诣。他所撰写的诗人小传，侧重记录人物的生平事迹，而且往往带有个人感情色彩，与《明遗民诗》《明诗综》等书的小传较为简略且感情色彩不明显有所区别。陈乃乾《启祯两朝遗诗考》认为该书“小传一百七十余篇，皆记其及身所见，与往还交谊之情，与后人得之传闻，掇拾而成者不同”[①]。在某种程度上说，陈济生撰写的诗人小传带有纪实性，且介绍人物生平又较为详细，因此往往为其他史书所引用。

以吴宗汉为例，他的小传曾被乾隆《震泽县志》和杨凤苞《秋室集》参考引用。现将三者抄录如下，以资比较：

> 吴宗汉，初名振兰，字九畹；后更名宗汉，字广平；吴江人。幼授句读，屹屹穷昼夜，始成诵，诸兄弟皆笑之。及数岁，则心开，下笔为古文词辄工，诸兄弟皆自以为不及也。巳，补归安博士弟子。年十九，抗颜师席。读濂、洛诸书，慨然志圣贤之学。天性孝友，外和而内介，游者未尝见其矜气惰容。学使者许公豸得其文，叹曰：“忠孝人也！”拔第一。连遭父母丧，力循古礼，哀毁至骨立。读礼余，与兄振远、宗潜等切劘为诗歌，号曰《吴氏七子诗》，人争传之。乙酉［顺治二年，1645］南都陷，君谒黄镇南、吴长兴诸公，论议多不合。归集乡里子弟计事，坚明约束，兵有能名。振远，故曾藩僚属也。间道拜表越中，兄弟各受褒宠。丙戌［三年，1646］春，阖家被围，会宿僧寺得免。而振远、宗泌及两从子皆被执。振远大骂死。围解，君间入拜家庙曰：“不孝子义不复守庐舍、保妻子矣。”复呼宾客豪杰，旬日间得数百人。会江东败，乃散去。君时以劳剧得疾，愦甚，家人潜载匿湖滨。既苏，惊起，欲自裁。或语君曰：“此非死所，谢皋羽、郑所南可法也。”君泫然流涕，曰：“然则当守吾节待耳。”因指其发曰：“此吾节也。”故人劝之归，卜寓南村。时隐君子率放旷以诗酒相唱酬，于是吴兴沈祖孝、同郡周灿等结吟社，岁时不绝，今

① 陈济生．天启崇祯两朝遗诗：下册．上海：中华书局上海编辑所，1958：2096.

所选《岁寒诗》是也。甲午［十一年，1654］冬，病剧，呼兄子炎前曰：“视吾发肤无玷地下，差不恨。”炎复请遗命，君曰：“无他，父子兄弟相勉为善而已。”遂卒，年四十一。门人私谥曰“贞孝先生”。君于学窥大旨，脱落凡琐，而天资醇笃，一时理学诸名家，若桐川张履祥、乌程凌贞辈，皆称君“笃行君子”；天假之年，学未可量也。君古诗宗汉魏，近体在开元、大历间。今录《南村遗诗》行于世。①

吴宗汉，字广平，归安诸生。弱冠读濂、洛诸书，慨然志圣贤之学。学使者许豸，尝书其文后曰：“忠孝人也。”崇祯季年，连遭父母丧，哀毁骨立。及闻庄烈帝变，哭临至泪尽。乙酉［顺治二年，1645］南都亡，吴易、黄蜚并起兵。宗汉往来二人间，论议终不合。乃归佐其兄振远，别成一旅，为声援。丙戌［三年，1646］春，振远被执，宗汉宿僧寺得免。未几，宾客豪杰复来集，欲推宗汉主其事。会江东败，大兵来蹑，遂散去。时宗汉得疾愦眩，家人载匿湖滨。既苏惊起，欲自裁。或语曰：“此非死所，谢皋羽、郑所南可法也。”宗汉泫然流涕曰：“然则吾守吾节耳。”甲午［十一年，1654］冬，病剧，呼兄子炎曰：“视吾发肤无玷地下，差不恨矣。”炎请遗命，宗汉曰：“父子兄弟相勉为善而已。”遂卒，年四十一。②

宗汉，字广平，归安诸生。弱冠读濂洛诸书，慨然志圣贤之学。学使者许豸尝书其文后曰：“忠孝人也。”崇祯季年，连遭父母丧，哀毁骨立。及闻庄烈帝变，哭泣至泪尽。乙酉［顺治二年，1645］南都亡，吴易、黄蜚并起兵，宗汉往来二人间，议论终不合，乃归佐其兄振远别成一旅为声援。丙戌［三年，1646］春，振远被执，宗汉宿僧寺得免。未几，宾客豪杰复来集，欲推宗汉主其事。会江东败，大兵来蹑，遂散去。时宗汉得疾愦眩，家人载匿湖滨，既苏，惊起欲自裁。或语曰：“此非死所，谢皋羽、郑所南可法也。”宗汉泫然流涕曰：“然则吾守吾节耳。”甲午［十一年，1654］冬，疾剧，呼兄子炎曰：“视吾发肤，无玷于地下，差不恨耳。”炎请遗命，宗汉曰：“父

① 《天启崇祯两朝遗诗小传》。（陈济生．天启崇祯两朝遗诗：下册．上海：中华书局上海编辑所，1958：2023－2024.）

② 乾隆《震泽县志》：卷十八//中国地方志集成：江苏府县志辑：第23册．南京：江苏古籍出版社，1991：177－178.

子兄弟相勉为善而已。”遂卒，年四十一。其门弟子私谥曰“贞孝先生”。①

对读三篇小传，陈济生所撰最为详细，对传主吴宗汉的家庭环境、生平经历、文学造诣乃至个人性格等都有交代。具体而言，首先交代吴宗汉的求学经历和志向，点明吴宗汉性格的根本特点是“忠孝”。其次交代他参与抗清复明活动及归隐后结“吟社”的具体事迹。最后对吴宗汉的文学及学术成就给予评价。陈济生与吴宗汉都是“惊隐诗社”成员，小传中提到吴宗汉与沈祖孝、周灿等结“吟社”，即“惊隐诗社”。所选《岁寒诗》，即“惊隐诗社”成员的诗歌选集。吴氏家族是“惊隐诗社”第一大家族，陈济生在小传中特别提到吴氏兄弟诸人早年已有《吴氏七子诗》传世。而乾隆《震泽县志》与杨凤苞《秋室集》，对吴宗汉的文学成就及结社情况均省略不谈，而重点均放在吴宗汉的生平经历上。尤其是参与抗清复明活动这一段，几乎完全照抄陈济生的原文；而又偏偏省略吴宗汉留发全节这一细节，这就使下文吴宗汉临终说“视吾发肤无玷于地下”显得有些突兀。吴宗汉卒年四十一岁，正是年富力强之际，陈济生惋惜其英年早逝，感慨“天假之年，学未可量也”。通读全传，其所含信息量特别丰富，情感色彩也特别明显。而乾隆《震泽县志》与杨凤苞《秋室集》，都基本上不含个人情感色彩，对吴宗汉的生平经历交代也有限，并且对比陈济生小传记载还有部分出入之处。例如小传中记载“丙戌春”吴振远被擒，吴宗汉解围后复召集宾客欲再起事，在乾隆《震泽县志》及杨凤苞《秋室集》中却成了宾客自发起事欲推吴宗汉为主。前者主动，后者被动，体现出来的人物性格就完全不同了。

（二）选诗内容

叶襄《陈皇士诗选序》肯定陈济生选诗存史的功绩：“启、祯之世，乱形见矣。阉寺擅权，盗贼蜂起。外有边隅之忧，而内有朋党之祸。贞臣志士，隐然有履霜坚冰、积薪厝火之患，往往托诸诗歌，以发其悯时病俗之意。言出祸随，旋见孥戮。迨乎宗室板荡，王风下衰，沉族溺渊，至死不悔者，尤比比皆是。顾其一二逸诗，尚在传述之口，若存若亡；不有君子举而录之，亦终于泯焉而已。此皇士之功，所以弗可及欤。”②

① 《吴氏四子纪略》。（杨凤苞．秋室集：卷五//续修四库全书：第1476册．上海：上海古籍出版社，2002：71.）

② 陈济生．天启崇祯两朝遗诗：上册．上海：中华书局上海编辑所，1958：38.

从选诗内容上看，《天启崇祯两朝遗诗》存人与存诗并重，无论存人还是存诗，都体现了“诗史”的意识。具体而言，借诗存人，其诗或许不工但能保存若干历史事件；借人存诗，其诗往往能反映作者的创作成就。借诗存人主要为忠臣烈士，其人不以诗名，如杨涟、左光斗等。杨涟小传《杨忠烈公》篇明确说明“［杨涟］亦不以诗名，录一二以存其人云尔”①。借人存诗主要为贤人隐士，生前已有诗名，如倪元璐、吴宗汉等。倪元璐小传《倪文正公》篇极力推崇其诗文成就：“公之诗文，率皆华隽英奇，务为独造，士大夫得其片言，等于天球弘璧。”②

陈济生将杨涟、左光斗放在卷一第二、第三位，仅次于高攀龙；又在小传中交代高攀龙是理学家，其诗与“骚人”之诗不同。③ 可见，陈济生认为高攀龙是理学家的代表，杨涟、左光斗则是忠臣烈士的代表。所选左光斗《别同乡赴诏狱》《狱中同杨大洪、魏廓园、顾尘客、周衡台、袁熙宇夜话》二诗，就是他舍身报国、慷慨赴难的心路记载：

> 斑马鸣萧萧，长河水潏潏。歧路一尊酒，行者皆声失。同学见我来，执手如膠漆。子弟见我来，啼呼向落日。农桑见我来，辍耕倍萧瑟。幼儿尚嬉游，不识六与七。旧德无足存，生还未可必。天王本圣明，众女善妒嫉。临风从此辞，孤臣委汉室。流离戴君恩，努力全臣节。直道不可为，微劳易过切。安得浮云间，与子归衡泌。④
>
> 噫嘻！哀哉！当今之事不可问，谁信慷慨回气运。长安猛虎昼食人，雾盖燕云十六郡。
>
> 我欲呼天天高不可呼，我欲告人人心毒于荼。安得取董狐之笔，定乱臣之辜。效屈平之行吟于楚，子胥之痛哭于吴。噫嘻！吁嗟乎！明月犹在渊，明河犹在天，如何长夜如长年！安得魂去飞翩翩，上与列圣相周旋，庶几鸾凤不步，枭獍失权。⑤

在第一首诗中，诗人依依不舍辞别同学、子弟、家人，亲赴牢狱；明知道此去也许不能生还，却毫无怨言，义无反顾。诗人感念君恩，认为主

① 《天启崇祯两朝遗诗小传》。（陈济生．天启崇祯两朝遗诗：下册．上海：中华书局上海编辑所，1958：1718.）

② 同①1791.

③ 同①1716.

④ 陈济生．天启崇祯两朝遗诗：上册．上海：中华书局上海编辑所，1958：61.

⑤ 同④61－62.

上只是为小人所蒙蔽，身为臣子应当全节以报。诗歌既大义凛然又慷慨悲凉，体现了臣子的一片丹心。第二首诗作于狱中，诗题中下狱的五位同僚，加上左光斗本人，正好是“六君子”。对照杨涟（号大洪）小传可知，“时与公同逮同死于狱者，都察院左佥都御史桐城左光斗沧屿、吏科都给事中嘉善魏大中廓园、太仆少卿临清周朝瑞衡台、掌河南道御史武定袁化中熙宇、陕西副使常熟顾大章尘客”①。杨涟、左光斗等人因反对魏忠贤，遭陷害下狱致死，是明代历史上著名的冤案。“六君子”在狱中受尽酷刑却不屈不挠，史书多有记载，称赞他们为国尽忠，至死不渝。在第二首诗中，诗人满怀悲愤，长歌当哭，无所顾忌。诗人坚持信念，不与小人沆瀣一气，但现实中有冤无处诉，呼天天不应，告人人心毒，度日如年。可见他对现实已经彻底绝望，抱着必死的心态，只求效仿屈原等先贤青史留名。这两首诗虽然没有直接描写左光斗等人与魏忠贤斗争的史事，但通过当事人的内心独白，能够了解他们坚持信念的决心和凛然赴死的人生选择。

倪元璐是明末著名的书画家和诗人，同时也是一位以节义著称的大臣。他于天启二年壬戌（1622）中进士，历官至户部、礼部尚书。李自成入京后，自缢殉国，被福王追谥为“文正”。陈济生父陈仁锡与倪元璐同年中进士，后又同朝为官，对他非常推崇，令陈济生求学于倪元璐门下。②在陈济生看来，倪元璐是一位学识卓绝又有济世之心的忠臣，虽居高位却不能一展抱负，最终以节义著称于世，带有悲剧性的色彩。为了彰显倪元璐的报国之志和济世之心，陈济生收录了倪元璐的阁试诗多首，如《黄金台吟》《榆关从军行》《初寒念守关将士诗》《赋得御河新柳色》《高秋雁影》《皇极门颁历诗》等。③ 从文学成就来说，应试诗显然不能体现一个诗人的最高水平；但从诗歌的内容来看，却体现了倪元璐早有报效国家愿为贤臣良相的远大志向。倪元璐为官勤勉，几次上书指陈时政，未得采用。他的诗歌往往流露出对国事的担忧，而同时又以为君王分忧为己任，不敢有所懈怠。《初第，同门集重五》《病起早朝，马上口占，示同列》《留都

---

① 《天启崇祯两朝遗诗小传》。(陈济生．天启崇祯两朝遗诗：下册．上海：中华书局上海编辑所，1958：1718.)

② 同①1790－1791.

③ 陈济生．天启崇祯两朝遗诗：上册．上海：中华书局上海编辑所，1958：153－161.

对雪，时闻都城被围，有感》[①] 等诗体现了一个忧心天下勤勉为官的贤臣形象。然而倪元璐的才子形象在诗歌中却体现得不够明显，仅有《白下集王太学园中，却赋》《登老竹岭》《题画》[②] 等很少几首诗，展现了他雅集唱酬、登临赋诗的文人情怀。这显然是选诗者有意突出倪元璐贤臣良相的形象，弱化他身为才子文人的一面。

至于“惊隐诗社”的发起人之一吴宗汉，可以说是遗民诗人的代表。他的诗主要体现了遗民对已故大明王朝的追念和拒绝与清朝统治者合作的高尚情操。他的《冬青树行，本唐玉潜，和沈仁叔》《追和杜子美喜达行在所》二诗[③]，借前贤事迹曲折地抒发对崇祯帝的怀念。《审交，本孟东野，和徐崧之》，则以田中的禾莠分别比喻君子和小人，指出交友需要慎重，希望彼此保持梅竹之心，经得起风霜的考验。[④]

三、《天启崇祯两朝遗诗》与钱谦益《列朝诗集》

钱谦益与“惊隐诗社”的大多数成员都有交往，陈济生也在其列。其《列朝诗集》的编纂及刊行时间，都早于陈济生《天启崇祯两朝遗诗》。陈济生在编纂《天启崇祯两朝遗诗》时，不可避免地也受到该书的影响。他在《启祯遗诗凡例》第二款中曾说：“明诗选本，不下数家。近日钱宗伯《列朝诗［集］》出，已具大观。兹于世远者，概不复及。惟通籍在万历以还，捐馆在天启以后，上自先文庄师友一辈，以至不佞济生交与之间，数十年中，约略具载。至于当世人文蔚兴，嗣刻奇赏，兹不混入。”[⑤] 归子慕小传《归待诏》篇又说：“［归子慕］诗尚淡雅真素，风格近韦［应物］、柳［宗元］，别有《和陶集》，钱宗伯多选入《列朝诗［集］》，今所录者，皆藏稿云。”[⑥] 可见陈济生在编诗时有意识避免与钱谦益《列朝诗集》重复。同时，《天启崇祯两朝遗诗》与《列朝诗集》也有一些相似的地方。朱希祖先生《启祯两朝遗诗跋》，就曾注意到《天启崇祯两朝遗诗》的刻

① 陈济生．天启崇祯两朝遗诗：上册．上海：中华书局上海编辑所，1958：158，155，161.

② 同①157，160，162.

③ 陈济生．天启崇祯两朝遗诗：中册．上海：中华书局上海编辑所，1958：1383－1384.

④ 同③1383.

⑤ 同①45－47.

⑥ 《天启崇祯两朝遗诗小传》。（陈济生．天启崇祯两朝遗诗：下册．上海：中华书局上海编辑所，1958：1972.）

本版式与钱谦益《列朝诗集》相同。[①] 具体而言，《天启崇祯两朝遗诗》与《列朝诗集》的关系，至少可以从编纂动机、编纂体例及选诗特色这三个方面进行考察。

（一）编纂动机

钱谦益编纂《列朝诗集》与陈济生编纂《天启崇祯两朝遗诗》的首要动机，都在于存史。陈济生的编纂动机，上文已有论述。钱谦益的编纂动机，陈寅恪先生认为“牧斋之编《列朝诗集》，其主旨在修史，论诗乃属次要者”[②]。这并非抹杀《列朝诗集》所体现的钱谦益诗学思想，而是溯源钱谦益本人的意愿。《列朝诗集》自序设为毛晋（字子晋）与钱谦益问答，有关对话可以印证：

> “夫子何叹乎孟阳［程嘉燧］也？”曰：“录诗何始乎？自孟阳之读《中州集》始也。孟阳之言曰：‘元氏之集诗也，以诗系人，以人系传，《中州》之诗，亦金源之史也。吾将仿而为之。吾以采诗，子以庀史，不亦可乎？’”……“然则，何以言集而不言选？”曰：“备典故，采风谣，汰冗长，访幽仄，铺陈皇明，发挥才调，愚窃有志焉。讨论风雅，别裁伪体，有孟阳之绪言在，非吾所敢任也，请以俟世之作者。”[③]

钱谦益欲效仿元好问编纂《中州集》，“以诗系人，以人系传”，以保存有明一代历史。他自称“备典故，采风谣，汰冗长，访幽仄，铺陈皇明，发挥才调，愚窃有志焉”；而“讨论风雅，别裁伪体”，“非吾所敢任也，请以俟世之作者”。书名称“集”而不称“选”，就体现了存史的意识。[④] 而陈济生亦欲效仿元好问《中州集》编选明诗，以与《明史》并传于世：“自干戈二十余年，海内文献大半凋谢，有志之士怃然忧之。古之为史者，或记其人，或记其言。金源一代人文，得元好问为之采辑，而《中州集》与《金史》并传。”[⑤]

---

① 朱希祖．明季史料题跋．沈阳：辽宁教育出版社，1998：100.

② 陈寅恪．柳如是别传：下册．北京：生活·读书·新知三联书店，2001：1013.

③ 钱谦益．列朝诗集：第1册．北京：中华书局，2007：1-2.

④ 按都轶伦《系人存史，寄故国之思——从〈列朝诗集〉编纂动机解析其特色》一文认为存史寄思才是钱谦益编纂《列朝诗集》的首要动机和主要特色，可供参考。（曹虹，蒋寅，张宏生．清代文学研究集刊：第二辑．北京：人民文学出版社，2009：183-241.）

⑤ 《启祯遗诗》卷首《刻两朝遗诗引》。（陈济生．启祯遗诗//四库禁毁书丛刊：集部：第97册．北京：北京出版社，2000：242.）

在“存史”这个首要动机相同的前提下，《列朝诗集》和《天启崇祯两朝遗诗》所存具体历史及其所体现的诗史观又有所不同。钱谦益《列朝诗集》收录的是整个明代的诗人，力求反映明代兴衰的全貌。《列朝诗集》在体例上效仿《中州集》，而止于丁集，蕴含着钱谦益对明朝复兴的希望。他在《列朝诗集序》中阐发道：

> 曰：“元氏之集，自甲讫癸。今止于丁者，何居？”曰：“癸，归也。于卦为归藏，时为冬令。月在癸曰极。丁，丁壮成实也。岁曰强圉。万物盛于丙，成于丁，茂于戊。于时为朱明，四十强盛之年也。金镜未坠，珠囊重理，鸿朗庄严，富有日新天地之心声，文之运也。”①

钱谦益希望明朝的国运如四十强盛之年，因此将诗集止于丁集。《天启崇祯两朝遗诗》仅仅收录天启、崇祯年间的诗人，陈济生认为：“近代有三大事：乙丑［天启五年，1625］、丙寅［六年，1626］之际，罹逆奄祸以死者，一也；崇祯时殉国者，又一也；乙酉［顺治二年，1645］以还，洁身死者，又一也。凡此诸公，皆两间正气，一代伟人，特首录之。”② 以明末数十年历史与有明一代将近三百年历史相比，无疑《列朝诗集》所保存的历史事件和人物更为全面、丰富。钱谦益出于对明朝复兴的期待，未及收录明末的遗民烈士。他虽然赞赏殉节诗人如陈子龙等，却未收入书中，这与元好问《中州集》不收金末生人类似。朱彝尊称编《明诗综》为补《列朝诗集》之缺，而实际上成书时间更早的《天启崇祯两朝遗诗》正好弥补了这段历史。马汉钦先生认为《天启崇祯两朝遗诗》继钱谦益《列朝诗集》之后，补其未备，反映了明末代表正义力量的人们的斗争，它不仅感人至深而且具有重要的史料价值。③ 因《天启崇祯两朝遗诗》被列为禁毁书目，流传稀少，后世评论家往往将钱谦益《列朝诗集》与朱彝尊《明诗综》相提并论，而忽略了《天启崇祯两朝遗诗》与《列朝诗集》的关系。

（二）编纂体例

陈济生与钱谦益编诗皆自称效仿元好问《中州集》，因此都未免受到

---

① 钱谦益．列朝诗集：第1册．北京：中华书局，2007：1-2.

② 《启祯遗诗凡例》第一款。（陈济生．天启崇祯两朝遗诗：上册．上海：中华书局上海编辑所，1958：45.）

③ 马汉钦．明代诗歌总集与选集研究．哈尔滨：哈尔滨工程大学出版社，2009：295.

《中州集》的影响。《天启崇祯两朝遗诗》与《列朝诗集》在编纂体例上的相同之处，是并非单纯按时间顺序或人物类别排序，而是采用综合时间顺序与人物类别两种排序方法。收录诗人，分为主传和附见两种。在撰写诗人小传时，参考了大量相关历史文献，保存了较为丰富的个人信息，并且带有一定的感情色彩。

《天启崇祯两朝遗诗》的编纂体例在凡例中已有交代。第四款说："诸君子人各一集，集系一传。或取之奏疏语录，或取之丰碑行状。所采录者，止生平大节。其行谊细微，生卒年月，不无阙略。尚图搜辑，续所未备。"① 这种一人一集一传的体例，类似司马迁《史记》列传的写法。凡例第六款、第七款，介绍了全书前八卷主要收录的诗人。② 具体而言，第一卷：天启间死珰祸者；第二卷：崇祯甲申死难，暨在任、在籍先后死者；第三、四卷：乙酉以后殉节者；第五、六卷：先达理学经济、品节文章，暨天启忤珰逮黜者；第七、八卷：自启、祯来，高士名贤、知交气谊。③ 可以看出，该书前四卷按时间顺序排列，后四卷按人物类别排列。同时陈济生又交代了部分诗人未收的缘由："至如程孟阳、李长蘅，诗固作手，人亦高流，因钱宗伯收之已备，重复则无取，补遗又不必。若云间之董、陈，竟陵之钟、谭，近世竞宗之，人诵其篇，家有其集，亦无俟余之采录也。凡有阙遗，多如此例。"④ 他把未收的诗人分为两种情况：其一是考虑到部分诗人钱谦益《列朝诗集》已经收录，不必重复；其二是考虑到某些诗人名气很大家喻户晓，没有收录的必要。

钱谦益《列朝诗集》共八十一卷，分为乾集、甲前集、甲集、乙集、丙集、丁集、闰集。其中甲、乙、丙、丁四集均按时间顺序编次。乾集、甲前集、闰集则以人物类别编次。钱谦益此种编次是有政治寓意的，李慈铭《越缦堂读书记》指出："列明诸帝王后妃于乾集，列元季遗老于甲前集，自嘉靖至明末皆列丁集，分上、中、下，以见明运中否，方有兴者，其文亦纯为本朝臣子之辞，一似身未降志者，其不逊如此。"⑤ 丁集的篇幅

---

① 陈济生．天启崇祯两朝遗诗：上册．上海：中华书局上海编辑所，1958：46－47.

② 按凡例第一款以及第六款、第七款称此集"共得八卷"，而实际上为十卷，殆为后来增改。

③ 《启祯遗诗凡例》第六款、第七款。（陈济生：天启崇祯两朝遗诗：上册．上海：中华书局上海编辑所，1958：47.）

④ 《启祯遗诗凡例》第七款。（陈济生．天启崇祯两朝遗诗：上册．上海：中华书局上海编辑所，1958：47－48.）

⑤ 李慈铭．越缦堂读书记：下册．上海：上海书店出版社，2000：1193－1194.

和收录诗人数量都远远大于甲、乙、丙三集，这正体现了钱谦益希望明室复兴之意。值得注意的是《列朝诗集》与《天启崇祯两朝遗诗》都存在大量附见诗人的现象。这些附见诗人与主传诗人之间的关系，大致有血缘、师生、同里、同社、诗作同题或唱酬等。这种体例，或许受到司马迁《史记》附见法的启发。陈济生《启祯遗诗凡例》第五款说“同时诸君子，有有文无诗者，悉于他传中附见，以志景仰”[①]，而实际上附见诗人并不限于“有文无诗”者。以吴宗汉小传《吴文学》为例，其兄吴振远附见，而卷九却又收录了吴振远的诗歌。[②]

《天启崇祯两朝遗诗》与《列朝诗集》二书均属随选随刻，因此或有前后不一之处，亦可理解。陈济生《启祯遗诗凡例》第八款已经意识到这个问题：“诗到随选随刻。有始仅见数首，或数十首，收之稍宽。及得全集，觉前多滥，既已刻成，遂不复削。”[③] 未等全书编定而先行刊刻，是为了保存文献，使更多的人早日读到此书。

（三）选诗特色

《天启崇祯两朝遗诗》与《列朝诗集》均以存史为首要目的，反映在选诗上，可以分为存人和存事两个方面。

就存人来说，《列朝诗集》可以分为两种情况：一种是以诗歌显名的诗人，有较多作品传世，则多录其诗作，使读者了解其风貌；另一种是诗名不显甚至为世所埋没的诗人，其传世作品往往较少，甚至并无可观者，亦选录其诗作，以求借诗存人。《天启崇祯两朝遗诗》也可以分为“工诗”与“不工诗”两种情况，陈济生还特地指出后者的存史意义：“有本不工诗，偶得一二，欲存其人，不计工拙，当分别观之。”[④]

就存事来说，钱谦益侧重于存事寄思，陈济生侧重于存事醒世。具体来说，前者保存的历史事件，往往与明代的盛衰相关，寄托了强烈的故国之思；后者保存的历史事件，往往能彰显诗人的道德情操，具有教化人心的作用。钱谦益和陈济生之所以各有侧重，是与其诗史观密切相关的。

就诗歌选本的文学批评价值而言，《列朝诗集》显然超过《天启崇祯两朝遗诗》。关于《列朝诗集》的诗学批评，后世或有争议。但不可否认

① 陈济生．天启崇祯两朝遗诗：上册．上海：中华书局上海编辑所，1958：46－47.

② 陈济生．天启崇祯两朝遗诗：中册．上海：中华书局上海编辑所，1958：1379－1381.

③ 同①47－48.

④ 《启祯遗诗凡例》第八款。（陈济生．天启崇祯两朝遗诗：上册．上海：中华书局上海编辑所，1958：48.）

《列朝诗集》是公认较好的明诗选本，《列朝诗集小传》则可以说是明代的《诗苑传》。孙之梅认为："《列朝诗集小传》层次清晰、环环相扣地再现了明代三百年的诗歌演变，表现了历史的丰富性、生动性。"[①] 钱谦益身为明末文坛领袖，他对明代诗歌的评论，无疑有纠正诗风，总结一代诗歌成就之意。而陈济生《天启崇祯两朝遗诗》及《天启崇祯两朝遗诗小传》并无针砭诗人、纠正诗风之意；对诗人成就的评价也往往停留在个人的层面，缺乏对整个明代诗歌发展流变的观照。

《天启崇祯两朝遗诗》一书虽然流传较少，不及钱谦益《列朝诗集》的影响大，但它的黍离之悲和变徵之声却具有强烈的感染力，在历史即将易代之际尤其能引起读者的共鸣。清末诗人管廷芬曾题诗二首：

> 变徵声中句不工，黍离递降作王风。几家碧血沈钩党？一队青燐泣鬼雄。如此江山吟故国，不堪憔悴听秋虫。有人收拾零星墨，昏夜当愁化白虹！
>
> 天地荒荒奈尔何？沧桑人物患才多。文章半堕红羊劫，慷慨全摹正气歌。万里烽烟磨盾鼻，两番朝局记风波。羡他俊杰趋时好，脱却南冠颂止戈。[②]

这两首诗生动地道出了《天启崇祯两朝遗诗》的选诗特色和编纂动机，可以说是陈济生的隔代知音。

第三节　吴炎与潘柽章

"惊隐诗社"中类似归庄与顾炎武这样"同乡同学又同心"的知交好友[③]，还有吴炎和潘柽章。将吴炎、潘柽章并提，最早见于顾炎武挽诗《汾州祭吴炎、潘柽章二节士》[④]。近代南社领袖柳亚子先生"以炎、柽章生同邑，幼同志，长同学，又同隐，且同著书，而卒同难以殉。洵如顾炎

---

① 孙之梅．钱谦益与明末清初文学．济南：山东大学出版社，2010：331.

② 《启祯两朝遗诗跋》转引。（朱希祖．明季史料题跋．沈阳：辽宁教育出版社，1998：100.）

③ 语出《宁人柬来，谓元白皮陆集中，唱和赠答，连篇累牍，我与子交，不减古人，而诗篇往来殊少，后世读其集者，能无遗恨，赋此却寄》。（归庄．归庄集：卷一．上海：上海古籍出版社，2010：78.）

④ 顾炎武．顾亭林诗文集：亭林诗集：卷四．北京：中华书局，1983：363.

武挽诗所谓：‘一代文章亡左、马，千秋仁义在吴、潘’者，为合传最宜”，撰有《吴炎、潘柽章合传》①。吴炎、潘柽章在清代诗歌史上的名气远远不及归庄、顾炎武，但就“惊隐诗社”而言，他们二人活动较为频繁，曾合作修纂《明史记》，又有个人著作传世，在诗社内部具有重要的地位。

一、吴炎、潘柽章与《明史记》

明末清初之际，私家修史之风盛行。“惊隐诗社”很多成员著有史学著作。吴炎、潘柽章等人纂修《明史记》，既受到时代风气的影响，又与个人具有一定的史学造诣和修史志向有关。上文曾谈到“惊隐诗社”成员如归庄、顾炎武不欲以文人自居，而期以著书立说，传之后世。吴炎、潘柽章早年以诗名，明朝灭亡后，始致力于修史。吴炎因潘柽章“生同邑，幼同志，长同业，又同隐也”②，所以修书邀请潘柽章一起合作：

> 自遭乱以来，草荣木替者七更矣。气矜之隆，渐就顿敝。而学业不进，却行求前。辟彼舟流，未知所届……足下诚能因读礼之暇，考古今之得失，辑诸儒之异同，勒成一书，传诸不朽，以竟令先公未坠之绪；显亲扬名，莫大于是，足下独无意乎？弟譬犹瞽耳，足下则相也；相导瞽，瞽宁能导相？幸有以教我。③

潘柽章亦以修史为己任，回复曰：“明兴三百年间，圣君贤辅、王侯外戚、忠臣义士、名将循吏、孝子节妇、儒林文苑之伦，大官郊祀、礼乐制度、兵刑律历之属，粲然与三代比隆。而学士大夫，上不能为太史公叙述论列，勒成一书；次不能为唐山夫人者流，被之声韵，鼓吹风雅。今予两人故在，且幸未老，不此之任，将以谁俟乎？”④ 二人的修史工作，得到了“惊隐诗社”其他成员的支持。顾炎武、陈济生等人出家中藏书相助，

---

① 柳亚子《吴炎、潘柽章合传》原载《世界文化》杂志第二卷第二辑（1941年4月出版），后收入《柳亚子选集》。（柳亚子．柳亚子选集：上册．北京：人民出版社，1989：405.）

② 吴炎《潘子今乐府序》。（吴炎，潘柽章．今乐府//四库禁毁书丛刊：集部：第74册．北京：北京出版社，1997：112.）此集卷首两篇序言，影印本拼版错乱，具体参见朱则杰《清诗考证》第二辑“总集别集类”第六篇“清诗总集版本丛考”第一条“《前八大家诗选》《今乐府》影印本拼板错误”。（朱则杰．清诗考证．北京：人民文学出版社，2012：446.）

③ 《与潘力田书》。[吴炎．吴赤溟先生文集．上海：国学保存会，1906（清光绪三十二年）：39a－40a.]

④ 吴炎《潘子今乐府序》。（吴炎，潘柽章．今乐府//四库禁毁书丛刊：集部：第74册．北京：北京出版社，1997：113.）

戴笠（耘野）、王锡阐也加入了修史的队伍。所谓“考古今之得失，辑诸儒之异同，勒成一书，传诸不朽”，即《明史记》。该书仿司马迁《史记》的编纂体例，定目为纪十八、书十二、表十、世家四十、列传二百。① 具体分工为：潘柽章分撰本纪及诸志，吴炎分撰世家、列传，戴笠（耘野）分撰流寇志，王锡阐分撰年表及历法。修史数年，得纪十、书五、表十、世家三十、列传六十有奇②，成书过半。而南浔庄氏“明史案”发，吴、潘二人受到牵连罹难，《明史记》的修纂工作被迫中断，已成书的部分也未流传下来。③

编纂《明史记》可视为“惊隐诗社”的一个集体行为，对诗社成员而言具有重大的意义。除了本社成员出书出力，与之交好的社外诗人，也多有相助。其中钱谦益对吴、潘修史非常关注，不仅出藏书相助，还多次当面讨论修史事宜，并撰《为吴潘二子征书引》号召海内藏书家予以帮助，其中说道：

> 近得松陵吴子赤溟、潘子力田，奋然有《明史记》之役，所为本纪、书、表、世家、列传，一仿龙门，取材甚富，论断甚核。史家三长，二子盖不多让。数过予索烬余，及讯往时见闻。予老矣，耳聩目眊，无以佐二子。然私心幸二子旦夕成书，得一寓目。又惧二子以速成自愉快，与市肆所列诸书无大异也。乃二子不要名，不嗜利，不慕势，不附党，自矢必成，而不求达，曰“终身以之”。然则此事舍二子其又谁属？④

钱谦益亦有修明史之志，而天不假斯文，绛云楼一烬使其《明史》尽毁。然而他终生都以史官自任，有志纂述。吴炎、潘柽章因修史得到钱谦益的赏识，并成为忘年之交，可以说是钱谦益本人未竟的修史心愿，在吴炎、潘柽章二人身上得到了实现。⑤ 钱氏在该文中对吴、潘二人寄予厚望，

---

① 吴炎《潘子今乐府序》。（吴炎，潘柽章．今乐府//四库禁毁书丛刊：集部：第 74 册．北京：北京出版社，1997：113.）

② 同①.

③ 按戴笠（耘野）撰写的《流寇志》，后改名为《寇事编年》，由吴修龄删节后，题为《怀陵流寇始终录》，刊行于世。（潘耒．遂初堂集：文集：卷六：寇事编年序//续修四库全书：第 1418 册．上海：上海古籍出版社，2002：464－465.）

④ 钱谦益．牧斋杂著：牧斋有学集文钞补遗：上册．上海：上海古籍出版社，2007：500－501.

⑤ 按钱谦益与吴炎、潘柽章的交游情况，参见下书：孙之梅．钱谦益与明末清初文学．济南：山东大学出版社，2010：303－316.

预测“此书成，自关千古不朽计”[1]，并赞许二人“不要名，不嗜利，不慕势，不附党，自矢必成，而不求达”的编纂态度。未料吴、潘二人竟受“明史案”牵连罹难。经此一案，私家修史大受打击。直到康熙年间下诏编修明史，此案带来的风波才算告一段落。

就吴炎、潘柽章而言，《明史记》一书的编纂具有特殊的意义。二人以修史为终身事业，甚至因此而牺牲性命。在他们罹难后，“惊隐诗社”的其他成员以及当时的许多文人，每每撰文写诗以纪念二人的节义之举。《明史记》虽未传世，但二人可歌可泣的生平事迹和舍生取义的忘我精神却长存于世。他们的家国之思、修史之志，也体现在个人的诗文中。吴炎有文集《吴赤溟先生文集》传世，潘柽章有诗集《观复草庐剩稿》传世，二人还合撰诗集《今乐府》。简而言之，《吴赤溟先生文集》保留了不少吴炎的文论，是研究“惊隐诗社”文论的重要参考资料。《观复草庐剩稿》记录了大量“惊隐诗社”成员的活动和事迹，是对“惊隐诗社”进行考察的第一手资料。《今乐府》作为《明史记》的副产品，具有诗史的性质。

二、吴炎《吴赤溟先生文集》

“惊隐诗社”重要的文论家，除了目前研究较多的顾炎武、归庄、朱鹤龄，还有吴炎。吴炎的文学主张以复古崇正为基本观点，对传统的“性情”说和“养气”说都有所阐述。

吴炎的文学观与归庄、顾炎武等人类似，推崇广义上的文学。他认为“立言”要崇圣征经，反对雕琢辞藻。其《与潘力田书》说：

> 徒能操切声韵，争工句字之间；一言合律，跫然而喜，殊不知身世之交、性命之故，所恃与天壤相敝者何等也。扬子谓之“雕虫小技，非壮夫所为”，而宋儒直比之“玩物丧志”。兴言及此，慨焉窃叹。古称“三不朽”，最下立言。立言而不本五经六艺之科者，又下之下者也。[2]

吴炎把文学作品看成是“雕虫小技”乃至“玩物丧志”，是针对纯文学而言，他反对为文学而文学，强调“立言”要以“五经六艺”为范围。文学作品要与“身世之交”“性命之故”联系起来。吴炎主张复古不是为了模

---

① 钱谦益．牧斋杂著：牧斋有学集文钞补遗：上册．上海：上海古籍出版社，2007：501.

② 吴炎．吴赤溟先生文集．上海：国学保存会，1906（清光绪三十二年）：39a.

拟古人，而是希望拨乱反正，归于圣贤之途，在当时特定的历史背景下，具有积极的现实意义。《范梅隐印正序》强调了求正的重要性。

> 梅隐氏之学即凡夫氏之学，凡夫氏之学即许慎氏之学，源远而法正也……予固知梅隐之意，非徒正己之篆法已也，盖将以正人之不正也。由篆以正隶，由隶以正草，由草以正楷，不得其正则亡，得其正则存，则谓梅隐氏之谱，不独为功于镌锲之家，使有所法守，将近配凡夫而远绍许慎氏，为两家之功臣可也。①

此处讨论篆刻字体源流问题，属于艺术范围。但"求正"的宗旨也可以用于文学。吴炎强调"正"，不只是为了正己身，更重要的是"正人之不正"。

吴炎文论最大的特点是对"气"阐发较多。无论是"性情"说还是"文学代变"说，他都能和"气"联系起来。可以说吴炎对"气"情有独钟，"气"是吴炎文论的核心观点。其所论之"气"，含义较为丰富，它可以从狭义上理解为个人的气质，也可以从广义上理解为一种宇宙万物运行的规律。吴炎认为"气"有"正气"和"不正之气"之分，无论是个人还是国家乃至整个宇宙万物，都应该守"正气"，才能保持自身的正常，不至于走向灭亡。《明文正气集序》集中阐释了这一观点。

> 天地以气相扇动也，山川以气相蒸蔚也，人物以气相生杀也，今古以气相推迁也。天其运耶，地其处耶，山峙而水润耶，物贱而人贵耶，其今与古终不息邪？是气之正也。有正，则有不正者间之。于是，天鸣地裂，山崩川涸，物骄人靡，古治今乱。此于气诚有之，而终不能使天地易位，山川易所，人物易尊，今古易政者，何也？有正者以维不正者也。于是，天地之气，噫而为风，震而为雷，沛而为雨露，结而为冰霜。山川之气，蒸而为云，润而为泽，蠕而为鸟兽，繁而为草木。人物之气，有圣有贤，有愚有不肖，有驯有逆，有常有怪。今古之气，帝终于霸，让变而征，或统于一，或分为十。其正者，相生者也；其不正者，相戕者也。夫无正者以生之，而听其自为戕，则气或几乎息矣。三代以来，其将息而不息者，盖有数焉。平、桓不竞，气将息矣，而《春秋》作。三晋始命，气又将息矣，而孟子之书成。董生之于汉，王通之于隋，韩愈之于唐，程、朱之于宋，其

① 吴炎．吴赤溟先生文集．上海：国学保存会，1906（清光绪三十二年）：19b.

学有纯驳，其功有大小，其所以维正而生气者一也。①

吴炎认识到“正气”和“不正之气”同时存在。“其正者，相生者也”；“其不正者，相戕者也”。以“正气”克制“不正之气”，万物才能正常运行。如果不能保持“正气”，而让“不正之气”占上风，就会导致灭亡。这种朴素的辩证认识，有进步的一面，但以“气”来解释国家兴亡，又带有唯心的色彩。

出于对“气”的推崇，吴炎认为优秀的文学作品必然是充满“正气”的。其《归玄恭古文序》评价归有光的追随者，认为他们的古文赶不上归有光的原因在于“其理驳，其气靡也”②；而归庄的古文能继承归有光的传统，属于“所谓粹于理而豪于气者”③。《唐丽公燕秦游草序》又强调了“气”对文学作品的重要性。

张燕公［张说］贬岳州，为诗文益清婉，人以为得江山之助。今丽公历春秋十二国之地，行万二千里之远，踪迹半天下，以广其见闻而发其郁伊不平之气，即诗安得不工，工安得不传哉！④

这里说的“郁伊不平之气”，类似“发愤著书”的观点。可见“正气”并非专指不带任何感情色彩的中正平和之“气”。从反面来说，如果不能得“正气”，甚至“亡气”，就会走向情志分离，流于恶俗。《诗论》具体论述了“气”与“性情”的关系。

适情则害情；情非自害也，情不统于性也。适情则亡气；气非自亡也，气不统于志也。此其道，一坏于郑卫，再坏于齐梁，三坏于唐末。以靡靡之音为古始，以桑濮之音为正宗。甚而变为宋之乐府、元之填词，胥天下而夷矣。何世之甘误于古人，而不知自强之道耶？⑤

吴炎从复古守正的角度出发，批判宋词、元曲是“靡靡之音”，有害于世道人心。这种观点虽然有些偏激，但他强调控制性情，情志统一，还是可取的。实际上，他并不反对创新，也承认文学随着时代发展而变化。《陈子乐府序》说：

---

① 吴炎．吴赤溟先生文集．上海：国学保存会，1906（清光绪三十二年）：21b-22a.

② 同①16a.

③ 同①16a-16b.

④ 同①16a.

⑤ 同①5a.

> 古诗之亡也，《风》变而为《骚》，《雅》《颂》变而为乐府。《骚》绝于楚，乐府绝于汉魏。非绝也，掇浮词摭成格而神气不属焉，故绝也。迨唐以下，习《骚》者寡，而攻乐府者不辍，乐府之传益以衰。李太白以倾倒一世之才，起而振之，遂称千古绝唱，迄今读其歌诗，无一语似汉魏者。夫以太白之才，能为汉魏而不为，而其精者乃过于汉魏，及段分而句读之，其神理矩墨，无不本于汉魏者，斯则善为汉魏者也。其后千余年，而陈子皇士复以倾倒一世之才起而振之，力追汉魏而不貌汉魏，气轶太白而不貌太白。遂使古人之神气，离然震动。盖以太白之才而本于汉魏之矩，其为千年以后之绝唱，无疑也。①

吴炎认为《诗经》中《风》变为《离骚》，《雅》《颂》变为乐府。此后学习《离骚》及乐府诗的诗人，“掇浮词摭成格而神气不属焉”，属于学习皮毛而未得精华。因此自唐以下，学习乐府的诗人越多，乐府诗的流传反而逐渐走向衰落。李白学习乐府能青出于蓝，在于他从汉魏乐府诗入手，吸收其精华，遗貌取神。陈济生的乐府诗“气轶太白而不貌太白”，是“以太白之才而本于汉魏之矩”，遵循守正复古的原则，而能化为己用，可谓“千年以后之绝唱”。

三、潘柽章《观复草庐剩稿》

潘柽章诗集《观复草庐剩稿》六卷，分体编次。据笔者统计，卷一乐府三十一首，卷二五言古诗三十九首、四言古诗六首，卷三七言古诗二十六首，卷四五言律诗一百十五首、五言排律五首，卷五七言律诗一百六十八首，卷六五言绝诗二十一首、六言绝诗三首、七言绝诗五十一首，共计有诗四百六十五首。可以看出，潘柽章不仅存诗数量较多，而且诸体兼备，更重要的是其诗作大多与“惊隐诗社”相关。

考察潘柽章诗作中提及的友人，大多数都是“惊隐诗社”成员。他的不少诗作专门题咏“惊隐诗社”成员，似乎有意识为“惊隐诗社”成员写照。最典型的，是七律组诗《怀人诗十九首》。该组诗共题咏十八位友人，其中徐白（介白）非“惊隐诗社”成员，其他十七位均属“惊隐诗社”成员，分别是范风仁、沈祖孝、周抚辰、吴宗潜、叶继武、吴珂、金瓯、周

---

① 吴炎．吴赤溟先生文集．上海：国学保存会，1906（清光绪三十二年）：14b－15a.

灿、颜俊彦、吴宗汉、吴炎、周尔兴、戴笠（耘野）、朱临、顾樵、朱鹤龄、王锡阐，标题依次为《范梅隐临池》《沈雪樵卖药》《周其凝悼亡》《吴东篱删诗》《叶桓奏种菊》《吴匡庐负薪》《金宁武乐圣》《周闇昭归田》《颜雪臞蓺兰》《吴南村讲学》《吴南村卧病》《吴赤溟著史》《周机高谈玄》《戴则之逃禅》《朱载阳读礼》《顾樵水丹青》《朱长孺注杜》《王寅旭校历》。① 除吴宗汉一人两首外，其他成员都是一人一诗。从诗题上看，所咏成员事迹各异，表现出不同性格和风貌。其中吴炎著史书、朱长孺笺注杜诗、王锡阐校对历法等事迹，史书上有记载可以参照。周尔兴悼亡、吴宗潜删诗、金瓯乐圣、朱临读礼等事迹则不见他书记载。对照诗集中其他相关诗作，可以发现有印证之处，亦有补充之处。例如《夏日同开期、其凝过沈雪樵，迟范梅隐》诗中亦提到范风仁“壮怀拟向临池豁”并自注“范善书”。② 又组诗中描写了吴宗汉讲学和卧病这两件事情，而在《吴氏五君咏》中提及吴宗汉有“悼亡诗两篇”③；考陈济生《天启崇祯两朝遗诗》卷九收录吴宗汉《悼亡》诗四首④，组诗不以悼亡为题或许是避免与周其凝重复。

除了对诗社成员的描写较多，诗集中记录的“惊隐诗社”的集会及其他活动也比较频繁。集会地点主要有周灿、叶继武、吴宗潜、周尔兴、顾有孝、顾樵及潘柽章本人的寓所。集会活动一般以祭祀和赏花为主，往往当场分韵赋诗。以周灿的南园为例，有《集闇翁南园观梅》⑤、《新荷，同梅隐诸公集闇昭侍御斋赋》⑥、《游南园，怀社集不至诸公》⑦、《周闇昭别宅紫牡丹与菊同开，和顾樵水》⑧ 等诗。可见周灿南园养花多种，四时不绝，是“惊隐诗社”成员赏花的主要场所。祭祀对象至少有屈原、贾谊、陶渊明、杜甫、林逋、郑思肖六人。⑨ 集会具体时间可考的有三次：顺治

---

① 潘柽章．观复草庐剩稿：卷五．上海：神州国光社，1913（民国二年）：6b-9a.

② 同①18b.

③ 潘柽章．观复草庐剩稿：卷二．上海：神州国光社，1913（民国二年）：4a. 按该诗分别题咏“惊隐诗社”成员吴宗潜、吴宗汉、吴宗泌、吴宷、吴炎五人。

④ 陈济生．天启崇祯两朝遗诗：中册．上海：中华书局上海编辑所，1958：1386.

⑤ 潘柽章．观复草庐剩稿：卷三．上海：神州国光社，1913（民国二年）：6a-6b.

⑥ 同⑤11a.

⑦ 同⑤5b.

⑧ 同①13a.

⑨ 分别见《仲夏望前一日，同……敬祭屈大夫、贾太傅两先生……》（同①9a）、《菊花时，同……集雪樵馆，祭元亮、子美两先生……》（同①10b）、《题梅林雅集图》自注“是集祭宋林君复、郑所南二先生”（同⑤2b）。

七年庚寅（1650）冬“梅林雅集”、顺治九年壬辰（1652）五月五日潘柽章书斋雅集、顺治十年癸巳（1653）夏周灿寓所“新荷篇”唱和。至于时间和地点不可考的集会，则不再一一列举。参加集会的成员，已知的有朱鹤龄、吴宗汉、周灿、顾有孝、吴炎、王锡阐、周尔兴、顾樵、周抚辰、吴珂、金瓯、金城、吴宗潜、吴宗泌、朱明德、钟俞、沈祖孝、周安、范风仁、叶继武、钮棨、钮明儒、吴宷、顾炎武、戴笠（耘野）、王礽、施谭、程棅、陈济生、金始桓、吴在瑜及潘柽章本人，共计三十二人。可以肯定，潘柽章与“惊隐诗社”半数以上的成员有交游，在诗社中处于比较重要的地位。

“惊隐诗社”成员有五十人之多，又来自江苏、浙江两省，某些成员之间并无直接往来亦不足为奇。以名气最大的顾炎武为例，其《顾亭林诗文集》涉及的有交游的“惊隐诗社”成员只有十人：归庄、朱鹤龄、吴炎、潘柽章、王锡阐、戴笠（耘野）、陈济生、王礽、钱肃润、顾有孝。其中归庄早在入“惊隐诗社”之前就与顾炎武相识。顾炎武为朱明德《广宋遗民录》作序，称“吴江朱君明德，与仆同郡人，相去不过百余里而未尝一面”①。顾炎武、朱明德都与潘柽章有往来，且又同郡，但两人之间竟没有见过一面。可见“惊隐诗社”成员之间的联系也有亲疏之分，不可根据名气大小或地缘关系一概而论。

四、吴炎、潘柽章《今乐府》

《今乐府》是吴炎、潘柽章同撰的同名乐府诗集，二人各撰一卷，并互相为序。该书无论从史学还是文学角度来看，都值得重视。

（一）《今乐府》的史料价值

《今乐府》的成书，与《明史记》关系非常密切，可以说是吴炎、潘柽章合作修史的副产品。吴炎《潘子今乐府序》交代了《今乐府》的成书缘由。

> 余矍然曰：“……夫《诗》亡而后《春秋》作，则《诗》者，盛周之史；而《春秋》者，衰周之《诗》也。女不睹姬姜，不为不知色；鼎不尝熊掌，不为不知味；诗不续‘四始’，不为不知咏歌；史

---

① 顾炎武．顾亭林诗文集：亭林文集：卷二．北京：中华书局，1983：33.

不仿《春秋》，不为不知纪述也。”潘子曰：“善。《房中》《铙歌》，诗之变也，而汉后无乐府；纪传书表，史之变也，而司马迁后无能方《史记》者……”因相与定为目，凡得纪十八、书十二、表十、世家四十、列传二百，为《明史记》。而又相与疏轶事及赫赫耳目前、足感慨后人者，各得数十事，潘子为题，予为解；予为题，潘子为解，損之又損，以至于百，为《今乐府》，而《铙歌》、《骑吹》、“雅”、“颂”不在焉。巳［癸巳，顺治十年，1653］之冬，成十三；午［甲午，十一年，1654］之春，成十七，三阅月而余百章悉成。后三日，潘子亦悉成。交相示，有同有异，有详有略，即两人未知以为孰善也者。及以问同人，则胥善之；善之，欲从而梓之；予两人不应，则醵赀而授之，虽欲不梓不可得已。潘子乃来言曰：“余两人方为史而乐府先成，遽以问世，惧世之以余两人为莛撞而井观也，故非予不能序子，非子不能序予也。且自乐府成，后半岁而得纪十、书五、表十、世家三十、列传六十有奇，盖史事已过半矣，予与子固可谢‘息壤’盟也；至乐府之工拙，则知诗者能辨之，余两人意固不在是，无相诶也。”①

吴炎、潘柽章合撰《今乐府》与编纂《明史记》同时，而《今乐府》先为成书。该书以明代重大历史事件为题咏对象，二人“相与疏轶事及赫赫耳目前、足感慨后人者，各得数十事”，并互为题解，“损之又损，以至于百，为《今乐府》”。可见《今乐府》所咏之明代历史事件，在二人看来具有史学意义，可以流传于世。而《今乐府》一书的撰写目的在于“存史”，至于“乐府之工拙，则知诗者能辨之”，不在作者的考虑范围之内。

《今乐府》一书具体对应的明代历史事件，潘柽章《吴子今乐府序》中有详细交代。

读吴子《我行自东》《悲土木》《赭山》诸章，则本纪之权舆乎？《古濠梁》《旧内曲》《伯温儿》《国有君》，又年表、世家之本也；《伏阙争》《跻献皇》作，而礼、乐、郊祀书具矣；《龙惜珠》作，而河渠书究矣；《大宁怨》、《搜套》、前后《捣巢》作，而边防书饬矣；《梳篦》有谣，而律书陈矣；《采珠》有怨，而赋役、食货诸书晰矣；《钦

① 吴炎，潘柽章．今乐府//四库禁毁书丛刊：集部：第74册．北京：北京出版社，1997：112－113.

明》有狱，《红铅》有狱，而刑书密矣。他若《雷老》《危不如》之作也，传开国臣之初也；《东角门》《星犯座》之作也，传逊国臣之烈也；《和尚误》《玉泉寺》之作也，传靖难臣之遇也；《老臣泣》《留提督》之作也，传忠世名臣之盛也；《悲贾庄》《芜城叹》《明月洞》之作也，传殉国诸臣之终也；《把滑》之歌，《楚宗》之哀，可以训宗室；《昭德宫》《建昌侯》，可以箴外戚；而《征君归》，核儒林也；《望三台》《射东楼》，责宰相也；《折柳枝》《豹房乐》，讥佞幸也；《囊土谏》《椒山胆》，重直臣也；《两歌妓》《三娘子》，刺将帅也；《阁中帖》《客夫人》，戒宦官也；《杨漆工》《五人墓》，壮游侠也；《韩真女》《妾无夫》，广列女也；《大小东》《移哕鸾》，痛朋党也；《赍官》，恶方技也；《罢南交》《封关白》，警四夷也。夫吴子之志如此，则其辞之工拙、音之高下，且不必论，而况予乎？然其善善恶恶之合《春秋》之旨，虽余亦无弗同也者；无弗同，则余又何以誉吴子？假令乐府出，而有识者取吾是非而非是之，则所济乎史事者，不既多哉？①

由此观之，《今乐府》与《明史记》可以互相照应。《今乐府》百篇诗作，于明代礼、乐、郊祀、河渠、边防、律书、赋役、食货、刑书等相关历史均有歌咏，不啻为一部诗化的明代史书。潘柽章自认为所作《今乐府》“善善恶恶”，“合《春秋》之旨”。而帮助吴、潘二人修史的钱谦益，也对《今乐府》的史学价值给予了评价，在《答吴江吴赤溟书》中说：“去年逼除，得见今乐府一编，深推其采撷之富、贯穿之熟而评断之勇也。”②

吴、潘二人编纂《明史记》得到“惊隐诗社”其他成员的支持，《今乐府》一书也受到“惊隐诗社”其他成员的关注，具体体现在创作和诗及点评诗作两个方面。据吴炎《潘子今乐府序》交代，吴宗汉和王锡阐二人有和作——“其和余两人者，家叔父南村先生、王子寅旭也”，“家叔父及寅旭尤恶名，《今乐府》成，皆不肯问世”③。吴宗汉与王锡阐不愿留名，唱和作品不见于《今乐府》中。此外由钮琇《觚剩》一书可知，钮棨也有唱和之作。

① 吴炎，潘柽章．今乐府//四库禁毁书丛刊：集部：第 74 册．北京：北京出版社，1997：112－113.

② 钱谦益．牧斋有学集：下册．上海：上海古籍出版社，1996：1367.

③ 同①113－114.

李西涯［东阳］《拟古乐府》，久传于世。我邑潘、吴二子分类作《明史记》成，各撰今乐府，咏有明一代之事，复辑《解题》三卷，俱于被难时散轶。余家易庵夫子，亦潘、吴同志也，《贞白楼诗稿》中有《今乐府》，其辞曰：“权门犬，吠权门。好官自我为，笑骂谁复论。嗥以南，嗥以北，权门有窦恣出入。卤簿都城天地黑，徒令志士空叹息。一朝权门冷落车马稀，群犬狺狺失所依。犬兮犬兮良可悲，摇尾权门空尔为。”（右《权门犬》）“椒山胆，何壮哉！一月官四迁，远自狄道万里来。君恩一何渥，臣心安敢灰！一腔热血不敢冷，九死百折终不回。宁与夏曾同日死，不顾权奸怒若雷。捐此七尺躯，上报明天子。忠臣之心聊复尔，刀锯鼎镬甘如旨。十罪五奸义不移，疏草一入人人危。椒山自有胆，何用蚺蛇为！”（右《椒山胆》）录存遗响，以著题所自始焉。①

此处所说“余家易庵夫子”，指钮琇堂兄兼老师钮棨（易庵其字）。《觚剩》卷一“贞白楼诗”条曾说：“易庵年已八十有二，无子以继其传，手抄《贞白楼诗》寄余，若冀余之传之者。”② 此处抄录的两首乐府诗和作，即出自《贞白楼诗》。因钮棨《贞白楼诗》已佚，目前所见和诗仅有钮琇抄录的这两首。光绪年间吴江诗人凌泗亦提及钮棨的和诗，并抄录于《今乐府》跋语中，并指出：“二诗见钮玉樵《觚剩》，系从钮易庵《贞白楼稿》中录出。易庵亦潘、吴同志。是当时和作，不仅南村、王晓庵两先生也。”③ 至于其他社员是否有和作，就笔者寓目的材料来说，暂时没有新的发现。其中陈济生曾撰《陈子乐府》，吴炎为之序，里面可能会有《今乐府》的和作，但该书已经亡佚，姑且存疑。又考《今乐府》诗末点评，除了潘柽章、吴炎二人的互评，还有以下署名的成员点评：顾樵水（樵）④、顾茂伦（有孝）⑤、施又王（諲）⑥、程杓石（棅）⑦、朱载阳（临）⑧、颜雪

---

① 《觚剩》卷一《吴觚·上》“今乐府”条。（钮琇．觚剩．上海：上海古籍出版社，1986：23-24.）按此处称“《解题》三卷”，据潘柽章序可知实际为二卷。

② 钮琇．觚剩．上海：上海古籍出版社，1986：3.

③ 吴炎，潘柽章．今乐府//四库禁毁书丛刊：集部：第74册．北京：北京出版社，1997：114.

④ 见潘柽章《京口鹿》。（同③148.）

⑤ 见潘柽章《缚板升》《豹房乐》。（同③143，140.）

⑥ 见潘柽章《前捣巢》。（同③143.）

⑦ 见潘柽章《权门犬》《钦明狱》。（同③142，139.）

⑧ 见潘柽章《老臣泣》。（同③139.）

臞（俊彦）[1]、周闇昭（灿）[2]、周其凝（抚辰）[3]、吴南村（宗汉）[4]。

（二）《今乐府》的文学成就

以乐府咏史，始于唐代诗人如李贺、刘禹锡、贯休等。此后历代都有咏史乐府诗传世，但并未形成风气。至明末清初，咏史乐府诗的创作不仅蔚然成风，且多为大型连章体组诗，其中又以咏朱明一代历史的乐府诗最为集中。吴炎、潘柽章《今乐府》就是这个时期的代表作品。

吴炎、潘柽章《今乐府》从诗题上看，属于自创新题的新乐府范畴。诗题命名皆取自所咏历史人物或事件，具有开门见山、点明主旨的作用。每首诗前有小序，诗后还附有点评。吴炎、潘柽章各撰同题乐府诗一百首，又互相点评及作序，不免让人想到元稹、白居易的乐府诗唱和。二者在诗歌形式上有较多相似的地方，比如自创新题和诗题下有小序，但诗歌内容和撰写目的却有本质区别。元、白二人创作乐府诗是为了“救济人病，裨补时阙”，“欲稍稍进闻于上”[5]，而吴、潘二人创作乐府诗是为了保存有明一代历史。因此，在诗歌的内容取材上，元、白偏向于现实生活中的民生疾苦，吴、潘侧重于历史上的重要事件和人物。吴、潘二人还互评彼此诗作，而元、白乐府诗后没有互评。吴、潘二人的评论，不仅体现了他们的史学观点，还能让读者进一步了解诗歌的内容，是对诗题和小序的重要补充。除了互评，“惊隐诗社”其他成员和社外友人的点评，他们的观点也值得引起注意。

就咏史乐府诗的发展历史而言，吴炎、潘柽章《今乐府》在元明清乐府诗中处于承前启后的地位。所谓“承前”，最近的是上接明代李东阳的《拟古乐府》。王辉斌先生《唐后乐府诗史》一书认为：“李东阳的 101 首《拟古乐府》，作为一组大型连章体咏史乐府诗，由于其题材内容的丰富性，尊贬人物与事件的鲜明性，以及形式上的创新性，不仅成为明代‘拟古派’乐府诗中的一面旗帜，而且对明、清之际的咏史乐府诗产生了相当大的影响。”[6] 吴炎、潘柽章《今乐府》在形式和取材内容上都受到过李东

---

① 见潘柽章《罢南交》。（吴炎，潘柽章．今乐府//四库禁毁书丛刊：集部：第 74 册．北京：北京出版社，1997：136.）

② 见潘柽章《我行自东》。（同①135.）

③ 见潘柽章《可言乐府》。（同①135.）

④ 见潘柽章《伯温儿》。（同①134.）

⑤ 《与元九书》。（白居易．白居易集：卷四十五．北京：中华书局，1979：962.）

⑥ 王辉斌．唐后乐府诗史．合肥：黄山书社，2010：293. 按该书将潘柽章的“章”字误作“辛”。

阳《拟古乐府》的影响，比如采用连章体，自创新题，褒贬鲜明，等等。不同的是，李东阳《拟古乐府》题咏历史事件及人物上自春秋，下迄明初，吴炎、潘柽章《今乐府》则专咏朱明一代历史。所谓“启后”，是指清代接下去还产生过不少类似的大型连章体咏史乐府诗。例如光绪年间宋泽元辑《四家咏史乐府》，在元代杨维桢、明代李东阳两家之外，就收有清初尤侗《明史乐府》一卷和中叶洪亮吉《两晋南北史乐府》二卷、《唐宋小乐府》一卷。[①] 而像中叶陈梓《今乐府》一卷凡八十一首，又名《九九乐府》[②]，则更明显为吴炎、潘柽章《今乐府》的仿作。其影响还一直延伸至清末民初，例如南社发起人柳亚子、高旭即均有仿作。[③]

① 宋泽元．四家咏史乐府//丛书集成续编：第264册．山阴宋氏忏花庵刻《忏花庵丛书》影印本．1886（清光绪十二年）．

② 陈梓．今乐府．石印本．1910（清宣统二年）．

③ 柳亚子．柳亚子文集补编：1903年：哀新党乐府．北京：社会科学文献出版社，2004：6－7；高旭．高旭集：卷二：近事新乐府三章．北京：社会科学文献出版社，2003：32－33．

第五章 “惊隐诗社”的地位与多重影响

“惊隐诗社”是明清之际具有代表性的遗民诗社之一。它与明末清初的复社和清末民初的南社都有着密切的联系，在明清文人结社史上具有重要的地位。“惊隐诗社”以文化救亡为宗旨，坚持维护传统文化的主流地位，成员在文学、艺术、学术等领域都有着较高的造诣，在当时及后世产生了一定的影响，值得世人关注。

第一节 “惊隐诗社”与明清文人结社

明清两代是中国古代文人结社的繁盛时期，江南地区又是结社活动最活跃的地区，从复社到“惊隐诗社”乃至近代南社，涌现出了一批以高风亮节著称于世的文人，在文人结社的历史上谱写了光辉的篇章。

一、“惊隐诗社”与复社

复社成立于明崇祯二年己巳（1629），崇祯十七年甲申（1644）明朝灭亡后逐渐退出历史舞台，活动时间长达十余年[①]，成员以苏州府为中心扩展至全国范围，是明清之际人数最多、规模最大、影响最广的文人社团。“惊隐诗社”继复社而起，其成员亦以苏州府为中心，涵盖江浙两省，活动时间长达十七年，是清初江南地区影响最大的遗民结社。“惊隐诗社”的不少成员本身和复社有种种联系，而复社对“惊隐诗社”的影响也不小。

---

① 按复社的存续时间，学术界有两种说法。一般认为复社成立于明崇祯二年己巳（1629）尹山大会，随着崇祯十七年甲申（1644）明朝灭亡退出历史舞台。也有学者认为复社至清顺治九年壬辰（1652）被清朝政府取缔，共存在二十三年。本书取前一种说法。

“惊隐诗社”与复社的关系，至少有两种情况显而易见。一种是“惊隐诗社”成员有些此前就曾经加入复社，如周灿、颜俊彦、归庄、顾炎武等。另一种是“惊隐诗社”成员与复社成员之间多有师生、亲族等亲密关系。就师生关系而言，归庄曾求学于复社领袖张溥，顾有孝为陈子龙门生。就亲族关系而言，陈济生父陈仁锡，潘柽章父潘凯都名列复社。此外，“惊隐诗社”成员与复社成员之间还有其他各种交往。比如顾炎武与黄宗羲，吴宗潜、吴宗汉兄弟与吴易等。复社成员如陈子龙、夏完淳等壮烈殉国的事迹，也深深影响了“惊隐诗社”的成员。在明清易代之际，“惊隐诗社”成员坚持气节，或隐居不仕，或逃禅避世，或闭门著述，彼此之间以诗酒唱和，互相鼓舞。复社集体编选诗文集、成员之间进行学术交流的传统也对“惊隐诗社”有过影响。例如顾有孝，他能成为“惊隐诗社”的选诗大家，所选诗文盛行一时，就与陈子龙有很大关系。据徐釚《雪滩头陀传》记载：

> 雪滩头陀者，东吴文学顾有孝茂伦也……其父复庵公为经生宿儒，家学渊源，确有指授。自少游于云间陈大樽［子龙］先生之门，为诸生有声……尝窃慨于唐人之诗选者，承伪踵谬，千百年来未能洗刮。为之扬搉论次，择其真赏者，命之曰《唐诗英华》。据摭新、旧《唐书》以及纪事、艺文志，人自为传，传胪而陈之。虞山钱牧斋［谦益］宗伯，称其不立阡陌、不树篱棘、分曹迭奏、异曲同工、焕然复睹唐人之面目。书成，凡扶余日出之国，无不争购，于是茂伦诗名及于海外……其临殁也，梦陈大樽先生招之，语颇近怪不足传。①

陈子龙是复社主将，提倡复古，宗法盛唐，并曾编辑《皇明经世文编》一书。顾有孝编《唐诗英华》意在纠正竟陵诗风，这与陈子龙一脉相承。陈子龙以“明诗殿军”在明末清初的诗坛产生过很大影响，云间派、西泠派都与其有关。而顾有孝这位诗名传及海外的门生，却较少被提及。考察陈子龙对顾有孝的影响，不仅能更好地理解顾有孝的诗学主张，也为研究文人结社对文学创作和主张的影响提供了参考个案。

二、“惊隐诗社”与清初其他遗民社团

“惊隐诗社”是清初江南地区具有代表性的遗民诗社。诗社的成员往

---

① 徐釚．南州草堂集：卷二十五//续修四库全书：第1415册．上海：上海古籍出版社，2002：401－402.

往与其他遗民社团成员有往来，甚至有发起或者加入其他遗民社团的情况。这些遗民社团及其成员与“惊隐诗社”成员之间的关系较为复杂，需要进行梳理。

（一）“惊隐诗社”成员与其他遗民诗社的关系

“惊隐诗社”成员一人加入好几个社团的情况，并不少见。这一方面是受明末文人结社风气的影响，另一方面也与遗民本身长期过着流寓的生活有关。王文荣先生《明清江南文人结社研究》一文认为“一人参与多个遗民社团也是遗民结社活动的一大特色”[①]。“惊隐诗社”成员发起或者加入其他遗民诗社的，主要有顾有孝、周安、顾樵、戴笠（耘野）、归庄、陈忱、朱鹤龄、施諲、沈祖孝等。以下略举五人为例。

顾有孝：一是顺治六年己丑（1649），加入“慎交社”。该社由宋实颖（既庭）主事，成员赵沄、陆圻、顾湄等均是著名的遗民。二是参与翁逊结社，时间不详。同治《苏州府志》载：“翁逊，字仲谦。居城西门外。性高洁，不喜见流俗人。为诗淡远多苦思。乱后西郊多吟社，逊所与倡酬者，自徐白、戴笠［耘野］、顾有孝外，未尝妄有所诣。”[②] 三是参与沈世楙结社，时间不详。[③] 四是加入“白云堂诗社”，时间不详。光绪《周庄镇志》载：“［顾有孝］尝与郑宽、徐藩、毛锡年集诗社于白云堂。”[④]

陈忱：顺治十七年庚子（1660）加入“东池诗社”[⑤]。该社的主要活动地点在汤海林的东池草堂，有《东池诗集》传世。陈忱是该诗社的核心人物。

朱鹤龄：加入“招隐诗社”，时间不详。[⑥]

施諲：顺治十四年丁酉（1657），加入“含绿堂吟社”。该社的活动地点在长洲含绿堂。据本师朱则杰先生等考证，成员还有陈瑚、葛芝、施男、陆世仪、袁骏等。[⑦]

---

① 王文荣．明清江南文人结社研究．苏州：苏州大学，2009.

② 同治《苏州府志》：卷一百零六//中国地方志集成：江苏府县志辑：第 9 册．南京：江苏古籍出版社，1991：690.

③ 按沈世楙与“惊隐诗社”成员顾有孝、周安结社一事，本书第二章第一节“‘惊隐诗社’成员的认定过程”已作交代，此处从略。

④ 陶煦．周庄镇志：卷五//续修四库全书：第 717 册．上海：上海古籍出版社，2002：112.

⑤ 陈会明．《东池诗集》与陈忱的生平事迹．文学遗产，2004（6）：135－138.

⑥ 周金标．朱鹤龄《愚庵小集》考述．淮阴师范学院学报，2009（4）：525.

⑦ 《清诗考证续编》第二辑“结社集会类”第二十二篇“清代诗社人结社丛考”第三条“含绿堂”吟社。（朱则杰．清诗考证续编．杭州：浙江大学出版社，2019：810－815.）

沈祖孝：康熙十二年癸丑（1673），与吴之纪、张尚瑗等重举“慎交社”，更名“时习社”。[①]

（二）“惊隐诗社”成员与其他遗民诗社成员的交游

“惊隐诗社”成员与其他遗民诗社成员的交游情况，可以分为两种：一种情况是“惊隐诗社”成员加入其他遗民诗社，从而与该社成员有往来；另一种情况是“惊隐诗社”成员并未加入其他遗民诗社，但与该社成员有交游。前者如陈瑚、陆世仪、赵沄等，后者如毛晋、王光承等。

陈瑚、陆世仪：如前所述，二人曾与施諲同结“含绿堂吟社”。又二人还结有“莲社”。[②]“惊隐诗社”成员如归庄、程棅、陈济生、顾有孝、吴炎、沈祖孝、施諲等与二人及其他“莲社”成员交游也很多。[③]

赵沄：“慎交社”成员，曾与顾有孝合辑《江左三大家诗钞》。[④]

毛晋：曾结“假日社”“尚齿社”“隐湖社”。[⑤]顺治十一年甲午（1654）他与顾有孝、袁骏等人唱和并集为《吴门唱和诗》，归庄作《吴门唱和诗序》。[⑥]顺治十四年丁酉（1657）毛晋六十生辰，“惊隐诗社”成员朱鹤龄、归庄、施諲、程棅、周安、顾樵、沈永馨、潘柽章等人为其作诗贺寿，收入《以介编》一书。[⑦]

---

① 张慧剑．明清江苏文人年表．北京：人民文学出版社，2008：774.

② 《明清江南文人结社研究》第五章“清初江南遗民与结社”第一节“清初江南遗民结社概况”至第四节“清初江南遗民结社的文学创作——以莲社《顽潭诗话》为代表”。（王文荣．明清江南文人结社研究．苏州：苏州大学，2009.）《清诗考证续编》第二辑“结社集会类”第一篇“陈瑚‘莲社’与《顽潭诗话》”。（朱则杰．清诗考证续编．杭州：浙江大学出版社，2019：359-379.）

③ 《顽潭诗话》卷下第四组《又雅集诗》所收王育康熙十年（1671）作《辛亥孟夏，同昆山归玄恭、李萼青暨存斋、菊斋、寒溪、桴亭，过鸿逸道兄春星草堂，饮梅树下，分得“寒”字》。（陈瑚．顽潭诗话//续修四库全书：第1697册．上海：上海古籍出版社，2002：541.）《确庵文稿》卷二《题程杓石〈悼亡诗册〉》、卷三上《春，家皇士斋遇顾茂伦、吴赤溟、沈雪樵、徐崧之、施又王，瞻拜先帝王遗像，已而皇士出袁介人送家孝则诗暨茂伦、又王和作，漫赋一章纪事，并示介人、孝则》。（陈瑚．确庵文稿//四库禁毁书丛刊：集部：第184册．北京：北京出版社，1997：228，236.）《与陈言夏》。（归庄．归庄集：卷五．上海：上海古籍出版社，2010：314-315.）陈瑚字言夏，陆世仪号桴亭。

④ 赵沄，顾有孝．江左三大家诗钞：卷首//四库禁毁书丛刊：集部：第39册．北京：北京出版社，1997：1.

⑤ 《清诗考证续编》第二辑“结社集会类”第二十二篇“清代诗社人结社丛考”第一条“毛晋结社”。（朱则杰．清诗考证续编．杭州：浙江大学出版社，2019：804-899.）

⑥ 归庄．归庄集：卷三．上海：上海古籍出版社，2010：191-192.

⑦ 张宗芝，等．以介编//丛书集成续编：第217册．台北：台湾新文丰出版公司，1988：552，553，563，564，572，573.

王光承：曾入“西郊吟社”“东皋诗社”“棠溪诗社”。[①] 他曾为陈济生《天启崇祯两朝遗诗》一书作序。[②]

需要指出的是陈瑚、毛晋、陆世仪曾入复社，王光承曾入“几社”，但他们主要还是被当作遗民诗人看待。“惊隐诗社”成员交往的遗民诗人中，曾是复社、“几社”成员，后来又加入其他遗民诗社的不在少数，这里不一一列举了。

三、“惊隐诗社”与南社

南社成立于清宣统元年己酉（1909），是清末民初成员最多、活动时间最长、影响最大的一个文人社团。它是一个带有革命性质的文学团体。南社的发起，是为了提倡民族气节，反抗清朝统治。南社成员叶楚伧《新南社发起宣言》在回顾南社的历史时说：“南社在民元以前，唯一使命，是提倡民族气节。”[③] 从南社发起的缘由及使命来说，它与“惊隐诗社”提倡民族气节的宗旨，是一脉相承的。

（一）“惊隐诗社”与南社发起人柳亚子、陈去病

南社发起人柳亚子和陈去病都是吴江人。出于对乡贤的敬仰，他们收集并整理了不少乡邦文献，尤其留心于明清易代之际抗清志士的事迹和著作。柳亚子《潘节士力田先生遗诗序》说：“余自束发受书，即有志里中文献，尤喜考求宋明末造忠臣义士佚民遗老之书。盖当宇宙膻腥，华夷混合，而能艰贞蒙难，舍命不渝，其孤忠亮节有非人人所能几及者，非徒以文字为枌榆重也。”[④] 陈去病《明遗民录·凡例》第五款更明确说：“吾侪所以崇拜遗民，谓其感戴旧君，耻臣新主也。”[⑤] “惊隐诗社”成员以遗民自居，坚守气节，成为柳亚子、陈去病的重点关注对象。

早在南社成立之前，陈去病就已在《国粹学报》连载长文《五石脂》，其中多处提及“惊隐诗社”成员的事迹，[⑥]。此后他又寻访“惊隐诗社”成

---

① 王文荣．明清江南文人结社研究．苏州：苏州大学，2009.

② 《两朝遗诗序》。（陈济生．天启崇祯两朝遗诗：上册．上海：中华书局上海编辑所，1958：23－26.）

③ 柳亚子．南社纪略：我和南社的关系．上海：上海人民出版社，1983：91.

④ 柳亚子．磨剑室文录：二集：上册．上海：上海人民出版社，1993：313－314.

⑤ 《明遗民录》卷首。（陈去病．陈去病诗文集：下编．北京：社会科学文献出版社，2009：517.）

⑥ 陈去病．陈去病诗文集：下编．北京：社会科学文献出版社，2009：574－706.1906 年 4 月 13 日始连载于《国粹学报》。参俞前、殷安如《陈去病年谱简编》。（陈去病．陈去病诗文集：下编．北京：社会科学文献出版社，2009：1076.）

员的遗作并刊行于世。以吴炎遗稿为例，“行求十年，始获骈散杂著六十有八首”[①]，集为《吴赤溟先生文集》一书，并撰《吴赤溟先生文集序》[②]。为了让世人了解吴炎的生平事迹，又专门撰写《吴节士赤民先生传》[③] 一文。柳亚子则如前所述，也曾为吴炎、潘柽章二人撰写合传，并为潘柽章诗集作序。

柳亚子、陈去病收集整理“惊隐诗社”成员的事迹和著作，一方面出于对遗民气节的敬重及对乡邦先贤的仰慕，另一方面也受到“惊隐诗社”成员的影响。“惊隐诗社”成员虽然不与清朝统治者合作，坚持民族气节，但主要是从文化救亡的宗旨出发，以著书立说为手段。譬如顾炎武后半生长期北上漫游，联络四方志士，但他最终还是以学者兼诗人的身份流传后世，而并非抗清义士。南社的发起人柳亚子、陈去病，虽然也与近代革命有密切的联系，但二人的成就主要还是在文学上，而并非革命活动。“惊隐诗社”成员重视修史、保存乡邦文献的传统，也被柳亚子、陈去病继承。陈去病曾撰《明遗民录》；又仿潘柽章《松陵文献》体例，编选吴江地区历代作者散文成《松陵文录》一书，柳亚子为之作序[④]；另外还编有《吴江诗录》初、续二编，尚有传本。

（二）“惊隐诗社”对南社成员创作的影响

南社成员众多，创作主题及风格亦不相同。“惊隐诗社”对南社成员创作的影响，主要体现在南社以宣传民族气节、反抗清朝统治为使命的早期阶段。1911 年 3 月 2 日上海《时报》刊登短文《明末遗老出现》一则：“上海某名士，自命交游遍海内。昨晚过某君处，某君以《南社丛刊》示之，名士展卷无一识者，姑阅其文，反复摩挲，绉眉曰：这班人不是明末的遗老么?”[⑤] 这篇短文虽然讥笑南社成员为明末遗老，但它未尝不从反面体现出明遗民对南社成员的深刻影响。

南社成员孙静庵《明遗民录》的成书，即受到“惊隐诗社”成员吴炎、潘柽章、朱明德等人的影响。该书中孙静庵署名“民史氏”，其《民

① 《书吴赤溟上钱牧斋书后》。（陈去病．陈去病诗文集：上编．北京：社会科学文献出版社，2009：446.）

② 陈去病．陈去病诗文集：上编．北京：社会科学文献出版社，2009：426－427.

③ 同②285－287.

④ 《〈松陵文录〉叙》。（柳亚子．磨剑室文录：二集：上册．上海：上海人民出版社，1993：245－246.）

⑤ 《南社史长编》正编“1911 年 3 月 2 日”条转引。（杨天石，王学庄．南社史长编．北京：中国人民大学出版社，1995：183.）

史氏与诸同志书》说：

> 吴如晦与潘柽章之为《明史记》也，钱牧斋悉出绛云楼所贮付之，顾炎武亦出先朝藏籍佐之，乃克从事。杀青有日，而庄氏史祸之狱起，如晦亦株连以死。天不祚明，亡其国，并亡其史，遂使一代实录，湮没不传……心窃伤之。不揣其愚，数年来孜孜仡仡，稍稍论次……又思宋明以来，宗国沦亡，孑遗余民，寄其枕戈泣血之志，隐忍苟活，终身穷饿以死，殉为国殇者，以明为尤烈。而宋则如程敏政有《宋遗民录》之作，朱明德有《广宋遗民录》之作，世多传本。而明则付之阙如，良可哀已……故仿《宋遗民录》之例，旁征博采，搜罗旧闻，间及稗官野史、家乘墓志，取明季诸遗民之遗闻轶事，可惊可愕，可悲可愤，可痛可闵，可歌可泣者，人自为传，穷意掇拾，时出己见，纵横论例，斐然成章，辑成《明遗民录》四十八卷。①

吴炎、潘柽章等遗民修史的事迹激励了孙静庵，他收集整理明遗民事迹，成《明遗民录》一书，共四十八卷，收录明朝遗民八百余人，“以供当世爱国诸君子采览”②。这里的“爱国君子”和“同志”显然是指南社同人。如前所述，南社发起人柳亚子和陈去病都曾留心保存明遗民的文献。陈去病也撰有同名《明遗民录》③，不过该书仅收录明代遗民数十人，在规模上远远不及孙静庵此书。又孙静庵《明遗民录》的收录人数，已经是朱明德《广宋遗民录》的两倍，然而作者还以为“其所遗漏者，尚汗漫而不可纪极也”④。其友人亦建议“静庵盍向海外一网罗之，再例朱明德之《广宋遗民录》，而成《明续遗民录》也”，并且还以顾炎武为朱明德作序为例，表达自己愿意效仿顾炎武，“吾更乐步亭林之后，而续序之矣”⑤。可见，“惊隐诗社”成员的生平事迹，极为南社成员所熟悉并仰慕。该《明遗民录》一书，收录“惊隐诗社”成员十一人，分别是顾有孝⑥、朱鹤龄⑦、朱明

---

① 孙静庵．明遗民录．杭州：浙江古籍出版社，1985：374－375．

② 《民史氏与诸同志书》。(同①375．)

③ 陈去病．陈去病诗文集：下编．北京：社会科学文献出版社，2009：515－565．

④ 同①375．

⑤ 《无锡病骥老人序》。(同①372．)

⑥ 同①29－30．

⑦ 同①45－46．

德[①]、王锡阐[②]、顾炎武[③]、吴炎[④]、潘柽章[⑤]、归庄[⑥]、陈济生[⑦]、钮棨[⑧]。其中多数成员都是独传，而唯独吴炎、潘柽章二人为合传，这正与柳亚子撰《吴炎、潘柽章合传》[⑨] 一文，将吴、潘二人并提相类似。

第二节 “惊隐诗社”的多重影响

“惊隐诗社”的影响表现为多方面，首先表现在文人结社方面，上文已有论述；其次就是诗社成员在历史上产生的其他影响，涉及颇多方面。“惊隐诗社”的活动时间长达十七年之久，不少成员在文学、艺术、学术等领域都有很高的造诣。就文学领域而言，有一流的遗民诗人顾炎武和著名遗民小说家陈忱；就艺术领域而言，有诗、书、画“三绝”的归庄和全能艺术家范风仁；就学术领域而言，有史学家潘柽章和著名天文学家王锡阐。可以说，“惊隐诗社”不仅人才辈出，而且在多个领域产生了历史影响。

一、“惊隐诗社”的文学影响

“惊隐诗社”作为一个文学性团体，影响最大的还是在文学方面。“惊隐诗社”是一个遗民诗社，成员的文学创作也往往带有遗民的色彩：从作品主题上看，以抒发黍离之悲和祈祷明室复兴为中心；就作品风格而言，往往带有感伤情调和虚无色彩。“惊隐诗社”的诗歌创作上文已有论述，顾炎武与归庄分别代表了诗社两种不同类型的遗民诗人，他们的诗歌创作代表了“惊隐诗社”的最高水平。

就戏曲而言，“惊隐诗社”成员如沈永馨来自沈璟家族，曾参加以叔

---

① 孙静庵．明遗民录．杭州：浙江古籍出版社，1985：130.
② 同①196－197.
③ 同①201－206.
④ 同①264.
⑤ 同①264.
⑥ 同①271－275.
⑦ 同①276.
⑧ 同①315－316.
⑨ 柳亚子．柳亚子选集：上册．北京：人民出版社，1989：404－407.

父沈自晋为首的重订沈璟《南词全谱》的工作①，沈自晋编《南词新谱》中收录其散曲作品。单篇作品，后世影响最大的则是归庄长篇曲作《万古愁》。

“惊隐诗社”最有代表性的小说家是陈忱，所著《水浒后传》是清初遗民小说的代表作。《水浒后传》在《水浒传》诸多水平参差不齐的续书中脱颖而出，体现了强烈的忠君爱国思想和较高的艺术价值。陈忱在《水浒后传序》中托名“古宋遗民”，自陈写作动机是“穷愁潦倒，满腹牢骚，胸中块磊，无酒可浇，故借此残局而著成之也”②。他对“古宋遗民”的评价不啻为夫子自道，“肝肠如雪，意气如云，秉志忠贞，不甘阿附，傲慢寓谦和，隐讽兼规正，名言成串，触处为奇”③。可以说，陈忱化身“古宋遗民”的形象，与“惊隐诗社”的大多数成员有相似之处。

《水浒后传》一书共四十回，内容上承接《水浒传》而继续发展。小说记述了劫后幸存的梁山英雄们再一次揭竿而起，在金兵进攻北宋时奋起抗击，最终抗金失败，被迫撤至海外创立基业的故事。《水浒后传》与其他《水浒传》续书的显著区别在于作者是借古人之故事浇胸中之块垒。何宗美先生认为：“与一般意义的英雄传奇小说不同，该著从作者的特殊身份来说决定了这部小说具有遗民言志抒情的性质，从创作的背景来说它又被赋予了时代寓言的特点，总之，它为我们较为深微地认识明遗民的心路历程提供了一个极有价值的文本。”④《水浒后传》开篇序诗记叙宋朝开国之始及败国之由，悼念民族英雄文天祥：“钱塘江上潮不来，朝臣尽立降旗下。零仃洋里叹零仃，空扶幼主在翔兴。甲子门中大星陨，赵氏块肉浮江滨。小楼三年在燕市，成仁就义真国士。黄冠故乡不可期，大宋正统乃绝此。六陵冬青叫杜鹃，行人回首望断烟。”⑤ 显然是以宋室亡国的故事暗喻朱明王朝，哀叹明朝政权倾覆。小说最后写梁山好汉远赴海外，李俊立国暹罗，正是对郑成功拥兵自立、据台抗清的影射。

陈忱自我评价《水浒后传》一书兼有古代“四大奇书”之长处：“今观《后传》之群雄之激变而起，是得《南华》之怒；妇女之含愁敛怨，是

---

① 《重订南词全谱凡例》。（沈自晋．沈自晋集：卷三．北京：中华书局，2004：256.）

② 陈忱．水浒后传．南京：凤凰出版社，2008：1.

③ 同②.

④ 何宗美．乐志林泉　跌荡文酒——惊隐诗社及其文学创作浅析．南开学报，2003（4）：115.

⑤ 同②1－2.

得《西厢》之想；中原陆沉，海外流放，是得《离骚》之哀；牡蛎滩、丹露宫警喻，是得《楞严》之悟，不谓是传而兼四大奇书之长也！”① 言悲抒愤，是遗民文学作品的一大特色。胡适先生评价第二十四回燕青、杨林入金营探宋徽宗献青子一节说：“这一大段文章，真当得‘哀艳’二字的评语！古来多少历史小说，无此好文章；古来写亡国之痛的，无此好文章；古来写皇帝末路的，无此好文章！”② 正因为陈忱经历了亡国之痛，有感于遗民的爱国忠君之心不为君主所知，才虚构了草野忠臣与亡国之君相见并互述衷肠的情节，寓意君臣同心、苦尽甘来，并旌表忠臣节士。

《水浒后传》一书语言典雅，情节曲折，塑造了李俊、燕青、乐和等性格较为鲜明的人物。小说第九回、第十回写李俊与太湖渔霸丁自燮斗争的故事，成为著名京剧曲目《打渔杀家》的蓝本。《打渔杀家》的主角萧恩，即由李俊形象衍化而来。

二、“惊隐诗社”的艺术影响

“惊隐诗社”不少成员在艺术领域也有很高的造诣，如归庄、戴笠（曼公）、顾樵、周灿、范风仁等。他们往往书画兼擅，形成了诗、书、画一体的特色。成员之间还互相交流切磋，比如题画、作序、唱和等。其中归庄的名气最大，艺术成就也最高。范风仁则以多才多艺堪称“惊隐诗社”的全能艺术家。而戴笠（曼公）赴日后，将中国书法的执笔运腕方法传至日本，为中日书法交流作出了贡献。③

归庄工书善画，书法诸体皆精，擅画墨竹。他喜画墨竹，一方面出于对竹子本身“贞筠劲节，颇耐岁寒”的欣赏④；另一方面受到家学影响，其父归昌世亦善画墨竹，与李流芳、王志坚并称“昆山三才子”。归庄平生所画墨竹虽多，传世却少，这可能是因为他“每写之以自娱，而不轻赠人”⑤ 的缘故。秦祖咏《桐阴论画二编》评价归庄：“文辞书画，奄有众长，墨竹入神品。所见扇头小幅，笔情潇洒，墨气浓淡，机趣横逸，书卷

① 陈忱．水浒后传．南京：凤凰出版社，2008：1-2.

② 《水浒续集两种序》。（胡适．中国章回小说考证．上海：上海书店出版社，1980：174.）

③ 衷尔钜．戴笠、陈明德事迹考．东方论坛，2004（2）：96.

④ 《题墨竹，为吴鹿友相公》。（归庄．归庄集：卷四．上海：上海古籍出版社，2010：270.）

⑤ 《题墨竹，寿叶允文》。（归庄．归庄集：卷四．上海：上海古籍出版社，2010：275.）

之味溢于楮素。盖襟怀高旷而豪端奇逸之致，不落寻常蹊径也。”[1] 归庄本人在《题墨竹卷子》中也提到了他画墨竹的感受：“人之学问，与年俱进，杂技亦然。余于墨竹，本游戏为之，初无意求进，然相去十余年，亦觉大异。”[2] 其代表作《墨竹并书越游诗翰卷》，典型地体现了诗、书、画三位一体的艺术风貌，今藏浙江省博物馆。

范风仁的名气虽然不及归庄大，但他多才多艺，可以说是“惊隐诗社”的全能艺术家。据吴炎《范梅隐印正序》记载：

> 吴兴范梅隐氏……不专名一艺，篆刻之外又能吟五七言诗，能画梅，能为魏晋以来行草、小楷、八分诸书法。梅隐既不以一艺名，而世之称梅隐者，其爱画若书过于篆；即称其篆，亦曰笔法、刀法佳耳，其所为篆之合古与否置弗问。梅隐氏慨焉悲之，集其平日所为模古自娱、秘不以示人者数十百方而为之谱，名之曰“正”。[3]

“惊隐诗社”成员兼具数种艺术才能的并不少见。除了归庄，范风仁不仅能诗、工书、善画梅，还结合篆书流变刻印数十方集为印谱，可见他对艺术理论研究也非常重视。范风仁表字梅隐，他不仅善于画梅，也如林和靖一般爱梅，将梅视为自己的化身。社友周灿《题范梅隐画梅歌》一诗，即赞扬了范风仁的高超画技和忠贞气节。[4]

从总体上说，“惊隐诗社”成员在绘画题材上往往带有个人的喜好，比如归庄善墨竹，范风仁善梅花，顾樵善山水。墨竹、梅花、山水，在他们的笔下不仅仅是自然界的景物，同时被赋予了人格色彩，寄托了画家的审美情趣和人生理想。

三、“惊隐诗社”的学术影响

“惊隐诗社”不仅会聚了一批优秀的遗民诗人，也产生了不少在清代学术史上占有一席之地的学者。顾炎武、朱鹤龄、吴炎、潘柽章、王锡阐、戴笠（曼公）等人就是其中的佼佼者，他们在文学、史学、天文学，以及经学、医学等学术领域都取得过不少成就，产生了一定的影响。

---

① 秦祖咏．桐阴论画二编：下卷//续修四库全书：第1085册．上海：上海古籍出版社，2002：365.

② 归庄．归庄集：卷四．上海：上海古籍出版社，2010：270.

③ 吴炎．吴赤溟先生文集．上海：国学保存会，1906（清光绪三十二年）：19a-19b.

④ 周灿．泽畔吟//丛书集成续编：第123册．上海：上海书店出版社，1994：470.

（一）文学

这里说的"文学"并非指文学理论或者文学创作，而是指文学研究。古代文人对文学作品的研究，主要表现为笺注的形式。"惊隐诗社"成员以笺注著称的首推朱鹤龄，他的两部著作《杜诗辑注》和《李义山诗集注》都被《四库全书》收录。《杜诗辑注》被公认为清初优秀的杜诗注本之一，仇兆鳌《杜诗详注》一书多有征引。朱鹤龄《辑注杜工部集凡例》称"凡征引故实，仿李善注《文选》体，必核所出之书，书则以最先为据，与旧注颇别""凡引用诸说，必求本自何人，后出相沿者不录""诗中奥僻之句，不敢强解，惧穿凿也"①，这些都体现了一个学者严谨治学、崇尚实证的认真态度。

《杜诗辑注》又名《杜工部诗集辑注》，今有韩成武先生等人合作的点校本。② 该点校本以康熙间金陵叶永茹万卷楼刻本为底本，卷首有钱谦益序及手简、朱鹤龄书札、计东序、朱鹤龄自序。其后附录旧序、跋、记，依次为樊晃序、王洙序、王祺后记、胡宗愈序、王安石序、李纲序、吴若后记、郭知达序、蔡梦弼跋。此后再附录《旧唐书·文苑（杜甫传）》、朱鹤龄编订《杜工部年谱》、元稹《唐故检校工部员外郎杜君墓系铭并序》及朱鹤龄《辑注杜工部集凡例》。全书共计二十三卷，其中诗二十卷、文赋二卷、集外诗一卷。每卷前均列参订者两人，各卷参订者并不相同，包括金俊明、施闰章、宋琬、陆世仪、俞南史、王士禄、归庄、徐白、汪琬、王士禛、陈瑚、顾有孝、秦松龄、徐乾学、钱肃润、陈维崧、王光承、徐元文等四十余人，皆为当时著名的文人或学者，其中还有"惊隐诗社"的成员。可见朱鹤龄该书不仅收录全面、编审精严，而且得到了不少友人的相助。③

朱鹤龄《杜诗辑注》的成书，还与钱谦益有莫大的关系。朱、钱二人注杜之争可以说是清代杜诗学史上的一桩公案。④ 朱鹤龄《杜诗辑注》与钱谦益《钱注杜诗》并列为清初杜诗两大注本，后人往往相较二书的成就高低。仇兆鳌在《杜诗凡例》第十三则"近人注杜"中提到"钱谦益、朱鹤龄两家，互有同异"，"钱于唐书年月、释典道藏，参考精详；朱于经史

---

① 朱鹤龄．杜工部诗集辑注．保定：河北大学出版社，2009：22.

② 同①.

③ 按朱鹤龄曾参考潘柽章《读诗博议》一书而未明言。［孙微，王新芳．潘柽章《杜诗博议》辑考．图书馆杂志，2008（9）：66－74.］

④ 孙微．清代杜诗学史．济南：齐鲁书社，2004：98－113.

典故及地里职官，考据分明，其删汰猥杂，皆有廓清之功”①，可以说是比较公允的评价。

（二）史学

“惊隐诗社”成员认为国亡而史不可亡，因此大多撰有史学著作。其中《明史记》一书的编纂，集合了吴炎、潘柽章、王锡阐、戴笠（耘野）四人，代表“惊隐诗社”史学研究的最高水平。令人惋惜的是《明史记》一书，吴炎、潘柽章、王锡阐分撰的部分都已不存，只有戴笠（耘野）分撰的《流寇志》，后改名为《寇事编年》，由吴修龄删节后，题为《怀陵流寇始终录》，刊行于世。② 若《明史记》全书尚存于世，无疑是“惊隐诗社”成员在史学上的重大贡献和代表作品。

《明史记》的编纂者之一潘柽章还编撰有《松陵文献》和《国史考异》两部史学著作。《松陵文献》十五卷，今有《续修四库全书》本，系影印潘耒康熙三十二年癸酉（1693）刻本。书名为“文献”，实则“献以记先贤之事迹，文以录邑人之诗文”③。该书体现了潘柽章对乡邦文献和乡贤事迹的收集整理，后来成为康熙《吴江县志》、乾隆《震泽县志》等地方志的征引来源之一。《国史考异》一书原有三十余卷，今存六卷，系康熙年间潘耒刻本。潘柽章撰写《国史考异》，是为了和《明史记》互相照应。他仿效司马光著《通鉴》另著《通鉴考异》的体例，“博访有明一代之书，以《实录》为纲领，若志乘、若文集、若墓铭、家传，凡有关史事者，一切钞撮荟萃，以类相从，稽其异同，核其虚实。积十余年，数易手稿而成《国史考异》一书，盛为通人所称许”④。钱谦益谓《国史考异》“援据周详，辨析详密，不偏主一家，不偏执一见”，堪称一部优秀的史学著作；并对《明史记》成书持乐观态度，“知史事之必有成，且成而必可信可传也”⑤。关于《国史考异》一书的史学成就，现今具体可参马静的硕士学位论文《潘柽章及其〈国史考异〉研究》⑥，此处从略。

---

① 仇兆鳌．杜诗详注：第1册．北京：中华书局，1979：24.

② 黄振兴．明末清初戴笠及其史学研究．宁波：宁波大学，2018.

③ 潘耒《松陵文献序》。（潘柽章，等．松陵文献//续修四库全书：第541册．上海：上海古籍出版社，2002：391.）

④ 《国史考异序》。（潘耒．遂初堂集：文集：卷六//续修四库全书：第1417册．上海：上海古籍出版社，2002：463.）

⑤ 《与吴江潘力田书》。（钱谦益．牧斋有学集：下册．上海：上海古籍出版社，1996：1319.）

⑥ 马静．潘柽章及其《国史考异》研究．沈阳：辽宁大学，2011.

（三）天文学

“惊隐诗社”中精通天文历法的有吴炎、潘柽章、王锡阐等人。其中王锡阐的名气最大，与清初天文学家薛凤祚并称为“南王北薛”，所著《晓庵新法》又被《四库全书》子部天文算法类收录。顾炎武《广师》称“学究天人，确乎不拔，吾不如王寅旭”①，表达了对王锡阐的推崇。

王锡阐能成为清代著名的天文学家，与他通晓中西历法并热衷天文学研究有关。

> 明代用《大统历》，儒生已罕有知者。西人历非专家授受，要莫能通。锡阐敏悟超绝，一览辄明其法数，并所以立法之故。后更洞彻源底，谓中历西历互有短长，乃自创新法，用以候日月食，颇密于前人。诸割圆勾股测量之法，众所目眩心迷者，锡阐手画口讲，了了如也。每言坐卧常若有一浑天在前，日月五星错行其上，其精专如此。②

这里所说的“自创新法”，即《晓庵新法》，是中国科技史上最后一部古典形式的历法。阮元《畴人传》认为该书被《四库全书》收录，“草泽之书得以上备天禄石渠之藏，此真艺林之异数，学士之殊荣，锡阐自是不朽矣”③。然而仅凭《晓庵新法》一书，就断定王锡阐能在历史上永垂不朽是不够的。王锡阐不但有理论著作传世，还曾创造观测星象的天文仪器。钮琇《觚剩》称“（王锡阐）遇天色晴霁，辄登屋卧鸱吻间，仰察星象，竟夕不寐”④。而要长期观测星象，肉眼是不够的。据潘耒《晓庵遗书序》记载，王锡阐曾“创造一晷，可兼测日、月、星”⑤。这种可以观测日、月、星三辰的天文仪器，即“三辰晷”，王锡阐曾撰文《三辰晷志》，讲解它的使用方法。潘耒作《晓庵遗书序》时还读过这篇文章，称其文“绝古雅”。此文今已佚。

潘柽章之弟潘耒曾为王锡阐的门生，他在《晓庵遗书序》中介绍了王锡阐的治学方法，并赞扬其治学成就，将其与唐代著名天文学家僧一行

---

① 顾炎武．顾亭林诗文集：亭林文集：卷六．北京：中华书局，1983：135.

② 乾隆《震泽县志》：卷二十//中国地方志集成：江苏府县志辑：第23册．南京：江苏古籍出版社，1991：190.

③ 阮元．畴人传：上册．扬州：广陵书社，2009：403.

④ 《觚剩》卷二《吴觚·下》“黑漆漆”条。（钮琇．觚剩．上海：上海古籍出版社，1986：43.）

⑤ 《晓庵遗书序》。（潘耒．遂初堂集：文集：卷六//续修四库全书：第1417册．上海：上海古籍出版社，2002：467.）

（本名张遂）相比。

> 凡象数声律之学，他人苦其艰深纷赜，望崖而返者。君独殚精研究，必得其肯綮而后已。尤邃于历学，兼通中西之术，非徒习其法而心知其意，非徒知其长而能抉摘其短。自立新法，用以测日月食，不爽秒忽。神解默悟，不由师传，盖古洛下闳张平子僧一行之俦也。[①]

潘耒、顾炎武等友人对王锡阐的推崇，多少还是带有个人感情色彩的。他们本身并非天文学研究者，对王锡阐的天文学成就，未必能作出客观科学的判断。同时代天文学家的赞许，则可视为对王锡阐学术地位的肯定。潘耒《晓庵遗书序》提及“宣城梅定九亦精历术，最服膺君著述”[②]。“宣城梅定九”即清代天文数学大家梅文鼎，他在《锡山友人历算书跋》中说：“历学至今大著，而其能知西法，复自成家者，独青州薛仪甫，吴江王寅旭二家为盛。薛书受于西师穆尼阁，王书则从《历书》悟入，得于精思，似为胜之。”[③] 将王锡阐与薛凤祚并论，以为薛不如王，是将王锡阐视为清初成就最高的天文学家。可惜王锡阐虽有门生却无传人，他的天文学研究后继无人，这在一定程度上限制了他的学术影响。

① 潘耒．遂初堂集：文集：卷六//续修四库全书：第1417册．上海：上海古籍出版社，2002：466.

② 同①467.

③ 梅文鼎．绩学堂诗文钞：文钞：卷五．合肥：黄山书社，1995：158.

附录一 “惊隐诗社”成员简表

说明：

1. 简表以“惊隐诗社”成员的籍贯分类，籍贯不详者一并置后。

2. 籍贯相同者，以生卒年为序排列。生卒年不详者，以姓氏笔画排序一并置后。

吴江	28人
1	周灿，字光甫，号闇昭。生于明万历三十一年癸卯（1603），卒于清康熙十二年癸丑（1673），享年七十一岁。
2	吴宗潜，初名系，字东篱（一作东里），又字方轮，私谥贞毅先生。生于明万历三十六年戊申（1608），卒于清康熙二十四年乙丑（1685），享年七十八岁。
3	戴笠，字耘野；初名鼎立，字则之；私谥贞白先生。生于明万历四十二年甲寅（1614），卒于清康熙二十一年壬戌（1682），享年六十九岁。
4	朱鹤龄，字长孺，号愚庵，又号松陵散人。生于明万历三十六年（1608），卒于清康熙二十二年癸亥（1683），享年七十六岁。
5	吴宗汉，吴宗潜弟。字南村，一字广平；又名振兰，字九畹；私谥贞孝先生。生于明万历四十二年甲寅（1614），卒于清顺治十一年甲午（1654），享年四十一岁。
6	顾樵，字樵水，号若耶居士。生于明万历四十二年甲寅（1614），卒年不详。
7	叶继武，字桓奏，号懒道人，私谥高蹈先生。生于明万历四十二年乙卯（1615），卒于清康熙十二年癸丑（1673），享年五十九岁。
8	朱明德，字不远。生于明万历四十六年戊午（1618），卒年不详。
9	顾有孝，字茂伦，号雪滩钓叟，又号雪滩头陀。生于明万历四十七年己未（1619），卒于清康熙二十八年己巳（1689），享年七十一岁。
10	叶世侗，字开期，为叶绍袁第四子。生于明泰昌元年（万历四十八年，1620），卒于清顺治十三年丙申（1656），享年三十七岁。
11	吴炎，吴宗汉侄。字赤溟，一作赤民，号愧庵。生于明天启四年甲子（1624），卒于清康熙二年癸卯（1663），享年四十岁。
12	潘柽章，字圣木；初名章，字更生；号力田。生于明天启六年丙寅（1626），卒于清康熙二年癸卯（1663），享年三十八岁。

13	王锡阐，字寅旭，一字兆敏，号晓庵，又号天同一生。生于明崇祯元年戊辰（1628），卒于清康熙二十一年壬戌（1682），享年五十五岁。
14	沈永馨，字建芳，一字天选，别号篆水。生于明崇祯五年壬申（1632），卒于清康熙十九年庚申（1680），享年四十九岁。
15	叶敷夏，叶继武长子。字康哉，号苍霖，又号唐湖渔隐。吴江人。戴笠（耘野）《高蹈先生传》记其享年四十二岁，具体生卒年不详。
16	李受恒，字北山，生卒年不详。
17	吴在瑜，生平事迹不详。
18	吴宗沛，吴宗汉兄。原名复起；字芳时，号苍峦。吴江人。生卒年不详。
19	吴宗泌，吴宗汉弟。原名重晖，字晓山，或作郧仙。吴江人。生卒年不详。
20	吴珂，字匡庐，生卒年不详。
21	吴南杓，吴炎弟。初名焱，字佑中；又字融司，号讷庵。吴江人。生卒年不详。
22	吴宷，吴宗汉从弟。字京蕃，号北窗，私谥醇节先生。吴江人。生年不详，卒年应在顺治十年癸巳（1653）以后，最迟不晚于顺治十七年庚子（1660）或十八年辛丑（1661）。
23	沈嘉楠，一名栋；字石城，又字晋隐。生卒年不详。
24	周尔兴，字初玉，号机高。生卒年不详。
25	周安，字安节，一字元静；号梅坡，一作梅陂。生年不详，卒于康熙十九年庚申（1680）。
26	周抚辰，字其凝。周尔兴侄子。生卒年不详。
27	钮明儒，字晦复，一字靖斋。生卒年不详。
28	钮棨，字荪如，一作森如，号易庵，晚号溪干野老。生卒年不详。
长洲	**4人**
1	陈济生，字皇士，私谥节孝先生。生于明万历四十六年戊午（1618），卒于清康熙三年甲辰（1664），享年四十七岁。
2	王礽，一作仍，字云顽。生卒年不详。
3	施諲，又名諲先，一作引先，字又王。生卒年不详。
4	程棅，字杓石。生卒年不详。
昆山	**2人**
1	归庄，明亡后曾更名祚明；字尔礼，一字玄（元）恭，又作园公、悬弓；号恒轩、普明头陀、鏖鏊钜山人，又署归妹、归来乎。生于明万历四十一年癸丑（1613），卒于清康熙十二年癸丑（1673），享年六十一岁。
2	顾炎武，本名继绅，又名绛，字忠清；明亡后改今名，字宁人；号亭林，别署蒋山佣，或称鹰扬弟子。生于明万历四十一年癸丑（1613），卒于清康熙二十一年壬戌（1682），享年七十岁。
无锡	**1人**
1	钱肃润，字季霖，号础日、十峰主人、跛足生。生于明万历四十七年己未（1619），卒于清康熙三十八年己卯（1699），享年八十一岁。

湖州	**3人**
1	陈忱，字遐心，号雁宕山樵，又号默容居士。生于明万历四十三年乙卯（1615），卒于清康熙九年庚戌（1670），享年五十六岁。
2	沈祖孝，初名果，字因生；号雪樵，一作雪巢；又号雩渔，一作雩溪。生卒年不详。
3	范风仁，字梅隐。生年不详，康熙六年丁未（1667）尚在人世。
嘉兴	**7人**
1	金始桓，金瓯侄子。生于明崇祯九年丙子（1636），卒于清康熙三十六年丁丑（1697），享年六十二岁。
2	朱临，“临”一作“复”；字瀹六，一字载阳。生卒年不详。
3	金瓯，字完城，一字宁武。生年不详，卒于康熙元年壬寅（1662）。
4	钟俞，生平事迹不详。
5	钟嵚立，字宣远。生年不详，卒年八十余。
6	颜祁，颜俊彦第五子。字子京。生卒年不详。
7	颜俊彦，字开眉，号雪臞。生卒年不详。
籍贯不明	**4人**
1	金成，生平事迹不详。
2	金廷璋，生平事迹不详。
3	沈泌，生平事迹不详。
4	钱重，生平事迹不详。

附录二 “惊隐诗社”成员生平活动年表

说明：

1. 年表仅列“惊隐诗社”成员的主要活动事迹，其他相关人物从略。

2. 出处仅注作者及篇名或书名，版本不列，详见主要参考文献。

3. 活动事迹按时间顺序排列，同年内月份日期不详者一并置后。

4. 一时无考者，均从阙如。

明万历二十四年丙申（1596）

二月十九日，戴笠（曼公）生。（梁容若《中日文化交流史论》第二编“明季两戴笠事迹考”）

明万历三十一年癸卯（1603）

周灿生。（周灿《泽畔吟》附录周师灏后序）

明万历三十六年戊申（1608）

吴宗潜生。（朱则杰《清诗考证续编》第二辑“结社集会类”第二篇“‘惊隐诗社’成员丛考”）

朱鹤龄生。（施马琪《朱鹤龄〈诗经通义〉文献学研究》第一章“朱鹤龄生平与著述”）

明万历四十一年癸丑（1613）

五月二十八日，顾炎武生。（周可真《顾炎武年谱》）

七月十四日，归庄生。（赵经达《归玄恭先生年谱》）

明万历四十二年甲寅（1614）

八月十二日戴笠（耘野）生。（梁容若《中日文化交流史论》第二编“明季两戴笠事迹考”）

吴宗汉生。（陈济生《天启崇祯两朝遗诗小传》）

顾樵生。（江庆柏《清代人物生卒年表》）

明万历四十三年乙卯（1615）

叶继武生。（江庆柏《清代人物生卒年表》）

二月二十四日陈忱生。（陈会明《〈东池诗集〉与陈忱的生平事迹》）

明万历四十六年戊午（1618）

陈济生生。（江庆柏《清代人物生卒年表》）

朱明德生。（顾炎武《顾亭林诗文集·亭林文集》卷二《广宋遗民录序》）

明万历四十七年己未（1619）

顾有孝生。（徐釚《南州草堂集》卷二十五《雪滩头陀传》）

钱肃润生。（江庆柏《清代人物生卒年表》）

明泰昌元年（万历四十八年，八月改元）庚申（1620）

八月十五日，叶世侗生。（叶绍袁《午梦堂集》附录“叶天寥自撰年谱”）

明天启四年甲子（1624）

吴炎生。（吴炎、潘柽章《今乐府》卷首“潘子今乐府序”）

明天启六年丙寅（1626）

潘柽章生。（凌淦《松陵文录》卷十七《潘柽章传》）

明天启七年丁卯（1627）

颜俊彦中举人。（盛枫《嘉禾征献录》卷三十五）

明崇祯元年戊辰（1628）

六月二十三日，王锡阐生。（薛斌《王锡阐年谱》）

颜俊彦中进士，授广州府推官。（盛枫《嘉禾征献录》卷三十五）

明崇祯二年己巳（1629）

张溥等结复社，在吴江举行尹山大会。顾炎武、归庄等入复社。（周可真《顾炎武年谱》，赵经达《归玄恭先生年谱》）

明崇祯四年辛未（1631）

周灿中进士。（周灿《泽畔吟》附录周师灏后序）

明崇祯五年壬申（1632）

沈永馨生。（江庆柏《清代人物生卒年表》）

明崇祯六年癸酉（1633）

归庄与顾炎武定交。（归庄《归庄集》卷三《送顾宁人北游序》）

明崇祯九年丙子（1636）

金始桓生。（陈梓《删后文集》卷九《金复庵太翁传》）

陈济生娶顾同应的三女儿（顾炎武的三姐）为妻。（陈济生《天启崇祯两朝遗诗·顾同应小传》）

明崇祯十年丁丑（1637）

顾炎武与归庄等赋诗饮酒，游山玩水。（顾炎武《顾亭林诗文集·亭林余集·从叔父穆庵府君行状》）

归庄陆续自订所作八股文为《回澜》《破浪》《安流》《到海》四集。（归庄《归庄集》卷三《自订时文序》）

明崇祯十二年己卯（1639）

顾炎武开始撰写《肇域志》及《天下郡国利病书》。（顾炎武《顾亭林诗文集·亭林文集》卷六《肇域志序》，《亭林佚文辑补·书杨彝、万寿祺等〈为顾宁人征天下书籍启〉后》）

明崇祯十三年庚辰（1640）

顾炎武与归庄、叶奕荃参与修葺县学孔庙。（顾炎武《顾亭林诗文集·亭林文集》卷五《书孔庙两庑位次考后》）

归庄作《读〈心史〉七十韵》一诗及《读郑所南〈心史〉，已成七十韵，后钱希声明府以十律见示，复次韵，得十章》诗十首。（归庄《归庄集》卷一）

沈祖孝作《拜惠宗皇帝小雅堂御书歌》一诗。（潘柽章《观复草庐剩稿》卷三《和沈祖孝拜惠宗皇帝小雅堂御书歌》小序）

明崇祯十六年癸未（1643）

周灿奉命巡方江右，著《西行政略》。（周灿《泽畔吟》附录周师灏后序）

陈济生官太仆寺丞。（陈济生《天启崇祯两朝遗诗》附录《天启崇祯两朝遗诗小传·陈文庄公》）

明崇祯十七年甲申，清顺治元年（1644）

顾炎武闻崇祯帝薨，作《大行哀诗》一首。（顾炎武《顾亭林诗文集·亭林诗集》卷一）

朱鹤龄读书南京瓦官寺，撰《禹贡长笺》。（朱鹤龄《愚庵小集》卷七《禹贡长笺序》）

清顺治二年乙酉（1645）

四月，顾炎武游南京，作《京阙篇》一诗及《金陵杂诗》五首。（顾

炎武《顾亭林诗文集·亭林诗集》卷一）

闰六月，顾炎武与归庄同在昆山参加抗清起义。城破，归庄易僧服，号“普明头陀”；顾炎武还常熟语濂泾。（顾炎武《顾亭林诗文集·亭林文集》卷五《吴同初行状》）

归庄作《悲昆山》一诗。（归庄《归庄集》卷一）

林云凤、陈济生各作《临安篇》诗，就祭典中阻事慨忆于谦。（陈济生《天启崇祯两朝遗诗》卷八）

戴笠（耘野）投水自杀未遂，出家为僧。（潘耒《遂初堂集·文集》卷六《殉国汇编序》）

顾炎武以《上吴侍郎易》一诗寄吴易。（顾炎武《顾亭林诗文集·亭林诗集》卷一）

清顺治三年丙戌（1646）

朱鹤龄客常熟，与钱谦益合笺杜甫诗集，议不合，辞去，自著《杜工部集辑注》二十三卷。（朱鹤龄《杜工部诗集辑注》卷首钱谦益序及朱鹤龄书）

归庄避至常熟，以自传文《普头陀传》示朱鹤龄。（赵经达《归玄恭先生年谱》，按此文已佚）

顾炎武谋入闽不成，作《延平使者至》一诗、《赋得老鹤万里心，用“心”字》一诗及《海上》诗四首。（顾炎武《顾亭林诗文集·亭林诗集》卷一）

周灿撰《乙丙时事》。（杨凤苞《秋室集》卷二《南疆逸史跋·五》）

叶继武撰《乙丙日记》。（杨凤苞《秋室集》卷二《南疆逸史跋·五》）

清顺治四年丁亥（1647）

五月十三日，陈子龙殉节，享年四十岁。顾炎武作《哭陈太仆》一诗吊之。（顾炎武《顾亭林诗文集·亭林诗集》卷一）

九月，顾咸正殉节，享年五十七岁。顾炎武作《哭顾推官》一诗吊之。（顾炎武《顾亭林诗文集·亭林诗集》卷一）

沈祖孝、归庄、钱肃润、顾有孝、陈济生、周安、程棅、顾樵、施諲、吴炎、潘柽章等列名《南词新谱》参阅。（沈自晋《南词新谱》卷首《重订〈南词新谱〉参阅姓氏》）

朱鹤龄作《俞无殊山居记》一文。（朱鹤龄《愚庵小集》卷九）

清顺治五年戊子（1648）

吴宗潜等结“惊隐诗社”（逃之盟）。（吴炎、潘柽章《今乐府》卷首

《潘子今乐府序》）

清顺治六年己丑（1649）

九月，顾炎武访归庄于李巷，不遇。（归庄《归庄集》卷一《顾秀才见访村居，属余他往，归后却寄》诗一首）

王锡阐作《己丑除夕》一诗。（王锡阐《晓庵先生诗集》卷二）

顾有孝与陆圻、计东、侯玄汸、侯玄涵等结“慎交社”。（杜登春《社事始末》）

吴炎教读麻湖，辑《麻湖草》一卷。（吴炎《吴赤溟先生文集·麻湖草序》）

潘柽章改号“更生”，并作诗二首。（潘柽章《观复草庐剩稿》卷四《别号更生，自述二首》并序）

王锡阐、范风仁、潘柽章访叶继武，途中联句。（王锡阐《晓庵先生诗集》卷二《同梅隐、力田，访桓奏途中联句》）

王锡阐作《集东园拈韵得“诗”字》一诗。（王锡阐《晓庵先生诗集》卷二）

王锡阐作《和石城得“逢”字》一诗。（王锡阐《晓庵先生诗集》卷二）

清顺治七年庚寅（1650）

六月二十四日，周灿、顾樵等观荷茅家庄，顾樵绘图并题诗，周灿等和之。（周灿《泽畔吟·庚寅夏六月二十有四日，茂弘昆弟邀诸君子观荷茅家庄，樵水绘图并作诗以赠，次韵属和》）

吴炎作《重游花山记》一文。（吴炎《吴赤溟先生文集》）

潘柽章作《题梅林雅集图》一诗。（潘柽章《观复草庐剩稿》卷三）

王锡阐作《菊花诗同社祭陶元亮、杜子美两先生，分得“乘”字》一诗。（王锡阐《晓庵先生诗集》卷二）

王锡阐作《寓意八首和范梅隐》一诗。（王锡阐《晓庵先生诗集》卷二）

清顺治八年辛卯（1651）

顾炎武化名蒋山佣赴南京，施諲作《送蒋山佣之金陵，兼怀大江南北诸同志》一诗。（沈岱瞻《亭林先生同志赠言》）

闰二月二十二日，顾炎武初谒南京孝陵，作《恭谒孝陵》一诗。（顾炎武《顾亭林诗文集·亭林诗集》卷二）

潘柽章作《吴农叹》一诗及《和陶乞食诗，赠乞食诸公》一诗。（潘

柽章《观复草庐剩稿》卷三）

清顺治九年壬辰（1652）

二月二十四日，陈忱作《壬辰初度，再叹镜中白发》一诗。（杨志平《陈忱研究》附录《陈忱诗存》）

五月五日，周灿、周尔兴、吴宗潜、吴珂、顾樵、叶继武等，集潘柽章观复草庐度端午，纪念屈原。潘柽章作《壬辰五日，赋得投诗赠汨罗，时周闇昭、机高、拭山、吴东篱、匡庐、顾樵水、叶恒奏集敝斋作》一诗。（潘柽章《观复草庐剩稿》卷二）

五月，周灿作《观荷赋》一篇。（周灿《泽畔吟》附录）

归庄应万寿祺邀至淮安，在其家坐馆。冬，万寿祺卒，归庄还昆山，追和万寿祺所作《狗诗》六首，痛斥洪承畴等。（归庄《归庄集》卷一《万年少尝作〈狗诗〉六首骂世，戏和之，亦得六章，每章各有所指云》）

归庄作长曲《万古愁》有成稿。（魏禧《魏叔子文集》卷十一《归元公六十叙》）

太湖猎得黑虎，潘柽章作《搏虎行》一诗，指为暴吏攫人的象征。（潘柽章《观复草庐剩稿》卷三）

顾有孝、归庄、潘柽章、吴炎、王锡阐、陈济生、戴笠（耘野）等二十一人为顾炎武联名作《为顾宁人征天下书籍启》一文。（顾炎武《顾亭林诗文集·亭林佚文辑补·书杨彝、万寿祺等〈为顾宁人征天下书籍启〉后》）

清顺治十年癸巳（1653）

三月，戴笠（曼公）东渡日本长崎。（梁容若《中日文化交流史论》第二编“明季两戴笠事迹考”）

潘柽章与周尔兴、叶世侗等过访周灿，作《新荷篇》一诗。（潘柽章《观复草庐剩稿》卷三）

陈济生开始编辑《天启崇祯两朝遗诗》。（陈济生《天启崇祯两朝遗诗》卷首《两朝遗诗凡例》）归庄寓苏州僧舍，为陈济生任《天启崇祯两朝遗诗》纂务。（赵经达《归玄恭先生年谱》）

顾炎武三至南京访朱元璋墓，绘《孝陵图》，作《孝陵图》一诗并序。（顾炎武《顾亭林诗文集·亭林诗集》卷二）

吴炎自定《癸巳文谱》。（吴炎《吴赤溟先生文集·癸巳文谱序》）

清顺治十一年甲午（1654）

十月二十八日，钱谦益、金俊明、徐晟、陈三岛、归庄、侯玄汸、侯

玄涵、朱鹤龄、叶襄等集长洲张奕之假我堂。（钱谦益《牧斋有学集》卷五《冬夜假我堂文宴诗》小序）

十二月八日（公元1655年1月16日），戴笠（曼公）在日本长崎剃发为僧，法号“性易”，字独立。（梁容若《中日文化交流史论》第二编“明季两戴笠事迹考”）

冬，潘柽章同吴炎过陈济生斋，与魏耕、施諲等饮酒作诗。（潘柽章《观复草庐剩稿》卷四《甲午孟冬，同赤溟过皇士斋，适慈溪魏雪窦，云间冯天垂、吴六益，鹿城陆彦修，吴门徐贞起、施又王诸子，至菊下饮，分得“六麻”》）

顾炎武、陈济生等以家藏史书资助吴炎、潘柽章等编修《明史记》。（顾炎武《顾亭林诗文集·亭林文集》卷五《书吴、潘二子事》）潘柽章、吴炎、王锡阐、戴笠（耘野）合纂《明史记》，有部分成稿。潘柽章、吴炎各撰诗集《今乐府》一卷，评述明代史事，并互为序。（吴炎、潘柽章《今乐府》卷首《潘子今乐府序》）

顾炎武返南京，陈济生作《送顾宁人还钟山，因寄金陵诸友》一诗相赠。（沈岱瞻《亭林先生同志赠言》）

吴宗汉卒，享年四十一岁。（陈济生《天启崇祯两朝遗诗》附录《天启崇祯两朝遗诗小传·吴文学》）

清顺治十二年乙未（1655）

五月，顾炎武归昆山，以杀仆成讼，为里中豪绅叶方恒所乘，下狱，旋移讼松江。归庄发书责叶方恒，援顾炎武。（归庄《归庄集》卷五《与叶嵋初》）

归庄、陈济生、梁以樟等在虎丘会。（归庄《归庄集》卷三《梁公狄秋怀诗序》）

吴炎与潘柽章、陈三岛、施諲等集袁骏卧雪斋。（吴炎《吴赤溟先生文集·白兰花谣》）

清顺治十三年丙申（1656）

春，顾有孝、吴炎、沈祖孝、施諲等集陈济生书斋。（陈瑚《确庵文稿》卷三《春，家皇士斋遇顾茂伦、吴赤溟、沈雪樵、徐崧之、施又王，瞻拜先帝王遗像，已而皇士出袁介人送家孝则诗，暨茂伦、又王和作，漫赋一章纪事，并示介人、孝则》）

顾炎武与潘柽章会于南京，顾炎武作《赠潘节士柽章》一诗。（顾炎武《顾亭林诗文集·亭林诗集》卷二）潘柽章后作《赠宁人》一诗答之。

（沈岱瞻《亭林先生同志赠言》，按此诗潘柽章《观复草庐剩稿》未收）

顾有孝辑《唐诗英华》二十二卷，钱谦益作《唐诗英华序》。（钱谦益《牧斋有学集》卷十五）

叶世侗卒，享年三十七岁。（见本文第二章“‘惊隐诗社’的成员”第二节“‘惊隐诗社’成员的生平事迹”“叶世侗”条）

王锡阐作《水月庵记》一文。（王锡阐《晓庵先生文集》卷一）

清顺治十四年丁酉（1657）

春，朱鹤龄、归庄、程棅、施諲、顾樵、周安、沈永馨、潘柽章等为毛晋六十生辰作贺寿诗。潘柽章以“汲古悬藜期共照，成书编竹定同刊”一诗，欲毛晋为刻所辑《明史记》。（张宗芝等《以介编》）

秋，顾炎武离家北上漫游，临行前友人为其饯行。（周可真《顾炎武年谱》）归庄作《送顾宁人北游序》一文。（归庄《归庄集》卷三）潘柽章作《送宁人北游》一诗。（潘柽章《观复草庐剩稿》卷五）戴笠（耘野）作《赠顾宁人》一诗。（沈岱瞻《亭林先生同志赠言》）

十二月八日（公元1658年1月1日），归庄与戴笠（耘野）、王礽、潘柽章会于韭溪草堂，作联句三十二韵以怀顾炎武。归庄首唱，三人以次和。（沈岱瞻《亭林先生同志赠言·丁酉腊月八日，在韭溪草堂奉怀宁人道兄联句三十二韵》）

归庄与潘柽章、沈祖孝、吴宗汉等会于王锡阐韭溪草堂，归庄作《韭溪草堂观杀虎图》一诗。（归庄《归庄集》卷一）沈祖孝作《题赵松雪画刘平妻胡氏杀虎救夫图（画藏潘力田家，时南村诸子同观）》一诗。（郑佶《国朝湖州诗续录》卷一）

陈济生作《自述诗》四章，葛芝为其作序。（葛芝《卧龙山人集》卷九《陈定斋自述倡和诗序》）

清顺治十五年戊戌（1658）

六月，程棅、施諲合辑《鼓吹新编》十四卷成，王潢为其作序。（程棅、施諲《鼓吹新编》卷首）

顾炎武作《酬归祚明、戴笠［耘野］、王仍、潘柽章四子，韭溪草堂联句见怀二十韵》一诗。（顾炎武《顾亭林诗文集·亭林诗集》卷二）

陈济生与归庄、施諲合刻《游洞庭诗》。（归庄《归庄集》卷三《合刻游洞庭诗序》）

清顺治十六年己亥（1659）

朱鹤龄作《获虎说》一文刺贪吏。（朱鹤龄《愚庵小集》卷十四）

朱鹤龄刻所著《李义山诗注》三卷、补注一卷。（朱鹤龄《愚庵小集》卷七《笺注李义山诗集序》）

顾炎武出山海关，复还至昌黎，著《营平二州史事》六卷。（周可真《顾炎武年谱》）

归庄与陆世仪、钱肃润等渡太湖，再访西洞庭；宿徐增家，论诗竟夕。（赵经达《归玄恭先生年谱》）

顾有孝与董二酉、张拱乾等合辑《吴江诗略》，陆续得十卷。（顾有孝等《吴江诗略》卷首《吴江诗略选例》）

陈忱作《拟杜少陵收京》一诗。（杨志平《陈忱研究》附录《陈忱诗存》）

陈济生刻所辑《天启崇祯两朝遗诗》，吴甡、薛采、归庄、陈三岛、王光承、姜采等为其撰序。（陈济生《天启崇祯两朝遗诗》卷首《启祯遗诗自序》）

周篆在松江，约王锡阐等共结“讲学会”。（周廉《周草亭年谱》）

吴炎作《祭秦孺人文》两篇。（吴炎《吴赤溟先生文集》）

吴炎作《祭钮德卿文》一文。（吴炎《吴赤溟先生文集》）

清顺治十七年庚子（1660）

归庄作《与顾宁人书》一札。（归庄《归庄集》卷五）

潘柽章以所刻《国史考异》寄顾炎武淮安。（顾炎武《顾亭林诗文集·亭林文集》卷五《书吴、潘二子事》）

陈忱参与汤友亮主持的东池草堂雅集，作《东池初集叙》。（赵红娟《关于陈忱和〈东池诗集〉》）

清顺治十八年辛丑（1661）

顾炎武到吴江访潘柽章、戴笠（耘野）。（顾炎武《顾亭林诗文集·亭林文集》卷五《书吴、潘二子事》、卷六《与戴耘野》）

吴炎作《唐丽公燕秦游草序》一文。（吴炎《吴赤溟先生文集》）

陈忱作《东池四集小引》一文。（赵红娟《关于陈忱和〈东池诗集〉》）

清康熙元年壬寅（1662）

四月十七日，金瓯卒。（高承埏《崇祯忠节录》卷十二金瓯本传）

陈忱作《壬寅初春偶成》一诗和《九歌》组诗。秋，东池诗社集会，陈忱作《壬寅初秋，重集东池》一诗。（杨志平《陈忱研究》附录《陈忱诗存》）

顾炎武《肇域志》成书，作《书杨彝、万寿祺等〈为顾宁人征天下书

籍启〉后》一文。(顾炎武《顾亭林诗文集·亭林佚文辑补》)

吴炎作《唐皖城诗集序》一文。(吴炎《吴赤溟先生文集》)

清康熙二年癸卯(1663)

吴炎与潘柽章以牵连庄廷钺"明史案"罹难。吴炎享年四十岁,潘柽章享年三十八岁。(谢国桢《明末清初的学风·顾炎武与惊隐诗社》)顾炎武作《书吴、潘二子事》一文及《汾州祭吴炎、潘柽章二节士》一诗,悼念吴炎、潘柽章二人。(顾炎武《顾亭林诗文集·亭林文集》卷五、《亭林诗集》卷四)

顾炎武游五台山,作《五台山记》一文。(周可真《顾炎武年谱》)

王锡阐作《历策》一篇。(严敦杰《王锡阐年谱》)

清康熙三年甲辰(1664)

陈济生拟刊刻明代忠臣烈士小像,未成,卒,享年四十七岁。(江庆柏《清代人物生卒年表》)

钱谦益卒,朱鹤龄作诗《闻牧斋先生讣二首》悼之。(朱鹤龄《愚庵小集》卷四及葛万里《清钱牧斋先生年谱》)

清康熙四年乙巳(1665)

朱鹤龄刊刻《诗经通义》十二卷。(张慧剑《明清江苏文人年表》)

清康熙五年丙午(1666)

钱肃润刻所著《十峰诗选》七卷,陆灿、姜宸英等为之作序。(钱肃润《十峰诗选》)

归庄到苏州,与俞南史、葛芝等遍寻光福、玄墓、支硎诸胜,并访徐枋、徐白,归著《观梅日记》一卷。(赵经达《归玄恭先生年谱》)

潘耒以被仇家告讦为潘柽章弟,此年变名吴琦,匿居灵岩山中,与归庄会。(赵经达《归玄恭先生年谱》)

清康熙六年丁未(1667)

正月二十七日,顾炎武作《致归元恭札》一通。(柴德赓《史学丛考·跋顾亭林〈致归元恭札〉墨迹》)

冬,顾有孝始辑《骊珠集》。(顾有孝《骊珠集》卷首"凡例")

王锡阐撰《丁未历稿》。(薛斌《王锡阐年谱》)

清康熙七年戊申(1668)

陈济生《天启崇祯两朝遗诗》被讦为逆诗,顾炎武牵连入狱,后得释。案以查无逆迹,反坐告讦人结束。八月,顾炎武作《赴东》诗六首记之,并致函归庄。(顾炎武《顾亭林诗文集·亭林诗集》卷四)

归庄以屡被讹传死于非命，作《闻诅》一文讽刺造谣者。（归庄《归庄集》卷十）

清康熙八年己酉（1669）

顾炎武寓山东，潘柽章弟潘耒前来受学。（顾炎武《顾亭林诗文集·亭林诗集》卷四《亡友潘节士之弟耒远来受学，兼有投诗，答之》）

归庄作《顾宁人去冬寄诗次韵答之》诗。（归庄《归庄集》卷一，按即次韵顾炎武《赴东》诗六首，《归庄集》现存五首）

归庄编次所作苏松游诗为《山游诗》一卷。（归庄《归庄集》卷三《山游诗自序》）

清康熙九年庚戌（1670）

顾有孝辑《骊珠集》十二卷，三月三日，宋实颖为《骊珠集》作序。（顾有孝《骊珠集》卷首）

六月十二日，朱鹤龄作《湖翻行》诗一首。（朱鹤龄《愚庵小集》卷三）

八月二十一日，王锡阐、潘耒、钮琇过访戴笠（耘野）。（钮琇《觚剩》卷二）

八月，归庄至武林观荷，复至嘉兴访桂花，归作《五游西湖记》一文及《看桂花记》一文。（赵经达《归玄恭先生年谱》）

顾有孝与陆世楷合辑《闲情集》六卷。冬，尤侗为《闲情集》作序。（顾有孝、陆世楷《闲情集》卷首）

陈忱卒，享年五十六岁。（杨志平《陈忱研究》附录“陈忱年谱简编”）

顾炎武刻所著《日知录》八卷。（顾炎武《顾亭林诗文集·亭林文集》卷二《初刻日知录自序》）

徐釚自山东入北京，为钱肃润作《十峰草堂歌》一诗。（徐釚《南州草堂集》卷三）

朱鹤龄《杜诗辑注》刊刻，计东为之作序。（朱鹤龄《杜工部诗集辑注·朱氏杜诗辑注序》）

清康熙十年辛亥（1671）

朱鹤龄刻所著《愚庵小集》十五卷。（朱鹤龄《愚庵小集》附录“愚庵小集序”）

清康熙十一年壬子（1672）

四月，戴笠（曼公）作《有谯别绪自剡分宗记》一文；十一月六日，戴笠（曼公）卒，享年七十七岁。（梁容若《中日文化交流史论》第二编

“明季两戴笠事迹考”）

朱鹤龄作《刈稻行》一诗。（朱鹤龄《愚庵小集》卷三）

叶继武撰《壬子懒余草》。（凌淦《松陵文录》卷十七《高蹈先生传》）

顾炎武作《太原寄王高士锡阐》一诗。（顾炎武《顾亭林诗文集·亭林诗集》卷四）

清康熙十二年癸丑（1673）

正月，朱鹤龄刻《尚书埤传》十七卷。（朱鹤龄《愚庵小集》卷七《尚书埤传序》）

秋，归庄卒，享年六十一岁。（赵经达《归玄恭先生年谱》）十月，顾炎武在山东作《哭归高士》诗四首。（顾炎武《顾亭林诗文集·亭林诗集》卷四）

周灿卒，享年七十一岁。（周灿《泽畔吟》附录周师灏后序）

叶继武卒，享年五十九岁。（凌淦《松陵文录》卷十七《高蹈先生传》）

王锡阐作《答朱长孺书》一文。（王锡阐《晓庵先生文集》卷二）

王锡阐作《耕者毕肇英字序》一文。（王锡阐《晓庵先生文集》卷一）

沈祖孝与吴之际、张尚瑗等在吴江重举“慎交社”，更名“时习”。（袁景辂《国朝松陵诗征》卷一）

潘耒作《戴耘野先生六十寿序》一文，贺戴笠（耘野）寿。（潘耒《遂初堂集·文集》卷十）

钱肃润作《满江红·戴耘野高士六十初度，寄赠》一词，贺戴笠（耘野）寿。（钱肃润《十峰草堂词》）

清康熙十四年乙卯（1675）

顾樵为顾有孝作《垂虹桥图》。（张慧剑《明清江苏文人年表》）

清康熙十五年丙辰（1676）

顾炎武自山东至北京，寓徐乾学家，书告潘耒，以所见“蝇营蚁附之流骇人心目”为恨，戒潘耒自定出处。（顾炎武《顾亭林诗文集·亭林余集·与潘次耕札》五通之二）

顾炎武以所著《日知录》寄请黄宗羲评阅。（《顾亭林诗文集·亭林佚文辑补·与黄太冲书》）

顾炎武作《与戴耘野》一札。（顾炎武《顾亭林诗文集·亭林文集》卷六）

清康熙十六年丁巳（1677）

王锡阐作《先叔母张氏孺人行述》一文。（王锡阐《晓庵先生文集》

卷三）

王锡阐作《祭叔母张孺人》一文。（王锡阐《晓庵先生文集》卷三）

清康熙十七年戊午（1678）

顾炎武、钱肃润、顾有孝等不应清博学鸿儒荐。（秦瀛《己未词科录》卷八）顾炎武作《寄同时二三处士被荐》一诗。（顾炎武《顾亭林诗文集·亭林诗集》卷五）

顾炎武自太原入陕，以陈芳绩背弃祖训、热衷干禄事，函告潘耒，再戒潘耒自保出处。（顾炎武《顾亭林诗文集·亭林余集·与潘次耕札》五通之四）

顾炎武作《井中心史歌》一诗。（顾炎武《顾亭林诗文集·亭林诗集》卷五）

王锡阐作《费母丁孺人八十寿序》一文。（王锡阐《晓庵先生文集》卷一）

王锡阐作《潘母吴孺人寿序》一文。（王锡阐《晓庵先生文集》卷一）

清康熙十八年己未（1679）

顾炎武为朱明德《广宋遗民录》作序。（顾炎武《顾亭林诗文集·亭林文集》卷二《广宋遗民录序》）

程棅过官浦，与戴笠（耘野）、徐崧等人会。程棅作《谒都宪绳斋沈公像》一诗。（徐崧、张大纯《百城烟水》卷三）

清康熙十九年庚申（1680）

朱鹤龄以所著《尚书埤传》寄顾炎武。（顾炎武《顾亭林诗文集·亭林诗集》卷五《朱处士鹤龄寄〈尚书埤传〉》一首）

顾炎武作《送李生南归，寄戴笠［耘野］、王锡阐二高士》一诗，又作《与戴耘野》一札。（顾炎武《顾亭林诗文集》内《亭林诗集》卷五、《亭林文集》卷六）

顾有孝辑《纪事诗钞》，魏禧为其作序。（顾有孝《纪事诗钞》卷首）

沈永馨卒，享年四十九岁。（江庆柏《清代人物生卒年表》）

周安卒。（江庆柏《清代人物生卒年表》）

王锡阐作《庚申元旦》一诗。（王锡阐《晓庵先生诗集》卷二）

清康熙二十年辛酉（1681）

王锡阐作《推步交朔序》一文。（严敦杰《王锡阐年谱》）

王锡阐作《测日小记序》一文。（严敦杰《王锡阐年谱》）

朱鹤龄刻《读左日钞》十二卷补二卷。（王建涛《朱鹤龄诗歌研究》

附录“朱鹤龄年谱简编”）

清康熙二十一年壬戌（1682）

正月九日，顾炎武卒，享年七十岁。（周可真《顾炎武年谱》）

九月十八日，王锡阐卒，享年五十五岁。（薛斌《王锡阐年谱》）

秋，戴笠（耘野）卒，享年六十九岁。（梁容若《中日文化交流史论》第二编“明季两戴笠事迹考”）

朱鹤龄作《岁暮杂诗六首》。（朱鹤龄《愚庵小集》卷五）

清康熙二十二年癸亥（1683）

朱鹤龄卒，享年七十六岁。（江庆柏《清代人物生卒年表》）

吴南杓从辽左归，与叶舒颖（叶世侗子）相遇于广陵馆舍。（杨钟羲《雪桥诗话余集》卷二）

清康熙二十四年乙丑（1685）

冬，吴宗潜卒，享年七十八岁。（朱则杰《清诗考证续编》第二辑“结社集会类”第二篇“‘惊隐诗社’成员丛考”）

清康熙二十八年己巳（1689）

顾有孝卒，享年七十一岁。徐釚为其作《雪滩头陀传》一文。（徐釚《南州草堂集》卷二十五）

清康熙三十年辛未（1691）

钱肃润撰《道南正学编》三卷。（永瑢等《四库全书总目》卷十四《道南正学编》提要）

清康熙三十二年癸酉（1693）

顾樵辑《十七代诗选》有成稿，徐釚作《十七代诗选序》一文。（徐釚《南州草堂集》卷二十）

清康熙三十四年乙亥（1695）

潘耒刻顾炎武遗著《日知录》三十二卷。（顾炎武《日知录》卷首潘耒《原序》）

清康熙三十六年丁丑（1697）

顾樵在世，已八十四岁，徐釚作《万峰台观梅忆樵》一诗。（徐釚《南州草堂续集》卷一）

金始桓卒，享年六十二岁。（陈梓《删后文集》卷九《金复庵太翁传》）

清康熙三十八年己卯（1699）

钱肃润卒，享年八十一岁。（江庆柏《清代人物生卒年表》）

附录三 “惊隐诗社”成员作品辑考

“惊隐诗社”成员的单篇作品辑考工作，今人主要集中于陈忱、陈济生、顾炎武及归庄四位成员。杨志平的硕士学位论文《陈忱研究》附录二“陈忱诗存”①，辑录了陈忱现存的绝大多数诗歌。陈会明的同名专著《陈忱研究》一书，第二章“陈忱的生平事迹”第三节“《东池诗集》与陈忱的生平事迹”及第八章“新近发现的陈忱诗文”②，也补辑了陈忱的部分诗作。王云云的硕士学位论文《陈济生与〈启祯两朝遗诗〉研究》附录二“陈济生的诗文辑佚”，辑录了陈济生的诗文作品。柴德赓《跋顾亭林〈致归元恭札〉墨迹》一文辑录顾炎武《致归元恭札》③。饶宗颐初纂，张璋总纂《全明词》第5册，录顾炎武词6首。④ 归庄详下。其余大多数成员的作品还有待补辑。

笔者拟就目前已收集的资料，对“惊隐诗社”中三十六位成员的单篇作品进行初步辑考。作品辑考按成员姓氏音序排列。有别集传世的成员，只录集内未收的作品。引用作品涉及多个出处的，一般选用刊行时间最早者；其他出处如内容无区别，则仅交代书名卷次，不录正文。如诗歌正文有部分出入，则抄录全句，并用黑体字标示有出入的部分；如有较大出入，则抄录全诗，不再逐一标示出入部分。今人已有集佚成果的，仅交代作者及篇名或书名，正文不录。某些未见书目，留待日后搜访。作品涉及人物，一时无考者，均从阙如。

① 杨志平．陈忱研究．上海：华东师范大学，2005.

② 陈会明．陈忱研究．福州：福建人民出版社，2006：23－30，262－264.

③ 柴德赓．史学丛考．北京：中华书局，1982：313.

④ 饶宗颐，张璋．全明词：第5册．北京：中华书局，2004：2259.

一、程棅佚诗二题

（一）贺毛晋六十寿诗

四海烽烟际，周旋仗老成。藏书窥石室，学道借干城。艺苑承嘉旨，文星列上衡。志从天外放，乐向隐中生。山水余音远，朋侪雅事盈。长年惟育德，暇日爱躬耕。策杖看花影，停杯听鸟声。感时求实用，立行却浮名。业惯诗书美，家传桑柘情。子孙咸秩秩，僮仆亦硁硁。野鹤阶前舞，乔松檐下鸣。青灯迎白发，玉露绽金茎。举世开新历，编年又纪正。未须题甲子，缑岭且吹笙。

按：此诗辑自张宗芝等《以介编》。[①] 诗无标题，系笔者补加。顺治十四年丁酉（1657）春，毛晋六十生辰，“惊隐诗社”成员程棅、朱鹤龄、归庄、施諲、顾樵、周安、沈永馨、潘柽章等人各作贺寿诗，被收入《以介编》一书。毛晋，初名凤苞，字子九，号潜在；更名晋，字子晋。江苏常熟人，明末清初著名藏书家，汲古阁主人。

（二）谒都宪绳斋沈公像

硕德追先正，遗祠半草莱。客同袍笏古，功并蜀黔推。石砌荒碑藓，松流绕岸隈。百年都宪地，过客共徘徊。

按：此诗辑自徐崧、张大纯《百城烟水》卷三《长洲县》“官浦”条[②]。标题原作同“前题”，笔者据徐崧《己未秋杪过官浦，同戴耘野、程杓石、庞扶九暨昭儿，谒都宪绳斋沈公像》[③] 一诗补加。由徐崧诗题可知，程棅该诗作于康熙十八年己未（1679）秋。

二、戴笠（曼公）佚文一题

跋安南供役纪事

乾坤亟覆，惨出奇常；大地腥群，荷存逋跡。岁癸巳［顺治十年，1653］秋，易与先生天涯把臂，共寄于颍川居士之门。冬杪，先生遽以南服分行，翩翩振手，一瞬目间竟成八载。甲午［十一年，

---

① 张宗芝，等．以介编//丛书集成续编：第217册．台北：台湾新文丰出版公司，1988：564.

② 徐崧，张大纯．百城烟水：卷三．南京：江苏古籍出版社，1999：206.

③ 同②.

1654］冬，易自改观安禅，为容客老。乙未［十二年，1655］秋。游行神洛，飘然异国，野鹤孤踪，不靳东西南北。齿黄发白，缘难再亲。顷戊戌［十五年，1658］夏，先生应监国召，问渡长崎，易时旷观东武，三千里外，荷出慰言缕缕者，不胜肉骨；即欲半面襟期，附之神驰而梦越矣。己亥［十六年，1659］春，易以养病还崎，又复附书珍重。山高海阔，地远天空，而先生惓惓于鄙人者若是。自患脚根病痼，乃尔闭关，究心摸索。今夏［十八年辛丑，1661］忽逢先生再临，几何觌面，非天与作缘，当莫能焉。园光一隙，屡屡倾心。至闻有《安南纪事》，再至请观，幸出披读，为不胜嘉叹。曰：

于戏！夫天之正气钟夫君子者是哉！昔子卿持节单于而不屈者，为有君命也。今先生以逋臣客轨，执义自高，不为罄折，死亡不顾，言夺气争，铮铮铁石，今古上下，无其事，无其人！自视孤虚一命，益挫益坚，得俾从容履蹈，使荒裔知有凛凛大节，不因国破，全斯中外高风，可称今古第一义帜。悠悠遐属，转盛怒为欢心，折矜持为下走。复自作赋答书，金玉其徽，不受毫末之尘。飘然返辑，三聘征君，先生为不负明光于一日矣。今者一群夏属，裂峨冠而鼠尾，袒左衽而马蹄，臣甘狐貉，视此《纪事》，能不垂头而自泣否！子与氏曰："不耻不若人，何若人有。"今日为何如？

按：此文辑自朱之瑜《朱舜水集》卷二《安南纪事》附录。[①] 署名释独立性易。戴笠（曼公）东渡日本后，出家为僧，法号独立，字性易，与同为遗民的朱之瑜（舜水其字）友善。由文内叙述，可知作于顺治十八年辛丑（1661）。

此外，史树青先生《戴笠诗幅发现记》录有戴笠（曼公）无标题诗作一首，见《中国文物报》1998年1月4日第4版。

三、戴笠（耘野）佚诗八题

（一）玉峰南郊遇臞庵法兄，寄妙喜云和上

遁浦当时别，思今二十年。同谁吟笠泽，独自望琴川。烟水情空切，云山句已传。为逢徐孺在，半偈寄峰前。

① 朱之瑜．朱舜水集：上册．北京：中华书局，1981：35.

按：此诗辑自徐崧、张大纯《百城烟水》卷六《昆山县》“西药师殿”条。[①] 诗题中的臞庵法兄，即徐崧。妙喜云和上是指昆山县妙喜禅院的云汉和尚。据该条记载，“［康熙十七年，1678］戊午三月，［天山禅师］延其师云汉和尚禅讲菩提，远近云集，名妙喜禅院”[②]。该条还附录徐崧《戊午暮春，过药师殿，时云和尚论〈楞严〉，因示在座诸公》及《戊午夏日，同玉峰诸公集妙喜方丈》二诗。[③] 戴笠（耘野）此诗很有可能即作于康熙十七年戊午（1678）。

又见陈田《明诗纪事》辛签卷十六。[④]

（二）同臞庵、次耕，问津宿永宁，次臞庵韵

逢僧南郭外，殊似旧相亲。冒雨过娄水，归舟湿角巾。喜安居士榻，吟共故乡人。自是云深处，何须更问津。

按：此诗辑自徐崧、张大纯《百城烟水》卷三《长洲县》“永宁庵”条。[⑤] 署名误作“黄笠”。次耕，即潘耒。永宁，即长洲县永宁庵。该条还附录徐崧诗三首。其中《五月十日，同耘野、次耕、佩玉宿永宁庵》一诗应为原唱：“去住宁能定？还家任此身。花溪城尚隔，竹院话方新。偶尔同禅客［谓耘野］，谁先识主人？扁舟投宿夜，风雨未迷津。”[⑥] 另外两首诗分别是《戊午夏，同戴耘野、潘次耕过宿赋》及《十一日，永宁庵俟次耕归舟不至，同耘野作》。[⑦] 可见戴笠（耘野）该诗作于康熙十七年戊午（1678）。

又见陈田《明诗纪事》辛签卷十六。[⑧]

（三）礼三贤祠

抠衣展拜读残碑，藓蚀泥沾字半亏。师弟同堂歆俎豆，衣冠前代肃须眉。真儒嗣续鹅湖派，绝学荒凉震泽祠。堪叹终南多捷径，古贤心事有谁知？

---

① 徐崧，张大纯．百城烟水：卷六．南京：江苏古籍出版社，1999：388.

② 同①387－388.

③ 同①.

④ 陈田．明诗纪事：第6册．上海：上海古籍出版社，1993：3212.

⑤ 徐崧，张大纯．百城烟水：卷三．南京：江苏古籍出版社，1999：241.

⑥ 同⑤.

⑦ 同⑤.

⑧ 同④.

按：此诗辑自徐崧、张大纯《百城烟水》卷四《吴江县》“三贤祠”条。[①] 标题原作同“前题”，笔者据其前吴培缨《礼三贤祠》[②] 一诗补加。

（四）臞庵道兄营莲花荡先茔，赋赠

鹤起芝田马鬣封，银沙玉溆绕玄宫。莲花香泛清流远，月露光涵宿草浓。题冢吟成摇翠竹，禁樵令下郁长松。他年华表亭亭立，雨泽恩多碧藓重。

按：此诗辑自徐崧、张大纯《百城烟水》卷四《吴江县》“徐贞惠先生墓”条。[③] 诗无标题，笔者据俞南史《臞庵道兄营莲花荡先茔，赋赠》[④] 一诗补加。该条徐崧自注云：“先考讳元瑛，号华国，私谥‘贞惠先生’……康熙丁巳，蒙缙绅先生助资改葬。”[⑤] 可知此诗系戴笠（耘野）应徐崧之邀而作。该条还附录徐崧《丁巳五月初十日，过同川，同戴耘野过吴霞起、容成乔梓斋留饮作》[⑥] 一诗。则戴笠（耘野）该诗应作于康熙十六年丁巳（1677）。

（五）秋望

晴空浩无垠，一碧净千里。有似至人怀，澄泓湛秋水。寒鸦起半山，孤飞不能已。萧然万感集，四顾苍茫里。

按：此诗辑自朱彝尊《明诗综》卷七十九。[⑦] 又见卓尔堪《明遗民诗》卷十二[⑧]、王豫《江苏诗征》卷一百四十[⑨]。

（六）有感

老大徒伤事事非，三年客里故山违。凉风动地迷衰草，白露侵人透葛衣。江汉数行鸿雁断，天涯几个友朋归。凭阑尽日思佳句，西北遥瞻是落晖。

---

① 徐崧，张大纯．百城烟水：卷四．南京：江苏古籍出版社，1999：343.

② 同①.

③ 同①357.

④ 同①356－357.

⑤ 同①353.

⑥ 同①355－356.

⑦ 朱彝尊．明诗综：第7册．北京：中华书局，2007：3868.

⑧ 卓尔堪．明遗民诗：下册．上海：中华书局上海编辑所，1961：470－471.

⑨ 王豫．江苏诗征：卷一百四十．刻本．焦山海西庵诗征阁，1821（清道光元年）：4b.

按：此诗辑处同上条。[①] 又见卓尔堪《明遗民诗》卷十二。[②]

（七）赠顾宁人

十年仰止玉山隅，闻道移家近帝都。涕泪独陈天宝事，神灵长护《孝陵图》。著书岁月供迟暮，许国肝肠叹绝无。自晦不妨居庑下，海天相讯有吾徒。

按：此诗辑自沈岱瞻《亭林先生同志赠言》。[③] 顺治十四年丁酉（1657）秋，顾炎武离家北上漫游，临行前友人们为其饯行。戴笠（耘野）该诗，即作于此时。

（八）寿沈圣符八十

八秩频登八咏楼，盛名早已动皇州。士林狎执骚坛主，泽国开封醉口侯。给谏孤忠存旧草（熊蘖庵师以谏草付公），河阳大业借前筹（次耕史事亦资闻见于公）。传家七业俱兴起，胜似雪深石岳游。

按：此诗辑自新编《震泽镇志续稿》卷十三《集诗》。[④] 沈圣符，即沈应瑞，号介轩，吴江人。明诸生。与孙淳、吴扶九等人结复社。熊蘖庵即熊开元，号鱼山，湖北嘉鱼人。明天启五年乙丑（1625）进士，曾任吴江知县，为复社成员。明亡后出家为僧，隐居苏州灵岩，法号蘖庵。

四、范风仁佚诗一题

秋日村居

一川秋色净蒹葭，南浦风多日易斜。越客梦随江上雨，山城月照柳梢鸦。蕡洲有曲翻渔谱，蟹舍无人落藕花。秋水满湖闲纵棹，市喧应不到农家。

按：此诗辑自朱彝尊《明诗综》卷八十上。[⑤] 又见沈季友《槜李诗系》卷二十四[⑥]，卓尔堪《明遗民诗》卷十二[⑦]，陈焯、郑佶《国朝湖州诗录》

---

① 朱彝尊．明诗综：第7册．北京：中华书局，2007：3868.

② 卓尔堪．明遗民诗：下册．上海：中华书局上海编辑所，1961：471.

③ 沈岱瞻．亭林先生同志赠言//顾亭林先生遗书：补遗．吴县孙溪槐庐家塾校刻本．1885（清光绪十一年）：5b－6a.

④ 震泽镇，吴江市档案局．震泽镇志续稿：卷十三．扬州：广陵书社，2009：333.

⑤ 同①3907.

⑥ 沈季友．槜李诗系：卷二十四//景印文渊阁四库全书：第1475册．台北：台湾商务印书馆，2008：566.

⑦ 同②560.

初编卷二[①]。

五、顾樵佚诗二十二题

顾樵著有《茗游草》，今佚。饶宗颐初纂、张璋总纂《全明词》第6册，曾录词八首。[②] 笔者为之补辑诗作二十二题。

（一）题画册

寂寂衡门草不除，一间茆屋半间书。手栽松树高千尺，野鹤常来伴隐居。

按：此诗辑自张宗芝等《以介编》。[③] 顺治十四年丁酉（1657）春，毛晋六十生辰，该诗系顾樵所作贺寿诗。

（二）题听松堂

夹道梅林石磴重，草堂胜景占孤峰。云烟万壑连修竹，风木千年有古松。入座静闻涛声细，当窗遍荫绿阴浓。羡君雅好同贞白，佳节携尊每过从。

按：此诗辑自徐崧、张大纯《百城烟水》卷二《吴县》"听松堂"条。[④] 诗无标题，系笔者补加。据徐崧注释："康熙辛亥［十年，1671］，王子介眉构丙舍，堂曰'听松'，阁曰'瞻云'，岩树盘迂，湖烟飘渺，为登览胜地。介眉因遍索名公赠言，刻之，名《瑶林集》。"[⑤] 顾樵该诗，应为"名公赠言"之一。

（三）臞庵道兄营莲花荡先茔，赋赠

佳城新筑近蒹葭，九里湖光带玉沙。路植青松来白鹤，溪回渌水接莲花。停车客子堪悬剑，庐墓高人好种瓜。已识牛眠占胜地，具区山色映晴霞。

按：此诗辑自徐崧、张大纯《百城烟水》卷四《吴江县》"徐贞惠先生墓"条。[⑥] 诗无标题，笔者据俞南史《臞庵道兄营莲花荡先茔，赋

---

① 陈焯，郑佶．国朝湖州诗录：初编卷一．小谷口刻本．1830（清道光十年）：15b.

② 饶宗颐，张璋．全明词：第6册．北京：中华书局，2004：3045－3046.

③ 张宗芝，等．以介编//丛书集成续编：第217册．台北：台湾新文丰出版公司，1988：573.

④ 徐崧，张大纯．百城烟水：卷二．南京：江苏古籍出版社，1999：131.

⑤ 同④130－131.

⑥ 徐崧，张大纯．百城烟水：卷四．南京：江苏古籍出版社，1999：357.

赠》[1] 一诗补加。该诗与戴笠（耘野）同题诗，均系应徐崧邀请而作。

（四）赠秋佩较书（三首）

独理霓裳深谷幽，不同二女汉滨游。芳林一夜花争放，肠断春风十二楼。（其一）

六六屏山隐曲房，挑灯散帙夜初长。无劳手浣蔷薇露，合德从来体自香。（其二）

乐府新声按拍催。由来倾国自多才。生辰恰近双星节，应向天孙乞巧来。（其三）

按：此组诗辑自徐釚《本事诗》卷十。[2]

（五）怀周光甫灿

草痕添绿柳条柔，几日东风到陌头。处士诗篇存甲子，仙源物候记春秋。读书月照梅花屋，放鹤云开杜若洲。十载红尘衣不染，冰霜珍重旧羔裘。

按：此诗辑自周灿《泽畔吟》附录。[3]

（六）题吴仪部读书处

轩窗面水昼常开，岭树千重入座来。二月山城飞燕子，衔泥先到读书台。

按：此诗辑自朱彝尊《明诗综》卷八十。[4] 又见王豫《江苏诗征》卷一百二十九。[5]

（七）麻溪过沈建芳别业

云溪深处水长清，旧圃新开竹径成。一片芦花秋水外，草堂红叶读书声。

按：此诗辑自乾隆《震泽县志》卷三十四《撰述·四（集诗·三）》。[6] 沈建芳，即“惊隐诗社”成员沈永馨。

---

① 徐崧，张大纯．百城烟水：卷四．南京：江苏古籍出版社，1999：356－357.

② 徐釚．本事诗：卷十//四库禁毁书丛刊：集部：第94册．北京：北京出版社，1997：649.

③ 周灿．泽畔吟//丛书集成续编：第123册．上海：上海书店出版社，1994：476.

④ 朱彝尊．明诗综：第7册．北京：中华书局，2007：4046.

⑤ 王豫．江苏诗征：卷一百二十九．刻本．焦山海西庵诗征阁，1821（清道光元年）：5a.

⑥ 乾隆《震泽县志》：卷三十四//中国地方志集成：江苏府县志辑：第23册．南京：江苏古籍出版社，1991：302.

（八）秋夜柬顾茂伦

秋声无深浅，深浅在人心。但使闻者悲，不辨鸣者音。月落林影翻，夜半惊栖禽。入秋畏梦短，起坐还披襟。遇物悲在昔，事往情更深。安知来日愁，追念不及今。我有万种恨，并入秋风吟。哀乐境所遇，岂必雍门琴。

按：此诗辑自袁景辂《国朝松陵诗征》卷一。[①] 又见沈德潜等《清诗别裁集》卷十四[②]、王豫《江苏诗征》卷一百二十九[③]。顾茂伦，即“惊隐诗社”成员顾有孝。

（九）吴侬

力田常苦饥，养蚕常苦寒。问彼游冶子，温饱忘艰难。厩马皆食粟，厮役被绮纨。农家终岁资，金尊一夕欢。岂知塞下粟，粒粒争农餐。耕作莫辞劳，边戍多摧残。愿得千城将，饮水亦心安。

按：此诗辑处同上条。[④] 又见王豫《江苏诗征》卷一百二十九。[⑤]

（十）青阳渡

露珠随叶圆，菱花随月白。鸳鸯本同栖，岂得暂相隔。垂柳门前路，此去青阳渡。离别即天涯，杜鹃啼日暮。朝见夭柳好，莫伤飞絮早。妾思萦欢情，摇荡春怀抱。回首见朝阳，恍惚在欢傍。芳兰同气息，始觉东风香。莫为桐上丝，声急有断时。莫作天边月，照妾有圆缺。知欢缠绵意，江水终无竭。思极怨还生，愁来意未明。宁甘广殿冷，不作乌云情。蟏蛸蒙不卷，玉镜从尘掩。空响疑车声，桃笙待欢展。水流石自沉，白石是侬心。投石沉江底，从欢识浅深。

按：此诗辑处同上条。[⑥] 又见王豫《江苏诗征》卷一百二十九。[⑦]

（十一）初入苕溪寄周闇昭柱史

连峰接天翠，路转云林入。轻舟溯逆流，雨过溪声急。树杪见山

---

① 袁景辂．国朝松陵诗征：卷一．刻本．爱吟斋，1767（清乾隆三十二年）：19a.

② 沈德潜，等．清诗别裁集：卷十四．上海：上海古籍出版社，1984：546.

③ 王豫．江苏诗征：卷一百二十九．刻本．焦山海西庵诗征阁，1821（清道光元年）：4a－4b.

④ 同①18b－19a.

⑤ 同③4a.

⑥ 同①19a－19b.

⑦ 同③5b－6a.

城，水市人烟集。桃花遍村坞，客里逢寒食。郊原桑柘繁，日入农始息。此乡风俗淳，居人尽耕织。东南财富区，国用从此出。吁嗟兵燹后，闾里无完宅。饥寒供征税，迫促无余日。对此伤我怀，浩歌转于邑。殷忧莫与同，舍公向谁述。

按：此诗辑处同上条。① 又见王豫《江苏诗征》卷一百二十九②，第十三句作“东南财赋区”。周闇昭，即“惊隐诗社”成员周灿。

（十二）秋夜

愁心照明月，中宵起徘徊。仰观天汉明，月白霜气开。林叶无旧容，因风落苍苔。壮怀志霄汉，萧索良可哀。人自弃岁月，岁月岂相催。令名苟不立，百年同死灰。

按：此诗辑处同上条。③ 又见王豫《江苏诗征》卷一百二十九。④

（十三）钟湖观瀑布

飞泉出云端，泠泠表山性。纡回历几源，云容远辉映。峰高直如削，日照光难竟。巉石激余飞，仰视不得正。一流成一声，石乱声相竞。路绿松筱回，虚亭众流迸。树稀潭影空，府作诸峰镜。我来涤烦襟，声影归一净。

按：此诗辑处同上条。⑤ 又见王豫《江苏诗征》卷一百二十九。⑥

（十四）对酒

舞长剑，发浩歌，对酒不饮感慨多。烹羊炰羔不足乐，空嗟伏枥成蹉跎。天地虽，大局窄，风波有，客持杯，称上寿。忧来一日其奈何，蜣螂岂识兰蕙好，蟪蛄不知春秋老。人情安得同昆虫，何事栖迟独草草。敝车羸马欲何之，大行绝险门前道。雄才未肯同众人，从来志士常颠倒。淮阴固奇士谁识，贫贱时，马周未？遭逢谁为道路悲，相逢莫信好颜色。贱时结客无相知，念故交心独耻双。龙在匣哀鸣不已，侧身天地无投足，挥杯独劝秋风里。昔闻汉主太平日，邀欢宴会

---

① 袁景辂．国朝松陵诗征：卷一．刻本．爱吟斋，1767（清乾隆三十二年）：19b－20a.
② 王豫．江苏诗征：卷一百二十九．刻本．焦山海西庵诗征阁，1821（清道光元年）：6a.
③ 同①20a.
④ 同②4b.
⑤ 同①20b.
⑥ 同②6a－6b.

新丰里。高阳郦生称酒徒，能使沛公辍洗起。我独胡为际乱离，有酒千钟空自美。酒未斟，感更深，古人不可见，沉醉谁同心。好向麻姑乞麟脯，白云岭上同招寻。

按：此诗辑处同上条。① 又见王豫《江苏诗征》卷一百二十九。②

（十五）掷刀歌

西氏美姝国已倾，蛾眉岂为宠爱争。生长深宫小胆怯，谁知挟刀终难惊。香云理罢从容语，家亡国破死固许。蜀山峨峨万里青，不知香骨埋何处。司马女儿真好色，钢刀掷地腕无力。我见犹怜胜老奴，羡尔倾城复倾国。绝色从来不畏妒，阿娇何用《长门赋》。人心爱憎本无主，无盐欲与西施伍。一朝卷却龙须席，几见回车暂经户。同行共辇难毕论，欢爱不及秋风新。何况妇人妒容色，怒能使爱忌使亲。古来名姬皆侍宠，眼中未见桓夫人。

按：此诗辑处同上条。③ 又见王豫《江苏诗征》卷一百二十九。④

（十六）次韵吴峄山先生

洞口溪流泛玉沙，搴芳春日惜年华。乱离作客常依友，节物惊心每忆家。青核分来仙苑酒，黄莺啼遍柳园花。名山拟结烟霞侣，学种东陵五色瓜。

按：此诗辑处同上条。⑤ 又见王豫《江苏诗征》卷一百二十九。⑥

（十七）怀徐介白

日夕云霞岭际收，栖迟有客卧林邱。披裘未肯投吴市，饮犊须知在上流。梅树书堂千嶂雪，芦花钓艇一江秋。紫芝寂寞谁相问，世外忘机共白鸥。

按：此诗辑处同上条。⑦ 又见王豫《江苏诗征》卷一百二十九。⑧ 徐

---

① 袁景辂．国朝松陵诗征：卷一．刻本．爱吟斋，1767（清乾隆三十二年）：20b－21a.

② 王豫．江苏诗征：卷一百二十九．刻本．焦山海西庵诗征阁，1821（清道光元年）：6b－7a.

③ 同①21a－22b.

④ 同②5a－5b.

⑤ 同①21b－22a.

⑥ 同②5a－5b.

⑦ 同①22a.

⑧ 同②4b－5a.

介白，即徐白，别号笑庵先生，浙江嘉兴人，著有《竹啸庵诗钞》。与“惊隐诗社”成员多有往来。

（十八）周长康邀同唐闻宣、朱长孺、顾茂伦、王元思、徐崧之、吴闻玮、叶学山，湖浦观梅

梅绽东风又早春，琴尊邀赏傍湖滨。时危选胜无多地，世乱论交有几人。飘落莫凭羌笛怨，逢迎还喜野鸥亲。不须更觅罗浮梦，醉卧林间月色新。

按：此诗辑处同上条。[①] 又见王豫《江苏诗征》卷一百二十九。[②] 朱长孺，即“惊隐诗社”成员朱鹤龄。叶学山，即叶舒颖，系“惊隐诗社”成员叶世侗之子。

（十九）送兄楚游

归时泽畔雪交加，折柳今看岁再华。何事春来偏送远，独怜亲老更辞家。月明湘浦闻调瑟，风急江潭见落花。海内烽烟犹未息，不堪飞雁各天涯。

按：此诗辑处同上条。[③] 又见王豫《江苏诗征》卷一百二十九。[④]

（二十）元夕后一日集通晖楼

灯火仍看满禁城，良朋尊酒岁时晴。柳条犹待东风发，月色还同昨夜明。横笛楼头离别恨，落梅帘外踏歌声。山阳旧侣虽无恙，逝水年华百感生。

按：此诗辑自陈田《明诗纪事》辛签卷二十七上。[⑤] 通晖楼为“惊隐诗社”成员沈永馨居所，是“惊隐诗社”成员集会场所之一。

（二十一）题吴峄山仪部读书堂

门对长河烟水寒，闲鸥日日到沙滩。溪流泛出桃花片，知是山中春已残。

按：此诗辑处同上条。[⑥]

---

① 袁景辂．国朝松陵诗征：卷一．刻本．爱吟斋，1767（清乾隆三十二年）：22a.

② 王豫．江苏诗征：卷一百二十九．刻本．焦山海西庵诗征阁，1821（清道光元年）：7a.

③ 同①22b.

④ 同②5a.

⑤ 陈田．明诗纪事：第6册．上海：上海古籍出版社，1993：3427.

⑥ 同⑤.

（二十二）竹桥池馆

巉巉石磴水潆回，常有溪云入树来。行过竹桥通别径，始知花里有楼台。

按：此诗辑处同上条。[1]

六、顾有孝佚诗九题

顾有孝著有《雪滩头陀集》，今佚。笔者为之补辑诗作九题。

（一）石湖曲

朝向石湖游，暮向石湖游。湖水明如镜，倒影湖外楼。秋来一串月，处处漾轻舟。了自不相顾，清光楼上头。

按：此诗辑自朱彝尊《明诗综》卷八十上。[2] 又见袁景辂《国朝松陵诗征》卷二[3]、王豫《江苏诗征》卷一百二十九[4]，后者后四句作："秋来一**片**月，处处漾轻舟。**子**自不相顾，清光楼上**楼**。"

（二）送沈留侯偕小阮云襄北上

春风杨柳拂行舟，有美联翩共远游。入洛陆机新作赋，依刘王粲故多愁。旧京朱履三千士，荒冢冬青十一秋。湖上青山无恙在，独持杯酒对群鸥。

按：此诗辑自卓尔堪《明遗民诗》卷六。[5] 又见袁景辂《国朝松陵诗征》卷二[6]，题作《寄赠沈留侯偕小阮北上》，后两联作："旧京**珠**履三千**客**，荒冢冬青一十秋。湖上**好**山无恙在，独持**卮**酒对群鸥。"陈田《明诗纪事》辛签卷三十一[7]，亦题作《寄赠沈留侯偕小阮北上》，尾联作："湖上**好**山无恙在，独持**卮**酒对群鸥。"

（三）酬友（二首）

懒向江头更挂篷，旧游历历在江东。伤心忍听山阳笛，泪眼相看

① 陈田．明诗纪事：第6册．上海：上海古籍出版社，1993：3427.
② 朱彝尊．明诗综：第7册．北京：中华书局，2007：3915.
③ 袁景辂．国朝松陵诗征：卷二．刻本．爱吟斋，1767（清乾隆三十二年）：3b.
④ 王豫．江苏诗征：卷一百二十九．刻本．焦山海西庵诗征阁，1821（清道光元年）：12b.
⑤ 卓尔堪．明遗民诗：上册．上海：中华书局上海编辑所，1961：243.
⑥ 同③4a.
⑦ 同①3550.

暮雨中。(其一)

柳烟花雾晚春天，同上朱楼看月圆。无限六朝佳丽地，动人诗思泥人怜。(其二)

按：此组诗辑处同上条。① 又见袁景辂《国朝松陵诗征》卷二②、王豫《江苏诗征》卷一百二十九③，其一均题作《酬王西樵》。

(四) 和陶寄毛子晋

恒饥非士耻，道丧乃为贫。所以鲁原宪，力学忘劬勤。高轨去虽远，寤寐见伊人。区区莽大夫，辛苦著美新。集苑实可耻，进德我所欣。圣贤留典籍，敛衽以问津。叹子固同调，心迩若比邻。笠泽千顷波，照见两遗民。

按：此诗辑自卓尔堪《明遗民诗》卷十三。④ 又见王豫《江苏诗征》卷一百二十九。⑤

(五) 自伤

暮宿投何处，惊闻战马嘶。窜身憎犬吠，匿迹见儿啼。天地恩真少，英雄气已低。煌煌一社稷，回望使人迷。

按：此诗辑处同上条。⑥

(六) 感兴

满目凄凉百战场，更从何处问沧浪。哀笳不与魂俱断，清漏偏将恨比长。吴苑歌台烟漠漠，汉家陵寝月苍苍。疗愁欲觅神仙药，简遍青囊竟少方。

按：此诗辑处同上条。⑦

(七) 月楼成咏柬友人

绮窗碧海景悠悠，月白光寒满画楼。玉露滴残乡国梦，金风吹送鬓毛秋。鹤缘惜羽瞻宵怨，雁为离群入夜愁。何处关山堪眺望，思君

---

① 卓尔堪．明遗民诗：上册．上海：中华书局上海编辑所，1961：243－244.
② 袁景辂．国朝松陵诗征：卷二．刻本．爱吟斋，1767 (清乾隆三十二年)：4a.
③ 王豫．江苏诗征：卷一百二十九．刻本．焦山海西庵诗征阁，1821 (清道光元年)：3a.
④ 卓尔堪．明遗民诗：下册．上海：中华书局上海编辑所，1961：548.
⑤ 同③.
⑥ 同④548－549.
⑦ 同④549.

遥欲寄吴钩。

按：此诗辑处同上条。[①] 又见王豫《江苏诗征》卷一百二十九。[②]

（八）三嫁娘词

事欢屡不终，侬貌端然好。新欢胜故欢，侬情倍颠倒。（其一）
昨梦故欢来，回头不与语。侬自有新欢，那复忆及汝。（其二）
新欢病支离，玉骨瘦难举。感彼道旁人，目挑冀侬许。（其三）

按：此组诗辑处同上条。[③] 又见王豫《江苏诗征》卷一百二十九。[④]

（九）狮山

孤嶂平畴绕，琳宫古木藏。乍添新梵宇，不改旧松篁。谷暖迎朝日，峰高背夕阳。远公开法席，溪水暗流香。

按：此诗辑自袁景辂《国朝松陵诗征》卷二。[⑤] 又见王豫《江苏诗征》卷一百二十九。[⑥]

七、归庄集外诗二题

归庄诗文，以上海古籍出版社的《归庄集》收罗最为完备。今人对《归庄集》的补辑也有不少。秦蓁《从归庄佚文辑录略窥遗民文集整理的常见问题》[⑦] 一文，辑归庄诗、文、题跋多首（篇）。本师朱则杰先生《清诗考证》第二辑“总集别集类”第十三篇“清诗总集所见名家集外诗文辑考”第一条“归庄《经锄堂唱和集叙》等”[⑧]，据叶奕苞《经锄堂唱和集》补辑归庄序一篇，并提及该集中还有归庄佚诗二十五首。饶宗颐先生初纂、张璋先生总纂《全明词》第 5 册归庄名下，录集外词一首。[⑨] 刘红娟

① 卓尔堪．明遗民诗：下册．上海：中华书局上海编辑所，1961：549.
② 王豫．江苏诗征：卷一百二十九．刻本．焦山海西庵诗征阁，1821（清道光元年）：3b.
③ 同①.
④ 同②.
⑤ 袁景辂．国朝松陵诗征：卷二．刻本．爱吟斋，1767（清乾隆三十二年）：4a.
⑥ 同②2b.
⑦ 上海社会科学院《传统中国研究集刊》编辑委员会．传统中国研究集刊：第一辑．上海：上海人民出版社，2006：376-382.
⑧ 朱则杰．清诗考证．北京：人民文学出版社，2012：296-297.
⑨ 饶宗颐，张璋．全明词：第 5 册．北京：中华书局，2004：2258.

的硕士学位论文《归庄研究》①、李海英的硕士学位论文《归庄诗文研究》②，均有附录归庄佚作补辑。王云云的硕士学位论文《陈济生与〈启祯两朝遗诗〉研究》③，叙及归庄为陈济生作序并撰写小传中的《陈文庄公》篇。笔者另外再为之补辑诗（含联句）二题。

（一）贺毛晋六十寿诗

虞山之南七星桥，湖田肥美风土饶。中有隐君厥姓毛，拥书万卷长逍遥。生在盛时万历朝，于今甲子初调遒。阅历世事浮云飘，桑田瞥见生波涛。当今天下何滔滔，鄙者随波亢者逃。隐君不谢人世交，终然拒绝淮南招。醉乡学士卧东皋，五柳先生室萧条。杜甫草堂荫白茆，张蔚满宅皆蓬蒿。汲古之阁倚云高，方之前哲今为豪。玉轴装束牙签标，架如李侯仓如曹。寝食其中忘晨宵，心诚乐之不为劳。四方名士争招邀，纻衣缟带札与侨。江头渔父山中樵，契合尘外同游遨。庭前玉树争干宵，中郎向大不得骄。斑衣五色秃两髦，高堂齐献百岁醪。安期巨枣曼倩桃，何以侑之白云谣。三江野人久挂瓢，饱经离乱情郁陶。时时巴城渡轻舠，共君唱和雅兴骚。兹闻悬弧在春朝，敬奏长句代云璈。冈陵不崩松不凋，诚哉仙人王子乔！诚哉仙人王子乔！

按：此诗辑自张宗芝等《以介编》。④ 诗无标题，系笔者补加。顺治十四年丁酉（1657）春，毛晋六十生辰，该诗系归庄所作贺寿诗。

（二）丁酉腊月八日，在韭溪草堂奉怀宁人道兄，联句三十二韵

（归：）十年遭丧乱，朋好叹凋零。（戴：）作客头将白，逢人眼未青。（王：）年华嗟已晚，风雨不堪听。（潘：）坐对昆山玉，难呼钟岳灵。（归：）彦先标誉望，元叹肃仪型。（戴：）揽辔心千里，空囊腹五经。（王：）野王收地志，士雅誓江汀。（潘：）肝胆惟余剑，行藏总类萍。（归：）苍茫南斗气，隐见少微星。（戴：）雾豹文仍耀，云鸿影自惊。（王：）有心尝险阻，无路拔膻腥。（潘：）殊俗惊鸣镝，皇图览建瓴。（归：）志坚追日渴，气迈遇风泠。（戴：）荆楚淹王粲，辽东重管宁。（王：）马蹄轻越国，鹏翼任图溟。（潘：）羡尔游何壮，怜余户独

① 刘红娟．归庄研究．广州：华南师范大学，2005.

② 李海英．归庄诗文研究．兰州：西北师范大学，2009.

③ 王云云．陈济生与《启祯两朝遗诗》研究．南京：南京师范大学，2015.

④ 张宗芝，等．以介编//丛书集成续编：第217册．台北：台湾新文丰出版公司，1988：553.

扃。(归:) 书留公路浦，迹绝子云亭。(自注：余自今年夏在淮浦寄书。) (戴:) 一别烹稀鲤，相思几落蓂。(王:) 话言犹历历，灯火故荧荧。(潘:) 论史追当日，高谈挟震霆。(归:) 孰知胸有库，不取说为铃。(戴:)《梁甫》还成咏，燕然未勒铭。(王:) 瓜期愆鞅掌，兰所少娉婷。(潘:) 翘首天边雁，伤心原上鸰。(归:) 亲明愁带甲，家室祝添丁。(戴:) 于役知良苦，言归莫暂停。(王:) 石城新卜筑，吴苑旧林垌。(戴): 有待瞻陵阙，重来葺户庭。(王:) 梅花春绕屋，竹叶酒盈瓶。(戴:) 此日乖河汉，思君异影形。(归:) 徒然望云树，聊复折芳馨。(潘:) 各有天涯思，相期共醉醒。

按：此联句辑自沈岱瞻《亭林先生同志赠言》。[①] 顺治十四年 (1657) 十二月八日，归庄与“惊隐诗社”成员戴笠 (耘野)、王礽会于潘柽章韭溪草堂，作联句三十二韵以怀顾炎武；归庄首唱，三人以次和。十五年戊戌 (1658)，顾炎武作《酬归祚明、戴笠、王仍、潘柽章四子韭溪草堂见怀二十韵》答和。[②] 又王蘧常先生《顾亭林诗集汇注》卷三《酬归祚明、戴笠、王礽、潘柽章四子韭溪草堂联句见怀二十韵》附录此联句[③]，文字略有出入，其中戴笠 (耘野) 首句作“逢人眼孰青”，王礽首句作“岁华嗟已晚”。

八、金瓯佚诗一题

春晚

竹杖筠车处处山，游人日日看花还。纵然红紫风吹尽，依旧鸣禽绿树间。

按：此诗辑自朱彝尊《明诗综》卷八十上。[④] 又见沈季友《槜李诗系》卷二十四[⑤]、卓尔堪《明遗民诗》卷十四[⑥]。

---

① 沈岱瞻．亭林先生同志赠言//顾亭林先生遗书：补遗．吴县孙溪槐庐家塾校刻本．1885 (清光绪十一年)：7b－8b.

② 顾炎武．顾亭林诗文集：亭林诗集：卷三．北京：中华书局，1983：333. 王仍，即王礽。

③ 王蘧常．顾亭林诗集汇注．上海：上海古籍出版社，1983：595－596.

④ 朱彝尊．明诗综：第7册．北京：中华书局，2007：3907.

⑤ 沈季友．槜李诗系：卷二十四//景印文渊阁四库全书：第1475册．台北：台湾商务印书馆，2008：566.

⑥ 卓尔堪．明遗民诗：下册．上海：中华书局上海编辑所，1961：577.

九、钮明儒佚诗一题

题画竹

一幅空山翠，翛然落笔成。色非争众艳，节肯负孤贞。未月枝先影，无风叶自声。王猷堪独往，对此足移情。

按：此诗辑自袁景辂《国朝松陵诗征》卷二。[①] 又见王豫《江苏诗征》卷一百一十六[②]，第七句作“子猷堪独往”。

十、钮棨佚诗九题

钮棨著有《贞白楼诗》，今佚。笔者为之补辑诗作九题。

（一）上巳日种菊

未肯忘秋兴，霜花手自栽。力锄非种去，悬想故人来。宿土承新露，疏篱傍老梅。相依成密友，日夕共徘徊。

按：此诗辑自钮琇《觚剩》卷一《吴觚·上》“贞白楼诗”条。[③]

（二）闰上巳（诗并序）

上巳不诗，闰而诗，纪异也。兰亭已矣，禊事犹存。虽迹类嬉游，而志存蠲祓，怀洁之士，实欣尚焉。于斯时也，澄泽流鲜，朗区披秀。洛川名阀，抚令节以舒光；洧水丽姝，激景风而吐艳。斯诚骚迈之欢辰，咏喁之良遘矣。乃者节序乖疏，宾朋散逸，黄龙梦杳，白水吟空。言念曩今，能无涕悼！当右军作记，年冠永和，乃其临流感慨，犹至叹于世殊事异，揆厥所悲，一何遐也。至元嘉祖道之篇，永明禊饮之什，金石毕陈，钧天杂奏，窅眇寂寥，风斯迈矣。南楼倦倚，触绪兴哀，漫赋五言，忘其拙率。

入春饶胜事，我复爱花辰。曲水门阑旧，熏风节序新。祓除如有待，觞咏岂辞频。寂寞寻芳侣，重来访隐沦。

按：此诗辑处同上条。[④]

---

① 袁景辂．国朝松陵诗征：卷二．刻本．爱吟斋，1767（清乾隆三十二年）：20a.

② 王豫．江苏诗征：卷一百一十六．刻本．焦山海西庵诗征阁，1821（清道光元年）：8a.

③ 钮琇．觚剩．上海：上海古籍出版社，1986：3.

④ 同③3－4.

（三）秋怀（十首录二）

风霜颇威厉，败叶走阶几。我庭日寥廓，一望尽披靡。人事苦衰谢，天道有倾否。古桂发幽馨，吾无隐乎尔。俯仰观幻化，斯理本如此。（其一）

西风顿凉冷，衣被应装绵。妻儿负单夹，唏嘘当我前。问我我不应，四顾空茫然。南邻贫彻骨，北里富薰天。造物本不齐，岂复关愚贤！（其二）

按：此组诗辑处同上条。[①] 又见袁景辂《国朝松陵诗征》卷三。[②]

（四）野田黄雀行

野田多蔓草，黄雀得飞飞。啄粟惧网罗，戒心宁忍饥。少年仗剑过前途，未能适越且还吴。一朝沦败罹桎梏，身名陨裂无完肤。黄雀闻之行复歌，自忻所得亦已多，不见吴宫火起焚巢窠。

按：此诗辑自袁景辂《国朝松陵诗征》卷三。[③] 又见王豫《江苏诗征》卷一百一十六。[④]

（五）初冬野望

商风扫游氛，林莽逗微隙。清光澹欲无，烟寒村野白。遥峦涤秀姿，参差表奇迹。矫矫云中鹤，纵横展修翮。高举避网罗，应为羽毛惜。碧天漾中流，回波曜灵魂。一水自孤行，众流乃辟易。志士敛容叹，寄愁聊自适。

按：此诗辑处同上条。[⑤] 又见王豫《江苏诗征》卷一百一十六。[⑥]

（六）秋怀诗

闲时不知老，往往为身谋。平旦发深慨，猛然含惭羞。大道若夷途，奚为共沉浮。蟋蟀叫寒壁，切切如有求。亦知感昏旦，相与鸣高秋。朝光未可贷，永夜成拘囚。黾勉师古人，自兹忘悔尤。

---

① 钮琇．觚剩．上海：上海古籍出版社，1986：4.

② 袁景辂．国朝松陵诗征：卷三．刻本．爱吟斋，1767（清乾隆三十二年）：23a.

③ 同②22a.

④ 王豫．江苏诗征：卷一百一十六．刻本．焦山海西庵诗征阁，1821（清道光元年）：5a－5b.

⑤ 同②22b.

⑥ 同④5a.

按：此诗辑处同上条。① 又见王豫《江苏诗征》卷一百一十六。②

（七）春分日种莲

莲开三伏日，藕种仲春时。寄迹沾泥早，潜身出水迟。不随桃李艳，宁受雪霜欺。预拟花前饮，邻翁数问期。

按：此诗辑处同上条。③ 又见王豫《江苏诗征》卷一百一十六。④

（八）立冬后茉莉重开，诗以志喜

茉莉花开不厌迟，相逢已是小春时。莫嫌时过无人采，独抱寒香只自知。

按：此诗辑处同上条。⑤

（九）源庆庵宿慧上人禅房

坐卧菩提道，方知自在天。钟声来枕上，月色到窗前。习静推魔垒，观空谢俗缘。梦魂聊自适，何必更谈禅。

按：此诗辑自顺治《盛湖志》卷上《祠庙》。⑥

十一、潘柽章集外诗三题

潘柽章著有诗集《观复草庐剩稿》六卷，今存民国二年（1913）上海神州国光社排印本。又有《观复草庐焚余稿》不分卷，清抄本，收入《清代诗文集汇编》第98册。笔者在此基础上，为之补辑诗作三题。

（一）贺毛晋六十寿诗

遥羡尚湖风物好，高人幽卧白云端。长歌自茹商山草，大老居然渭水竿。汲古悬藜期共照，成书编竹定同刊。包山西去探名胜，闻说君家自有坛。

按：此诗辑自张宗芝等《以介编》。⑦ 诗无标题，系笔者补加。顺治十

---

① 袁景辂．国朝松陵诗征：卷三．刻本．爱吟斋，1767（清乾隆三十二年）：22b.

② 王豫．江苏诗征：卷一百一十六．刻本．焦山海西庵诗征阁，1821（清道光元年）：5b.

③ 同①23a.

④ 同②4b－5a.

⑤ 同①23a.

⑥ 仲沈洙，仲时镕，等．顺治《盛湖志》：卷上．刻本．1770（清乾隆三十五年）：59b.

⑦ 张宗芝，等．以介编//丛书集成续编：第217册．台北：台湾新文丰出版公司，1988：573.

四年丁酉（1657）春，毛晋六十生辰，该诗系潘柽章所作贺寿诗。

（二）赠宁人

相对何须学楚囚，便当勠力向神州。但令舌在宁论辱，除却天崩不是忧。意气自残河翔佚，行藏谁识下邳游。感君国士深期许，事业千秋尚可酬。

按：此诗辑自沈岱瞻《亭林先生同志赠言》。[①] 顺治十三年丙申（1656），顾炎武与潘柽章会于南京，作《赠潘节士柽章》一诗。[②] 潘柽章该诗即为答作。

（三）和张洮侯赠蒋山佣之作

寄我新诗如看檄，纷纷逆党见应羞。二心未伏丁公剑，不义应封子密侯。三泖潮声犹蓄怒，九峰黛色不开愁。只今□□何须较，早辨沧浪一钓舟。

按：此诗辑处同上条。[③]

十二、沈嘉楠佚诗一题

沈嘉楠著有《浩然堂集》，今佚。笔者为之补辑诗作一题。

自题画像

我似前生布袋师，虽无大肚亦能痴。囊中不是寻常物，明月清风两字儿。

按：此诗辑自新编《震泽镇志续稿》卷十三《集诗》。[④]

十三、沈永馨佚诗三十一题

沈永馨著有《通晖楼诗稿》及《采芝堂诗稿》，均佚。沈自晋《南词新编》收有其散曲作品。笔者以沈祖禹《吴江沈氏诗集录》为主，为之补辑诗作三十一题。

---

① 沈岱瞻．亭林先生同志赠言//顾亭林先生遗书：补遗．吴县孙溪槐庐家塾校刻本．1885（清光绪十一年）：5a.

② 顾炎武．顾亭林诗文集：亭林诗集：卷二．北京：中华书局，1983：317.

③ 同①.

④ 震泽镇，吴江市档案局．震泽镇志续稿：卷十三．扬州：广陵书社，2009：333.

（一）贺毛晋六十寿诗

尚湖昔说仙人第，此日高贤隐水涯。锦树青山多放鹤，玉杯春酒看飞花。圃多菉竹开三径，坐拥藏书过五车。何处避秦留姓氏，桃源今已属君家。

按：此诗辑自张宗芝等《以介编》。[①] 诗无标题，系笔者补加。顺治十四年丁酉（1657）春，毛晋六十生辰，该诗系沈永馨所作贺寿诗。

（二）杂诗二首

良会难再遇，幽独守空房。搔首望明月，中夜起彷徨。愿为双飞雁，振翅俱翱翔。岁月去如驰，何以慰中肠。（其一）

日暮走南陌，还思故乡人。故乡水浩浩，前路何逡巡。昔日共层楼，今日隔芳津。徘徊空堂上，情事无由申。（其二）

按：此组诗辑自沈祖禹《吴江沈氏诗集录》卷八。[②]

（三）又二首

庭中一株树，开花艳且鲜。不知雨露恩，芬馨自年年。凉风昨夜至，飘落随潺湲。回望青松枝，独秀岩阿边。人当识其真，无为世所怜。（其一）

人生贵适意，荣华何足道。槿花不终日，秋风黄叶扫。白发损容颜，浊酒开怀抱。陶公五柳宅，把菊常醉倒。偃仰真自得，身名至今好。（其二）

按：此组诗辑处同上条。[③] 其一又见袁景辂《国朝松陵诗征》卷五[④]、王豫《江苏诗征》卷一百一十八[⑤]。

（四）幽居

贵贱各所尚，出处皆有托。谁谓无荣华，深知世情薄。林花满柴门，幽径多鸟雀。青山雨后看，浊酒闲时酌。不识巢许意，但觉渔樵乐。云霞畅怀抱，吟啸放丘壑。高卧依清溪，无营自寥廓。

---

① 张宗芝，等．以介编//丛书集成续编：第217册．台北：台湾新文丰出版公司，1988：573.

② 沈祖禹．吴江沈氏诗集录：卷八．刻本．1740（清乾隆五年）：5b.

③ 同②6a.

④ 袁景辂．国朝松陵诗征：卷五．刻本．爱吟斋，1767（清乾隆三十二年）：7b.

⑤ 王豫．江苏诗征：卷一百一十八．刻本．焦山海西庵诗征阁，1821（清道光元年）：4b.

按：此诗辑处同上条。①

（五）寄赠徐孝廉俟斋

孺子崇劲节，蹑迹柴桑后。隐兹邓尉麓，绕屋山水秀。土肥蕨可采，泉甘齿可漱。澹然世外情，结念但故旧。高标从逸峰，令名驰宇宙。缅怀丘壑间，松风响清画。

按：此诗辑处同上条。②

（六）赠周长康

世事不可问，我生将安归。城郭多风尘，村墅聊可依。读书有深怀，耕桑且庶几。贫贱固吾分，富贵悉所希。酣饮菊花下，言笑无是非。

按：此诗辑处同上条。③ 又见袁景辂《国朝松陵诗征》卷五④，第六句作“富贵悉所希”；王豫《江苏诗征》卷一百一十八⑤，第六句作“富贵岂所希”。

（七）秋夜怀人

蟋蟀鸣庭除，风吹桐叶响。高天无片云，月出东山上。幽谷有幽人，思君结遐想。琴樽徒在御，何当共来往。

按：此诗辑处同上条。⑥

（八）茂伦偕宏人泛石湖，余以事阻不与，作此送之

凉风吹天末，遥遥望青丘。鸿雁向南飞，黄菊开素秋。湖边好风景，载酒漾轻舟。轻舟碧流去，泛泛来沙鸥。山色忽已暮，月彩当墙头。岚翠半明灭，云水相淹留。浏览有同志，放怀可消忧。寻源路未迷，迟日应重游。

按：此诗辑处同上条。⑦ 茂伦，即“惊隐诗社”成员顾有孝。

---

① 沈祖禹．吴江沈氏诗集录：卷八．刻本．1740（清乾隆五年）：6a－6b.

② 同①6b.

③ 同①6b.

④ 袁景辂．国朝松陵诗征：卷五．刻本．爱吟斋，1767（清乾隆三十二年）：7b－8a.

⑤ 王豫．江苏诗征：卷一百一十八．刻本．焦山海西庵诗征阁，1821（清道光元年）：4b－5a.

⑥ 同①6b－7a.

⑦ 同①7a.

（九）折杨柳

东风摇荡杨柳丝，攀折风前不自持。逢人欲寄无相识，陌上彷徨空叹息。归来坐觉韶光逼，漫卷珠帘看月色。几时雁字到妆台，免得深闺泪沾臆。

按：此诗辑处同上条。①

（十）孤雁篇寄怀毗陵王双白

孤雁飘摇凌风翔，哀音嗷嗷天一方。思君日夕欲断肠，微吟长叹倚空房。倏忽流涕沾衣裳。平生燕婉隔参商。南楼良会秋夜长。何日唱酬挹酒浆，把袂重看明月光。

按：此诗辑处同上条。②

（十一）渔父歌

渔翁日钓清溪曲，得鱼换酒芦花宿。陶然就醉泯见闻，醒来但觉溪光绿。何处歌声绕碧流，邻舟欸乃在前头。世间名利何须问，一曲沧浪且唱酬。

按：此诗辑处同上条。③

（十二）春日宴集西园

此日梅花发，西园有客过。但看尘世改，莫惜醉颜酡。戍鼓城阴暮，春风雁侣多。年华流水逝，吾道竟如何。

按：此诗辑处同上条。④

（十三）酬赵声远见过村居

茅茨归晚照，有客到藤萝。月影半村缺，渔歌起处多。凉风吹木叶，零露落池荷。寂寞麻溪上，劳君载酒过。

按：此诗辑处同上条。⑤

（十四）麻溪期黄侣白种瓜

门对清溪口，遮檐树影斜。前人遗旧业，小筑傍田家。已种千竿

① 沈祖禹．吴江沈氏诗集录：卷八．刻本．1740（清乾隆五年）：7a.
② 同①7b.
③ 同①7b.
④ 同①7b.
⑤ 同①8a.

竹，还须五色瓜。东邻思故老，偕隐莫咨嗟。

按：此诗辑处同上条。①

（十五）怀三益、畇曾两弟

一水原非远，其如分手何？雁行看聚散，蓬径惜蹉跎。夜雨滋桑柘，春风长薜萝。田家有兄弟，醉里得高歌。

按：此诗辑处同上条。②

（十六）过闻将叔南庄

旧隐湖滨地，扁舟此日过。青山门外迥，绿树水边多。避世无知己，当杯有和歌。爱看庭际竹，又长拂云柯。

按：此诗辑处同上条。③

（十七）麻溪别业寄玉峰归元恭

我家麻溪畔，相对洞庭山。山上秋云寂，溪边白鸟闲。匏樽只自酌，桂树与谁攀？一苇东江近，何当促棹还。

按：此诗辑处同上条。④ 归元恭，即“惊隐诗社”成员归庄。

（十八）送曾庭闻入蜀

江亭远送行，春水片帆轻。不尽平生意，因知离别情。雪消扬子渡，花发锦官城。扬马流风在，应闻上客名。

按：此诗辑处同上条。⑤ 又见袁景辂辑《国朝松陵诗征》卷五⑥，王豫《江苏诗征》卷一百一十八⑦。

（十九）送樵水游燕

堤柳初垂绿，东风有剩寒。送君百舍远，回首暮云端。马傍金台过，花从上苑看。无妨招隐客，杖策到长安。

---

① 沈祖禹．吴江沈氏诗集录：卷八．刻本．1740（清乾隆五年）：8a.

② 同①.

③ 同①8a－8b.

④ 同①8b.

⑤ 同①8b.

⑥ 袁景辂．国朝松陵诗征：卷五．刻本．爱吟斋，1767（清乾隆三十二年）：8a.

⑦ 王豫．江苏诗征：卷一百一十八．刻本．焦山海西庵诗征阁，1821（清道光元年）：4b.

按：此诗辑处同上条。① 樵水，即“惊隐诗社”成员顾樵。

（二十）怀潘江如

谷口书千卷，衡门酒一尊。素心谁促席，明月忆高人。去国多词赋，还家有钓纶。行踪何处是，肠断秣陵春。

按：此诗辑处同上条。② 潘江如，即潘陆，吴江人，著有《穆溪集》。与“惊隐诗社”成员多有往来。

（二十一）秋日村居杂兴

残雨随虹断，衡门夕照红。芙蓉行水近，鸥鹭立秋空。云落迷樵径，风生快钓翁。昔贤曾作赋，此志欲教同。

按：此诗辑处同上条。③

（二十二）别樵水

君醉兰陵酒，余归笠泽滨。烟波徒胜概，词赋属高人。柳折江春暮，花看岁序新。天涯有知己，到处可为邻。

按：此诗辑处同上条。④ 樵水，即“惊隐诗社”成员顾樵。

（二十三）赠张于野

去年曾握手，经岁益相思。吴岭逢寒食，春风吹鬓丝。一杯难酩酊，孤杖少追随。迟尔寻丘壑，湖山似旧时。

按：此诗辑处同上条。⑤ 又见袁景辂辑《国朝松陵诗征》卷五⑥，王豫《江苏诗征》卷一百一十八⑦。

（二十四）王昭君

终被红颜误，千秋见苦辛。论兵惟息战。薄命借和亲，自写琵琶怨。谁看图画真，死留青冢在，犹是汉家人。

按：此诗辑处同上条。⑧

---

① 沈祖禹．吴江沈氏诗集录：卷八．刻本．1740（清乾隆五年）：8b.
② 同①8b－9a.
③ 同①9a.
④ 同①9a.
⑤ 同①9a.
⑥ 袁景辂．国朝松陵诗征：卷五．刻本．爱吟斋，1767（清乾隆三十二年）：8a.
⑦ 王豫．江苏诗征：卷一百一十八．刻本．焦山海西庵诗征阁，1821（清道光元年）：5a.
⑧ 同①9b.

（二十五）访金陵王元倬

今日逢君白发年，文章风采旧时传。喜看松菊征君宅，读遍南陔孝子篇［有《南陔唱和诗》］。燕子矶头花已落，凤凰台上月仍圆。平生知己真难得，惆怅钟山立马边。

按：此诗辑处同上条。①

（二十六）赠包孝廉朗威隐居灵岩山下

卜筑灵岩三十年，庭除花木称高眠。山中白鹤招为侣，湖上扁舟望是仙。屧响春风禅寂寂，门迎流水月娟娟。盘桓绝异终南径，断得驰来驿路烟。

按：此诗辑处同上条。②

（二十七）寄西蜀李太史

秋风关塞故人思，一剑霜寒度陇迟。廿载凄凉曾作客，半生憔悴为吟诗。松陵城上看枫叶，金马山南听子规。闻说郫筒多美酒，便应潦倒在东篱。

按：此诗辑处同上条。③

（二十八）秋雨

霜寒秋已暮，苔径变青莎。何事今宵雨，声催落叶多。

按：此诗辑处同上条。④

（二十九）秦淮酒楼

清歌绕画楼，夜月明如练。下马拂征裘，春风吹满面。

按：此诗辑处同上条。⑤

（三十）怀友二首

菡萏花香映白波，竹林深处少人过。寒江对酒能潦倒，一别秋风恨最多。（归元恭）

梅里湖山足隐居，春风桃柳绕门庐。南登衡岳还归卧，读罢《离

① 沈祖禹．吴江沈氏诗集录：卷八．刻本．1740（清乾隆五年）：9b.
② 同①.
③ 同①10a.
④ 同①10a.
⑤ 同①10a.

骚》又著书。(周安节)

按：此诗辑处同上条。[①] 又见袁景辂《国朝松陵诗征》卷五[②]、王豫《江苏诗征》卷一百一十八[③]，均题作《怀归元恭》《怀周安节》。归元恭，即“惊隐诗社”成员归庄。周安节，即“惊隐诗社”成员周安。

(三十一) 送潘江如

淮阴风日好，驿路下斜阳。匹马经山县，登楼忆故乡。萧条枫叶落，迢递楚云长。惆怅烟尘满，驰驱总断肠。

按：此诗辑自袁景辂《国朝松陵诗征》卷五[④]。又见王豫《江苏诗征》卷一百一十八[⑤]。

十四、沈祖孝佚诗七十二题

沈祖孝著有《湖干》《砚庸》《当泣》《陶年》《吟安》《下帘》等诗集，又著词集《怀梦草》，均佚。考郑佶《湖州诗录续录合刻序》及“凡例”第二款，可知沈祖孝的诗集至少在道光九年己丑（1829）还存世。[⑥] 郑佶辑《国朝湖州诗续录》卷一收录其诗作多达五十二首（详下）。此外，饶宗颐先生初纂、张璋先生总纂《全明词》第5册录词一首。[⑦] 笔者以《国朝湖州诗录》及《国朝湖州诗续录》为主，为之补辑诗作七十二题。

(一) 拟孟武昌答元道州（并序）

道州刺史元结作《退谷铭》，指曰：“干进之客，不能游之。”作《杯湖铭》，又曰：“为人厌者，勿泛杯湖。”后独作诗招孟武昌，则士源可知矣。疑其必有答，而未之见也。因拟作诗，以补之。

君言退谷好，令我移神情。又言杯湖上，坐见夜气清。白云自来去，明月照薇蘅。湖鱼跃波出，山鸟相飞鸣。江水漱绝壁，断壑回春声。嗟彼武昌客，一命羁尘缨。退谷石峨峨，杯湖水盈盈。来游苦不早，为君矢平生。

---

① 沈祖禹．吴江沈氏诗集录：卷八．刻本．1740（清乾隆五年）：10a－10b.

② 袁景辂．国朝松陵诗征：卷五．刻本．爱吟斋，1767（清乾隆三十二年）：8b.

③ 王豫．江苏诗征：卷一百一十八．刻本．焦山海西庵诗征阁，1821（清道光元年）：5b，4b－5a.

④ 同②8a－8b.

⑤ 同③5a.

⑥ 陈焯，郑佶．国朝湖州诗录：卷首．小谷口刻本．1830（清道光十年）：1a－2a.

⑦ 饶宗颐，张璋．全明词：第5册．北京：中华书局，2004：2567.

按：此诗辑自朱彝尊《明诗综》卷七十九。[①]

（二）感述

河海东北流，日月西南行。治乱会有数，智者谁能争。干戈循道路，豪杰从中生。致身青云端，岂少韩与彭。所贵能识时，不在标英名。南阳非三过，沉志犹躬耕。

按：此诗辑处同上条。[②] 又见卓尔堪《明遗民诗》卷十二。[③]

（三）于忠肃墓

不读先生传，谁知社稷危。中原无恙日，少保大名垂。独定千秋业，偏留万古悲。自来堕泪碣，宁止岘山碑。

按：此诗辑处同上条。[④] 又见卓尔堪《明遗民诗》卷十二[⑤]，末句作“宁上岘山碑”。

（四）玩月

月色仍无际，长空失半轮。关山初一雁，寇盗尚三秦。已近闻砧夜，方悲落叶新。秋风苏病骨，拟作渡江人。

按：此诗辑辑处同上条。[⑥]

（五）蟋蟀

夜虫啼不已，向晓益啾啾。八月寒如此，终宵恨未休。有声宁待和，无力自知愁。总值秋风里，何能逭百忧。

按：此诗辑处同上条。[⑦]

（六）无题

相见何由恨亦空，画楼帘卷怕花风。枝头叶叶今朝绿，苔上星星昨夜红。西鸟有生多共命，春蚕无岁不同功。偶然阅罢昆仑传，便欲

① 朱彝尊．明诗综：第7册．北京：中华书局，2007：3865－3866.
② 同①3866.
③ 卓尔堪．明遗民诗：下册．上海：中华书局上海编辑所，1961：485.
④ 同①3866.
⑤ 同③.
⑥ 同①3867.
⑦ 同①3867.

焚香拜此公。

按：此诗辑处同上条。[①]

（七）白下怀顾茂伦湖上

白下孤筇亦浪游，西湖有客共谁留？江山到处聊青眼，诗酒驱人愧白头。吊古何须悲叔宝，乘时犹得数钱镠。景阳烟灭寒潮断，箫鼓年年满越州。

按：此诗辑自袁景辂《国朝松陵诗征》卷十八。[②] 又见陈焯、郑佶《国朝湖州诗录》初编卷一[③]，陈田《明诗纪事》辛签卷三十四[④]。顾茂伦，即“惊隐诗社”成员顾有孝。

（八）九日同东篱登王老露台

望里双峰夕照悬，一泓如镜见湖天。风流老去应人后，云物他乡转自怜。佳日有台聊复尔，古人无酒亦凄然！白头破帽垂垂立，忆得《闲居》陶令篇。

按：此诗辑处同上条。[⑤] 又见陈焯、郑佶《国朝湖州诗录》初编卷一[⑥]，陈田《明诗纪事》辛签卷三十四[⑦]。东篱，即“惊隐诗社”成员吴宗潜。

（九）闷雨寄友

一春长苦雨，花柳亦蹉跎。君又文园卧。谁怜远客过。地卑相识少，才拙畏人多。悔不从渔早，终身荷绿蓑。

按：此诗辑处同上条。[⑧] 又见陈焯、郑佶《国朝湖州诗录》初编卷一。[⑨]

---

① 朱彝尊．明诗综：第7册．北京：中华书局，2007：3867.

② 袁景辂．国朝松陵诗征：卷十八．刻本．爱吟斋，1767（清乾隆三十二年）：10a.

③ 陈焯，郑佶．国朝湖州诗录：初编卷一．小谷口刻本．1830（清道光十年）：22a.

④ 陈田．明诗纪事：第6册．上海：上海古籍出版社，1993：3603.

⑤ 同②.

⑥ 同③.

⑦ 同④.

⑧ 同②9a-9b.

⑨ 同③21b.

（十）途次遇潘江如

不信销魂别，河阳鬓已斑。秋风游子恨，春色路旁颜。好侠看仍壮，逃名好任顽。时危有屠钓，君亦爱青山。

按：此诗诗辑处同上条。[1] 又见陈焯、郑佶《国朝湖州诗录》初编卷一[2]。

（十一）夜泊江城

十载郊栖不出林，一航浮月系城阴。江枫冷状南朝色，戍角寒鸣古塞音。白骨几人还入梦，青山两点自伤心。不知枕上终宵泪，可比波流滚滚深。

按：此诗辑处同上条。[3] 又见陈焯、郑佶《国朝湖州诗录》初编卷一。[4]

（十二）感述（二首）

三国未定鼎，割据何纵横。壮士不苟没，亦自成其名。曹公本爱才，罗列多殊英。应刘与王阮，樽酒同生平。丈夫各负气，知遇良不轻。怀刺字欲灭，吾悲祢先生。（其一）

有苗不可灭，中国互雄长。有道使其臣，不在多杀伤。天风吹枯声，惊尘暗边壤。卫霍多功名，宗岳竟罗网。同其英雄姿，遭遇良难强。俯仰古今情，哀哀叩莽苍。（其二）

按：此组诗辑自陈焯、郑佶《国朝湖州诗录》初编卷一。[5]

（十三）闺愁

彼狡东南下，中原鼙鼓深。征夫万行泪，贱妾一生心。制御无长策，骁腾不可禁。谁能在离乱，辛苦忆哀吟。

按：此诗辑处同上条。[6]

---

① 袁景辂．国朝松陵诗征：卷十八．刻本．爱吟斋，1767（清乾隆三十二年）：9b.

② 陈焯，郑佶．国朝湖州诗录：初编卷一．小谷口刻本．1830（清道光十年）：21b.

③ 同①.

④ 同②21b－22a.

⑤ 同②19b.

⑥ 同②19b－20a.

（十四）赠友

叹息伤无赖，忧来日渐多。北方堪涕泪，南国又干戈。圣主勤推毂，边臣愧凯歌。治安犹未卜，草莽哭如何。

按：此诗辑处同上条。①

（十五）柬亲知

少年不得意，三十渐蹉跎。风雨吟秋尽，亲朋隔地多。以贫成我懒，安贱少人过。每日随儿稚，沧浪一放歌。

按：此诗辑处同上条。②

（十六）忆人叔忽简手书，即用“书”字

海内推贤达，吾兄最豁如。曾将一杯酒，慰我万愁除。今各蓬蒿卧，定谁怀抱舒。相思不可致，寻把匣中书。

按：此诗辑处同上条。③

（十七）薄暮

薄暮柴门过客稀，夕阳一片下双扉。沙明水落鱼钩见，风定烟寒树影希。野菊自怜迟众发，孤鸿何意向群飞。京华冠盖狂生少，湖海将老无布衣。

按：此诗辑处同上条。④

（十八）人叔性爱逃禅，寄此讽之

独立柴门雨雪深，相看寒色暮难禁。自伤纵酒犹年少，莫惜狂歌但苦心。涕泪未干悲鹏鸟，风尘满眼钓淮阴。纵能身寄高僧传，那便悲凉梦不侵。

按：此诗辑处同上条。⑤

（十九）早春遣兴

一望春风自可怜，含云映日带轻烟。看花隔岁惟梅在，觅树成巢见鸟还。扫地闭门稀客屐，卖鱼沽酒羡渔船。不知何事吾衰甚，三十

① 陈焯，郑佶．国朝湖州诗录：初编卷一．小谷口刻本．1830（清道光十年）：20a.

② 同①.

③ 同①20a－20b.

④ 同①20b.

⑤ 同①20b.

斑头会惘然。

按：此诗辑处同上条。[①]

（二十）感览人事，怅然有怀作

草履黄冠已夙心，穷愁何事独相侵。中原缇骑无虚下，塞上单于有赐金。每向东南长叹息，因思庆历一哀吟。岂知立俗伤流议，白首支离涕不禁。

按：此诗辑处同上条。[②]

（二十一）塞上曲（二首）

碧马连钱骤紫缰，千群独拥左贤王。自从嫁与明妃后，多半妖姬学汉妆。（其一）

边地寒深夜雪高，群儿构火酌葡萄。君王一体无番汉，岁与重绵锦绣袍。（其二）

按：此组诗辑处同上条。[③]

（二十二）乌夜啼

羁乌栖高鸣夜半，惊起东方月光烂。行人秣马不复停，出门隔断天河星。生憎别离休伤远，乌尾成桥会当返。

按：此诗辑自郑佶《国朝湖州诗续录》卷一。[④]

（二十三）君马黄

君马黄，臣马碧，两马同羁不同策。青丝络头红棉鞯，当先独出横门射。为君铲却燕支山，笞取中行罢玉关。时清得见词臣颂，龙种天闲不长用。

按：此诗辑处同上条。[⑤]

（二十四）杨白花

杨白花，去不归。江南虽云乐，岂若侬尔为。朝歌踏踏夜，独悲泪光莹。莹星四垂星，四垂知不知？乌啼天欲曙，独忘缠绵时。

① 陈焯，郑佶．国朝湖州诗录：初编卷一．小谷口刻本．1830（清道光十年）：20b－21a.
② 同①21a.
③ 同①21a－21b.
④ 郑佶．国朝湖州诗续录：卷一．小谷口刻本．1831（清道光十一年）：1a.
⑤ 同④1a－1b.

按：此诗辑处同上条。①

（二十五）悲歌

离家日远，望乡目断。孰非故而，神凄孰非。亲而情暖，浮云渺渺，乌鹊知归。悲歌泣下，游子何依。

按：此诗辑处同上条。②

（二十六）前归里行（二首）

客子行不归，浮云渺何托。乾坤莽战场，邑里几萧索。高堂穴狐兔，牖户或零落。往往主人非，道路亦丛错。始悟陵谷悲，不异生死恶。茫然愁叹边，花开独如昨。（其一）

夙昔有故人，意气聊自厚。五年生死途，沉骨或已朽。存者会面稀，相见倏老丑。上追丧乱端，下道别离久。陈说艰难中，往往开笑口。哀哉尘世人，今夕复杯酒。（其二）

按：此组诗辑处同上条。③ 其二又见朱彝尊《明诗综》卷七十九④，作“哀哉隔世人”。

（二十七）午日

春风会几时，岁月倏重五。青阴荡檐端，好鸟声复吐。萧萧风雨中，水声漫前浦。田家满四邻，努力向农圃。桑麻获既成，取足效勤苦。高歌事新畤，薄酒饷亭午。儿童慕群嬉，簪符幻龙虎。悠悠流俗心，兹风尚前古。吾身久天涯，乾坤蔽钲鼓。何处独醒人，空江弄芳杜。

按：此诗辑处同上条。⑤

（二十八）斋前有小石池，又有英峰，置而不理，因贮水浸石成景，以眺咏之

秋至涵水清，深净如积浦。孤峰立庭阴，削然莫为伍。移之蓄方池，宽靓适相辅。水如太湖吞，石若洞庭吐。灵岚起波末，形小势全古。光影互空明，苍矗曜林浒。微茫不可寻，恍惚类元圃。游心幻太

---

① 郑佶．国朝湖州诗续录：卷一．小谷口刻本．1831（清道光十一年）：1b.

② 同①.

③ 同①1b-2a.

④ 朱彝尊．明诗综：第7册．北京：中华书局，2007：3866.

⑤ 同①2a-2b.

虚，海岳亦如睹。

按：此诗辑处同上条。①

（二十九）题赵松雪画《刘平妻胡氏杀虎救夫图》（画藏潘力田家，时南村诸子同观）

古史有逸事，诗画能传之。吟玩得所悦，慷慨生踟蹰。刘平与胡氏，何以称当时。恩义为夫妇，生死能相持。虎为猛兽最，食人亦安知。不见泰山妇，舅死兼夫儿。谁谓千载下，乃有枣阳姝。夺夫毙虎命，纵死夫犹迟。报仇快一掷，事迫遑三思。呼儿蹑挺刃，气已吞豺虎。丹青写图貌，凛凛留生姿。千秋怀此妇，无乃惭须髭。人生贵建立，安在分雌雄。

按：此诗辑处同上条。② 潘力田，即“惊隐诗社”成员潘柽章。南村，即“惊隐诗社”成员吴宗汉。

（三十）醉卧酒解月上

夜倾良友樽，衔杯中我渴。久言酩酊非，狂至已难遏。奈何复如泥，颓然在门闼。霜月浸肌醒，寒光满天末。

按：此诗辑处同上条。③

（三十一）拟九日闲居（并序）

会重九举陶杜之觞，菊既设而诗歌未新，爰与诸公仿为陶体。

群生愿有违，达人能自得。天地不我私，任运有佳日。霜露净寒空，山川生霁色。篱华忽芬芳，穴虫更凄恻。因之念友生，已复怀酒德。自非一醉眠，块然岂遑昃。杯中中时须，余事无不塞。浩歌寄我怀，洒焉盈纸墨。平生良在兹，迟暮亦何忒。

按：此诗辑处同上条。④ 该诗系“惊隐诗社”社集之作。

（三十二）宝俭堂同李如实使君、姚文初先辈、王双白、魏雪窦、张九临、顾茂伦、樵水、周长康、陈鹤客诸高士，分得“一先”

江月下城隅，坠我狂客前。主人富藻思，为乐襞素笺。一觞持复

① 郑佶．国朝湖州诗续录：卷一．小谷口刻本．1831（清道光十一年）：2b.

② 同①2b－3a.

③ 同①3a.

④ 同①3a－3b.

进，请赋落月篇。抽毫李涉在，授简姚合先。意至各有得，高歌暨群贤。新诗虽异奏，磊落同所宣。秦川未破碎，吴蜀昔宴眠。朋友良□会，日兴靡万钱。边庭一鸣镝，宇内方控弦。亲知殊异路，轻薄多少年。吾衰死则已，穷卧老独坚。安知丧乱后，获复共此筵。文章思报国，盛世语亦然。诸公尽才杰，寰海今倒悬。卒从诗酒役，竹帛恐失传。何刘与庾鲍，文彩岂不妍？空名尽月露，没为后世怜。人生视古昔，才命强得全。庶几崇俭德，努力勿弃捐。停杯亟搔首，此义休问天。

按：此诗辑处同上条。[①] 魏雪窦，即魏耕；陈鹤客，即陈三岛。均为山阴秘密抗清团体成员。顾茂伦，即“惊隐诗社”成员顾有孝。顾樵水，即“惊隐诗社”成员顾樵。

（三十三）和酬唐四丈

忆昔少年场，健如猿犊走。颇闻先达言，获次王谢后。薄劣无所成，飘摇掷老丑。念君云霄姿，夙昔游最厚。两世相肩随，弱龄共诗酒。时陈慷慨吟，屈指廿年久。重登君子堂，感叹无不有。君如传风翮，余如敝去帚。浪迹等萍篷，衰姿况蒲柳。暗雾蒙双眸，明霜覆皓首。晨夕资百钱，艰难活数口。余生老天涯，亦赖渔樵友。醉来相和答，长歌杂舷缶。涂鸦偶绢素，醒视恒欲忸。不谓君知名，欣然询存否。高轩过席门，赠言若琼玖。愧无什袭承，宝护日在手。古处相盘敦，敢令此言负。怀君惬素心，展诵成不朽。

按：此诗辑处同上条。[②]

（三十四）红豆篇为彭城公寿

重光闰秋月，言寻红豆庄。中有神仙居，百草靡不芳。小桥欹片石，曲水周方塘。四邻凡几家，喜悦好农桑。深居鲜客过，问我来何乡。樵夫佇斧子，渔父停舟航。儿童逐群嬉，指顾忘携筐。沿溪四五里，丛竹间垂杨。秋花各烂漫，高下如春阳。凌霄满墙头，白萍蔚飘扬。禽鱼自俦侣，游戏双鸳鸯。葭芦拒隈折，烟景分潇湘。到门荫榆柳，乔木森成行。乌龙卧水畔，皓鹤如人长。碧梧与红豆，耸立攀云荒，昔闻桃源隐，或从谷口耕［叶］。安能当我世，共此淳朴藏。幽

① 郑佶．国朝湖州诗续录：卷一．小谷口刻本．1831（清道光十一年）：3b－4a.

② 同①4b－5a.

栖霭天宇，嗒然身怡忘。师门虽广大，夙昔承提将。左右喜我至，开轩引登堂。再拜问夫子，玉颜神逾光。举体香兰气［《黄庭内景经》体生光华气兰香］，岂惟双眼方。金书视插架，石函亦盈床。研精破道奥，旷览穷虚。悯我堕尘世，齿发俄已苍。愿闻长生诀，乞求白琅霜。先生嘬焉笑，念子故意良。知尔久饥瘁，杂乱交相妨。未足语道要，惆怅徒轻狂。呼童出肴脯，取次陈酒浆。登楼俯秋爽，山色横西窗。儿孙迥罗立，螺黛纷低昂。平畴面穲稏，且试倾壶觞。红莲及白稻，数日俱登场。怀抱勿受恶，拭眼瞻时康。笑言顾稚子［时率豚子见公］，长大须文章。男儿饱经术，更世能弛张。神霄不苟致，忠孝为纪纲。我本谪仙人，呼吸通帝旁。宁须飧霞术，琐屑丹炉房。吾祖年八百，手足恒坚强。轩眉更皤腹，调笑接红妆。闲居服水桂，唯恐忧患伤。是时殷周间，海宇如沸螗。子牙始白首，八十渔沧浪。及闻非熊兆，矫若苍鹰扬。圣贤贵济物，度世非所详。至今北海畔，英爽何洋洋。兹生求乐土，何者非桑沧。残山与剩水，几杖聊徜徉。天地有顺逆，得失安可量。不闻神尧初，禽豚犹披猖。上有十日出，下有洪水殃。高踪慕巢许，谁与匡虞唐。回斡地轴析，卒遇龙威祥。艰难格干羽，凤鸣来归昌。禹稷久不作，江海仍茫茫。忍使九有裂，睠此黎元创。浩歌览星汉，慨彼河无梁。虽微步推说，阅世差有常。元精剥乌兔，蚀彩旋复彰。近闻老人星，现兹牛女疆。其占为吴越，实生说与望。应图非版筑，协济胥帆墙。尚湖俨遗迹，宛在虞山傍。驱民跻仁寿，一气回洪庆。济时后拂衣，投老偕松黄。乘风御八表，税驾游昆冈。平生怀志意，此愿终必偿。他时非一氏，名姓闻樵阳。龙砂手植在，枝拂垂中央。仙曹凡八百，判合符圭璋。妖蛟试佩剑，努力如同裳。功成得长揖，跨鹿或骖羊。花开荡口日，大药期来尝。长跪谢夫子，感激铭衷肠。醍醐续膏髓，发性通心明。青精暨黄独，岂足兼糇粻。多生蒙授记，及身皈门墙。何当扳鹤驭，作礼瞻篯彭。

按：此诗辑处同上条。①

（三十五）和东里石诗（并序）

吾郡滨具区，天目、道场出其南，毗、弁拥其背。苕霅之浸，抱群山而汇郭下。百里之间，供登临眺览者，所在不乏。由是吴兴遂以

---

① 郑佶．国朝湖州诗续录：卷一．小谷口刻本．1831（清道光十一年）：5a－7a.

山水清远闻名，而古今名贤、宦游流寓，徜徉不能去者，趾相错也。兵燹以来，风土凋敝，人物散走，惟山水故无恙。祖孝越乡旅处垂二十年，得奉教于四方君子。然酒酣耳热，望暮云春树，不禁我心西悲之感。今年秋，吴子东篱贻我《东里山石记》。洎重游诗文，诵之琅然，心焉神往。因依元次山作《退谷铭》，指曰：“干进之客，不能游之。”作《杯湖铭》，指曰：“为人厌者，勿泛杯湖。”独作诗招孟士源。可知山水之胜，诚非其人不有，亦非其人不游。东里其招我乎？归来归来兮，故乡不可以久违。吾即以《东里石诗》志之矣。

群山夹苕霅，迢遥俯青阴。道峰最嵯峨，耸立冠百岑。孤城面碧巘，苍矗郁何深。山灵久埋秘，蓄石独至今。中可百人坐，不受一物侵。樵牧安冥顽，瑰特岂解钦。宁知高士怀，觏此惬素心。徘徊自怡悦，侪辈日见寻。因之归主名，重以慷慨吟。苏台与葛井，擅美不得禁。吾人无俗好，弗惜山水淫。何时携一觞，归就东里斟。

按：此诗辑处同上条。[①] **东里，即吴宗潜，其所作《东里山石记》及“重游诗文”未见。又“惊隐诗社”成员吴炎有《东里山石诗序》，见《吴赤溟先生文集》。**[②]

（三十六）遣兴

江城野老吞声久，乍欲携锄忘衰朽。夜长望曙愁不眠，支枕翻如风中走。却忆少年才健时，得钱沽酒呼相知。终宵快饮白月落，有时睡足红轮垂。即今五十孤吟客，眼花双雾头全白。不见支离行负薪，手书曾被妻儿掷。

按：此诗辑处同上条。[③]

（三十七）蹲鸱行

蹲鸱叶高三尺长，紫茎绿盖参差扬。东有良苗西柔桑，小池宛转波周旁。就中亦有荷蕖香，凫雏接喋追清凉。老翁踞地歌沧浪，风翻旋露珍珠光。正逢邻叟提壶浆，呼君且坐论羲皇。人生过隙须臾亡，安得老大空悲伤。君不见，海波三见尘飞扬；又不见，白石一叱仍为

---

① 郑佶．国朝湖州诗续录：卷一．小谷口刻本．1831（清道光十一年）：7a－8a.

② 吴炎．吴赤溟先生文集//国粹丛书：第二集．上海：国学保存会，1906（清光绪三十二年）：22a－23a.

③ 同①8a.

羊。变化不测非君防，长歌续尔蹲鸱行。

按：此诗辑处同上条。[①]

（三十八）秋雨叹

终夏不雨秋日雨，农夫苦旱复愁水。皇天为人司四时，五风十雨宁忘是。车斡力尽双眼枯，已见禾头烂生耳。荆钗布裙不值钱，换米低头走城市。城中富人拟王公，米贵忧贱家陈红。空囊羞涩壮士耻，湿脚亦在泥涂中。雨乎！雨乎！汝圆为珠白为玉，日络冰丝夜相续。安能大庇无饥色，不如且止开东旭。

按：此诗辑处同上条。[②]

（三十九）秋日早起

朝气清于水，开帘兴不孤。暗虫停野草，残月下庭梧。瓜实当饥喜，兰馨足病苏。从容揽余论，窗下拟潜夫。

按：此诗辑处同上条。[③]

（四十）把酒

局蹐存天地，非关行路难。独醒逃酒债，多病绝交欢。老悟浮名诞，贫消开口安。野兰人不采，小摘当春盘。

按：此诗辑处同上条。[④]

（四十一）和汾阳王庙古藤

遗庙寻忠武，苍藤宛在门。只今扶半壁，终古托孤根。白日蛟龙走，青天风雨反。神灵垂草木，犹足壮乾坤。

按：此诗辑处同上条。[⑤]

（四十二）闭户

杜门非谢客，夙昔寡交亲。褊性宜无伍，孤行转畏人。种香为小国，游梦蜕前身。此外都无问，人间事屡新。

---

① 郑佶．国朝湖州诗续录：卷一．小谷口刻本．1831（清道光十一年）：8a－8b.

② 同①8b.

③ 同①9a.

④ 同①9a.

⑤ 同①9a.

按：此诗辑处同上条。[①]

（四十三）秋日杂感（二首）

一雨生秋色，清光逼眼新。溪山如出沐，风日自相亲。小熟矜瓜菽，余生赖药薪。不才悲老大，非感怨沉沦。（其一）

吴俗争秋兴，儿童举国狂。选锋无将帅，踞地有平章。勇斗增人气，雄鸣压众场。群材得似此，万里可从王。（其二）

按：此组诗辑处同上条。[②]

（四十四）钓鱼

梅水连天碧，群鳞散子时。长竿垂自得，香饵下谁知。白首何妨在，穷年未可嗤。多惭曾一饭，端恐报恩迟。

按：此诗辑处同上条。[③]

（四十五）友人白鹭

白鹭何为者？羁栖久一身。望云惭失侣，乞食愧依人。霄汉终当去，园池莫误驯。还期流落展，一刷羽毛新。

按：此诗辑处同上条。[④]

（四十六）归途（二首）

作客轻千里，穷途一绨袍。居人茅屋矮，村店酒帘高。禾黍新荒垒，江山古建旄。南州风不劲，于邑首徒搔。（其一）

已分身将隐，何为作远游。过江舟少楫，近北负多牛。行李轻偏惬，归程晚更留。传声秋敛薄，无奈甚乡愁。（其二）

按：此组诗辑处同上条。[⑤]

（四十七）病卧杂诗

老爱娇儿异，频将骥子方。最怜生客里，不解问家乡。学语休论慧，吟诗漫喜长。时能操纸笔，须胜老夫狂。

---

① 郑佶．国朝湖州诗续录：卷一．小谷口刻本．1831（清道光十一年）：9a－9b.

② 同①9b.

③ 同①9b.

④ 同①10a.

⑤ 同①10a.

按：此诗辑处同上条。①

（四十八）寄山中故友

为问山中友，谁怜道路人。［谢诗有道路忆山中］野花迷客屐，江柳暗行津。情剧伤春泪，愁兼多病身。此生归可卜，终欲近南邻。

按：此诗辑处同上条。②

（四十九）闻梅隐在溪干

不见范生久，经年访旧游。颠狂仍载笔，萧瑟莫回舟。好事穷愁灭，才名老大休。乾坤双白鬓，漂泊愧溪鸥。

按：此诗辑处同上条。③ 梅隐，即"惊隐诗社"成员范风仁。

（五十）闷雨寄唐甥宝谋

一春长苦雨，花柳亦蹉跎。君又文园卧，谁怜客舍歌。地卑相识少，才拙畏人多。悔不从渔早，终身荷绿蓑。

按：此诗辑处同上条。④

（五十一）长至前五日，同顾伊人集吴苍符斋，和君望韵

客有回寒屐，寻君似到家。云光将集霰，朔气近吹葭。促席灯初暖，清尊酒不赊。山城偏更好，耳畔少悲笳。

按：此诗辑处同上条。⑤

（五十二）客愁

薄雾浓烟迥客愁，自惭零落有狂游。夜深听呗空王殿，日暮寻花霸王洲。多病岂知艰药裹，哀时不分老林邛。人间几许无端事，黄发登车别钓钩。

按：此诗辑处同上条。⑥

---

① 郑佶．国朝湖州诗续录：卷一．小谷口刻本．1831（清道光十一年）：10a－10b.

② 同①10b.

③ 同①10b.

④ 同①10b－11a.

⑤ 同①11a.

⑥ 同①11a.

（五十三）寒食作

一片春风散入州，吹红为雨绿为洲。笛中折柳他乡曲，梦里寻花昨夜游。山色似前仍历历，水声无恙日悠悠。关心何处堪肠断，蜀魄年年泪不收。

按：此诗辑处同上条。[①]

（五十四）秋望

西风飒飒翦愁烟，小醉懵腾欲暮天。送客有情当远出，还家无梦比逃禅。六朝遗事清江上，二曜寒晖白帝边。只恐鹤归迷表柱，也应难问旧山川。

按：此诗辑处同上条。[②]

（五十五）客居杂兴（二首）

秋深草浅雉媒娇，小猎溪南看下雕。十亩不成谋竹隐，一椽还拟结花寮。等看儿女衰年重，都分英雄白发消。世上岂无材颖在，肯来相伴作渔樵。（其一）

莳花卖卜老相兼，疏放无才敢自嫌。编槿插篱聊当径，得钱扶杖且垂帘。琴书家散初犹忆，纸笔儿庸久不拈。惆怅乾坤无愧事，几人如戟有须髯。（其二）

按：此组诗辑处同上条。[③]

（五十六）之馆后戏示梅隐

舌在翻悲老砚田，一寒犹欲事孤毡。衰年读易忧危裹，终岁吟诗草木边。宝匳不知谁已悦，嫁衣翻作为人怜。穷文端的轮梅叟，恒使人间卖画钱。

按：此诗辑处同上条。[④] 梅隐，即“惊隐诗社”成员范风仁。

（五十七）归思

世难前贤亦异乡，浣花皋里有遗芳。解吟老去怜宗武，偕隐终身感孟光。岂有田园犹足念，直缘庐墓未能忘。三间茆屋先茔畔，准拟

① 郑佶．国朝湖州诗续录：卷一．小谷口刻本．1831（清道光十一年）：11a－11b.

② 同①11b.

③ 同①11b－12a.

④ 同①12a.

扁舟钓夕阳。

按：此诗辑处同上条。①

(五十八) 次和陈皇士怀友

三十中原已倦游，风尘垂白剩悲秋。尊前何物堪经眼，怪底高歌不散愁。十载乾坤看失马，几时江海见归舟。独怜耕钓还多事，仿佛王储有唱酬。

按：此诗辑处同上条。② 陈皇士，即“惊隐诗社”成员陈济生。

(五十九) 白门晚眺

东南天府旧京华，万里伤心一暮笳。桃叶可怜犹有渡，杨花谁信已无家。新晴紫禁粘天草，往事伤心距陌瓜。何限凤城春色在，月明偏噪暮归鸦。

按：此诗辑处同上条。③

(六十) 漫兴

久客浑忘有路难，长歌竟日自吟安。黄精雅信能怡老，白醉新知足辟寒。于物只除怜米汁，怪人何取爱猪肝。衰颜一任羸如鹤，不事仙家狡狯丹。

按：此诗辑处同上条。④

(六十一) 燕子

寒食矜飞羽翼齐，谢家东墅庾楼西。乌衣上国归来变，白影梨花老至迷。藻井可能依故主，芳园何处啄新泥。悲凉苦恨携雏晚，风雨年年尚客栖。

按：此诗辑处同上条。⑤

(六十二) 九日雨中寄梅隐僧舍

不堪愁思尚天涯，老去逾增惜岁华。几曾醉醒俄白发，一番风雨又黄花。浊醪共影怀元亮，破帽蒙头忆孟嘉。咫尺故人兰若隔，暮年

① 郑佶．国朝湖州诗续录：卷一．小谷口刻本．1831（清道光十一年）：12a－12b.
② 同①12b.
③ 同①12b.
④ 同①12b－13a.
⑤ 同①13a.

漂泊等无家。

按：此诗辑处同上条。① 梅隐，即“惊隐诗社”成员范风仁。

（六十三）虞山寒食与苍符对酒

青山如梦客来过，休忆当年事永和。寒食只怜莺燕少，春风无那别离多。一尊藉草深深醉，几处支筇款款歌。解道少年留不得，白头不饮又如何。

按：此诗辑处同上条。②

（六十四）午日旅次

岁时乐事总愁予，漂泊惊心况旅居。蒲黍人看仍五日，鱼龙谁能为三闾。画船箫鼓侵晨出，香鬓钗符剩午余。寂寞小窗无意绪，老妻儿女定何如。

按：此诗辑处同上条。③

（六十五）寄此山兼示月函

洗钵焚香念息机，披襟从此乞真依。身留沧海兵尘外，心誓寒云石壁归。半偈音通三乘法，四禅门共七条衣。无边劫火谁销得，也待天花作雨飞。

按：此诗辑处同上条。④

（六十六）七夕

风物无过此夜良，灵禽作驾重河梁。金梭剩织云衣好，玉兔初生月殿凉。人世酒杯更乱少，仙家欢会与天长。知何事支机石，欲问君平远寄将。

按：此诗辑处同上条。⑤

（六十七）怀许四炎贞若上（是年炎贞庭菊颇盛）

菰城秋老客归迟，不少留君酒一卮。佳日会怜身较远，好花开惜独当时。他乡台榭舒眉眼，故国川原入梦思。怪道老夫惆怅甚，年年

① 郑佶．国朝湖州诗续录：卷一．小谷口刻本．1831（清道光十一年）：13a－13b.
② 同①13b.
③ 同①13b.
④ 同①13b－14a.
⑤ 同①14a.

天畔有题诗。

按：此诗辑处同上条。[①]

（六十八）玉台杂咏

频却蛾眉久，开奁黛更安。谁怜京兆妩，妆罢一人看。（《临镜》）

贪看鸳鸯鸟，双飞得自繇。一生夸比翼，定是不知愁。（《鸳鸯》）

按：此组诗辑处同上条。[②]

（六十九）五人墓

霸业全倾世已移，吴人终古慕要离。欲知缇骑因谁罢，寻取山塘六尺碑。[逆党乱政时，正人被逮，率遣校尉自五人之举党，为夺气，自此但诏抚按起，解缇骑按止不复出。]

按：此诗辑处同上条。[③]

（七十）少年行

百万呼卢等一尘，十千沽酒尽芳辰。丈夫志在沙场上，不把骅骝换丽人。

按：此诗辑处同上条。[④]

（七十一）移居乌戍遥别溪干旧游

客身凭徙望乡关，旅舍何堪复梦还。书卷丛残囊箧外，米盐摒挡瓮瓶间。桃花失路遗秦种，明月终令似汉闲。解得鸣琴长一室，青山历历水潺潺。

按：此诗辑自阮元、杨秉初等《两浙輶轩录补遗》卷一。[⑤]

（七十二）寄王兆敏

有客依方丈，无人识苦吟。夜灯光借佛，朝磬食随禽。禅榻重帏秘，经房曲径深。月明花动处，僧定莫趋寻。

① 郑佶．国朝湖州诗续录：卷一．小谷口刻本．1831（清道光十一年）：14a－14b.

② 同①14b.

③ 同①14b.

④ 同①14b－15a.

⑤ 阮元，杨秉初，等．两浙輶轩录补遗：卷一//续修四库全书：第1684册.上海：上海古籍出版社，2002：520.

按：此诗辑自新编《震泽镇志续稿》卷十三《集诗》。① 王兆敏，即“惊隐诗社”成员王锡阐。

十五、施諲佚诗四题

（一）贺毛晋六十寿诗

我闻古来奇特士，穷则著书达则仕。廓然俯仰适所怀，区区名利非足恃。千秋以来作者谁，传信传疑意所期。拥书万卷窥秘奥，古人一席人相师。昆湖之滨隐毛子，意气干霄那可比。终朝谈论高古人，令人如坐春风里。四海交游尽豪杰，弹筝击缶声呜咽。夜倒金尊醉更歌，春月春花相间接。此时毛子秉烛游，此夕宾朋意未休。携手欲上汲古阁，抒毫作赋情悠悠。忽见云旗下茆屋，光彩翻天惊树木。飘摇子晋独吹笙，鸾鹤相随声隐伏。重来进酒昆湖滨，杂坐欢乐难具陈。手披金简欲起舞，志气慷慨相依因。四顾尊前发已白，子孙罗列如圭璧。好拥藏书乐永年，乔松千尺凌云碧。

按：此诗辑自张宗芝等《以介编》。② 诗无标题，系笔者补加。顺治十四年丁酉（1657）春，毛晋六十生辰，该诗系施諲所作贺寿诗。

（二）送宁人

歧路悲难定，亡家剩短吟。孤踪今去国，万死各伤心。欲杀随人意，思家托鸟音。平生重交结，谁复为挥金。

按：此诗辑自沈岱瞻《亭林先生同志赠言》。③ 宁人，即“惊隐诗社”成员顾炎武。

（三）怀宁人

吁嗟蒋山佣，窜迹殊添伤。避仇不计身，朝吟暮佯狂。入水慎风波，登山畏虎狼。按剑未敢鸣，凄恻道路旁。英雄尚千载，有用宁善藏。

按：此诗辑处同上条。④ 宁人，即“惊隐诗社”成员顾炎武。

---

① 震泽镇，吴江市档案局．震泽镇志续稿：卷十三．扬州：广陵书社，2009：332.

② 张宗芝，等．以介编//丛书集成续编：第217册．台北：台湾新文丰出版公司，1988：563.

③ 沈岱瞻．亭林先生同志赠言//顾亭林先生遗书：补遗．吴县孙溪槐庐家塾校刻本．1885（清光绪十一年）：6b－7a.

④ 同③7a.

（四）寄程杓石

黄河春岸逼青峰，翘首晴天去路重。短笛江关千里梦，断云山寺五更钟。哀弦送客残花落，古戍临岐野树秾。飘忽坐惊中夜雨，风雷奔走动蛟龙。

按：此诗辑自王豫《江苏诗征》卷五。[①] 程杓石，即“惊隐诗社”成员程棅。

十六、王礽佚诗一题

同力田过宁人寓

此日江天晚，吴门送别时。不堪将意气，苟且谢知交。山水他乡迥，乾坤一棹移。只今千里路，枫叶是相思。

按：此诗辑自沈岱瞻《亭林先生同志赠言》。[②] 力田，即“惊隐诗社”成员潘柽章。宁人，即“惊隐诗社成员”顾炎武。

十七、王锡阐集外诗一题

王锡阐《晓庵先生诗集》二卷，今存道光元年辛巳（1821）俞钟岳刻本。笔者为之补辑诗作一题。

过湘蟾业师村居看牡丹

柳塘三里近，步屧几回过？为道名花放，春光去已多。

按：此诗辑自徐崧、张大纯《百城烟水》卷四《吴江县》“双杨”条。[③] 又见陈田《明诗纪事》辛签卷十六。[④]

十八、吴宷佚诗五题

（一）北窗高枕歌

出门路维棘，骋驾奚所之。造物等刍狗，醯鸡其群黎。科跣倚窗北，长啸发我噫。熏风披我肌，中我如醉时。枕肱蝶相引，引我登轩

① 王豫．江苏诗征：卷五．刻本．焦山海西庵诗征阁，1821（清道光元年）：6a.

② 沈岱瞻．亭林先生同志赠言//顾亭林先生遗书：补遗．吴县孙溪槐庐家塾校刻本．1885（清光绪十一年）：5b.

③ 徐崧，张大纯．百城烟水：卷四．南京：江苏古籍出版社，1999：312.

④ 陈田．明诗纪事：第6册．上海：上海古籍出版社，1993：3183.

羲。此中饶至理，愚者不能知。甜黑乃淳闷，崄巇悉坦夷。梦与鹿豕耦，不受材狼羁。幽涧耳泉奔，峭壑面云驰。半日遇樵牧，日月朗如斯。荡然天衢步，胡为有藩篱。古之大觉人，乃得游至兹。悠优可忘老，遂有菟裘思。鸣蜩忽长啸，惊我失其居。翻讶觉乃梦，营营尔何为。

按：此诗辑自陈济生《天启崇祯两朝遗诗》卷九。[①]

(二) 画梅歌和吴匡庐

吴生道子善画龙，点睛便欲腾虚空。山阴刘生号雪湖，画梅手可争天工。蜿蜒三丈一时扫，笔作龙飞思御风。草堂汉腊未入腊，寒梅孕萼颓墙东。林公郑公就我食［是日同祀林君复郑所南］，大幅一树悬堂中。骨相神仙此其似，何必摹绘当时容。归来归来骑白鹤，深井涌出青筠筇。奉觞割雌祀其下，俨然香影先春丛。中宵风雨忽并作，只恐一株化作双飞龙。

按：此诗辑处同上条。[②] 吴匡庐，即"惊隐诗社"成员吴珂。

(三) 赠顾樵水画山水歌

某也烟霞具真癖，空囊欲买山无策。思移洲岛置坐旁，翠微白云淡朝夕。耳闻顾生画有灵，安得致之图岳形。一朝葵林识其面，果然五指如五丁。泰山楚江须臾出，能使云雷走白日。高堂谡谡凉飕生，四坐玲珑岚翠湿。尔祖虎头不可得，寞寞助尔有神力。西笺东绢恣所挥，一丘一壑何巍巍。愿君立扫万幅慰，众饥莫与权门屏帐生光辉。

按：此诗辑处同上条。[③] 顾樵水，即"惊隐诗社"成员顾樵。

(四) 元日拟唐人早朝大明宫之作

天街漏尽烛成行，手板深思立晓霜。玉辇临星千仗肃，金铺落月九重光。纪年帝朔新梅柳，封事臣心老桂姜。退食赓歌惭补衮，敢同唯诺但趋跄。

按：此诗辑处同上条。[④]

---

① 陈济生．天启崇祯两朝遗诗：中册．上海：中华书局上海编辑所，1958：1387.
② 同①.
③ 同①1388.
④ 同①1388.

（五）雪窗怀范梅隐青溪

积素前村户皎然，映同玉树剡溪笺。郢中高调元无和，门外谁来访戴船。

按：此诗辑处同上条。[①] 范梅隐，即“惊隐诗社”成员范风仁。

十九、吴珂佚诗十二题

吴珂著有《匡庐集》，今佚。笔者为之补辑诗作十二题。

（一）读离骚

《离骚》名以经，不作文字观。摛辞系名教，误列作者坛。睠言念宗国，杀身良非难。文采不表见，没世情常寒。忍死托以见，缠绵流赤丹。至今千载下，读者生悲酸。骤若赴慷慨，何从见膈肝。所以三百篇，莫非情见端。颠危苟可挽，岂必蹈摧残。汨罗沉此身，想以愧子兰。身亡国亦灭，完毕衷何安。争光日月心，诗书仝不刊。读罢慕遗躅，令人涕汍澜。

按：此诗辑自陈济生《天启崇祯两朝遗诗》卷十。[②]

（二）痛哭

贾生少而文，感慨在封章。阮籍途屡穷，埋熠成猖狂。我遘在阳九，双眼多淋浪。欢乐岂不知，抚心应激伤。昔闻燕臣哭，六月曾飞霜。何为久挥涕，未睹日再光。性情我自行，天心讵可量。愿此一掬泪，洒向明河旁。化为洗兵雨，一涤腥膻场。

按：此诗辑处同上条。[③]

（三）醉乡歌

醉乡封域连青州，左带酒泉右糟丘。尚书曲部开茅土，平原下吏驱督邮。此乡醇和不逐客，从贤从圣皆遨游。游人各自占名胜，稽阮比邻王与刘。淳于叩关无久速，太常斋后多淹留。花奴逢车欲移国，学士闻宣难上舟。刘玄儆居竟忘返，仆射三日非奢求。我曾挂杖至其地，轩渠倾倒离烦忧。略仝樽俎休礼乐，虽殊凉煜迷冬秋。窠风问俗

① 陈济生．天启崇祯两朝遗诗：中册．上海：中华书局上海编辑所，1958：1388.

② 陈济生．天启崇祯两朝遗诗：下册．上海：中华书局上海编辑所，1958：1611.

③ 同②.

乡正黑，红裙角社花分俦。俄闻苛政发伯雅，旋传良计成鹴裘。忽然灌夫横阑入，遂使边徼生纷蹂。憔悴三闾畏莫过，渔父致激沧浪讴。俗子升堂不入室，侍侧何异偕蜉蝣。华胥仿佛称乐国，令人自远难搜求。酿王有时盟带砺，当乞赤社为其侯。

按：此诗辑处同上条。①

（四）九有歌（选四首）

我有噫！彭蠡晴澜武夷色，黄埃隔限豺狼域。乘风鸿鹄翔北极，为我衔诉心悲恻。（其一）

我有语！沥血告人人莫许，呼牛呼马念尔汝。悲来填膺咽凄楚，惟留舌在诅群鼠。（其二）

我有痛！绝脰陷胸休较恸，黄沙填塞银河冻。呼号向天星斗动，恨杀留侯锤不中。（其三）

我有我！神酸意热胸磊砢，饥耶寒耶相许可。妖狐击尾倏成火，丑倚青怜作柔弹。（其四）

按：此组诗辑处同上条。②

（五）与子仪夜话有感

愁计已多年，难将几语传。未醒同梦恶，无恙各魂怜。笑值悲凉少，浇输块垒坚。与君忘晋魏，枉杀祖龙烟。

按：此诗辑处同上条。③

（六）秋感，次黄石斋、杨机部、陈皇士洗心倡和诗韵（选十三首）

云豁众山明，秋容依旧平。溯流追石户，酹酒谢田横。倦鸟孤村远，寒蝉几树清。遥思帝秦日，只颂曾先生。（其一）

摊书寻古道，不忍读《无衣》。敛手看乘鹤，惊魂幸掩扉。猿将君子是，麟岂圣人非。却笑潺潺水，朝宗何处归。（其二）

倚啸发悲响，战林寒色多。露催蛩吊月，天逗石惊河。计屐储千蜡，驱山择几螺。野人休怪笑，愚谷竟如何。（其三）

已信天曾梦，还惊水有工。饮水无济热，候日再占中。菊乞高人

---

① 陈济生．天启崇祯两朝遗诗：下册．上海：中华书局上海编辑所，1958：1611－1612.

② 同①1612－1613.

③ 同①1613.

谱，橘传国士风。花源虽小结，秦政不容通。（其四）

猛欲烧天问，还疑有答来。鸟安痴是性，鸠仗拙为才。谈虎先惊石，窥堂直戒雷。只需邹衍律，水壑顿教开。（其五）

万树凄风满迳沙，试寻何地是吾家。劫灰忽遘昆池黑，界石难分赤岭斜。急雨挟寒啼木叶，悲笳改调咽梅花。江南十月天犹暖，不道飞霜压草芽。（其六）

明月依然卧碧澜，乘风归去想高寒。敲残牛肉不知旦，白尽乌头且耐看。吴苑鹿嗔丞相目，渭城波远露仙盘。佯狂只恐开藏拙，直截纲常属比干。（其七）

浪把人情比薄云，出山谁与较遗熏。呼回大梦天宁闭，祷去顽阴岳不群。申子泣来衣有赋，谢翱歌罢石无闻。久谙肉食多庸福，且裹牛蓑学鸟耘。（其八）

短吟长啸领春风，谁料搀抢蚀斗中。辨语倩来公治子，威仪贱杀叔孙通。沉埋泗水疑非鼎，弯挂扶桑忆有弓。却笑坑灰徒自热，桥边早订付书翁。（其九）

桑田何意忽飞涛，却比仙人屡伐毛。忙向徂公祈众喜，误将尔雅认双螯。歌来半夜旋成楚，投尽长河不化醪。形胜古今谁首尾，莫讥江上泛渔舠。（其十）

一夕悲风啸白苹，篆云壁月竟沉沦。何曾藜杖吹为火，那识根车误作银。水窖已枯攀鼎泪，白虹无济献图身。任教大剑夸毛颖，博浪谁知似妇人。（其十一）

古人不用苦临摸，总在修戈与负图。射石有能陪李广，潜夫何必论王符。驱来白鹤虽教舞，睡去骊龙竟失珠。千日即奇还易醒，中山错记酒堪沽。（其十二）

南斗惊传字有星，北风吹马渡江汀。亡秦古语虽三户，扫地今云任五经。无路问人呼执简，有时击节壮犁庭。昆阳王气如丰沛，不赋离离乱客听。（其十三）

按：此组诗辑处同上条。[①] 陈皇士，即“惊隐诗社”成员陈济生。

（七）秣陵杂兴（选十首）

古今佳丽野烟重，又见荒榛没旧宫。江岸涌潮沉败铁，海门吞柱

① 陈济生．天启崇祯两朝遗诗：下册．上海：中华书局上海编辑所，1958：1613－1615.

矗奇峰。平阳舞散乌赓曲，博陆坟迷草壮封。玉树可怜歌未阙，旌旗唐突景阳钟。（其一）

万堞高城万斛艭，消沉虚负古名邦。未闻鸣镝先窥井，不用投鞭始断江。隐显青山连郭一，浮沉白鹭夹舟双。老僧忘却兴亡苦，依旧疏钟月里撞。（其二）

鸡鸣山势卷逶迤，古帝空留蔓草祠。驼影立峰窥户久，鼯飞乳子入梁迟。沧桑各历应追痛，土木何仇亦构奇。见说寺僧藏几像，功臣庙貌更堪悲。（其三）

河山襟带奠王居，尽道金汤百二余。归命只知歌尔汝，茂弘何策挽丘墟。讴吟白水惟思汉，仁义朱弓不救徐。牛首烟岚桃渡月，离骚愁杀楚三闾。（其四）

菁葱乔木敞高轩，问是通侯旧赐园。珠履竟迷芳草梦，玉箫空殉海棠魂。曾听度曲莺犹和，久识论功树不言。燕子莫惊新易主，含元基上马频喧。（其五）

昔日豪华竟不还，尚留遗谱认跻攀。篆蜗碑立荆榛石，断剑坟欹风雨山。压酒柳花悲子夜，送愁金缕失阳关。黍离麦秀须臾事，望见峰头有鹤闲。（其六）

休从帝里忆当年，何处惊心不可怜。语向陬隅推正律，装留王会续新编。柳枝夜杂笳音惨，竹叶浓投酪味膻。尘尾隐囊游齿屐，风流谈笑旧如仙。（其七）

静掩团蕉客不敲，陶泓毛颖旧贫交。痴名渐老安王湛，诗意多寒入孟郊。开卷蠹争先食字，谋家鸠许共营巢。登山谁道无双屐，愁见台城锁白茅。（其八）

只道卢家玉有堂，月痕无奈觅凄凉。伯舆情死难禁恸，卫虎言愁总到肠。何处游仙还赠枕，阿谁约伴更遗香。朱楼十二围歌舞，付与蛛丝败叶廊。（其九）

野性惟应木石参，即知憔悴亦江潭。党碑我欲刊贫贱，秽史人凭谱笑谈。愁到子卿犹有节，功如郭令始无惭。漫言庾信多哀赋，今日江南更不堪。（其十）

按：此组诗辑处同上条。[①]

---

① 陈济生．天启崇祯两朝遗诗：下册．上海：中华书局上海编辑所，1958：1615－1616.

（八）皇士选《明诗奇赏》及《岁寒集》，征诗及余，赋谢

愧乏三都继左思，敢劳玄晏费雄辞。吟髭断尽虫亏和，壶口敲残雨不催。侧理止容供白战，玲珑无调比红儿。米颠鉴赏商周篆，搜到秦人没字碑。

按：此诗辑处同上条。[①] 陈济生《明诗奇赏》及《岁寒集》二书均佚。

（九）题潜确子采菊图

谁将傲骨领秋光，落落幽枝带薄凉。有史尔应修作逸，无餐我欲乞为粮。看山且作篱边影，觅句还寻雨后香。不是渊明爱盈把，须知莫逆在凌霜。

按：此诗辑处同上条。[②]

（十）菊影

朦胧醉眼不知光，忽讶枝枝尔许长。若使月痕能写炤，陶家四壁至今香。

按：此诗辑处同上条。[③]

（十一）襟兴

静掩团蕉客不敲，陶泓毛颖旧贫交。痴名渐老安王湛，诗意多寒入孟郊。开卷蠹争先食字，谋家鸠许共营巢。登山谁道无双履，愁见台城锁白茅。

按：此诗辑自袁景辂《国朝松陵诗征》卷二。[④] 又见王豫《江苏诗征》卷十二[⑤]，诗题为《"杂"兴》，首联作"静掩篷门客不敲，陶宏毛颖旧贫交"。

（十二）和庄君声五月菊

扶疏只爱树阴凉，不道东篱预有香。一种冷肠何忽热，三秋佳色改端阳。北窗正值陶元亮，蒲酒还疑费长房。旧伴茱萸应寂寞，莫贪炎味怯寒霜。

---

① 陈济生．天启崇祯两朝遗诗：下册．上海：中华书局上海编辑所，1958：1616.

② 同①.

③ 同①.

④ 袁景辂．国朝松陵诗征：卷二．刻本．爱吟斋，1767（清乾隆三十二年）：19b－20a.

⑤ 王豫．江苏诗征：卷十二．刻本．焦山海西庵诗征阁，1821（清道光元年）：6a.

按：此诗辑自新编《震泽镇志续稿》卷十三《集诗》。①

二十、吴南杓佚诗九题

吴南杓，吴炎弟。著有《知希》《在涧》《豫章》《辽游》诸草，均佚。笔者为之补辑诗作九题。

（一）发宁远

崎岖沙里碛，老去倍艰辛。衣薄肌生粟，风高目翳尘。马疲逾岭怯，家远觉朋亲。堪笑支离叟，居然绝域身。

按：此诗辑自袁景辂《国朝松陵诗征》卷四。② 吴炎遇难后，吴南杓亦受到牵连。陈去病《吴节士赤民先生传》文末交代其北徙尚阳堡③，即今辽宁省铁岭市开原市。吴南杓该诗应作于流放途中。

（二）入关，同姚别驾登角山寺

兹岭巉岩极，扳跻任短筇。峰回不见寺，山半忽闻钟。河曲萦如带，松蟠势若龙。回头无限意，不忍别辽东。

按：此诗辑处同上条。④

（三）富春

牵江百丈缆，滩浅上流难。春碓喧云际，遥钟出树端。船迎双鹭白，面扑万山寒。缅想披裘客，名高一钓竿。

按：此诗辑处同上条。⑤

（四）过湖口

帆挂五湖东，遥苍拥乱峰。天空风落雁，树暗雨沉钟。野艇轻高浪，人家急暮春。洞庭烟水阔，寂寞卧鱼龙。

按：此诗辑处同上条。⑥ 又见王豫《江苏诗征》卷十二。⑦

---

① 震泽镇，吴江市档案局．震泽镇志续稿：卷十三．扬州：广陵书社，2009：333.

② 袁景辂．国朝松陵诗征：卷四．刻本．爱吟斋，1767（清乾隆三十二年）：18a.

③ 陈去病．陈去病诗文集：上编．北京：社会科学文献出版社，2009：286.

④ 同②18b.

⑤ 同②18b.

⑥ 同②18b.

⑦ 王豫．江苏诗征：卷十二．刻本．焦山海西庵诗征阁，1821（清道光元年）：8a.

（五）宿灵岩下院

傍晚投精舍，泠然澹俗营。空堂云易入，秋木响难平。僧定心知寂，楼高月较明。终宵清不寐，高枕为泉声。

按：此诗辑处同上条。[①]

（六）入信州呈章司马

青山黯黯戍楼颓，乱后重游首重回。芳草满城人不见，落花空巷燕还来。十年踪迹凭诗卷，到处逢迎付酒杯。为语信州章半刺，秋高中泽有鸿哀。

按：此诗辑处同上条。[②]

（七）锦州道上

海天烟树莽萧萧，山接庐龙地势遥。幕府屯营遗旧垒，传峰亭嶂识前朝。云横大漠晴雕迥，秋老平原猎骑骄。十万健儿同尽此，只今磷火照清宵。

按：此诗辑处同上条。[③]

（八）欢喜岭

岭名欢喜客偏愁，无那黄榆白草秋。遮莫西风吹短鬓，一时霜雪已盈头。姜女祠边海气黄，朔风吹急雁南翔。停骖一望行人少，不上龙堆也断肠。

按：此诗辑处同上条。[④]

（九）丰润道中寒食

蓟北寒深春较迟，绿杨三月恰垂丝。夕阳细雨催寒食，正是江南花落时。

按：此诗辑处同上条。[⑤]

---

① 袁景辂．国朝松陵诗征：卷四．刻本．爱吟斋，1767（清乾隆三十二年）：18b－19a.
② 同①19a.
③ 同①19a.
④ 同①19b.
⑤ 同①19b.

二十一、吴炎佚诗五题

吴炎著有《吴赤溟先生文集》不分卷，今存光绪三十二年丙午(1906)国学保存会排印《国粹丛书》(第二集)本。又与潘柽章合撰诗集《今乐府》，有《四库禁毁书丛刊》影印清抄本，见集部第74册。笔者在此基础上，为之补辑诗作五题。

(一)营中送春

一半春光缧拽过，唾壶敲缺待如何。莺声啼老听难到，柳絮飞残扑转多。畹晚斜阳连雉堞，朦胧短梦绕岩阿。不堪往事成回首，总付钱塘东逝波。

按：此诗辑自钮琇《觚剩》卷一《吴觚·上》“虎林军营唱和”条。[①]

(二)怀古(四首)

将军野战最知名，半壁河山一力撑。义在《春秋》臣节殚，法过韬略阵云明。运移宋历终江海，功就蕲王敢弟兄。痛饮黄龙千载恨，钱塘夜夜有潮声。(其一《咏岳忠武》)

阊阖行歌未死身，一言投契作宗臣。报仇暮日忘荆国，抉眼衰年看越人。罗刹江头潮最怒，姑苏台畔草长新。虫沙猿鹤无穷化，愿向波涛问大神。(其二《咏伍相国》)

杭州刺史最风流，箫鼓楼船春复秋。讥诮每撄丞相怒，判书常应老翁求。六桥花柳蒙遗泽，两岸湖山纪胜游。当日怜才岂无意，峨嵋夜月照高丘。(其三《咏苏文忠》)

开元城外黑云屯，土木营边日月昏。手挟六龙群喙定，身担一线国威尊。战争有几禁南牧，缯币无多返北辕。两字狱成明主惜，高名赢得并乾坤。(其四《咏于忠肃》)

按：此组诗辑处同上条。[②]

(三)与美生对酌绝句

平生恨不学屠沽，输与高阳一酒徒。此日尊前须尽醉，黄泉还有卖浆无?

---

① 钮琇．觚剩．上海：上海古籍出版社，1986：6.

② 同①.

按：此诗辑处同上条。[①]

（四）丹青引赠周侍郎闇昭

世人不识丹青道，肉眼朦胧昧真实。古来画神不画形，化工无痕始称好。其中精理得者稀，前有尚书后绣衣。麒麟生面开未得，奚囊空贮江山归。沧浪寂寞朝且暮，埋轮直少盟鸥鹭。千觞百咏老不知，更遣深情托毫素。画水作溟渤，画山成昆仑。蛟螭雷雨忽飞动，洪涛绝壁直崩奔。有时点染小山色，寸渚霏微翠尝滴。溪深林远落花静，钓舟自逐孤云入。山水大小不足云，得失还须静者分。屏端已识辋川句，卷后必有河东文。手能挥洒口能说，定使良工叹奇绝。乾坤并作壶中图，何处仙人尚生活。衡山子，石田生，君家尚书俱有声。寥寥此传至今绝，先生并集三家成。秦川岱岭悉破碎，剩水残山空点缀。索取先生一幅绡，想见千秋真带砺。

按：此诗辑自周灿《泽畔吟》附录。[②] 周闇昭，即"惊隐诗社"成员周灿。

（五）怀王兆敏笠泽

空湖少烟艇，废学无弦歌。王子肩古道，短铗长摩抄。白眼不容俗，门外生蒿萝。高吟停层云，积泪添寒波。大圜散至道，惟君得最多。迂狂世所命，塞耳从讥诃。思君把君句，使我苏沉疴。

按：此诗辑自新编《震泽镇志续稿》卷十三《集诗》。[③] 王兆敏，即"惊隐诗社"成员王锡阐。

二十二、吴在瑜佚诗一题

拟阮步兵咏怀

天地犹一指，万物犹一马。是非互彼我，安识真与假。岌岌朝市间，强者死其下。出入生杀机。达观亦已寡，往事难具陈，以劝后来者。

按：此诗辑自袁景辂《国朝松陵诗征》卷三。[④] 阮步兵，即阮籍。

① 钮琇．觚剩．上海：上海古籍出版社，1986：7.

② 周灿．泽畔吟//丛书集成续编：第123册．上海：上海书店出版社，1994：476.

③ 震泽镇，吴江市档案局．震泽镇志续稿：卷十三．扬州：广陵书社，2009：333.

④ 袁景辂．国朝松陵诗征：卷三．刻本．爱吟斋，1767（清乾隆三十二年）：23b－24a.

二十三、吴宗汉佚诗二十九题

吴宗汉著有《南村遗稿》，今佚。笔者为之补辑诗作二十九题。

（一）审交，本孟东野，和徐崧之

枳棘初生时，青青似柑柚。滋养待成林，芒刺伤我手。结交若非人，不但初心负。名义如丘山，斯人等埃垢。君子田中禾，小人禾中莠。同亩而异根，安得秋实茂。宁为管华隙，莫效苏李厚。君看岱顶松，岂挂强嬴绶。所以梅竹心，相得严霜后。

按：此诗辑自陈济生《天启崇祯两朝遗诗》卷九。[①] 又见钮琇《觚剩》卷一《吴觚·上》“岁寒集”条[②]，题为《追和孟东野审交》，文字出入较大，全录如下：“枳棘初生时，青青似柑柚。滋养待成林，芒刺伤我手。结交非其人，不但初心负。名义如日星，斯人等埃垢。君子田中禾，小人田中莠。同亩而异根，安得秋实茂。宁为管华薄，莫效苏李厚。厥初或依违，鲜终谁执咎。”又朱彝尊《明诗综》卷八十上[③]、卓尔堪《明遗民诗》卷十四[④]、王豫《江苏诗征》卷十二[⑤]，均题为《和孟东野审交诗》，正文与钮琇《觚剩》相同。

（二）拟游仙诗和雪筠

磊磊山上石，阴阴峡中木。柯叶无冬春，云气郁含蓄。中有餐霞羽，貌丹神肃肃。拄策临涓流，呼童饮清犊。自称浮丘子，踪迹混樵牧。黄云冒灵芝，白月映真箓。回首睨阛阓，茫茫尘万斛。人生洵多欢，所恨年岁促。

按：此诗辑自陈济生《天启崇祯两朝遗诗》卷九。[⑥]

（三）冬青树行，本唐玉潜，和沈仁叔

老狐嘘腥风，弁月窥深井。龙蜕犹有神，谁能窃灵炳。宝气烛青霓，下闭日月冷。孤根扃黄宫，寂寞万古永。青蝇不复陈，翔鸾吊清景。

---

① 陈济生．天启崇祯两朝遗诗：中册．上海：中华书局上海编辑所，1958：1383.
② 钮琇．觚剩．上海：上海古籍出版社，1986：1.
③ 朱彝尊．明诗综：第 7 册．北京：中华书局，2007：3905.
④ 卓尔堪．明遗民诗：下册．上海：中华书局上海编辑所，1961：573.
⑤ 王豫．江苏诗征：卷十二．刻本．焦山海西庵诗征阁，1821（清道光元年）：5b.
⑥ 同①.

按：此诗辑处同上条。①

（四）追和谢皋羽西台痛哭击竹如意歌

天崩兮海沸，魂连幨兮云之际，欲归来兮下无地。

按：此诗辑处同上条。②

（五）余不归二岁，丁亥秋，闻伯兄病亟，陪高、云翅来讯，夜饮从兄北窗书楼，惨然不乐，和七兄长歌

霜叶满皋如雁飞，秋风欲哭游子归。醒乎梦乎兄与弟，容颜犹是毛发非。亦知此是生相见，登堂执手空依依。一声两声但言好，至性攻中悲竟倒。三雏拭泪纷相扶，一雏长成二雏小。怀中有孙始学言，爹呼吾兄奶呼嫂。生不识我性则通，众中嬉笑投我抱。同来好友所相知，我之兄弟兄弟之。高楼埋尘一为扫，青樽此夜悲淋漓。坐中七兄歌咄咄，倚剑仰天冲白日。百年心事四人同，一杯在手性情发。明朝仍恐各西东，灭烛开轩放明月。

按：此诗辑处同上条。③ 北窗，即“惊隐诗社”成员吴宷。七兄，即“惊隐诗社”成员吴宗潜。由诗题可知，该诗作于顺治四年丁亥（1647）秋。

（六）追和杜子美喜达行在所

葵藿孤臣志，倾阳竟可回。一腔惟有血，百炼未成灰。发为忧时尽，颜从覲主开。旧京诸父老，日望六龙来。

按：此诗辑处同上条。④

（七）水中雁字，次宝觉僧韵

蹴起平沙百顷烟，寒江浮影断还连。蒹葭晓渚首飞白，滟溯晴堆见草玄。江上相思惟月寄，天边消息并鱼传。蚁人岂会飞潜意，幻出回文满百川。

按：此诗辑处同上条。⑤

① 陈济生．天启崇祯两朝遗诗：中册．上海：中华书局上海编辑所，1958：1383.
② 同①1383－1384.
③ 同①1384.
④ 同①1384.
⑤ 同①1384.

（八）闻笛，分得“梅”字

关河万里暗黄埃，何处遥传横吹哀。战伐春风仍草木，乱离明月尚乌台。衰年别思难为柳，永夜吟心并作梅。林薄不堪同醉倚，瀰天无数雁南回。

按：此诗辑处同上条。①

（九）绝粒诗，和七兄

日午槐阴犹未烟，懒眠何必腹便便。妇因无米难为巧，女不啼饥益可怜。羞与乌鸢争一饱，欲驱鸡犬共成仙。空虚自觉心无累，却得闲中养浩然。

按：此诗辑处同上条。②

（十）少年行，和高云翅（二首）

白马黄衫四瀰身，报仇京国未逢辰。万金囊橐寻常尽，只有龙泉不赠人。（其一）

意气新从屠狗游，耻随李广事封侯。手中鹞子千金价，不遇珍禽不下鞲。（其二）

按：此组诗辑处同上条。③

（十一）侠客行

气尽拔山一剑孤，八千子弟不如虞。千金独负重瞳诺，季步原来只中奴。

按：此诗辑处同上条。④

（十二）病中百感（选十首）

风雨寒原新旧魂，总酬十有七年恩。何当蹂躏燕然北，高鼻京观报尔冤。（其一）

枉降轮台诏责躬，谁人江有恫遗弓。东南民力何尝竭，万丈修塘几日功。（其二）

烽火虽非端拱时，未尝箕饮尽民脂。一年经济群公在，渺渺燕云

---

① 陈济生．天启崇祯两朝遗诗：中册．上海：中华书局上海编辑所，1958：1385.

② 同①.

③ 同①.

④ 同①.

我所思。(其三)

讨叛旌忠岂当真，文章奇货可荣身。布衣競上平南策，半是当年草檄人。(其四)

慢道荀家有八龙，半埋泉底半泥中。而今龙小蝘蜓大，浊漉难施雷雨功。(其五)

偿杀难完妻子逋，漫将孙石望穷途。秋来吃尽嗟来饭，尊长于今何处无。(其六)

一瓢淡水美于饴，尽日关门影对谁。奇货一头明镜雪，世间和尚得便宜。(其七)

两贤岂厄况同舟，诸老尊周实误周。早得了将门内讼，钱塘哪见一鞭秋。(其八)

昂头拟献一封书，天上何人注起居。上帝耄勤多失德，馨香吐弃享腥余。(其九)

谁人堪与说从头，只合山中老一丘。死战不从和议策，且于公等割鸿沟。(其十)

按：此组诗辑处同上条。[①]

(十三) 悼亡 (四首)

半醉归来月未升，异乡风雪共残灯。几回欲解狂吟渴，独向寒潭夜汲水。(其一)

已拼云水作逋逃，秋月春花共一舠。良夜向谁谋斗酒，从今不敢向人豪。(其二)

曾拼一病委尘埃，那个扶余去复来。最是避人檐外立，至今春雨湿青苔。(其三)

贫贱相依也自繇，十年辛苦半途休。寄声闺阁青春女，莫绣鸳鸯绣白头。(其四)

按：此组诗辑处同上条。[②]

(十四) 崇义晓钟

野色微茫欲曙天，隔溪百八寺钟传。听来残柝村更后，落向孤臣客梦边。带雨萧条秋籁杂，随风清切梵音连。何人肯悟浮生理？名利

① 陈济生．天启崇祯两朝遗诗：中册．上海：中华书局上海编辑所，1958：1385－1386.
② 同①1386.

征途起万缘。

按：此诗辑自徐崧、张大纯《百城烟水》卷四《吴江县》“崇义禅寺”条。①

（十五）怀雪厂上人

不见厂公七载余，袖中犹有未磨书。一瓢渺矣青山汝，半榻萧然黄菊予。良夜残灯人醉后，沧江细雨雁来初。怀君更有惭君处，野鹤孤云信所如。

按：此诗辑处同上条。②

（十六）拟道路忆山中

微阳澹遥薄，羁客困尘鞅。珪帛策今志，烟霞厉曩想。迟迟楚粤郊，一步一回仰。灵境隔紫霄，夙昔凭诞放。坠萼荐春屐，归云丽秋氅。轩开纳曙景，襟豁眷初爽。自生性情悦，愿领丘壑长。浩浩九门津，恢恢千目网。野犊被文锦，虽贵非所赏。铜斗瞻渐碧，禹穴顾已莽。新游非故乡，登顿益慨慷。空抱嵇生琴，戚戚发哀响。

按：此诗辑自钮琇《觚剩》卷一《吴觚·上》“岁寒集”条。③

（十七）咏梅花

百卉千妍竟艳阳，有人篱角问孤芳。寒交近与苍松绝，滥籍秦官亦可伤。

按：此诗辑处同上条。④

（十八）赋得城春草木深（二首）

名区屯宿莽，春向几人家。衙晚听啼鸟，碑残卧落花。堂巢无主燕，池唱在官蛙。何必曾侯印，东门遍种瓜。（其一）

百战余荒垒，阳和尚草莱。青帘花外肆，乌鹊雨中台。怨气流为火，腥痕绣作苔。登高如可赋，愧乏鲍生才。（其二）

---

① 徐崧，张大纯．百城烟水：卷四．南京：江苏古籍出版社，1999：291.

② 同①.

③ 钮琇．觚剩．上海：上海古籍出版社，1986：1.

④ 同③.

按：此组诗辑处同上条。①

（十九）田家秋兴

九月筑场后，田家事事幽。断桥霜下坂，修竹水边楼。鸡犬无心昼，菰蒲有望秋。莳蔬携锸短，栽枳结篱稠。灯火邻舂共，鱼书社饮修。落桑秔入瓮，覆草穄成丘。檐曝贪朝坐，溪云动晚讴。牵萝闲补漏，策杖遍寻俦。梦以无因永，行缘得句留。所须无冻馁，城市有何求。

按：此诗辑处同上条。②

（二十）寡女行

明月夜照井上霜，如花寡女开中堂。当轩轧轧朝复暮，机中之锦他人裳。夜阑月转灯烬灭，独向空床抱冰铁。君不见东家鹤发娘，垂老嫁人为媵妾。

按：此诗辑处同上条。③

（二十一）西门行

西门有高冢，乃是城中富家儿，当年不乐，为后人嗤。后人嗤，后人仍效之。日复一日，坐令青鬓丝。疏布裘，屈木卮，此物我所制，奈何坐令他人嬉！城中车马客，不向西门冢上驰。即向西门冢上驰，冢中之人不能复起相追随。请尽今日欢，明日非我知。

按：此诗辑处同上条。④

（二十二）东门行

出东门，意欲前，欲前未及得前，远闻儿啼女泣，使我仆马为流连。君但行，勿留连。堂上有两亲，机中有丝日一缣，贱妾餔糟糠，终不令君亲饥且寒。道傍之水泥浊浊。长安马，多食粟。一车覆，一车续。愿君为臣忠，为吏廉，吹风到茅屋。结驷归来非我欲。

按：此诗辑处同上条。⑤

---

① 钮琇．觚剩．上海：上海古籍出版社，1986：1－2.
② 同①2.
③ 同①2.
④ 同①2.
⑤ 同①2.

（二十三）西山爽气

雨歇池馆凉，开轩睇原隰。遥峰如盥栉，苍翠净可吸。竹树延清晖，苔阶响余滴。群鸟次第起，远背晨光没。我意亦悦之，曳杖遥与即。旷然融心魂，神领兴自给。松风塞双耳，米盐讵容入。出门无可营，坦坦任所适。

按：此诗辑处同上条。①

（二十四）寄题周蟄庵新居（二首）

周子幽栖处，浮名信可逃。竹才埋瓦屋，水足受鱼舠。近渚饶菰蒋，低檐见桔槔。从知予去后，双板没新蒿。（其一）

苎桑通小径，鸡犬自成村。乱水绕三面，数家同一门。塾童来问字，邻叟共携尊。纵遣桃花出，无人解觅源。（其二）

按：此组诗辑处同上条。②

（二十五）寄故乡诸友

白云红树隐溪塘，何处登高可望乡？百里畏途天外梦，两年愁鬓客中霜。刺秦惭负千金诺，归蜀空回九曲肠。倘有贫交问流落，尚悬双眼看苍苍。

按：此诗辑处同上条。③

（二十六）于忽操（二首）

于忽乎，不可以为，其又奚为？并坐而嬉，吾安知其为魑？双笑而视，吾安知其为魅？谓神奸可避兮，神禹铸以贡金。孰虞世事之茫昧兮，经泗水而销沉。魑兮魅兮，尔何忌兮。（其一）

于忽乎，不可以为，其又奚为？帻辒之轴积羽，折之孟津之堤。群蚁穴之物，莫不轻于所忽。致今日之若斯，嗟前人莫之图兮，后来者若之何其。（其二）

按：此组诗辑自朱彝尊《明诗综》卷八十上。④

---

① 钮琇．觚剩．上海：上海古籍出版社，1986：2.

② 同①2－3.

③ 同①3.

④ 朱彝尊．明诗综：第7册．北京：中华书局，2007：3904.

（二十七）花朝集周侍郎闇昭南园

茂叔门前春草霏，幽期我亦恋寒晖。人伦李郭今仍在，耆旧东南半已非。晴倚石阑攲白祫，画搴帘角待乌衣。山翁何事安真率，多少红尘未得归。

按：此诗辑自周灿《泽畔吟》附录。[①] 周闇昭，即"惊隐诗社"成员周灿。

（二十八）东园咏，和王寅旭（并序）

东园，余故游地也。别六年许，卉木添荫，竹曾玄矣。己丑春，友王生馆其处，赐以嘉名，题之雅咏。花竹泉石，老得奇遭。发越飞扬，希报至德。呜呼，箫管池头，流慚未歇；辋川中人，曾何足道。若裴、邱诸君清音唱答，雅有风流，则余与王生所窃比云尔。

文鱼游初扬，忽翻菱叶人。乃知莳花人，抱瓮竹边立。（《补畦池》）

曾闻醉有乡，数椽无乃是。余来不敢频，此中有驱使。（《醉吟寮》）

入径不数亩，如行三里强。主人新得道，别有种花方。（《花径》）

欲护闲花草，编篱不厌稠。外边风景异，割作小鸿沟。（《竹篱》）

沙岸从崩蚀，偏宜老树斜。得从新竹里，过水看梅花。（《断桥》）

碧玉调新弄，飞来片片霞。横斜池上影，清浅水如花。（《绿萼梅》）

按：此组诗辑自新编《震泽镇志续稿》卷五《园第》。[②] 东园系"惊隐诗社"成员沈嘉楠居所。由吴宗汉该组诗小序可知，顺治六年己丑（1649）王锡阐曾坐馆东园。

（二十九）哭王存久

重到论文地，吁嗟失故人。时风能灭性，宿草不埋神。攲榻棋枰夜，虚堂书卷春。著《骚》余泪在，应尽此沾巾。

按：此诗辑自新编《震泽镇志续稿》卷十三《集诗》。[③]

---

① 周灿．泽畔吟//丛书集成续编：第123册．上海：上海书店出版社，1994：476.

② 震泽镇，吴江市档案局．震泽镇志续稿：卷五．扬州：广陵书社，2009：103.

③ 震泽镇，吴江市档案局．震泽镇志续稿：卷十三．扬州：广陵书社，2009：331.

二十四、吴宗泌佚诗十九题

吴宗泌著有《西山集》，今佚。笔者为之补辑诗作十九题。

（一）野眺（残句）

花明背郭寺，柳暗入村桥。

（二）醉归（残句）

荇乱牵摇橹，鸥惊触过船。

（三）村居（残句）

木脱云辞径，禾登鸟集门。

（四）吴兴旅次（残句）

老藤随树倒，危石带沙崩。

（五）村桥远眺（残句）

天长众鸟去，林远细烟升。

（六）春窗对雨（残句）

窗雨沉花影，檐风落鸟声。

（七）游硖石东山（残句）

柳深莺坐稳，柏老鹤巢危。

（八）晓寒（残句）

霜花骄古木，水骨压狂流。

（九）春夜步月（残句）

暗香花隐月，迷路树钩衣。

（十）题画（残句）

远水日斜渔倚棹，空山云起客登楼。

（十一）入山（残句）

江寒雁落芦花国，山冷人归枫叶村。

（十二）秋霁（残句）

槛外雨过群蝥响，檐前风定一蝉闻。

（十三）春怨（残句）

惊残好梦憎啼鸟，催理新妆恼侍儿。

（十四）新迁（残句）

竹孙脱箨看过屋，鸥母携雏并浴川。

（十五）雨望（残句）

废苑亭台新牧陇，孤村烟水旧渔家。

（十六）秋夜（残句）

幽砌露寒蛩近榻，荒园槿落犬穿篱。

按：以上十六题，均辑自钮琇《觚剩》卷一《吴觚·上》“西山五七言”条。①

（十七）经新市废刹

破寺僧亡尽，巢鸟遍老松。独怜今夜泊，月落不闻钟。

按：此诗辑自朱彝尊《明诗综》卷八十上。② 又见卓尔堪《明遗民诗》卷十四。③

（十八）将移居题壁

渊明归去来，门栽五柳碧。待得柳成荫，主人翻作客。

按：此诗辑处同上条。④ 又见卓尔堪《明遗民诗》卷十四。⑤

（十九）春日与九兄读书应天寺，复得宁武兄弟同事

花宫淑气动珠珊，邺下重登旧赋坛。五叶莲开金藏转，六经云护石渠寒。东山蜡屐春来满，西域星槎天上还。闻道抡才翻故格，时逢汉使共盘桓。

---

① 钮琇．觚剩．上海：上海古籍出版社，1986：4－5.

② 朱彝尊．明诗综：第7册．北京：中华书局，2007：3905.

③ 卓尔堪．明遗民诗：下册．上海：中华书局上海编辑所，1961：600.

④ 同②.

⑤ 同③.

按：此诗辑自新编《震泽镇志续稿》卷七《寺观》。① 诗附眉批：“句颇工整，有馆阁气。”宁武，即“惊隐诗社”成员金瓯。

二十五、吴宗沛佚诗一题

五日，同诸公祭三闾大夫，得“然”字

乱余同志集溪偏，临水投诗吊郢贤。野寺竹阴来楚色，五湖岚影接湘天。孤危心事还如见，憔悴形容各自怜。敬荐一卮沉角黍，相看双泪尽潸然。

按：此诗辑自袁景辂《国朝松陵诗征》卷二。② 又见王豫《江苏诗征》卷十一。③“惊隐诗社”通常于每年的五月五日举行社集，祭祀屈原，分韵赋诗。吴宗沛该诗系社集之作。

二十六、吴宗潜佚诗七题

吴宗潜著有《东篱野人诗草》，今佚。笔者为之补辑诗作七题。

（一）过家湘蟾兄，时值牡丹盛开

忽忽吾生老，茫茫客路赊。今朝闲倚棹，此地复看花。村柳春波绿，官桥夕照斜。柴门如昼掩，何异卧烟霞？

按：此诗辑自徐崧、张大纯《百城烟水》卷四《吴江县》“双杨”条。④ 又见新编《震泽镇志续稿》卷十三⑤，题为《过双杨湘蟾兄，值牡丹盛开》。湘蟾兄，即吴培缨，是“惊隐诗社”成员王锡阐的业师。该条还附录吴培缨《庭前牡丹先叔同凡公所植，对之有感，并示松之》诗二首⑥，以及前录王锡阐《过湘蟾业师村居看牡丹》一诗。

（二）中秋家宴（残句）

大烹豆腐瓜茄菜，高会荆妻儿女孙。

按：此残句辑自钮琇《觚剩·续编》卷一《言觚》“东里奇句”条。⑦

---

① 震泽镇，吴江市档案局．震泽镇志续稿：卷七．扬州：广陵书社，2009：143.

② 袁景辂．国朝松陵诗征：卷二．刻本．爱吟斋，1767（清乾隆三十二年）：19a.

③ 王豫．江苏诗征：卷十一．刻本．焦山海西庵诗征阁，1821（清道光元年）：19a.

④ 徐崧，张大纯．百城烟水：卷四．南京：江苏古籍出版社，1999：312.

⑤ 震泽镇，吴江市档案局．震泽镇志续稿：卷十三．扬州：广陵书社，2009：330.

⑥ 同④.

⑦ 钮琇．觚剩．上海：上海古籍出版社，1986：191.

该句系吴宗潜名句，为清代诗人钱载、李调元、俞樾等人所化用。可参朱则杰先生《清诗史》第十章“康乾过渡时期的百家争鸣”第四节“钱载和秀水派”。[①]

（三）梦亡侄女有感

一女天何忌，先兄脉竟歼。可怜形旅梦，犹自索香奁。负托心尝愧，来依鬼不嫌。五年如昨日，别泪醒时添。

按：此诗辑自朱彝尊《明诗综》卷八十上。[②] 又见沈季友《槜李诗系》卷二十二[③]、卓尔堪《明遗民诗》卷十四[④]、王豫《江苏诗征》卷十二[⑤]。

（四）严忌墓

梁园宾客散，夫子葬溪浒。汉寝半平原，杯水自千古。

按：此诗辑自乾隆《震泽县志》卷三十四《撰述·四（集诗·三）》。[⑥]

（五）哭王存久（培恒）

浊世何堪寿，翛然早拔身。铭旌宋处士，正寝汉衣巾。埋树人争惜，歌薇天不均。漫须嗟伯道，蛾子亦麒麟。

按：此诗辑自新编《震泽镇志续稿》卷十三《集诗》。[⑦]

（六）赠王甥禹甸（培本）

少年能立节，喜尔似牢之。一介饥寒日，孤忠板荡时。犹然随众笑，自得有天知。不必忧吾老，方刚定可资。

按：此诗辑处同上条。[⑧]

（七）初冬，同雪樵、禹甸、炎侄偶集联句

（祖孝：）云树祖秋色，（宗潜：）杯盘集暮轩。薄遨尘外侣，（炎：）暂定悸余魂。风物兼天净，（培本：）霜华映发髡。兴催桑落

---

① 朱则杰．清诗史．南京：江苏古籍出版社，2002：233.

② 朱彝尊．明诗综：第7册．北京：中华书局，2007：3904.

③ 沈季友．槜李诗系：卷二十二//景印文渊阁四库全书：第1475册．台北：台湾商务印书馆，2008：512.

④ 卓尔堪．明遗民诗：下册．上海：中华书局上海编辑所，1961：572.

⑤ 王豫．江苏诗征：卷十二．刻本．焦山海西庵诗征阁，1821（清道光元年）：5a－5b.

⑥ 乾隆《震泽县志》：卷三十四//中国地方志集成：江苏府县志辑：第23册．南京：江苏古籍出版社，1991：301.

⑦ 震泽镇，吴江市档案局．震泽镇志续稿：卷十三．扬州：广陵书社，2009：330.

⑧ 同⑦.

酿，（祖孝：）静掩竹编门。手植于时摘，（宗潜：）躬耕幸可飧。病心斟圣药，（炎：）敝舌诉愚冤。一室冠藏汉，（培本：）小春桃破源。慨慷时事激，（祖孝：）忧患百年存。耕稼行吾道，（宗潜：）渔樵感旧恩。枯杨天运会，（炎：）葭管地贞元。知桧后凋质，（培本：）寻苓不朽根。愤蒸能自忍，（祖孝：）惨淡向谁论。无土容屠钓，（宗潜：）伤心混犬豚。蟹筐寓剥击，（炎：）逡颖挟橐键。淬剑频东顾，（培本：）归山且下蹲。何堪余肮脏，（祖孝：）长啸并清尊。

按：此诗辑处同上条。[①] 雪樵，即“惊隐诗社”成员沈祖孝。禹甸，即吴宗潜外甥王培本。炎，即吴宗潜侄儿吴炎，为“惊隐诗社”成员。

二十七、颜俊彦佚诗二题

（一）村居杂兴

病卧经旬满面埃，梅花落尽杏花开。画梁无数空巢在，社雨萧萧燕不来。

按：此诗辑自朱彝尊《明诗综》卷七十三。[②] 又见沈季友《檇李诗系》卷二十。[③]

（二）南华道中

将登古刹且停舟，林壑层层入望幽。山路空濛时欲雨，法门萧飒正当秋。寒泉石上流清响，野烧风边卷暮愁。咫尺祇林应不远，白云重锁万峰头。

按：此诗辑自阮元、杨秉初等《两浙輶轩录补遗》卷一。[④]

二十八、叶敷夏佚诗二题

叶敷夏著有《南阳草庐全集》，今佚。笔者为之补辑诗作二题。

---

① 震泽镇，吴江市档案局．震泽镇志续稿：卷十三．扬州：广陵书社，2009：331.

② 朱彝尊．明诗综：第6册．北京：中华书局，2007：3383.

③ 沈季友．檇李诗系：卷二十//景印文渊阁四库全书：第1475册．台北：台湾商务印书馆，2008：480.

④ 阮元，杨秉初，等．两浙輶轩录补遗：卷一//续修四库全书：第1684册．上海：上海古籍出版社，2002：520.

（一）答慎交诸子

君子择交如择君，矢盟金石非空文。不为醴甘宁水淡，党社何事争纷纷？七贤六逸不在多，远公亦且严其群。萧朱隙末古用戒，始合不慎终必分。何况攻错得朋助，于今此道等尘土。置酒高会日叫号，旦夕浮名非所取。我有丹心皎如日，留之上以赠明主；我有发肤亲所生，他人宁敢轻相许。君不见汉季党祸兴，累叶磐石因之倾。从来意气酿国乱，苟合往往寻寒盟。志士立身重实行，腐儒空自争虚名。请为持谢慎交子，努力前修各自砥。

按：此诗辑自袁景辂《国朝松陵诗征》卷四。① 又见王豫《江苏诗征》卷一百六十。②“慎交社”于顺治六年己丑（1649）成立，其发起人为顾有孝、陆圻等。张慧剑《明清江苏文人年表》将叶敷夏该诗系于顺治十年癸巳（1653）③，末尾注依据为《国朝松陵诗征》卷四。但查《国朝松陵诗征》卷四，叶敷夏名下并无该诗写作时间的记载。

（二）茅舍

茅舍斜阳里，荒扉绿竹边。水云过影白，谷鸟弄声圆。违俗悲青眼，潜名惜壮年。不才深自愧，低首读残编。

按：此诗辑处同上条。④ 又见王豫《江苏诗征》卷一百六十。⑤

二十九、叶继武佚诗二题

叶继武著有《南山草堂遗集》四卷、《壬子懒余草》不分卷、《带五散人诗集》不分卷，均佚。叶振宗辑《吴江叶氏诗集录》收录其诗作，但笔者未见此书。今暂为之补辑诗作二题，是否已见《吴江叶氏诗集录》待核。

（一）九日，岁寒斋同逃社诸子，祀陶元亮、杜子美两先生

龙沙嘉会结寒盟，修祀先贤荐菊觥。离乱家乡移酒郡，晋唐史历纪花名。一时共得南山意，千载同怀北极情。但愿久长持晚节，萧萧

① 袁景辂．国朝松陵诗征：卷四．刻本．爱吟斋，1767（清乾隆三十二年）：12a－12b.

② 王豫．江苏诗征：卷一百六十．刻本．焦山海西庵诗征阁，1821（清道光元年）：17b－18a.

③ 张慧剑．明清江苏文人年表．北京：人民文学出版社，2008：654.

④ 同①12b－13a.

⑤ 同②18a.

门外任浮荣。

按：此诗辑自乾隆《震泽县志》卷三十四《撰述·四（集诗·三）》。[①] “岁寒斋”即叶继武书斋，是“惊隐诗社”成员的活动场所之一。“逃社”系“惊隐诗社”别称。“惊隐诗社”通常以每年九月九日社集，祭祀陶渊明、杜甫。

（二）夏初与沈凌凡表弟言别，至中秋辱诗寄怀，兼索舅氏传后题跋，怆然次酬

驱羊牧湖渚，回望隔他山。白日一溪静，秋云百里闲。辽东难返鹤，天末未招鹇。询及遗编在，谁堪泪眼香。

按：此诗辑自袁景辂《国朝松陵诗征》卷二。[②] 又见王豫《江苏诗征》卷一百六十[③]，末句作“谁堪泪眼潸”。

三十、叶世侗佚作十题

叶世侗是叶绍袁的第四子，他的诗文作品主要保留在叶绍袁编《午梦堂集》一书中。叶绍袁，字仲韶，号鸿振、天寥道人、粟庵，吴江人。明天启五年乙丑（1625）进士。妻沈宜修并子女均工诗，一门之中更相唱和，叶绍袁辑唱和之作为《午梦堂集》。

（一）祭亡姊昭齐文

正月朔旦，惟我姊丧之二七，弟世侗痛哭流涕以敬告于大姊灵曰：

呜呼哀哉！昔我姊结缡之时，弟生始七岁，相聚为欢，日月几何！而即是永别千秋矣。呜呼！姊生平之时，终不可得，固不必言矣。即疾寝在床，相奉汤药亦不可得矣，抑思夫未敛之时，而亦杳乎其不可得矣。呜呼哀哉！自三姊十月之丧，郁结无可伸，愤怨不能舒，而又一姊没，至于今，弟亦未明姊之死也。昔我姊赴任岭西，且以为数千里之间、四五年之别耳，虽至于涕泣，不忍分袂。然弟亦可至岭西而相见，姊亦可以辞任而归宁，则是犹可以自慰者也。尚为离

---

① 乾隆《震泽县志》：卷三十四//中国地方志集成：江苏府县志辑：第 23 册．南京：江苏古籍出版社，1991：302.

② 袁景辂．国朝松陵诗征：卷二．刻本．爱吟斋，1767（清乾隆三十二年）：19b.

③ 王豫．江苏诗征：卷一百六十．刻本．焦山海西庵诗征阁，1821（清道光元年）：17a.

别之悲，而况今乎？姊不能去九原而返人世，弟未即离人世而至九原，一别千里，断肠万古，其惨又何如矣。呜呼哀哉！七旬未久，丧吾两姊，则对诸神明，而神明不信；告诸天地，而天地为奇，则为弟之情何如哉！我姊归宁之日。深恸于三姊之前，孰知恸我姊者，即在是矣。

呜呼哀哉！去年之元旦，望姊之归，而今年之元旦，哭姊之死乎。呜呼，弟生受此痛，何不从姊而死也。十一月二十日，姊寝在床，孰知此寝而竟不起也。呜呼哀哉！我姊之去，脱尽尘凡，则父母兄弟固一梦中人耳。然而临终之时，尚恐父母兄弟思念之故，嘱以无苦，况弟生于世，伤心惨目，实亲见之，其悲不有至极者乎。一惨未舒，而惨又至，伤如之何。此世之所希闻，古今所未有者也。相见之期，邈无日矣。幽明死生，远离隔矣。呜呼哀哉！

按：此文辑自叶纨纨《愁言》“附集·文”条。[①] **叶纨纨，字昭齐，系叶绍袁长女，卒于明崇祯五年壬申（1632）。叶世倜该文作于崇祯六年癸酉（1633）。**

（二）祭亡姊琼章文

年月日，弟世倜谨以樽酒蔬果之奠，敬祭于三姊之灵曰：

呜呼哀哉！弟自初生以来，曾未曾闻死之哀也，何意于姊而始闻也。嗟夫！容颜笑貌，宛然如在，言语谈论，犹然如昨，而今思之，一世之生，终不能一日相见也，则是我姊之死，弟亦难信也。每一念至，忽然忘生，我不难殉死见尔，以从姊于黄泉，而又何如矣？呜呼！此伤心惨念，哀悼而不能自已者也。至若姊妹弟兄，少长毕至，独姊神灵不知所之，是欢愉呼乐只益之悲，而使我无情于人世矣。若乃生平言语之所到，手足之所动，时时而在，前此一生所具在也。痛何时而得绝？愁何时而能解？神耿耿而不舒，闷郁郁而何伸！能不中心之如疚，而涕泣之如雨也乎？

呜呼！天地之间，盈虚消息之不可定乎，一月之内若此其甚也。方我姊桃夭之时，且以为极乐也，且以为笙歌之煌煌也。弟且将作文送而贺之也，乃极乐者而为极悲邪！笙歌之声而为涕泣邪！弟欲作文以贺之者，而乃祭之邪！呜呼！追思昔日，或闲时谑论，辨是较非，

① 叶绍袁．午梦堂集：上册．北京：中华书局，1998：287－288.

由今思之，果孰是而孰非也？呜呼哀哉！九月之望，孰谓我姊之于人世无一月矣，孰谓弟之相见者亦惟此矣。常怀至此，不觉泣下，痛心断肠，有如此邪！天地惨愁，草木凄悲，日月寒光，云雾沉迷。呜呼哀哉！

按：此文辑自叶小鸾《返生香》“附集·文”条。[1] 叶小鸾，字琼章，叶绍袁三女，卒于崇祯五年壬申（1632）。叶世偘该文作于同年。文后附有叶绍袁按语：“诸文俱未成篇章，不加点窜，传其真也，见兄弟姊妹间其生爱死哀如此；若以童稚之年，假手欺人，盗早慧之名，鬼神鉴之。”[2]

（三）祭亡兄声期文

崇祯八年二月二十四日，二兄声期卒。余兄弟肝肠寸斯，痛恨填盈，殊不欲生。弟世偘流涕衔哀，聊写平日之情，以敬告于兄灵曰：

呜呼！人生自古谁无死丧，兄弟分离，手足折散，则古记载间亦往往有之。然白发黄耈，期颐衰老，而死分也。生多疾病，枯形槁骨，丧亡之惨，时时虑之，俄而死焉，亦夫人所常也。即少年壮志，猝然殇蹶，或兄弟间友爱微有疏间，则亦未至于惨极也，未有如今日者矣。呜呼二兄，昔我昆弟，如鸾如龙。既幸多序，且欣敦睦。胡然朝露，忽焉往逝。雁行中断，棠萼摧折。日月销光，山川崩裂。数年相与，一旦长离。半生手足，千秋永诀。杨津之参问已矣，伯康之事保难再。痛何所极，恨何所止。悲夫！容颜犹昨，笑语如存，而已杳不可得而一见矣。呜呼痛哉！

想夫弟自有生以来，何曾与兄一日相离也。分梨兢席，喧花弄竹，与夫事师从学，披几诵读，剧谈谑论，扼腕抵掌，追遡古昔，慷慨今时，何有别室，靡不同席。或有一人往彼异处，偶然目中此时不见，无不驰神，即为寻想，义存友于，形亡尔我，庶期李充之居，实同姜肱之被。乃相悦几时而永别斯促，生惜一时之异处，死容千载之隔世乎？悠悠苍天，曷其有极。呜呼痛哉！

平日，父母常有分与，或祖传书典，或随常器什，诸如纸笔、刀砺之属，各人分有，吾二三人必更共之。至若所分诸物，或始属一人，后又属一人，如此者甚多，父母见之则曰：“汝辈不常情，何数

---

① 叶绍袁．午梦堂集：上册．北京：中华书局，1998：380－381.
② 同①381.

数换易乃尔邪?”我诸人则私相语曰:“虽父母之训不敢不遵,然此正吾兄弟所谓‘形亡尔我’者也。”阴庆推居,何待封侯;薛包让业,素同敦行。追往年之同志,自可娱情。念今日之离怀,何堪销骨。哭断寒猿之肠,泪洒昏鹃之血。呜呼痛哉!

想我兄自壬申之试,刖足而归,大兄三兄即采泮茆,遂时或同出。而起居朝夕,依依相对者,惟弟与兄而已矣。兄自拟垂天,暂悲抢地,眉案横愁,心怀郁结,虽弟介诸旁观,每亦为之欷歔动容,此固饮恨不能已已者也。然亦谓日月易逝,少俟异日,爰赋子矜,抑郁之怀遂兹消矣。孰意即似此而殒其生乎?长杨未赋,可怜九地黄泉;灵光不存,孰问千秋白日。呜呼痛哉!

自兄亡后,靡不伤心。物是人非,独目惨象。阶前细草,空自芳菲;槛外名花,徒然绚烂。庭室如故,相聚依然。痛一雁之孤飞,伤二凫之异域。遗简有荒烟聚散,旧床惟啅鼠去来。即此室中,几年携手,促席同窗,而今已矣,一至此矣。忆余兄弟闲暇论,各言胸志,兄必高谈闳赫之议,雄吐得意之怀。倘或后日,吾诸兄弟幸徼风云,叨镬尺寸,念茱萸之泪,想原隰之哀,是使我一生无解颜之时,而百年皆殒涕之场矣。呜呼痛哉!

吾兄弟又每观山水赋记,靡不神游慷慨,则言曰:“为人一世,不遍游名山,旷览大水,非夫也。”因寓辞,兄隐罗浮,三兄隐昆仑,弟居岱舆。今乎我兄忽焉焉往,岂子晋乘鹤,遂登缑氏之巅;初平牧羊,先入金华之室。兄其往罗浮也邪!纵云霞可以徜徉,何恩情遽能断割。尔之身与吾之泪俱如丝然,飘摇在天地间而已。然吾兄弃世以后,旧时书室,忽闻启窗之声,急往视之,寂然无人。又夜扉掩闭,明早视之,筌檐落地,门闹洞开,遍访诸人,各不知识,则兄又依然在聚乎?数年连袂,倏杳隔于梦境;几载面对,徒恍惚以神交。呜呼痛哉!

念吾兄生前姿度俊爽,长身挺立,力能举重,而以弱疾死。是可信邪,不可信邪?或者我兄弟辈文章议论,过自高矜。元非星聚,每云荀氏之龙;何常齐圣,必谓高阳之恺。天道忌满,鬼神害盈,故兄亡之后,又觞八弟,荼毒之酷,乃自招欤。每一念至,肝肠俱碎。卫玠之百端,茫然交集;子猷之一恸,恒尔欲绝。庶将阎罗老子,斩其头而焚其居;玄宵上帝,披其庭而数其罪,然后可以消此恨乎?呜呼痛哉!

按：此文辑自叶世偁《百旻草》附录。[1] 叶世偁，字声期，叶绍袁次子，卒于崇祯八年乙亥（1635）。叶世侗该文作于同年。

（四）哭亡兄威期

幽幽旷野杜鹃啼，啼时白日风凄凄。鹃血为君徒洒尽，茫茫荒草成红泥。春寒紫塞龙沙冷，一雁忽尔悲分离。千里万里难相逐，古戍渺渺无回期。荆花若为人恨别，画栏绛雪摧芳菲。含情欲向故人语，故人何处徒沾衣。有兄有兄我威期，志冲牛斗何磅礴。至今英气犹青霄，倏忽一生朝露薄。忆昔连床二十年，黄昏夜夜同书阁。何期此日随变迁，彩云吹散长寥落。寥落泉台一去悠，飘英无复缀枝头。怜兄乍别高堂寝，魂魄苍茫入夜修。江南春色生芳草，湘渚秋风送碧流。流澌湘水最无情，桂舟欲渡客心惊。惊断洞庭湖上色，征鸿嘹呖暮天横。吾闻自古亦多故，岂无才子欢平生。或有烈士称慕年，功成豪杰垂英声。间传年少气方盛，荆山玉碎悲珠沉。贾傅怀沙曾赋鹏，终童弃儒空长缨。然而已有明主知，松楸拱墓还蜚名。何独于今生不夭，蚪车一旦催人早。有志未酬身先死，生刍零落同衰草。读书万卷空已矣，平津折剑知谁晓？嗟天厚俾斯文章，何为又使中道夭。雄心壮志成灰烬，千古遗恨为兄尽。怨逐长江流不穷，滔滔漭漭哀相引。流哀流怨空自伤，死生永诀终参商。参商今夕呼重旻，故园遥别隔年霜。我兄去年与家别，旅居卧病天一方。梨雨寒光凄曙色，梅梢冻影怨斜阳。庭中物候已惊残，游子长征犹未还。天涯遥数重归日，莺花蝶草可阑珊。无端帝檄来相迫，英英从此悲闻笛。归来只剩旧枝斜，断栏蔓草西窗壁。寻梁燕子犹飞飞，飞飞若问人幽寂。清昼萧萧细雨寒，残宵黯黯荒明月。明月多情照影寥，细雨寒扉似呜咽。呜咽不闻何所之，樱桃花落暮鸦归。归鸦飞入花阴里，宛出庭前延伫时。仓皇欲觅又谁匿，沾巾惟有汉如丝。丝丝有泪念骨肉，余渺何知惭朴樕。哭母悲兄日垂泣，泣尽西风涕涟溲。吁嗟再把玉树理，寸碎肝肠何日续。释愁无计陈思文，深情奈何桓伊曲。清歌一曲哀云起，雨霰弥天闻鬼哭。哭对灵衣终惘然，辽东归鹤望青田。青田鹤去辽东远，华表何年再一传。只有啼鹃啼不住，三更叫月泪涓涓。

---

[1] 叶绍袁．午梦堂集：上册．北京：中华书局，1998：431－433.

按：此文辑自叶世傛《灵护集》“附集·挽什”条。[①] 叶世傛，字威期，叶绍袁三子，卒于崇祯十三年庚辰（1640）。叶世侗该文作于同年。

（五）祭三兄威期文

呜呼！何辜谴天，奚罪负地。祸难殷流，大炎荐臻。残花再折，断萼重摧。疏逖之士莫不闻风伤感，痛心入骨而不能忍也，况同气乎！呜呼痛哉！

神魂震惶，精爽飞越，羌难得而明也。肠裂之余，欲叩天而相诘焉。举世阋墙之辈，咸得白首衰年，独至于今，频肆奇毒。将谓雁羽既多，分飞不少；则古八荀六卞鸾龙之盛，竹帛所共载也。俱享嘉名，并列朝荣，何其盛哉！侗虽寡德，自谓闻风怀古，可幸无罪，而惭荀于昔，愧卞于今。厄运之来，抑何酷也！

呜呼痛哉！追忆生平，宛然心目。夜台一去，穗帷空悬。伊昔同居，多历年所，春阶夏簟，秋帐冬缸，缀志篇章，覃思文义。同素光之夕照，共彩笔之晨题，玩新花之映窗，看落叶之辞树。时吟谢草，或慕宗风，览前物以生哀，触万物而共恻。悲夫！此即南筠可罄，书恨无穷，予尚何言哉！爰自壬申之岁，遭家不造，迭遘闵凶，圣善靡依，鹡鸰永叹。当此之时，天地幽昧，士林愤痛。余兄弟上怀蓼莪罔极之哀，下悲棠棣匪他之义。瞻彼屺之无津，览仳离而啜泣。死丧之戚，共尝之矣。胡然长逝，身为阶厉，贻恨无穷，兄其忍诸。呜呼痛哉！

犹念昔时，姑洗纪节，同游后馆。砌草承风，杂花生野。遥情共赏，逸兴遄飞。余乐未尽，有怀二兄。独醉华屋，零落山丘。相顾而吁，怆然伤怀。因谓朝露易稀，流泉永逝，如斯聚首，亦复何常！莫不泫泣陨涕，悲怀慷慨。睹景物之遭回，感风烟之依旧。抚节思人，宁不悲乎！然亦谓倚伏迭用，否泰相济，多难者兴荣，殷忧者肇福，斯天道之好还，人事之常然也。庶或立身扬名，光载前绪，慰生报死，斯为可矣。故当雄心愤薄，涕泪横流，进取之志，实厉于躬。潜精坟籍，靡敢陨越。况复吾兄早擅英名，砚横河汉，纸落烟波，范孟博之志，身任澄清。是虽茂陵消渴，寝淫半载，而量兄志概，必不与瓦砾同埋、浮云共尽也。何期梦梦彼苍，实遘斯戚，歼殄良人，以疑

① 叶绍袁．午梦堂集：上册．北京：中华书局，1998：477－478.

为善；萎艳高明，以惧多才。岂天威棐谌，福丰有礼之符表乎？虽长沙欷歔于湘水，终童毕命于南越，瀹才之痛，方斯蔑如也。呜呼痛哉！

自吾兄久羁武水，契阔弥旬，白云间之，青鸟空传。至于是月，往望吾兄，而吾兄容颜憔悴，殊异平时，凄然涕陨，顾余语曰：“自残冬言别，谓归期伊迩，岂料淹留异地，几历寒暄，繁云飞霰，淡月悬灯，流光暗骋，病体弥臻。迄今梅梢辞影，芳草将芊，犹复见吾弟于此！旅馆寒窗，半床炉药，作膏肓愁话也。终遥遥以奚极，孰知返以何期！”言与泪俱，呜咽难胜，情之悲矣，何忍言哉！既而崦嵫日迫，梁木将摧，与兄偕归。辞越水之凄清，望吴山以幽咽。恨秦和之不效，怨重还之偃蹇。中流而叹，语多悲切。又云：“百年何恃！忽焉短运相促。一棺戢身，万事都已。宣徽读史之论，可胜叹哉！我今而后，倘尚可延龄，得复与诸兄弟相从旧馆，连情发藻，即人生至乐耳。须富贵何益！”语讫，掩面泣涕。呜呼！言哀辞苦，宜感上苍。此时吞声饮泣，绸缪慰谕，而五情崩噎，当复何言。呜呼痛哉！

辞故国以安适，诀亲朋以何依。半壁空凉，榻尘虚影。遗书萦网，旧砚生苔。使我兄弟相聚于斯，尽日伤心，终朝泪眼，虽追随相与，犹有五人，遂尔形影寥寂，言笑无聊，日色荒荒，风声飒飒，名花争笑，有似悲秋，春鸟啼晴，如含泪雨。呜呼痛哉！故死则一耳，惨生万状。昊天罔极，不思图报。而深贻丧明之戚，万楚千悲；况复权城崩杞哭，竹染斑痕。抚锦衾而叹息，提孤孩以彷徨，遭生民之至艰，备荼毒之极哀者乎！九原有知，量亦伊郁而兴感，怆快而难怀者也。上天苍苍，肆虐何殷。呜呼痛哉！

鹃愮愮而泪血，草萋萋而陨黄，狂风号而泣雨，繁阴晦而凝霜。肠一夕而九回，心终朝而百虑。涕流浪汗，讵闻稷下之琴；恨满长平，宁消曼倩之酒。十年萤雪，漫酬李氏之居；半世英华，遽掩腾公之室。泣修文于荒碣，悲遗韵于春风。素幕轻飘，仿闲步之欲出；寒风乍卷，仅瘦影之如横。感泉夜之悠悠，睹灵衣之渺渺。山阳旧笛，惆怅徒闻；子夜清歌，寂寥空唤。生平已矣，茹恨何言！

按：此文辑处同上条。[①]

（六）哭母（十五首）

交交黄鸟，集于灌木。我生不辰，罹此凶鞠。穆穆显妣，圣善劬育。我无负天，于何戾渎。不吊昊天，降此大酷。（其一）

油油茂草，依于原巃。我生不辰，惟其所耻。哀哀母氏，拊腹劳待。我罪伊何，何辜于匪。不惠昊天，降戾何已。（其二）

莞彼平林，有鸟萃止。吁嗟鸟兮，犹知反只。吁嗟人兮，不我报以。德音莫违，俾也可致。哀哉人斯，其毒何侈。（其三）

江有决汜，日盈其源。山有嘉卉，载榭载宣。相彼茹依，靡有推迁。哀我人斯，何衈之先。匪直匪报，畜我不全。心之惘之，摧肠似千。（其四）

鸿雁于翔，飞鸣翅翅。彼候人兮，撷之罗之。之子无死，尚复能回。我日搆祸，曷云能夷。有怀明发，曷云能比。心之念矣，涕惟零兮。（其五）

我行其屺，忧心绵绵。眷我庭闱，莫知我瞻。上慎无弃，已矣终焉。兴怀及之，远于镌之。（其六）

涉彼陔兮，言采兰兮。彼其之子，众兢于搏。嗟予有之，不盈双箪。薄言归养，惟父欢兮。于将慈妣，不我餐兮。拊膺泣雨，中心钻兮。（其七）

瞻彼中原，扬显隣隣。于惟釜禄，鲜不逮存。民莫不报，我独何茕。谁非罔极，宁我匪人。积恶深咎，莫诒母弘。北向流涕，终焉是承。（其八）

济济多士，桑梓于毂。粲粲磨错，匪于玷辱。民莫不善，我独何戮。均焉毛裹，伊我不属。无令之人，莫荷母育。鲜民之生，惟忧用服。（其九）

莫高匪山，亦登其峰。莫深匪泉，亦履其灖。洪洪顾畜，欲报何从。岂不怀复，哀此罹穷。终衔永负，惟自羞忼。极矣痛深，剖髓裂聪。（其十）

渺渺泉台，哭兮奚益。漠漠幽明，怨兮奚及。劬劳恩爱，空兮消息。岂不怀答，何以比即。捐身竭踵，未可轻殛。瞻之望之，伫立以

① 叶绍袁．午梦堂集：上册．北京：中华书局，1998：500－502.

泣。(其十一)

秋日载烈，百卉凋芳。鸣鶪嘒嘒，厥草央央。都人士女，燕燕居遑。或彼菽水，则此清彰。嗟予罔极，触目摧肠。何为我兮，独遭此殃。(其十二)

晨露宵零，枯叶堕隰。凉气凄凄，寒风袭袭。岁聿其莫，日月其亟。羡彼归鸿，提提载习。我心之忧，曷维其辑。泣无声兮，气咽以吸。(其十三)

昔我省兮，父母孔仁。今我来安，惟父斯旼。昔我省兮，承有余欢。今我来安，堂有哀声。何依何恃，出入衔怦。忧怀如醉，血流崩潾。(其十四)

昔我于涘，葛藟绵茑。今我于道，鞠为茂草。白华颓萼，萱枝零槁。夙兴夜寐，忧心用悄。睹维遗物，怒焉空捣。天之梦梦，自古不少。谁将予戚，诉彼穹昊。(其十五)

按：此组诗辑自叶绍袁辑《屺雁哀》。[①] **沈宜修，字宛君，万历三十三年乙巳（1605）嫁叶绍袁，生有五女八男。崇祯八年乙亥（1635）卒，著有《骊吹》。叶世侗该诗作于同年。**

（七）哭亡兄声期（十首）

天际寥寥黯日晖，暮光捲雨泪沾衣。凌云未赋生前在，松露空歌死去非。黄叶凄凄愁欲绝，白杨隐隐共谁依。断肠莫续人何见，寒月霏微映怆欷。(其一)

忆昔生时早见兄，无端忽去恨茕茕。风流顿盖张融酒，哀恸终惭谢尚情。巫峡啼猿三寸断，天边归雁一声惊。故园此别千余载，欲待相逢梦玉京。(其二)

人亡惟有景朝昏，塘上新蒲昔断根。怅望山丘空故迹，萧条华屋绝生存。未闻白曲衫犹湿，开遍黄花泣尽痕。挥手从兹天海隔，可怜衣被永无昆。(其三)

泉灯闪闪照纱橱，竹榻空遗旧日襦。岘岭犹登羊祜否，罗浮能学鲁公无。清歌唤彻终何奈，浊酒浇残只自吁。寂寂东风萝薜掩，凄然摇落倍伤吁。(其四)

径外寒林初蕊幽，遗编尘锁触心忧。辄思风月伤玄度，若问人琴

① 叶绍袁．午梦堂集：下册．北京：中华书局，1998：649－652.

恸子猷。题柱长随西落日，移文徒映北邙丘。悲怀无限偕流水，呜咽波声夜夜愁。（其五）

鸾龙昔志自居奢，哭对今朝惨莫赊。星社尽成离黍景，�髙人忽作绥冠家。松风落响愁相问，竹影飘疏恨与斜。啼尽红鹃怒已矣，萧萧寒树又栖鸦。（其六）

举头仰望诉高天，欲诉无缘泪涌泉。落照荒荒愁碧汉，断云漠漠怨苍烟。六龙异日终成怅，八骏于今不更全。挥涕风前谁可语，梧桐滴雨恨绵绵。（其七）

古木凄冷长若阴，几回向梦亦难寻。风飘檐铁惊悲志，雨濯阶卉捣痛心。法护何尝推我右，僧弥今最忆兄深。追思往日于焉绝，千断肝肠暗自愔。（其八）

荆楼几载弟兄安，事改人亡别路漫。秋草独余晚照寂，穗帷空似晓猿寒。不堪鸟怨三春友，况是花飞一夜残。萧索故房烟雨暗，闲来偶向尽心酸。（其九）

野花日日助愁盈，泣向东君恨不轻。呼吸何由通帝座，音书无复寄交盟。纸钱一百烧千泪，玄酒三杯奠两楹。黄鹤归来人已故，甚时携手叙生平。（其十）

按：此组诗辑处同上条。[①]

（八）和父初度诗（二首）

歌罢豳风在客庐，采薇供酒醉幽墟。万家烽火连胡髻，一室琴尊曳故裾。游倦长卿徒有壁，愁穷虞相但成书。寒飚莫遣霜侵镜，赢得瞿昙两鬓虚。（其一）

蒹葭水阻望乡迷，绕树三回未识栖。汉腊忍将随漠北，海筹遥记自瀛西。每惭萍影虚春酒，欲报松年事寒韲。闻道天回新琯后，青山落日剑频提。（其二）

按：此组诗辑自叶绍袁《甲行日注》卷三。[②] 叶绍袁自注：“［十一月］二十日丙寅，晴。余初度也，年五十八。率意作二诗，以寄无聊。仲日首倡和什，儿辈随续次赓之。”[③] 可知叶世侗该诗作于清顺治三年丙戌

① 叶绍袁．午梦堂集：下册．北京：中华书局，1998：659－661.

② 同①965.

③ 同①964.

(1646) 十一月。

(九) 又和父初度续作诗 (六首)

塞途何处问茨庐，冷尽枫林瘦野墟。隐待买山频逐客，寒无沽酒漫携裾。峦晖倚落闲横篆，窗色吟开试冻书。舴艋一苇姑借泛，五湖明月望中虚。(其一)

未逢詹尹卜心迷，摇落江潭即可栖。几处梦游黄竹夜，(去岁是日，皋亭大雪) 一尊人旅紫云西。[邓尉有紫云楼] 钟浮经字灰游铗，香度诗光响梵鼙。归去故园眉介日，万峰楼上话重提。(其二)

阛阓城外遍穹庐，无数侯门郭氏墟。泯白已争客舍席，忘机自狎海人裾。豫章丘壑元宜画，太史江山尽入书。闻道王师已北下，只令望极反成虚。(其三)

剑化龙津事已迷，荒台绿草鹧鸪栖。日因迟客飞犹系，月为窥窗影不西。佛号降魔思宝杵，军名破虏望金鼙。天涯何计忘萧索，梦醒疏钟似耳提。(其四)

梅林围映白杨庐，遁世伤无白海墟。松火敲余堪煮茗，藕花消后未搴裾。□□□□□□□，□桂谁招鹿洞书。莫道吴宫空见月，遥闻歌吹不曾虚。(其五)

孤云出野去踪迷，□□□□□□□栖。星散寒光仍供北。风摇劲草任吹西。家荒陶令三秋径，源避秦时七国鼙。古寺招邛乘兴往，履霜葛屦亦提提。(其六)

按：此组诗辑自叶绍袁《甲行日注》卷四。[①] 叶绍袁自注：“[十二月] 二十日壬辰，阴，冷，风。余见《初度》赓什，亦复续作数首，儿辈又相率次之，少或五六，多则至十首矣。”[②] 可知叶世侗该诗作于顺治三年丙戌 (1646) 十二月。

(十) 和父除夕、元旦诗 (二首)

北风吹腊去庭除，寥寂无情望碧虚。丸转暗惊疑隔世，珠流到尽忆三余。乡思怯梦非如蝶，内热怀冰欲化鱼。憔悴一年已送晚，慵将残烛守穷居。(其一)

梅开犹带汉时春，泽国江山叹未新。同学轻肥谁不贱，独骄岩穴

---

① 叶绍袁. 午梦堂集：下册. 北京：中华书局，1998：970.

② 同①969－970.

自长贫。灵均既放经三载，重耳从亡愧五臣。冉冉修名空怨慕，屠苏让尽少年人。（其二）

按：此组诗辑自叶绍袁《甲行日注》卷五。[①] 叶绍袁自注："［正月］初十日壬子，雷，大雨竟日。"[②] 可知叶世侗该诗作于顺治四年丁亥（1647）正月。

三十一、钟嵚立佚诗二题

钟嵚立著有《信志堂稿》，今佚。笔者为之补辑诗作二题。

（一）秋泾晚发

落日片帆轻，春江一望平。微风三十里，已度射襄城。岸岸垂杨接，村村布谷鸣。不愁明发雨，鱼尾断霞生。

按：此诗辑自朱彝尊《明诗综》卷七十七。[③] 又见沈季友《檇李诗系》卷二十四[④]、卓尔堪《明遗民诗》卷十四[⑤]。

（二）折杨柳

袅袅金堤柳，三春渐寂寥。新声传洛下，旧恨忆河桥。妾意愁飞絮，君行忆舞腰。关山吹短笛，凭向曲中飘。

按：此诗辑自沈季友《檇李诗系》卷二十四。[⑥]

三十二、周灿集外诗一题

周灿著有《泽畔吟》一卷，民国间辑入《吴中文献小丛书》。上海书店出版社《丛书集成续编》即据此影印，见第 123 册。笔者在此基础上，为之补辑诗作一题。

和节庵前窑村居诗

园抱芳阴溪水东，窗开临水碧天空。旭连海滏朝光远，露歇花阴夜气通。绕气苹香舒啸永，半帘竹影写心同。我来分韵难为和，旨酒

① 叶绍袁．午梦堂集：下册．北京：中华书局，1998：976.

② 同①.

③ 朱彝尊．明诗综：第 7 册．北京：中华书局，2007：3813.

④ 沈季友．檇李诗系：卷二十四//景印文渊阁四库全书：第 1475 册．台北：台湾商务印书馆，2008：557.

⑤ 卓尔堪．明遗民诗：下册．上海：中华书局上海编辑所，1961：587.

⑥ 同④558.

班荆话绿丛。

按：此诗辑自顺治《盛湖志》卷下《人物志》“隐逸。”①

三十三、周抚辰佚诗五题

（一）和叶绍袁初度（二首）

好买青山结草庐，烽烟非复旧村墟。甘随苏武坚持节，忍比邹阳漫曳裾。破衲闲来惟种树，翻经懒去尚钞书。歌词久著登楼宴，赢得高名遍六虚。（其一）

桃源何路可重迷，对水看山即故楼。诗酒自同窗卧北，功名不藉塞筹西。五湖烟月留琴履，四海风尘念鼓鼙。领略逃禅堪去俗，言文身隐寄招提。（其二）

按：此组诗辑自叶绍袁《甲行日注》卷五。② 据叶绍袁该卷记载：“［四月］二十九日庚子，晴。造周仲烈家。”③ 周仲烈，即周抚辰之父。周抚辰该诗应作于顺治四年丁亥（1647）。

（二）南园杂咏，为伯父闇昭先生赋（二首）

蟠松夹层岩，倒影碧潭水。似有双龙潜，时见风云起。（其一《松峡》）

木兰不作舟，花开映帘幕。应知瑶圃林，不耐风波恶。（其二《木兰亭》）

按：此组诗辑自周灿《泽畔吟》附录。④“伯父闇昭”，即“惊隐诗社”成员周灿，南园为其居所，也是“惊隐诗社”成员的集会场所之一。

（三）日暮（二首）

乱觉江村好，贫知友谊敦。远峰攒落日，野水绕柴门。枫落人同冷，禽归树有言。掩书待灯火，寒月向黄昏。（其一）

暝色愁归客，孤舟不敢停。水兼天际白，山向晚来青。突兀前朝寺，凄凉旧驿亭。伤心今日事，身世一浮萍。（其二）

---

① 仲沈洙，仲时镕，等．顺治《盛湖志》：卷下．刻本．1770（清乾隆三十五年）：33b.

② 叶绍袁．午梦堂集：下册．北京：中华书局，1998：992-993.

③ 同②992.

④ 周灿．泽畔吟//丛书集成续编：第123册．上海：上海书店出版社，1994：476.

按：此组诗辑自袁景辂《国朝松陵诗征》卷七。①

（四）春日酌酒与石茗隐

酌酒逢春能几回，愁怀不觉为君开。莫论后日看花地，且共今朝到手杯。久客自怜鸿欲去，旧巢偏喜燕还来。当年金谷休相问，故国铜驼尽绿苔。

按：此诗辑处同上条。②

（五）暮春寄怀顾樵水客吴兴

悠悠世路孰怜才，春色萧然暮雨催。杜宇偏从愁里唤，荼蘼况值客中开。洼樽亭畔谁能共，罨画溪边尔独来。举目莫嫌乡土异，江南风景总堪哀。

按：此诗辑自王豫《江苏诗征》卷八十二。③ 顾樵水，即"惊隐诗社"成员顾樵。

三十四、朱鹤龄集外诗三题

朱鹤龄著《愚庵小集》十五卷，有今人虞思征点校本，华东师范大学出版社 2010 年 6 月第 1 版。笔者在此基础上，为之补辑诗作三题。

（一）隐湖先生歌

隐湖先生谁与俦，图史错落纷相酬。石屋琅函失奇秘，羽陵蠹简穷冥搜。荷囊盘带何需羡，身携万卷雄南面。枕簟时能其逸民，菊露松风恣游珩。积书岩中日月长，天仙沆瀣供厨膳。金茎露，甘如饴；玉馈浆，无竭期。我欲与君斟酌之，长看瑶树添新枝。

按：此诗辑自张宗芝等《以介编》。④ 顺治十四年丁酉（1657）春，毛晋六十生辰，该诗系朱鹤龄所作贺寿诗。

（二）柳枝词

十里红亭袅袅春，任他轻拂陌头尘。如今世路轻离别，谁倩长条绾去人？

---

① 袁景辂．国朝松陵诗征：卷七．刻本．爱吟斋，1767（清乾隆三十二年）：16a.

② 同①16a－16b.

③ 王豫．江苏诗征：卷八十二．刻本．焦山海西庵诗征阁，1821（清道光元年）：8a.

④ 张宗芝，等．以介编//丛书集成续编：第 217 册．台北：台湾新文丰出版公司，1988：552.

按：此诗辑自陈田《明诗纪事》辛签卷二十八。[①]

（三）秦淮花烛诗，为江右萧孟昉作

合欢云锦烂花蹊，月扇银灯队队齐。今夕兰房佳气满，催晨不用汝南鸡。

按：此诗辑处同上条。[②]

三十五、朱临佚诗一题

七夕

城头凉月到溪亭，银汉无光掩鹊翎。可怪女牛终古渡，不愁化作老人星。

按：此诗辑自朱彝尊《明诗综》卷八十上。[③] 又见沈季友《槜李诗系》卷二十四[④]、卓尔堪《明遗民诗》卷十五[⑤]。

三十六、朱明德佚诗一题

朱明德著有《天地间集》，今佚。笔者为之补辑诗作一题。

寄谢两周

沉忧春九十，忽忽又徂暑。心颜强不开，杂然积风雨。草长空满庭，幽兰苦无主。芳香已招妒，况敢当门处。念我素心朋，同病江之浒。豪吟惯惊众，抗行卓无侣。谁能游其藩，狂肆圣所取。我愿从之游，无翼不能举。漪漪理古弦，忽若与子语。

按：此诗辑自袁景辂《国朝松陵诗征》卷一。[⑥]

---

① 陈田．明诗纪事：第6册．上海：上海古籍出版社，1993：3456.

② 同①.

③ 朱彝尊．明诗综：第7册．北京：中华书局，2007：3908.

④ 沈季友．槜李诗系：卷二十四//景印文渊阁四库全书：第1475册．台北：台湾商务印书馆，2008：566.

⑤ 卓尔堪．明遗民诗：下册．上海：中华书局上海编辑所，1961：650.

⑥ 袁景辂．国朝松陵诗征：卷一．刻本．爱吟斋，1767（清乾隆三十二年）：16b－17a.

主要参考文献

说明：

1. 参考文献名排列，著作以著作名拼音为序（个别如《雪桥诗话》系列略有调整）；论文以发表时间为序，时间相同者以作者姓氏拼音为序。

2. 工具书如非直接引用，一般不列。

3. 常见大型丛书，在《中国丛书综录》中有著录者，版本不细列。

4. 新出大型丛书，如全套出版单位及时间一致，则在子目之外另列一个专条。

5. 影印本所用底本提法，一般据影印本原书著录。

6. 同一著作涉及多个版本，一般只列一个版本。

7. 版本某些子项原缺或未详者，俱付阙如。

一、古今著作

B

丁仁．八千卷楼书目//续修四库全书：第921册．影印民国十二年（1923）排印本．上海：上海古籍出版社，2002.

白居易．白居易集．顾学颉，校点．北京：中华书局，1979.

徐崧，张大纯．百城烟水．薛正兴，校点．南京：江苏古籍出版社，1999.

徐釚．本事诗//四库禁毁书丛刊：集部：第94册．影印乾隆二十二年丁丑（1757）半松书屋刻本．北京：北京出版社，1997.

C

秦松龄．苍岘山人文集//四库未收书辑刊：第五辑：第28册．影印嘉庆二年丁巳（1797）秦瀛刻本．北京：北京出版社，2000.

秦松龄．苍岘山人［诗］集//四库未收书辑刊：第五辑：第 28 册．影印嘉庆四年己未（1799）秦瀛刻本．北京：北京出版社，2000.

俞樾．茶香室续钞//续修四库全书：第 1198 册．影印光绪二十五年己亥（1899）《春在堂全书》刻本．上海：上海古籍出版社，2002.

陈会明．陈忱研究．福州：福建人民出版社，2006.

陈去病．陈去病诗文集．北京：社会科学文献出版社，2009.

陈子龙．陈子龙诗集．施蛰存，马祖熙，标校．上海：上海古籍出版社，1983.

王士禛．池北偶谈．靳斯仁，点校．北京：中华书局，1982.

高承埏．崇祯忠节录//明代传记资料丛刊：第一辑：第 12－14 册．北京图书馆出版社古籍影印室．北京：北京图书馆出版社，2008.

阮元，等．畴人传汇编．彭卫国，王原华，点校．扬州：广陵书社，2009.

徐金瓯．春秋正业经传删本//四库全书存目丛书：经部：第 132 册．影印康熙三十七年戊寅（1698）受中堂刻本．济南：齐鲁书社，1997.

俞樾．春在堂诗编//续修四库全书：第 1551 册．影印光绪二十五年己亥（1899）《春在堂全书》刻本．上海：上海古籍出版社，2002.

王德毅．丛书集成续编．台北：台湾新文丰出版公司，1989.

丛书集成续编．上海：上海书店出版社，1994.

D

王士禛．带经堂集．刻本．程哲七略书堂，1711（清康熙五十年）.

王士禛．带经堂诗话．张宗柟，纂集，戴鸿森，校点．北京：人民文学出版社，1963.

罗时进．地域·家族·文学：清代江南诗文研究．上海：上海古籍出版社，2010.

蒋良骐．东华录．济南：齐鲁书社，2005.

杜甫．杜工部诗集辑注．朱鹤龄，辑注；韩成武，孙微，周金标，等点校．保定：河北大学出版社，2009.

杜甫．杜诗详注．仇兆鳌，注．北京：中华书局，1979.

F

李圣华．方文年谱．北京：人民文学出版社，2007.

王士禛．分甘余话．张世林，点校．北京：中华书局，1989.

陆世仪．桴亭先生诗集//续修四库全书：第 1398 册．影印光绪二十五年己亥（1899）唐受祺《陆桴亭先生遗书》刻本．上海：上海古籍出版社，2002.

陆世仪．复社纪略．北京：北京古籍出版社，2002.

丁国祥．复社研究．南京：凤凰出版社，2011.

G

王士禛，卢见曾，等．感旧集//四库禁毁书丛刊：集部：第 74 册．影印乾隆十七年壬申（1752）刻本．北京：北京出版社，1997.

高旭．高旭集．北京：社会科学文献出版社，2003.

钮琇．觚剩．南炳文，傅贵久，点校．上海：上海古籍出版社，1986.

顾炎武．顾亭林诗集汇注．王蘧常，辑注；吴丕绩，标校．上海：上海古籍出版社，1983.

顾炎武．顾亭林诗笺释．王冀民，笺注．北京：中华书局，1998.

顾炎武．顾亭林诗文集．2版．华忱之，点校．北京：中华书局，1983.

张穆．顾亭林先生年谱//续修四库全书：第553册．影印道光二十四年甲辰（1844）刻本．上海：上海古籍出版社，2002.

顾炎武．顾亭林先生诗笺注//续修四库全书：第1402册．影印光绪二十三年丁酉（1897）徐氏味静斋刻本．上海：上海古籍出版社，2002.

周可真．顾炎武年谱．苏州：苏州大学出版社，1998.

顾炎武．顾炎武全集．上海：上海古籍出版社，2011.

潘柽章．观复草庐焚余稿//清代诗文集汇编：第98册．影印纫芳宧写本．上海：上海古籍出版社，2010.

潘柽章．观复草庐剩稿．上海：神州国光社，1913（民国二年）.

赵经达．归玄恭先生年谱//丛书集成续编：第37册．影印民国十三年（1914）昆山赵诒琛《又满楼丛书》刻本．上海：上海书店出版社，1994.

贝京．归有光研究．北京：商务印书馆，2008.

归庄．归庄集．上海：上海古籍出版社，1984.

王昶．国朝词综//续修四库全书：第1731册．影印嘉庆七年壬戌（1802）王氏三泖渔庄刻增修本．上海：上海古籍出版社，2002.

吴颢，吴振棫．国朝杭郡诗辑．钱塘丁氏刻本．1874（清同治十三年）.

丁申，丁丙．国朝杭郡诗三辑．刻本．1893（清光绪十九年）.

吴振棫．国朝杭郡诗续辑．钱塘丁氏刻本．1876（清光绪二年）.

陈焯，郑佶．国朝湖州诗录．小谷口刻本．1830（清道光十年）.

郑佶．国朝湖州诗续录．小谷口刻本．1831（清道光十一年）.

张维屏．国朝诗人征略．陈永正，点校．广州：中山大学出版社，2004.

袁景辂．国朝松陵诗征. 爱吟斋刻本．1767（清乾隆三十二年）.

李元度．国朝先正事略//续修四库全书：第538－539册．影印同治八年己巳（1869）循陔草堂刻本．上海：上海古籍出版社，2002.

H

林昌彝．海天琴思录、海天琴思续录．王镇远，林虞生，标点．上海：上海古籍出版社，1983.

陈璚，王棻，屈映光，等．（民国）杭州府志//中国地方志集成：浙江府县志辑：第1－3册．影印民国十一年（1922）排印本．上海：上海书店出版社，1993.

王昶．湖海诗传//国学基本丛书．上海：商务印书馆，1936（民国二十五年）.

J

杜骐徵，等．几社壬申合稿//四库禁毁书丛刊：集部：第 34－35 册．影印明末小樊堂刻本．北京：北京出版社，1997.

秦瀛．己未词科录//续修四库全书：第 537 册．影印嘉庆刻本．上海：上海古籍出版社，2002.

顾有孝．纪事诗钞．清钞本．

梅文鼎．绩学堂诗文钞．何静恒，张静河，点校．合肥：黄山书社，1995.

盛枫．嘉禾征献录//续修四库全书：第 544 册．影印清钞本．上海：上海古籍出版社，2002.

白亚仁．江南一劫：清人笔下的庄氏史案．杭州：浙江古籍出版社，2016.

芦宇笛．江苏明代作家诗论研究．南京：南京大学出版社，2010.

王豫．江苏诗征．刻本．焦山海西庵诗征阁，1821（清道光元年）.

顾有孝，赵沄．江左三大家诗钞//四库禁毁书丛刊：集部：第 39 册．影印康熙刻本．北京：北京出版社，1997.

陈梓．今乐府. 石印本．1910（清宣统二年）.

吴炎，潘柽章．今乐府//四库禁毁书丛刊：集部：第 74 册．影印清钞本．北京：北京出版社，1997.

叶奕苞．经锄堂诗稿//四库禁毁书丛刊：集部：第 147 册．影印康熙刻本．北京：北京出版社，1997.

曹溶．静惕堂诗集//四库全书存目丛书：集部：第 198 册．影印雍正三年乙巳（1725）李维钧刻本．济南：齐鲁书社，1997.

朱彝尊，姚祖恩．静志居诗话．黄君坦，校点．北京：人民文学出版社，1990.

徐枋．居易堂集．黄曙辉，印晓峰，点校．上海：华东师范大学出版社，2009.

L

陳康祺．郎潜纪闻初笔、二笔、三笔．晋石，点校．北京：中华书局，1984.

陆以湉．冷庐杂识．崔凡之，点校．北京：中华书局，1984.

陈瑚．离忧集//四库禁毁书丛刊补编：第 47 册．影印民国元年（1912）新阳赵氏《峭帆楼丛书》刻本．北京：北京出版社，2005.

灵璧子，天随子．骊珠集．康熙俨思堂刻本．

顾有孝．骊珠集. 刻本．1670（清康熙九年）.

李东阳．李东阳集．周寅宾，校点．长沙：岳麓书社，2008.

阮元．两浙輶轩录//续修四库全书：第 1683－1684 册．影印嘉庆仁和朱氏碧溪草堂、钱塘陈氏种榆仙馆刻本．上海：上海古籍出版社，2002.

阮元，杨秉初，等．两浙輶轩录补遗//续修四库全书：第 1684 册．影印嘉庆刻本．上海：上海古籍出版社，2002.

潘衍桐．两浙輶轩续录//续修四库全书：第 1685－1687 册．影印光绪十七年辛卯

(1891) 浙江书局刻本．上海：上海古籍出版社，2002.
钱谦益．列朝诗集．许逸民，林淑敏，点校．北京：中华书局，2007.
钱谦益．列朝诗集小传．上海：上海古籍出版社，1983.
林昌彝．林昌彝诗文集．王镇远，林虞生，标点．上海：上海古籍出版社，1989.
钮琇．临野堂文集//四库全书存目丛书：集部：第 245 册．影印康熙刻本．济南：齐鲁书社，1997.
陈寅恪．柳如是别传．北京：读书・生活・新知三联书店，2001.
柳亚子．柳亚子文集补编．北京：社会科学文献出版社，2004.
柳亚子．柳亚子选集．北京：人民出版社，1989.
王摅．芦中集．影印康熙刻本．上海：上海古籍出版社，1981.

M

李稻塍，李集．梅会诗选//四库禁毁书丛刊：集部：第 100 册．影印乾隆三十二年丁亥（1767）寸碧山堂刻本．北京：北京出版社，1997.
钱仲联．梦苕庵清代文学论集．济南：齐鲁书社，1983.
钱仲联．梦苕庵专著二种．北京：中国社会科学出版社，1984.
曹允源，等．（民国）《吴县志》//中国地方志集成：江苏府县志辑：第 11－12 册．影印民国二十二年（1933）苏州文新公司排印本．南京：江苏古籍出版社，1991.
马汉钦．明代诗歌总集与选集研究．哈尔滨：哈尔滨工程大学出版社，2009.
廖可斌．明代文学复古运动研究．北京：商务印书馆，2008.
朱希祖．明季史料题跋．沈阳：辽宁教育出版社，1998.
谢国桢．明末清初的学风．上海：上海书店出版社，2006.
孙立．明末清初诗论研究．广州：广东高等教育出版社，2003.
何宗美．明末清初文人结社研究．天津：南开大学出版社，2003.
何宗美．明末清初文人结社研究续编．北京：中华书局，2006.
姚蓉．明末云间三子研究．广州：广东高等教育出版社，2004.
吴仁安．明清江南著姓望族史．上海：上海人民出版社，2009.
张慧剑．明清江苏文人年表．北京：人民文学出版社，2008.
朱保炯，谢沛霖．明清进士题名碑录索引．上海：上海古籍出版社，1979.
江庆柏．明清苏南望族文化研究．南京：南京师范大学出版社，1999.
熊月之，熊秉真．明清以来江南社会与文化论集．上海：上海社会科学院出版社，2004.
谢国桢．明清之际党社运动考．上海：上海书店出版社，2004.
蔡静平．明清之际汾湖叶氏文学世家研究．长沙：岳麓书社，2008.
李康化．明清之际江南词学思想研究．成都：巴蜀书社，2001.
赵园．明清之际士大夫研究．北京：北京大学出版社，1999.
朱丽霞．明清之交文人游幕与文学生态：以徐渭、方文、朱彝尊为个案．上海：上海古籍出版社，2008.
邓长风．明清戏曲家考略．上海：上海古籍出版社，1994.
汪端．明三十家诗选．蕴兰吟馆刻本．1873（清同治十二年）.
沈德潜，周准．明诗别裁集．上海：上海古籍出版社，1979.
陈田．明诗纪事．上海：上海古籍出版社，1993.
朱彝尊．明诗综．北京：中华书局，2007.
孙静庵．明遗民录．赵一生，标点．杭州：浙江古籍出版社，1985.
卓尔堪．明遗民诗．上海：中华书局上海编辑所，1961.
谢正光．明遗民传记资料索引．王德毅，校订．台北：台湾新文丰出版公司，1990.
柳亚子．磨剑室诗词集．上海：上海人民出版社，1985.
柳亚子．磨剑室文录. 上海：上海人民出版社，1993.

N

沈自晋．南词新谱．影印本．台北：台湾学生书局，1984.
柳亚子，陈去病，等．南社丛刻．扬州：江苏广陵古籍刻印社，1996.
柳亚子．南社纪略．上海：上海人民出版社，1983.
柳无忌，殷安如．南社人物传．北京：社会科学文献出版社，2002.
王学庄，杨天石．南社史长编．北京：中国人民大学出版社，1995.
孙之梅．南社研究．北京：人民文学出版社，2003.
徐釚．南州草堂集//续修四库全书：第1415册．影印康熙三十四年乙亥（1695）刻本．上海：上海古籍出版社，2002.

Q

祁彪佳．祁彪佳集．上海：中华书局上海编辑所，1960.
黄虞稷．千顷堂书目．瞿凤起，潘景郑，整理．上海：上海古籍出版社，2001.
钱谦益．钱牧斋全集．钱曾，笺注；钱仲联，标校．上海：上海古籍出版社，2003.
丁功谊．钱谦益文学思想研究．上海：上海古籍出版社，2006.
陈纕，丁元正，倪师孟，等．（乾隆）《吴江县志》//中国地方志集成：江苏府县志辑：第19－20册．影印民国石印本．南京：江苏古籍出版社，1991.
孙之梅．钱谦益与明末清初文学．济南：山东大学出版社，2010.
陈和志，倪师孟，沈彤．乾隆《震泽县志》//中国地方志集成：江苏府县志辑：第23册．影印光绪十九年癸巳（1893）吴郡徐元圃刻本．南京：江苏古籍出版社，1991.
钦定皇朝文献通考//景印文渊阁四库全书：第632－638册．
徐珂．清稗类钞．北京：中华书局，1986.
江庆柏．清朝进士题名录．北京：中华书局，2007.
简恩定．清初杜诗学研究．台北：台湾文史哲出版社，1986.
闵丰．清初清词选本考论．上海：上海古籍出版社，2008.

谢正光，佘汝丰．清初人选清初诗汇考．南京：南京大学出版社，1998.
宫泉久．清初山左诗歌研究．北京：中国社会科学出版社，2009.
赵永纪．清初诗歌．北京：光明日报出版社，1993.
潘承玉．清初诗坛：卓尔堪与《遗民诗》研究．北京：中华书局，2004.
谢正光．清初诗文与士人交游考．南京：南京大学出版社，2001.
孔定芳．清初遗民社会：满汉异质文化整合视野下的历史考察．武汉：湖北人民出版社，2009.
吴熊和，严迪昌，林玫仪．清词别集知见目录汇编：见存书目．台北：中国文哲研究所筹备处，1997.
钱仪吉，等．清代碑传全集．上海：上海古籍出版社，1987.
孙微．清代杜诗学史．济南：齐鲁书社，2004.
姚觐元．清代禁毁书目四种//续修四库全书：第 921 册．影印光绪十年甲申（1884）《咫进斋丛书》刻本．上海：上海古籍出版社，2002.
纪玲妹．清代毗陵诗派研究．南京：凤凰出版社，2009.
江庆柏．清代人物生卒年表．北京：人民文学出版社，2005.
叶君远．清代诗坛第一家：吴梅村研究．北京：中华书局，2002.
《清代诗文集汇编》编纂委员会．清代诗文集汇编．上海：上海古籍出版社，2010.
张健．清代诗学研究．北京：北京大学出版社，1999.
朱丽霞．清代松江府望族与文学研究．上海：上海古籍出版社，2006.
张仲谋．清代文化与浙派诗．北京：东方出版社，1997.
王运熙，顾易生．清代文论选．北京：人民文学出版社，1999.
蒋寅．清代文学论稿．南京：凤凰出版社，2009.
徐雁平．清代文学世家姻亲谱系．南京：凤凰出版社，2012.
曹虹，蒋寅，张宏生．清代文学研究集刊：第二辑．北京：人民文学出版社，2009.
周雪根．清代吴江诗歌研究．北京：人民出版社，2012.
梁启超．清代学术概论．上海：上海古籍出版社，1998.
马积高．清代学术思想的变迁与文学．长沙：湖南人民出版社，2002.
李灵年，杨忠．清人别集总目．合肥：安徽教育出版社，2000.
冯尔康，常建华．清人社会生活．沈阳：沈阳出版社，2001.
袁行云．清人诗集叙录．北京：文化艺术出版社，1994.
王英志．清人诗论研究．南京：江苏古籍出版社，1986.
柯愈春．清人诗文集总目提要．北京：北京古籍出版社，2002.
杨廷福，杨同甫．清人室名别称字号索引．上海：上海古籍出版社，1988.
沈德潜，翁照，周准．清诗别裁集．上海：上海古籍出版社，1984.
朱则杰．清诗代表作家研究．济南：齐鲁书社，1995.
丁福保．清诗话．上海：上海古籍出版社，1978.

蒋寅．清诗话考．北京：中华书局，2005.
郭绍虞．清诗话续编．富寿荪，校点．上海：上海古籍出版社，1983.
钱仲联．清诗纪事．南京：江苏古籍出版社，1987.
邓之诚．清诗纪事初编．上海：上海古籍出版社，1984.
朱则杰．清诗考证．北京：人民文学出版社，2012.
朱则杰．清诗考证续编．杭州：浙江大学出版社，2019.
刘世南．清诗流派史．北京：人民文学出版社，2004.
朱则杰．清诗史．南京：江苏古籍出版社，2000.
严迪昌．清诗史．杭州：浙江古籍出版社，2002.
石玲，王小舒，刘靖渊．清诗与传统：以山左与江南个案为例．济南：齐鲁书社，2008.
朱则杰．清诗知识．杭州：浙江大学出版社，1998.
夏勇．清诗总集通论．北京：中国社会科学出版社，2016.
赵尔巽，等．清史稿．北京：中华书局，1977.
章钰，武作成．清史稿艺文志及补编．北京：中华书局，1982.
王绍曾．清史稿艺文志拾遗．北京：中华书局，2000.
清史列传．王钟翰，点校．北京：中华书局，1987.
吴兆骞．秋笳集．麻守中，校点．上海：上海古籍出版社，1993.
杨凤苞．秋室集//续修四库全书：1476 册．影印光绪十一年乙酉（1885）陆心源刻本．上海：上海古籍出版社，2002.
屈大均．屈大均全集．北京：人民文学出版社，1996.
屈大均．屈大均诗词编年笺校．广州：中山大学出版社，2000.
饶宗颐，张璋．全明词．北京：中华书局，2004.
周明初，叶晔．全明词补编．杭州：浙江大学出版社，2007.
南京大学中国语言文学系《全清词》编纂研究室．全清词：顺康卷．北京：中华书局，2002.
张宏生．全清词：顺康卷补编．南京：南京大学出版社，2008.
全祖望．全祖望集汇校集注．朱铸禹，汇校集注．上海：上海古籍出版社，2000.
陈瑚．确庵文稿//四库禁毁书丛刊：集部：第 184 册．影印康熙毛氏汲古阁刻本．北京：北京出版社，1997.

R

顾炎武．日知录校注．陈垣，校注．合肥：安徽大学出版社，2007.

S

时志明．山魂水魄：明末清初节烈诗人山水诗论．南京：凤凰出版社，2006.
陈梓．删后文集//四库未收书辑刊：第九辑：第 28 册．影印嘉庆二十年乙亥（1815）胡氏敬义堂刻本．北京：北京出版社，2000.

杜登春．社事始末．吴江沈氏世楷堂《昭代丛书》(戊集续编) 刻本．1833 (清道光十三年).
林昌彝．射鹰楼诗话．王镇远，林虞生，标点．上海：上海古籍出版社，1988.
沈自晋．沈自晋集．张树英，点校．北京：中华书局，2004.
仲沈洙，仲时镕，等．顺治《盛湖志》．刻本．1770 (清乾隆三十五年)．
徐崧，汪文桢，汪森辑．诗风//四库禁毁书丛刊补编：第 56－57 册．影印康熙十二年癸丑 (1673) 刻本．北京：北京出版社，2005.
钱肃润．十峰诗选．刻本．1666 (清康熙五年).
柴德赓．史学丛考．北京：中华书局，1982.
陈忱．水浒后传．茂山，点校．南京：凤凰出版社，2008.
任道斌．思嘉室集．杭州：中国美术学院出版社，2009.
宋泽元．四家咏史乐府//丛书集成续编：第 264 册．影印光绪十二年丙戌 (1686) 山阴宋氏忏花庵《忏花庵丛书》刻本．台北：台湾新文丰出版公司，1989.
四库禁毁书丛刊编纂委员会．四库禁毁书丛刊．北京：北京出版社，2000.
四库禁毁书丛刊编纂委员会．四库禁毁书丛刊补编．北京：北京出版社，2005.
四库全书存目丛书编纂委员会．四库全书存目丛书：集部．济南：齐鲁书社，1997.
永瑢，等．四库全书总目．影印本．北京：中华书局，1965.
四库未收书辑刊编纂委员会．四库未收书辑刊．北京：北京出版社，2000.
殷增．松陵诗征前编．刻本．1816 (清嘉庆二十一年).
凌淦．松陵文录．刻本．1874 (清同治十三年).
潘柽章，等．松陵文献//续修四库全书：第 541 册．影印康熙三十二年癸酉 (1693) 潘耒刻本．上海：上海古籍出版社，2002.
凌郁之．苏州文化世家与清代文学．济南：齐鲁书社，2008.
潘耒．遂初堂集//续修四库全书：第 1417－1418 册．影印康熙刻本．上海：上海古籍出版社，2002.

T

钱钟书．谈艺录．北京：中华书局，1984.
贾晋华．唐代集会总集与诗人群研究．北京：北京大学出版社，2001.
王辉斌．唐后乐府诗史．合肥：黄山书社，2010.
陈济生．天启崇祯两朝遗诗．影印手钞配补本．上海：中华书局上海编辑所，1958.
沈岱瞻．亭林先生同志赠言．吴县孙溪槐庐家塾校刻《顾亭林先生遗书·补遗》本．1906 (清光绪十一年).
纳兰性德．通志堂集．影印康熙刻本．上海：上海古籍出版社，1979.
仲廷机．同治《盛湖志》．刻本．1924 (民国十三年).
李铭皖，谭钧培，冯桂芬．同治《苏州府志》//中国地方志集成：江苏府县志辑：第 7－10 册．影印光绪八年壬午 (1882) 江苏书局刻本．南京：江苏古籍出版社，1991.
秦祖永．桐阴论画二编//续修四库全书：第 1085 册．影印光绪八年壬午（1882）刻本．上海：上海古籍出版社，2002.
方文．嵞山集．影印康熙刻本．上海：上海古籍出版社，1979.

W

徐世昌．晚晴簃诗汇．闻石，点校．北京：中华书局，1990.
沈德符．万历野获编．北京：中华书局，1959.
汪辟疆．汪辟疆说近代诗．上海：上海古籍出版社，2001.
汪辟疆．汪辟疆文集．上海：上海古籍出版社，1988.
王士禛．王士禛全集．济南：齐鲁书社，2007.
陈美东，沈荣法．王锡阐研究文集．石家庄：河北科学技术出版社，2000.
伊丕聪．王渔洋诗友录．北京：北京燕山出版社，1993.
蒋寅．王渔洋事迹征略．北京：人民文学出版社，2001.
蒋寅．王渔洋与康熙诗坛．北京：中国社会科学出版社，2001.
魏禧．魏叔子文集．胡守仁，姚品文，王能宪，校点．北京：中华书局，2003.
钱林．文献征存录//续修四库全书：第 540 册．影印咸丰八年戊午（1858）有嘉树轩刻本．上海：上海古籍出版社，2002.
葛芝．卧龙山人集//四库禁毁书丛刊：集部：第 33 册．影印康熙九年庚戌（1670）自刻本．北京：北京出版社，1997.
钱谦益．吾炙集//丛书集成续编：第 116 册．影印民国常熟丁氏《虞山丛刻》刻本．台北：台湾新文丰出版公司，1989.
吴炎．吴赤溟先生文集//国粹丛书：第二集．上海：国学保存会，1906（清光绪三十二年）.
沈祖禹．吴江沈氏诗集录．刻本．1740（清乾隆五年）.
冯其庸，叶君远．吴梅村年谱．北京：文化艺术出版社，2007.
吴伟业．吴梅村全集．李学颖，集评标校．上海：上海古籍出版社，1990.
叶绍袁．午梦堂集．冀勤，辑校．北京：中华书局，1998.
丁丙．武林坊巷志．潘一平，孙云青，颜依青，整理校点．杭州：浙江人民出版社，1990.

X

平步青．霞外捃屑．上海：上海古籍出版社，1982.
顾有孝，陆世楷．闲情集//四库禁毁书丛刊：集部：第 172 册．影印康熙刻本．北京：北京出版社，1997.
徐鼒．小腆纪传．北京：中华书局，1958.
秦瀛．小岘山人诗文集//续修四库全书：第 1464 - 1465 册．影印嘉庆刻增修本．上海：上海古籍出版社，2002.

王锡阐．晓庵先生诗集．俞钟岳刻本．1821（清道光元年）.
王锡阐．晓庵先生文集．俞钟岳刻本．1821（清道光元年）.
续修四库全书编纂委员会．续修四库全书．上海：上海古籍出版社，2002.
杨钟羲．雪桥诗话．北京：北京古籍出版社，1989.
杨钟羲．雪桥诗话续集．北京：北京古籍出版社，1991.
杨钟羲．雪桥诗话三集．北京：北京古籍出版社，1991.
杨钟羲．雪桥诗话余集．北京：北京古籍出版社，1992.
魏耕．雪翁诗集．杭州：浙江古籍出版社，1985.

Y

李斗．扬州画舫录．汪北平，涂雨公，点校．北京：中华书局，1960.
张宗芝，等．以介编//丛书集成续编：第 217 册．影印民国常熟丁氏《虞山丛刻》刻本．台北：台湾新文丰出版公司，1989.
叶燮．已畦文集//四库全书存目丛书：集部：第 244 册．影印康熙叶氏二弃草堂刻本．济南：齐鲁书社，1997.
张晖．易代之悲：钱澄之及其诗．北京：人民文学出版社，2014.
朱鹤龄．愚庵小集．虞思征，点校．上海：华东师范大学出版社，2010.
元稹．元稹集．北京：中华书局，1982.
吴相洲．乐府学：第六辑．北京：学苑出版社，2010.
李慈铭．越缦堂读书记．上海：上海书店出版社，2000.

Z

周灿．泽畔吟//丛书集成续编：第 123 册．影印民国江苏省立苏州图书馆《吴中文献小丛书》排印本．上海：上海书店出版社，1994.
谢国桢．增订晚明史籍考．北京：中华书局，1964.
震泽镇，吴江市档案局．震泽镇志续稿．扬州：广陵书社，2009.
陆林．知非集：元明清文学与文献论稿．合肥：黄山书社，2006.
上海图书馆．中国丛书综录．上海：上海古籍出版社，1986.
陈宝良．中国的社与会．杭州：浙江人民出版社，1996.
中国古籍善本书目编辑委员会．中国古籍善本书目：集部．上海：上海古籍出版社，1998.
卢文芸．中国近代文化变革与南社．北京：社会科学文献出版社，2008.
梁启超．中国近三百年学术史．北京：东方出版社，1996.
赵敏俐．中国诗歌研究动态：第十六辑：古诗卷．北京：学苑出版社，2015.
钱仲联．中国文学家大辞典：清代卷．北京：中华书局，1996.
胡适．中国章回小说考证．上海：上海书店出版社，1980.
梁容若．中日文化交流史论．北京：商务印书馆，1985.
陶煦．周庄镇志//续修四库全书：第 717 册．影印光绪八年壬午（1882）元和陶氏仪一堂刻本．上海：上海古籍出版社，2002.
朱舜水．朱舜水集．北京：中华书局，1981.
朱则杰．朱彝尊研究．杭州：浙江古籍出版社，1993.
沈季友．槜李诗系//景印文渊阁四库全书：第 1475 册．

二、学位论文

黄毓栋．归庄生平与思想研究．香港：香港大学，1996.（指导教师：何冠彪）
刘煜．不“仕”之士：明遗民现象的历史透视．厦门：厦门大学，2001.（指导教师：侯真平）
徐林．明代中晚期江南士人社会交往研究．长春：东北师范大学，2002.（指导教师：赵毅）
郝丽霞．吴江沈氏文学世家研究．上海：华东师范大学，2004.（指导教师：赵山林）
葛恒刚．望社研究．南京：南京师范大学，2005.（指导教师：陈书录）
孔爱峰．钱谦益《列朝诗集》的编纂学研究．苏州：苏州大学，2005.（指导教师：黄镇伟）
刘红娟．归庄研究．广州：华南师范大学，2005.（指导教师：何天杰）
王文泰．明代人编选明代诗歌总集研究．上海：复旦大学，2005.（指导教师：吴格）
吴碧丽．明末清初吴江叶氏家族的文化生活与文学．南京：南京师范大学，2005.（指导教师：陈书录）
杨志平．陈忱研究．上海：华东师范大学，2005.（指导教师：谭帆）
张东艳．徐釚研究．开封：河南大学，2005.（指导教师：孙克强）
戴春花．钮琇《觚剩》研究．南京：南京师范大学，2006.（指导教师：陆林）
臧守刚．侯方域与雪苑社研究．南京：南京师范大学，2006.（指导教师：李忠明）
王恩俊．复社研究．长春：东北师范大学，2007.（指导教师：赵毅）
胡梅梅．魏耕研究．南京：南京师范大学，2008.（指导教师：李忠明）
李灿朝．明末清初越中文人及文学研究．杭州：浙江大学，2008.（指导教师：廖可斌）
袁秋实．陈忱遗民思想研究．北京：首都师范大学，2008.（指导教师：张庆民）
张涛．明末清初的文人社团与文学运动．北京：中国人民大学，2008.（指导教师：叶君远）
周金标．朱鹤龄《杜诗辑注》研究．保定：河北大学，2008.（指导教师：韩成武）
段宁．归庄文学思想之演变．北京：首都师范大学，2009.（指导教师：左东岭）
李海英．归庄诗文研究．兰州：西北师范大学，2009.（指导教师：龚喜平）
孙立新．南社苏州诗人研究．苏州：苏州大学，2009.（指导教师：王英志）
王文荣．明清江南文人结社研究．苏州：苏州大学，2009.（指导教师：罗时进）
朱兴和．超社逸社诗人群体研究．上海：华东师范大学，2009.（指导教师：胡晓明）

秦辉．朱鹤龄及《李义山诗集注》研究．重庆：西南大学，2010.（指导教师：何宗美）
邱睿．南社诗人群体研究．苏州：苏州大学，2010.（指导教师：罗时进）
孙娟娟．顾炎武文论与明清之际文化生态．厦门：华侨大学，2010.（指导教师：许总）
王雨容．明末清初词人社集与词风嬗变．桂林：广西师范大学，2010.（指导教师：沈家庄）
陈凯玲．清代诗人并称群体研究．杭州：浙江大学，2011.（指导教师：朱则杰）
高洪韬．朱鹤龄《愚庵小集》存诗校注．南宁：广西大学，2011.（指导教师：谢明仁）
马静．潘柽章及其《国史考异》研究．沈阳：辽宁大学，2011.（指导教师：武玉梅）
孙雪宵．顾炎武诗歌考论．济南：山东大学，2011.（指导教师：王小舒）
黄建林．红梨社研究．苏州：苏州大学，2012.（指导教师：罗时进）
任婷婷．《水浒后传》研究．新乡：河南师范大学，2012.（指导教师：陈鹏）
施马琪．朱鹤龄《诗经通义》文献学研究．南宁：广西大学，2012.（指导教师：谢明仁）
王慧．顾有孝《唐诗英华》研究．上海：上海师范大学，2012.（指导教师：黄刚）
王建涛．朱鹤龄诗歌研究．桂林：广西师范大学，2012.（指导教师：阙真）
郭宝光．清初淮安山阳望社研究．苏州：苏州大学，2013.（指导教师：马卫中）
胡媚媚．清代诗社研究：以六诗社为中心．杭州：浙江大学，2013.（指导教师：朱则杰）
贺杨．清初庄氏史狱研究．天津：天津师范大学，2014.（指导教师：黄刚）
张妍婷．陈忱文学创作研究．哈尔滨：黑龙江大学，2014.（指导教师：陈才训）
沈玉云．朱鹤龄《愚庵小集》校勘记．南京：南京师范大学，2015.（指导教师：江庆柏）
王云云．陈济生与《启祯两朝遗诗》研究．南京：南京师范大学，2015.（指导教师：黄刚）
王延鹏．儒学和科学的关系：以王锡阐为中心．济南：山东大学，2016.（指导教师：马来平）
杨琳琳．《江左三大家诗钞》研究．新乡：河南师范大学，2017.（指导教师：李永贤）
曾璐．探骊吟社研究．沈阳：辽宁大学，2017.（指导教师：柳海松）
黄振兴．明末清初戴笠及其史学研究．宁波：宁波大学，2018.（指导教师：钱茂伟）
蒋兵．王锡阐诗文研究．南京：南京师范大学，2018.（指导教师：李忠明）
于佳．朱鹤龄《诗经通义》研究．长春：吉林大学，2018.（指导教师：侯文学）
赵莹．潘耒诗文研究．厦门：厦门大学，2018.（指导教师：师惠雅）

三、期刊论文

江晓原．王锡阐及其《晓庵新法》．中国科技史料，1986（6）．

陈宏亮．“归奇顾怪”解．苏州大学学报，1989（4）．

江晓原．王锡阐的生平、思想和天文活动．自然辩证法通讯，1989（4）．

周可真．顾炎武与复社．苏州大学学报，1992（3）．

叶建华．“一代文章亡左马，千秋仁义在吴潘”：记清初史学家吴炎、潘柽章．浙江学刊，1992（4）．

陈洪．归庄文学思想述评．南开学报，1994（5）．

屈守元．顾炎武和杜甫．杜甫研究学刊，1996（3）．

张兵．遗民心态的绝妙展示：论归庄《万古愁》曲．社科纵横，1996（5）．

张兵．论归庄诗的主题取向与审美情趣．苏州大学学报，1997（3）．

薛斌．王锡阐年谱．中国科技史料，1997（4）．

顾农．乌程陈忱与秀水陈忱．鲁迅研究月刊，1998（5）．

蔡锦芳．朱鹤龄《辑注杜工部集》研究．杜甫研究学刊，1999（1）．

陈公望．试论归庄的美学思想．北方论丛，1999（2）．

宁晓玉．纪念天文学家王锡阐诞辰370周年学术研讨会在吴江市举行．自然科学史研究，1999（2）．

冯保善．陈忱字敬夫．明清小说研究，1999（4）．

张兵．清初遗民诗创作的社会文化环境与遗民诗群的地域分布．西北师范大学学报，1999（4）．

陈公望．归庄与钱谦益．求是学刊，2000（3）．

郝润华．朱鹤龄《辑注杜工部集》略论．杜甫研究学刊，2001（1）．

杜春媚．从归庄看明遗民多样性的生存选择．清史研究，2001（4）．

郝润华．朱鹤龄《辑注杜工部集》略论．杜甫研究学刊，2001（4）．

严迪昌．归“奇”顾“怪”略说．古典文学知识，2001（4）．

张宇声．归庄：明遗民诗学理论的杰出代表．淄博学院学报，2001（4）．

莫砺锋．朱鹤龄《杜诗辑注》平议．文史，2002（4）．

蒋寅．顾炎武的诗学史意义．南开学报，2003（1）．

何宗美．乐志林泉 跌荡文酒：惊隐诗社及其文学创作浅析．南开学报，2003（4）．

江庆柏．明清年号纪年法的规避．文史知识，2003（7）．

李真瑜．文学世家的联姻与文学的发展：以明清时期吴江叶、沈两家为例．中州学刊，2004（2）．

衷尔钜．戴笠、陈明德事迹考．东方论坛，2004（2）．

潘承玉．清初诗坛中坚：遗民性情派．复旦学报，2004（5）．

潘承玉．“真诗”的探寻：清初明遗民诗论．中山大学学报，2004（5）．

杨志平．陈忱生平交游考．明清小说研究，2005（1）.
孔定芳．清初明遗民的“云游”行为及其意蕴．人文杂志，2005（3）.
时志明．归庄山水诗论略．苏州大学学报，2005（6）.
陆林，戴春花．清初文言小说《觚剩》作者生年考略．文学遗产，2006（1）.
李金松．归庄佚诗捃拾．江海学刊，2006（2）.
孔定芳．“博学鸿儒科”与晚年顾炎武．学海，2006（3）.
刘孝娟．从归庄的交游看明季士人遗民的生存选择．湖北广播电视大学学报，2007（2）.
孙微．朱鹤龄《杜工部诗集编辑注》成书时间考辨．图书馆杂志，2007（3）.
刘红娟．归庄之“两不幸”略论．闽西职业技术学院学报，2007（4）.
张明观，柳光辽．新发现的柳亚子辑《分湖诗钞》. 南京理工大学学报，2007（5）.
刘红娟．归庄：从政治遗民到文化遗民．华南师范大学学报，2007（6）.
刘红娟．归庄交游考述：兼谈清初士人思想．红河学院学报，2008（1）.
胡小林．清代初年的蕉园诗社．古典文学知识，2008（2）.
李瑞豪．遗民世界的黄昏：论顾炎武的悼友诗．北京化工大学学报，2008（2）.
黄语．论归庄之“逃”与诗．厦门教育学院学报，2008（2）.
刘红庄．明代遗民立场的嬗替：以归庄为个案．甘肃社会科学，2008（2）.
南炳文．明末流亡日本二遗民朱舜水、戴笠生平考二则．东北师范大学学报，2008（2）.
张惠．从逐花惜花中看时代生平对归庄心灵的投影．昆明理工大学学报，2008（2）.
宁晓玉．王锡阐与惊隐诗社．科学文化评论，2008（4）.
马卫中．明末清初江苏诗歌总集与诗派之关系．苏州大学学报，2008（5）.
孙微，王新芳．潘柽章《杜诗博议》辑考．图书馆杂志，2008（9）.
王玉亮．流丽深雅 寄托遥远：明代遗民诗人归庄“看花诗”浅析．安徽文学，2008（9）.
周明初．明清时期江南地区文学流派综述．社会科学战线，2008（11）.
赖玉芹．试论潘耒对顾炎武学术的师承．中南民族大学学报，2009（1）.
李炳华．龙沙嘉会结寒盟：记清初江南惊隐诗社．江苏地方志，2009（1）.
李庆．日本所存归庄遗墨《墨竹诗》考．文献，2009（3）.
秦辉．朱鹤龄性情观述评．重庆交通大学学报，2009（4）.
周金标．顾炎武与朱鹤龄交往考论．江南大学学报，2009（4）.
周金标．朱鹤龄《愚庵小集》考述．淮阴师范学院学报，2009（4）.
柳光辽．读《分湖诗钞》. 南京理工大学学报，2009（5）.
周金标．从《愚庵小集》看《四库全书》对清初别集的著录标准．图书馆工作与研究，2009（10）.
周金标．钱谦益与朱鹤龄交往考论．江南大学学报，2010（1）.

张静．归庄《墨竹并书越游诗翰卷》释读．美术大观，2011（1）.
周雪根．清初吴地“惊隐诗社”新考．文艺评论，2011（2）.
罗时进．地域社群：明清诗文研究的一个重要维度．文学遗产，2011（3）.
杨琳．略论陈忱与《水浒后传》中的故国情结．现代语文，2011（4）.
罗时进．基层写作：明清地域性文学社团考察．苏州大学学报，2012（1）.
杨绪敏．论吴炎、潘柽章与《明史记》的纂修．史学史研究，2012（2）.
周雪根，张兰菊．性情正还得性情真：论朱鹤龄的诗学理论．南华大学学报，2012（2）.
祁高飞．20世纪以来明清杭州文人结社综述．许昌学院学报，2012（6）.
刁美林．潘柽章、潘耒兄弟之明史学成就考述．贵州文史丛刊，2013（1）.
赵红娟．关于陈忱和《东池诗集》．古典文献研究，2013（1）.
张夸．论《水浒后传》中的道教意识．盐城师范学院学报，2013（3）.
宁晓玉．未曾问世的《明史记》．科学文化评论，2014（3）.
陆林．金圣叹交游考：徐崧与陈济生．南京师范大学学报，2014（4）.
王辉斌．顾有孝与乐府诗笺评．重庆师范大学学报，2014（4）.
唐海宏．《水浒后传》作者陈忱生平考述．咸阳师范学院学报，2014（5）.
沈玉云．《愚庵小集》四库本篇目删改研究．文教资料，2014（31）.
任豆豆．朱鹤龄《杜工部诗集辑注》研究综述．宁夏师范学院学报，2015（4）.
王晓燕．诗史异质与诗史互证的悖论：清代“诗史互证”法三重意涵阐释．文艺评论，2015（6）.
胡媚媚．论清代诗社的基本内涵．温州大学学报，2016（1）.
茶志高．陈佐才“雪峰社”及其遗民心态．大理大学学报，2016（5）.
李海英．论明遗民归庄的散文创作．齐齐哈尔市高等师范专科学校学报，2016（6）.
吕帅栋．试论陈忱诗歌与《水浒后传》的互文关系．美与时代（下），2017（10）.
严敦杰．王锡阐年谱．自然科学史研究，2018（4）.
顾思程．诗史、索隐与晚明记忆：朱鹤龄《李义山诗集笺注》初探．文教资料，2019（16）.

后　记

本书是在我的博士学位论文《惊隐诗社研究》的基础上修订而成。博士学位论文的选题是在和博导朱则杰先生逛西湖的时候定下来的。在朱老师的耐心指导下，我在三年时间里顺利完成了博士学位论文的写作。自从2012年博士毕业离开杭州，一晃已过八年，回首撰写博士学位论文的时光，不禁感慨良多。

在写作博士学位论文期间，我经常去西湖边的浙江图书馆古籍部查阅资料，早出晚归，一去就是一整天，由此得以饱览西湖风光，并写诗纪之。而我又曾担任浙江大学学生“晨钟诗社”的发起人兼首任社长，那时起可能对我所研究的诗社和诗人们就怀有一份感性的向往之心，希望自己在博士毕业以后也能潜心著书立说，成为一个学者和诗人。然而造化弄人，2013年家庭突逢变故，此后几年，我不仅很少写诗，研究上也处于止步不前的状态。幸有我的硕导文师华先生、博导朱则杰先生和硕博士同门，以及工作后认识的同行和老师，一直鼓励我克服困难潜心治学，我才鼓起勇气，修改博士学位论文，最终得以成书。这部书是我从事学术研究的起点，书中如有不当之处，恳请各位专家和同人批评指正。

感谢束景南先生、陈尚君先生、沈松勤先生、林家骊先生等在博士论文答辩会上提出建议，令我受益良多。感谢国家社科基金后期资助项目匿名评审专家和鉴定专家对书稿提出的宝贵建议。感谢廖可斌先生、徐永明先生、陈小林先生、黄海飞先生对我的鼓励和支持。感谢中国人民大学出版社孟旭浩先生和岳娜女士为本书出版所付出的努力。感谢我所在的玉林师范学院诸位领导和老师的支持和关怀，使我得以完成书稿的修改工作。感谢我的家人和亲戚对我工作的支持，是你们的坚强和付出，让我没有后顾之忧地投身学术研究。

不忘初心，方得始终。感谢在我求学和工作的道路上，所有支持和帮助过我的师长和亲友。这里不一一列出你们的姓名。希望我能继续研究有所收获，到时再向你们汇报。

周于飞

2020 年 8 月 28 日写于玉林荔园

图书在版编目（CIP）数据

惊隐诗社研究 / 周于飞著 . -- 北京：中国人民大学出版社，2022.1
国家社科基金后期资助项目
ISBN 978-7-300-29977-8

Ⅰ.①惊… Ⅱ.①周… Ⅲ.①知识分子—结社—研究—中国—明清时代②古典诗歌—诗歌研究—中国—明清时代 Ⅳ.①D691.71②I207.22

中国版本图书馆 CIP 数据核字（2021）第 204869 号

国家社科基金后期资助项目
惊隐诗社研究
周于飞 著
Jingyin Shishe Yanjiu

出版发行	中国人民大学出版社		
社　　址	北京中关村大街 31 号	**邮政编码**	100080
电　　话	010－62511242（总编室）		010－62511770（质管部）
	010－82501766（邮购部）		010－62514148（门市部）
	010－62515195（发行公司）		010－62515275（盗版举报）
网　　址	http://www.crup.com.cn		
经　　销	新华书店		
印　　刷	唐山玺诚印务有限公司		
规　　格	165 mm×238 mm　16 开本	**版　　次**	2022 年 1 月第 1 版
印　　张	18.5 插页 2	**印　　次**	2022 年 1 月第 1 次印刷
字　　数	306 000	**定　　价**	79.00 元